JOSÉ RODRIGUES DOS SANTOS

Journaliste, reporter de guerre, présentateur vedette du journal de 20 h au Portugal, José Rodrigues dos Santos est l'un des plus grands auteurs européens de thrillers historiques, plusieurs fois primé. Trois de ses ouvrages ont été publiés en France : *La Formule de Dieu* (2012), traduit dans 18 langues, *L'Ultime Secret du Christ* (2013) et *La Clé de Salomon* (2014) – suite de *La Formule de Dieu*. Ils ont paru chez HC Éditions.
José Rodrigues dos Santos vit à Lisbonne.

Retrouvez toute l'actualité de l'auteur sur :
www.joserodriguesdossantos.com

José Rodrigues dos Santos

L'ULTIME SECRET
DU CHRIST

JOSÉ RODRIGUES DOS SANTOS

L'ULTIME SECRET
DU CHRIST

*Traduit du portugais
par Carlos Batista*

HC ÉDITIONS

L'édition originale de cet ouvrage a paru chez Gradiva en 2011,
sous le titre :
O ÚLTIMO SEGREDO

Pocket, une marque d'Univers Poche,
est un éditeur qui s'engage pour la préservation
de son environnement et qui utilise du papier fabriqué
à partir de bois provenant de forêts gérées
de manière responsable.

© José Rodrigues dos Santos/Gradiva Publicações, S.A., 2011
© 2013, Éditions Hervé Chopin,
Paris, pour l'édition en langue française
ISBN 978-2-266-24548-7

À Florbela, ma femme,
et à Catarina et Inês, mes filles.

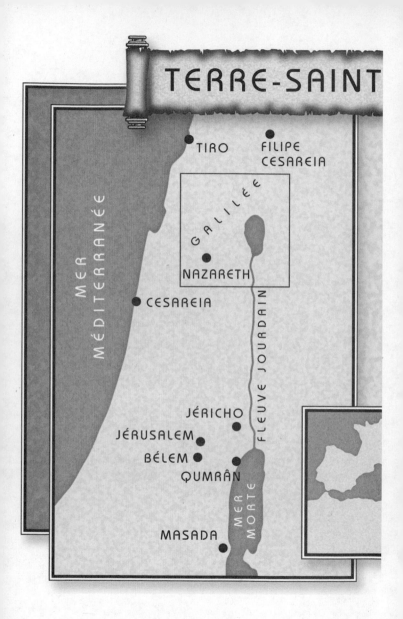

TERRE-SAINT

TIRO

FILIPE
CESAREIA

MER MÉDITERRANÉE

GALILÉE

NAZARETH

CESAREIA

FLEUVE JOURDAIN

JÉRICHO

JÉRUSALEM

BÉLEM

QUMRÂN

MER MORTE

MASADA

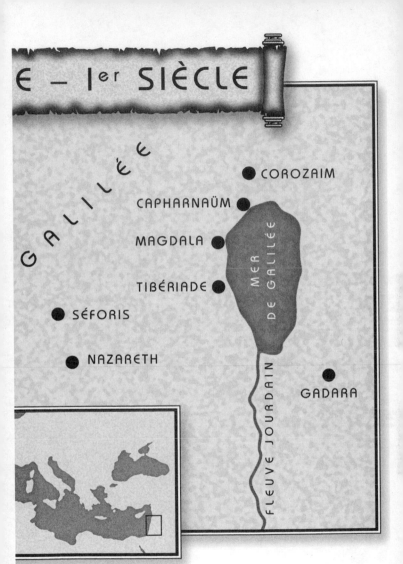

« *Demandez et l'on vous donnera ;*
Cherchez et vous trouverez ;
Frappez et l'on vous ouvrira. »

JÉSUS-CHRIST

AVERTISSEMENT

Toutes les données historiques et scientifiques
ici présentées sont vraies.

PROLOGUE

Un bruit étouffé attira l'attention de Patricia.

— Qui est là ?

Ce bruit semblait provenir de la salle d'inventaire, tout près de la salle de consultation des manuscrits, où elle se trouvait ; mais elle ne remarqua rien d'anormal. Les livres étaient là, alignés sur les rayons richement ornés de cette aile de la Bibliothèque vaticane, ils étaient comme assoupis dans l'ombre que la nuit projetait sur leurs reliures poussiéreuses. C'était sans doute la plus ancienne bibliothèque d'Europe, et peut-être aussi la plus belle, mais, le soir, il s'en dégageait une atmosphère inquiétante.

— Mon Dieu… murmura-t-elle pour chasser la peur irrationnelle qui venait de l'envahir. Je regarde trop de films !

Sans doute était-ce l'employé de nuit, pensa-t-elle. Elle consulta sa montre ; les aiguilles indiquaient presque 23 h 30. D'ordinaire, la bibliothèque n'était pas ouverte au public à cette heure-ci, mais Patricia Escalona était devenue une amie intime du *prefetto*, Mgr Luigi Viterbo, qu'elle avait accueilli à Saint-Jacques-de-Compostelle lors du jubilaire de 2010. En proie à une crise mystique, Mgr Viterbo avait décidé de suivre les Chemins de Saint-Jacques et, par le biais d'un ami commun, il avait fini par frapper à la porte de l'historienne. Elle l'avait hébergé chez elle, un bel appartement situé dans une ruelle juste derrière la cathédrale.

Lorsqu'elle était arrivée à Rome pour consulter ce manuscrit, Patricia n'avait pas hésité à solliciter le *prefetto*, qui avait aussitôt accédé à sa demande et, en remerciement de l'accueil qu'il avait reçu à Compostelle, il avait ordonné l'ouverture nocturne de la Bibliothèque vaticane.

Mais il fit encore davantage. Le *prefetto* exigea qu'on mît l'original à la disposition de Patricia. Bonté divine, il ne fallait pas ! avait répondu Patricia, un peu gênée. Les microfilms auraient amplement suffi. Mais Mgr Viterbo tenait à la choyer. Pour une historienne de son envergure, avait-il insisté, seul l'original pouvait convenir.

Et quel original.

La chercheuse galicienne effleura de ses doigts gantés les caractères bruns, tracés par la main scrupuleuse d'un pieux copiste, et les pages de vieux parchemin maculées par le temps et soigneusement protégées par des films transparents. Le manuscrit était composé d'une manière qui lui rappelait le *Codex Marchaliamus* ou le *Codex Rossanensis*. Sauf que celui-ci avait bien plus de valeur.

Elle inspira profondément et en huma l'odeur singulière. Elle adorait ce parfum de poussière exhalé par le vieux papier… Elle contempla d'un regard amoureux les caractères menus et soigneusement alignés, sans ornements ni majuscules, du grec rédigé en lettres rondes et régulières, aux mots liés, comme si chaque ligne n'était en réalité qu'un seul et même verbe, interminable et mystérieux, un code secret chuchoté par Dieu au commencement des temps. La ponctuation était rare, ici et là apparaissaient des espaces en blanc, des abréviations de *nomina sacra*, et des guillemets inversés pour les citations de l'Ancien Testament, tout comme elle en avait vu dans le *Codex Alexandrinus*. Mais le manuscrit que Patricia avait sous les yeux était le plus précieux de tous ceux qu'elle avait pu approcher. Son seul titre imposait le respect : *Bibliorum Sacrorum Graecorum Codex Vaticanus B*.

Le *Codex Vaticanus*. Cette relique du milieu du IVe siècle était le plus ancien et le plus complet manuscrit en grec de la bible, ce qui en faisait le plus important trésor de la Bibliothèque vaticane. C'était inimaginable. Personne, à l'université, ne la croirait.

L'historienne tourna la page avec une infinie précaution, comme si elle craignait de profaner le parchemin, et se plongea aussitôt dans le texte. Elle parcourut le premier chapitre de l'épître aux Hébreux ; l'objet de sa recherche se trouvait par là, non loin du début. Elle suivit les lignes des yeux, en murmurant les phrases grecques comme si elle entonnait une comptine, jusqu'à ce qu'elle découvrît le mot recherché.

— Ah, le voilà ! s'exclama-t-elle. *Phaneron*.

Bien sûr, on lui avait déjà parlé de ce vocable ; mais c'était une chose de l'évoquer à la table du réfectoire de l'université, c'en était une autre de l'avoir sous les yeux, au sein de la Bibliothèque vaticane, écrit par un copiste du IVe siècle, époque où l'empereur Constantin adopta le christianisme, dont l'orthodoxie de la foi fut établie par le concile de Nicée. Elle était en extase.

Un nouveau bruit la fit sortir de ses pensées.

Effrayée, Patricia revint à elle et regarda à nouveau fixement la salle d'inventaire des manuscrits.

— Il y a quelqu'un ? demanda-t-elle d'une voix tremblante.

Personne ne répondit. La salle paraissait déserte,

mais elle ne pouvait en être sûre, il y avait tant de recoins. À moins que ce bruit ne vînt de la salle Leonina ? Elle ne pouvait le vérifier, car ce grand salon hors de son champ de vision, plongé dans l'obscurité, lui donnait la chair de poule.

— *Signore !* appela-t-elle à voix haute, dans son italien à l'accent hispanique, cherchant l'employé que le *prefetto* avait mis à son service. *Per favore, signore !*

Le silence était complet. Patricia considéra un temps la possibilité de rester assise et de poursuivre son étude du manuscrit dans la lourde atmosphère du lieu, mais les bruits et le mutisme qui les enveloppait l'avaient perturbée. Où diable était passé l'employé ? D'où venaient les bruits ? S'il s'agissait de l'employé, pourquoi ne répondait-il pas ?

— *Signore !*

Assaillie par une inquiétude inexplicable, l'historienne se leva brusquement, comme pour conjurer sa propre peur. Elle se jura de ne plus jamais s'enfermer seule dans une bibliothèque la nuit. Noyé dans l'ombre, tout lui semblait sinistre et menaçant.

L'historienne fit quelques pas et franchit la porte, décidée à retrouver l'employé. Elle entra dans la salle d'inventaire des manuscrits plongée dans l'obscurité, et aperçut une tache blanche à ses pieds. Elle se baissa. Il s'agissait d'une simple feuille de papier posée sur le sol.

Intriguée, elle s'agenouilla et, sans y toucher, se pencha puis l'examina d'un air perplexe.

— Qu'est-ce que c'est ? s'interrogea-t-elle.

Au même instant, elle vit une silhouette qui, émergeant de l'ombre, se jeta sur elle. Son cœur bondit, elle voulut crier, mais une grosse main se plaqua sur sa bouche et elle ne parvint qu'à émettre un gémissement de terreur, rauque et étouffé.

Elle essaya de s'enfuir. Mais l'inconnu, robuste, bloqua ses mouvements. Elle tourna la tête pour identifier son agresseur. Elle ne parvint pas à distinguer son visage, mais aperçut vaguement quelque chose qui brillait dans l'air. Au dernier moment, elle comprit qu'il s'agissait d'une lame.

L'historienne n'eut pas le temps de réfléchir à ce qui lui arrivait, car une douleur lancinante lui déchira le cou. Elle voulut crier, mais l'air lui manquait. Elle attrapa l'objet froid qui lui transperçait le cou, s'efforçant désespérément de l'arrêter, mais il s'enfonçait trop puissamment, et ses forces commençaient à l'abandonner. Un liquide chaud se répandit sur sa poitrine et, dans son dernier râle, Patricia prit conscience qu'il s'agissait de son propre sang.

Ce fut la dernière chose qu'elle pensa, car aussitôt après sa vision s'emplit de lumière, puis ce fut l'obscurité.

I

Le pinceau balaya la terre qui s'était accumulée sur la pierre tout au long des siècles, s'insinuant dans les pores les plus minuscules. Lorsque le nuage de poussière brune se dissipa, Tomás Noronha approcha ses yeux verts de la pierre, tel un myope inspectant son travail.

— Quelle corvée !

Il soupira profondément et passa le dos de la main sur son front, s'efforçant de reprendre courage. Ce n'était décidément pas le genre de tâche qu'il appréciait, mais il se résigna. Avant de se remettre à l'ouvrage, il s'offrit quand même une courte pause. Il tourna la tête et admira la pleine lune qui enveloppait d'un halo argenté la majestueuse colonne Trajane. La nuit était sans doute le moment qu'il préférait pour travailler ici, dans le centre de Rome ; le jour, la clameur des klaxons et le ronflement furieux des bulldozers étaient proprement infernaux.

Tomás consulta sa montre. Il était déjà une heure du matin, mais il était résolu à profiter du sommeil des automobilistes romains pour avancer dans son travail. Il ne repartirait d'ici qu'à six heures, lorsque les voitures se remettraient à encombrer les rues et que le vacarme de la vie romaine retentirait à nouveau. Alors

23

seulement il irait se reposer dans son petit hôtel de la via del Corso.

À sa grande surprise, son portable sonna. Qui donc pouvait l'appeler à une heure pareille ?

La voix de sa mère résonna dans l'appareil, inquiète comme toujours.

— Mon chéri, quand rentres-tu à la maison ? Il se fait tard !

— Mais, maman, je t'ai déjà dit que j'étais à l'étranger, expliqua Tomás, en s'armant de patience ; c'était la troisième fois en vingt-quatre heures qu'il le lui répétait. Mais je serai de retour la semaine prochaine. Je viendrai tout de suite te voir à Coimbra.

— Où es-tu, mon garçon ?

— À Rome. (Il voulut ajouter que c'était la énième fois qu'il le lui rappelait, mais il contint son agacement.) Ne t'inquiète pas, dès mon retour au Portugal, je viendrai te voir.

— Mais que fais-tu à Rome ?

— Je nettoie des pierres, répondit-il. (Et il ne mentait pas, pensa-t-il, en jetant un regard irrité sur son pinceau.) Je suis en mission pour la Gulbenkian, finit-il par préciser. La fondation participe à la restauration des ruines du forum et des marchés de Trajan, et je suis ici pour suivre les travaux.

— Mais depuis quand es-tu archéologue ?

C'était une bonne question ! Malgré la maladie d'Alzheimer qui troublait parfois son jugement, sa mère venait de poser une question particulièrement pertinente.

— Je ne le suis pas. Mais le forum possède deux grandes bibliothèques et, comme tu le sais, dès qu'il s'agit de livres anciens…

La conversation ne fut pas longue et, quand il raccrocha, Tomás se sentit coupable d'avoir failli s'emporter. Sa mère n'était pas responsable des absences provoquées par la maladie. Parfois son état s'améliorait, parfois il empirait ; en ce moment, c'était pire, si bien qu'elle posait mille fois les mêmes questions. Ses trous de mémoire étaient certes exaspérants, mais il devait être plus patient.

Il reprit son pinceau et se remit à épousseter. En voyant le nuage s'élever de ce pan de ruine, il pensa que ses poumons, comme ceux d'un mineur, étaient sûrement déjà encrassés par cette maudite poussière qui s'infiltrait partout. La prochaine fois, il apporterait un masque de chirurgien. Mais le mieux était peut-être d'échapper à cette corvée et de se consacrer aux reliefs qui ornaient la colonne Trajane. Il leva les yeux vers le monument. Il avait toujours rêvé d'examiner les scènes de la conquête de la Dacie, gravées sur la colonne, et qu'il ne connaissait que par les livres. Puisqu'il était sur place, pourquoi ne pas en profiter pour les étudier de près ?

Il sentit une agitation derrière lui, et tourna la tête. Le responsable des travaux de restauration, le professeur Pontiverdi, s'adressait à un homme en cravate, lui ordonnant d'une voix stridente, accompagnée de grands gestes, de ne pas bouger. Puis il s'approcha de Tomás, en affichant un sourire obséquieux.

— Professeur Norona...

— Noro*nha*, corrigea Tomás, amusé par le fait que personne n'arrivait à prononcer correctement son nom. C'est le son *gna*, comme dans baig*na*de.

— Ah, bien sûr ! Noronha !

— Voilà !

— Pardonnez-moi, professeur, mais il y a là un policier qui insiste pour vous parler.

Le regard de Tomás se tourna vers l'homme en cravate qui se tenait à dix mètres de là, entre les vestiges de deux murs, le profil découpé par les projecteurs qui éclairaient le forum ; il n'avait pas l'air d'un représentant de l'ordre, sans doute parce qu'il ne portait pas d'uniforme.

— Est-ce vraiment un policier ?

— De la judiciaire.

— Pour moi ?

— Oh, je sais, c'est très désagréable. J'ai naturellement essayé de le chasser, en lui disant que ce n'était pas une heure pour déranger les gens. Il est tout de même une heure du matin, bon sang ! Mais il insiste pour vous parler et je ne sais plus quoi faire. Il dit que c'est extrêmement important, très urgent, et blablabla ! (Il pencha la tête et plissa les yeux.) Professeur, si vous ne souhaitez pas lui parler, il vous suffit de me le dire. J'en référerai au ministre, s'il le faut ! J'en référerai même au président ! Mais vous, vous ne serez pas dérangé. (Il balaya le forum d'un geste théâtral.) Trajan nous a laissé cette œuvre merveilleuse et vous êtes ici pour nous aider à la sauvegarder. Que sont les insignifiants tracas de la police auprès d'un chantier aussi grandiose ? (Il brandit son index sous le nez de Tomás.) J'en référerai au président, s'il le faut !

L'historien portugais eut un bref éclat de rire.

— Du calme, professeur Pontiverdi. Je ne vois aucun inconvénient à parler avec la police. Inutile de vous énerver !

— Comme vous voudrez, professeur ! Comme vous voudrez ! (Il braqua son doigt sur l'homme en cravate, la voix toujours pleine de colère.) Mais sachez qu'il me serait facile d'envoyer au diable cet imbécile, ce crétin !

Le policier en civil, toujours à distance, monta sur ses grands chevaux.

— C'est moi que vous traitez de crétin ?

L'archéologue italien se tourna vers le policier, son corps tremblant d'une juste indignation, ses bras gesticulant avec frénésie, son doigt accusateur pointé sur lui.

— Oui, vous ! Vous êtes un imbécile ! Un crétin !

Voyant que la dispute allait mal tourner, Tomás saisit le bras du professeur Pontiverdi.

— Allons, du calme ! dit-il, sur le ton le plus conciliateur possible. Il n'y a aucun problème, professeur. Je vais parler avec ce monsieur. Inutile d'en faire toute une montagne.

— Je ne permets à personne de me traiter de crétin, protesta le policier, la face rouge de colère et le poing brandi. À personne !

— Crétin !

— Du calme !

— Imbécile !

Comprenant qu'il ne réussirait pas à freiner l'emportement des deux hommes, Tomás attrapa le policier et l'entraîna à l'écart.

— Vous souhaitiez me parler ? demanda l'historien tandis qu'il tirait l'homme par le bras. Alors, suivez-moi.

Le policier en civil décocha encore deux injures au professeur Pontiverdi, mais finit par se laisser emmener.

— Ah, quelle misère ! s'exclama-t-il en se tournant vers le Portugais. Non mais, pour qui se prend-il... ce pitre ? Vous avez vu ça ? Quel malade mental !

Tomás s'arrêta près de la via Biberatica et fit face à son interlocuteur.

— Eh bien, je vous écoute. Que me voulez-vous ?

Le policier, toujours énervé, inspira profondément. Il tira un calepin de sa poche et consulta ses notes, tout en rectifiant le col de sa veste.

— Vous êtes le professeur Tomás Noronha, de l'université nouvelle de Lisbonne ?

— Oui, c'est moi.

Le policier se tourna vers l'escalier en bois qui reliait les ruines du forum de Trajan à la rue, située au niveau supérieur, et, d'un geste de la tête, le pria de le suivre.

— J'ai ordre de vous conduire au Vatican.

II

Ordinairement tranquille à cette heure de la nuit, la place Pie-XII, située juste en face de la place Saint-Pierre, était animée par une rumeur fébrile. Les lumières bleues des gyrophares laissaient deviner l'étrange manège des carabiniers et des secouristes en blouse blanche.

— Que se passe-t-il ?

Le policier ignora la question, tout comme il l'avait fait au cours du bref trajet à travers les rues désertes de Rome. De toute évidence, la dispute avec le professeur Pontiverdi dans les ruines du forum l'avait indisposé.

La Fiat banalisée de la police accéléra le long de la via di Porta Angelica et, après un brusque freinage, se gara au pied des hautes murailles du Vatican, près de la Porta Angelica. Le policier ouvrit la portière de la voiture et émis un grognement, faisant signe à Tomás de le suivre. Le visiteur descendit et leva le regard vers l'énorme coupole illuminée de la basilique Saint-Pierre, qui se découpait dans la nuit comme un géant endormi.

Ils s'acheminèrent vers la cité du Vatican, dans la zone du Belvédère, l'Italien marchant devant d'un pas pressé, l'historien derrière, toujours sans comprendre ce qui se passait. D'un geste de la main droite portée à la tempe, le policier salua un homme de grande taille qui les attendait près de la Porta Angelica, vêtu d'un costume bariolé, aux rayures jaunes et bleues, et la tête coiffée d'un béret noir.

— Professeur Noronha, dit le garde suisse en le saluant, veuillez me suivre, s'il vous plaît.

— Où allons-nous ?

— Là où vous êtes attendu.

Très drôle, pensa Tomás. Voilà une manière de répondre sans rien dire.

— Ce déguisement, lança le Portugais sur un ton insolent, vous le portez en permanence ?

Le Suisse lui décocha un regard irrité.

— Non, rétorqua-t-il sur le ton contrarié de celui qui n'apprécie pas qu'on s'étonne de sa tenue. Nous étions en pleine répétition d'une parade au Portone di Bronzo, qui à cette heure est fermé, lorsqu'on m'a appelé en urgence.

Le mécontentement de l'homme était manifeste, si bien que Tomás haussa les épaules d'un air résigné, et suivit son guide en silence à travers les cours et les passages du Vatican, où leurs pas résonnaient sèchement sur le sol. Ils parcoururent une cinquantaine de mètres, et débouchèrent sur une cour encerclée par l'architecture opulente de la Sainte Cathédrale, dominée par une tour ronde que l'historien reconnut aussitôt ; c'était l'ancien siège du Banco Ambrosiano, abritant aujourd'hui l'Istituto per le Opere di Religione. Ils passèrent devant un poste de la police vaticane, une brigade différente de la garde suisse, qui affichait un air de gendarmerie française, et ils croisèrent plus loin, à droite, une pharmacie.

— Nous y sommes, annonça le garde suisse.

L'homme dirigea le visiteur vers une porte dérobée. Ils montèrent un escalier et se retrouvèrent dans un hall vitré où se dressait un portique de sécurité. En face s'ouvrait une pièce aux murs tapissés de livres.

Ils franchirent le portique, entrèrent dans le salon et Tomás comprit qu'ils se trouvaient dans la Bibliothèque vaticane.

Les fenêtres donnaient sur le Cortile del Belvedere, mais l'attention de l'historien fut attirée par le groupe qui se tenait près de la porte de la grande salle Leonina. Deux gardes suisses, trois carabiniers, deux religieux et quelques individus en civil parlaient à voix basse, certains semblaient affairés, d'autres désœuvrés.

Le guide confia Tomás à un homme en civil, qui le conduisit à travers la salle Leonina. Une femme, en tailleur gris foncé, penchée sur une table, examinait ce qui semblait être un grand plan de l'édifice.

— Inspecteur, voici le suspect.

Suspect ?

Tomás faillit se retourner pour s'assurer qu'il ne s'agissait pas de quelqu'un d'autre, mais il comprit qu'on parlait de lui. Suspect ? De quoi le soupçonnait-on ? Que se passait-il ? À quoi tout cela rimait-il ?

L'inspecteur se retourna pour le dévisager et l'historien se sentit troublé. Elle avait des cheveux bruns bouclés jusqu'aux épaules, un nez pointu et des yeux d'un bleu profond et limpide.

— Que vous arrive-t-il ? demanda-t-elle devant son air extasié. Vous avez vu le diable !

— Le diable, non, rétorqua Tomás, en s'efforçant de reprendre une certaine contenance. Un ange.

L'inspecteur eut l'air agacé.

— Il ne me manquait plus que ça ! s'exclama-t-elle, en roulant des yeux. Un séducteur ! Les Romains ont bien laissé une descendance au Portugal…

Tomás rougit et baissa les yeux.

— Veuillez m'excuser, c'était plus fort que moi.

L'Italienne glissa une main dans la poche intérieure de sa veste et en sortit une carte.

31

— Je m'appelle Valentina Ferro, annonça-t-elle. Je suis inspecteur de police judiciaire.

Le visiteur sourit.

— Tomás Noronha, séducteur. Durant mes loisirs, je suis également professeur à l'université nouvelle de Lisbonne et consultant à la fondation Gulbenkian. Que me vaut l'honneur de cette invitation dans un lieu si exotique, à une heure si compromettante ?

Valentina prit un air mécontent.

— Ici, c'est moi qui pose les questions, si cela ne vous ennuie pas, répliqua-t-elle avec raideur. (Elle regarda fixement son interlocuteur, à l'affût de l'effet que produiraient les paroles qu'elle allait proférer.) Connaissez-vous le professeur Patricia Escalona ?

Le nom surprit Tomás.

— Patricia ? Oui, bien sûr. C'est une de mes collègues de l'université de Saint-Jacques-de-Compostelle. Une amie de longue date. Elle est galicienne. Les Portugais et les Galiciens sont des peuples jumeaux, vous savez. (Il regarda l'Italienne, soudain inquiet.) Pourquoi ? Que se passe-t-il ? Lui est-il arrivé quelque chose ?

L'Italienne scruta son visage, essayant d'évaluer la sincérité de sa réponse. Elle garda un moment le silence, se demandant si elle devait ou non abattre son jeu.

Elle finit par se décider.

— Le professeur Escalona est mort.

L'information fit à Tomás l'effet d'une claque. Il écarquilla les yeux et recula d'un pas, tout près de perdre l'équilibre.

— Morte ? (Il resta quelques instants bouche bée, s'efforçant d'assimiler la nouvelle.) Mais… c'est impossible ! Comment… Que s'est-il passé ?

— Elle a été assassinée.

— Quoi ?
— Cette nuit.
— Mais…
— Ici, au Vatican.

Secoué par la nouvelle, Tomás tituba vers la table où était étalé le plan du Vatican et se laissa tomber sur une large chaise.

— Patricia ? Assassinée ? Ici ? (Il parlait lentement, en secouant la tête, comme si l'information n'avait aucun sens et qu'il avait du mal à l'intégrer.) Mais… qui ? Pourquoi ? Que s'est-il passé ?

L'Italienne s'approcha doucement et posa une main sur son épaule, dans un geste compatissant.

— C'est pour le savoir que je suis ici, dit-elle. Et vous aussi.

— Moi ?

Valentina s'éclaircit la gorge.

— Dans une enquête sur un homicide, la dernière personne avec laquelle la victime a été en contact permet d'orienter les recherches.

Tomás était si atterré qu'il réagit à peine.

— Et alors ?

— Nous avons consulté la liste des appels du professeur Escalona aux cours des deux heures qui ont précédé sa mort, ajouta-t-elle, en parlant avec une lenteur délibérée. Savez-vous quel est le dernier numéro qu'elle a appelé ?

Comment Patricia avait-elle pu être assassinée ? continuait de se demander Tomás. L'information était si difficile à avaler qu'il écoutait à peine son interlocutrice.

— Pardon ?

Valentina respira profondément.

— Le vôtre.

III

L'air froid de Dublin accueillit le passager solitaire débarquant du petit et luxueux Cessna Citation X qui venait d'atterrir. Il était déjà plus de deux heures du matin et l'aéroport était sur le point de fermer ses portes pour quelques heures ; ce vol était le dernier de la journée et le prochain n'était prévu que pour six heures du matin.

Le passager solitaire ne portait qu'un bagage à main, une mallette en cuir noire, qui n'avait fait l'objet d'aucune inspection, car le petit jet bimoteur, affrété à sa seule intention, avait décollé d'un modeste aérodrome. Il suivit directement les indications de sortie et maugréa lorsqu'on le dirigea vers le bureau des douanes ; son vol s'étant déroulé dans l'espace aérien de l'Union européenne, il ne voyait pas pourquoi il devait présenter ses papiers. Mais son appréhension se révéla inutile, car le douanier irlandais ne jeta qu'un œil somnolent et distrait à son passeport.

— D'où venez-vous ? s'enquit-il, davantage par curiosité que par devoir professionnel.

— Rome.

L'Irlandais, sans doute un fervent catholique, poussa un soupir mélancolique. Il devait être jaloux, mais cela ne l'empêcha pas d'esquisser un léger sourire et de lui faire signe de passer.

Une fois dans le hall du terminal, le visiteur ralluma son portable. Il composa son code PIN et se mit à chercher un réseau. L'opération dura plus de deux minutes, temps que l'homme occupa à retirer de l'argent au distributeur automatique.

Le nouvel arrivant composa de mémoire un numéro international et attendit qu'on lui répondît. Deux sonneries suffirent.

— Tu es arrivé, Sicarius ?

Le passager franchit les portes automatiques de l'aéroport et sentit la fraîcheur glacée de la nuit atlantique lui fouetter le visage et lui saisir tout le corps.

— C'est moi, maître, confirma-t-il. Je viens d'arriver.

— Le voyage s'est bien passé ?

— Oui.

— Tu devrais aller te reposer. Je t'ai réservé une chambre au Radisson, près de l'aéroport, et…

— Non, je vais tout de suite passer à l'action.

Il y eut une pause à l'autre bout de la ligne et Sicarius entendit la lourde respiration du maître.

— Tu es sûr ? À Rome, tu as fait un excellent travail, mais je ne voudrais pas que tu t'exposes à des risques inutiles. Ta mission exige beaucoup de maîtrise, la moindre faille te serait fatale. Il vaudrait mieux que tu te reposes.

— Je préfère ne pas perdre de temps. En pleine nuit, c'est toujours plus tranquille. Et plus l'attaque est rapide, moins l'ennemi a le temps de réagir.

Son interlocuteur soupira et capitula.

— Très bien, céda-t-il. Si tu es sûr de toi… Je vais joindre mon contact et je te rappelle.

— J'attends votre appel, maître.

Il y eut une nouvelle pause au bout de la ligne.

— Sois prudent.

Et il raccrocha.

IV

Le corps était étendu sur le sol, recouvert d'un drap blanc, et seuls les pieds étaient visibles ; l'un était déchaussé, l'autre portait un escarpin au talon cassé. Des taches de sang étaient répandues sur le sol et quelques hommes étaient en quête d'indices. Des cheveux, des gouttes de sang, des empreintes digitales, n'importe quelle trace qui les conduirait à l'assassin.

Valentina s'accroupit près du corps et leva les yeux vers Tomás, qui s'approchait d'un air craintif.

— Prêt ?

L'historien avala sa salive, avant d'acquiescer. L'inspecteur de la police judiciaire saisit un coin du drap et le replia doucement, de manière à ne découvrir qu'une seule partie du corps. La tête. Tomás reconnut le visage de Patricia, dont la peau était déjà plombée, les yeux vitreux figés en une expression d'épouvante, les lèvres entrouvertes sur une langue révulsée, et le cou taché d'une épaisse croûte de sang desséché.

— Mon Dieu ! s'exclama Tomás, la main sur la bouche tandis qu'il fixait un œil horrifié le cadavre de sa collègue espagnole. Elle... elle a été étranglée ?

Valentina secoua la tête et pointa la tache sur le cou.

— L'expression correcte est *égorgée*, corrigea-t-elle. Comme un agneau, vous voyez ? (Elle approcha les doigts de l'entaille qui déchirait la peau.) On a utilisé un couteau et…

— La pauvre ! C'est atroce ! Comment est-ce possible ?

Il détourna les yeux, refusant d'en voir davantage ; la mort semblait dépouiller son amie de toute dignité. Qui avait pu lui faire une chose pareille ?

L'Italienne recouvrit le corps, puis se releva lentement, avant de regarder l'historien.

— C'est précisément ce que nous cherchons à découvrir. Et pour cela, nous avons besoin de votre aide.

— Tout ! s'exclama-t-il avec emphase, sans la regarder. Tout ce qui peut vous être utile.

— Alors, commençons par l'appel téléphonique. Comment expliquez-vous que son dernier appel vous était destiné ?

— C'est très simple, dit Tomás, en la regardant enfin dans les yeux ; il savait que la question était d'autant plus cruciale qu'elle avait incité la police à le considérer comme suspect. Je me trouve ici pour participer aux travaux de restauration du forum de Trajan, à la demande de la fondation Gulbenkian, dont je suis un consultant. Patricia fait… faisait également ce genre de travail pour la Gulbenkian et nous nous sommes connus au cours de certaines missions d'expertise que nous avons menées ensemble. Elle était arrivée à Rome hier soir et, comme elle savait que je m'y trouvais également, elle m'a appelé. Voilà tout.

Valentina se frotta le menton, considérant ce qu'elle venait d'entendre.

— Comment a-t-elle appris que vous étiez à Rome ?

L'historien hésita.

— Ma foi… je ne sais pas.

L'inspecteur, qui notait ces informations sur un calepin, s'arrêta d'écrire et leva les yeux vers le suspect.

— Comment ça, vous ne savez pas ?

— Je ne sais pas, répéta-t-il. Je suppose qu'elle a été informée par quelqu'un de la fondation…

— Vous êtes conscient que nous allons tout vérifier ?

Tomás prit un air candide.

— Allez-y, je vous en prie, dit-il, en sortant son portable. Si vous voulez, je vous donne tout de suite le numéro du professeur Vital, à Lisbonne. C'est lui qui, habituellement, s'entretient avec moi et Patricia. (Il pressa quelques touches.) Le voilà. C'est le 21…

— Vous me le donnerez plus tard, interrompit Valentina, apparemment convaincue par l'explication et l'esprit déjà occupé par d'autres questions plus urgentes. Vous a-t-elle dit ce qu'elle venait faire ici ?

— Non. Elle m'a même paru assez réservée sur le sujet.

— Réservée ?

— Oui, elle n'a pas voulu m'en parler au téléphone. Mais nous étions convenus de déjeuner ensemble demain et j'imagine qu'elle m'aurait tout raconté. (Le regard de Tomás erra sur les rayons de la salle de consultation des manuscrits.) Elle était donc venue à Rome pour faire des recherches à la Bibliothèque vaticane…

Valentina semblait ne plus l'écouter ; elle lisait avec attention plusieurs photocopies couvertes de commentaires et de notes marginales. Le Portugais jeta un œil sur les documents et constata, non sans surprise, qu'ils incluaient une vieille photo de lui ; il s'agissait d'un rapport le concernant.

— Je vois ici que vous êtes non seulement historien, mais également cryptologue et expert en langues anciennes.

— C'est exact.

L'inspecteur fit deux pas sur le côté et désigna une feuille de papier blanche posée sur le sol.

— Sauriez-vous me dire ce que cela signifie ?

Tomás se plaça à côté de l'Italienne et se pencha sur la feuille pour l'examiner de près.

— C'est étrange ! murmura-t-il. Cela ne ressemble à aucune langue ni à aucun alphabet que je connaisse...

— Vous en êtes sûr ?

L'historien resta encore plusieurs secondes à observer les étranges symboles, cherchant quelques pistes qui le conduiraient à une solution, puis il se redressa.

— Absolument.

— Regardez bien encore une fois.

Tomás fixa à nouveau l'énigme. L'un des symboles, le dernier, attira son attention ; il différait nettement des autres. Afin de le voir sous une autre perspective, il fit quelques pas pour contourner la feuille de papier. Il se baissa à nouveau et examina encore une fois les caractères. Après un instant, ses lèvres esquissèrent un sourire et il fit signe à l'inspecteur.

— Venez voir.

Valentina le rejoignit et, se penchant à son tour sur

la feuille de papier, elle considéra l'énigme sous une perspective inverse.

— Alma ? murmura-t-elle sans quitter la feuille du regard, contemplée à présent à l'envers. Qu'est-ce que cela signifie ?

L'historien pencha la tête.

— Allons ! s'exclama-t-il. Vous ne savez pas ?

— En italien, *alma* signifie *esprit*…

— Tout comme en portugais, d'ailleurs.

— Mais, dans ce contexte, qu'est-ce que cela peut vouloir dire ?

Tomás pinça les lèvres en une expression d'ignorance.

— Je ne sais pas. L'assassin veut peut-être se faire passer pour une âme en peine ? Ou alors, il cherche à insinuer qu'il ne sera jamais capturé parce qu'il est aussi insaisissable qu'un esprit ?

Visiblement impressionnée, Valentina lui tapa sur l'épaule en signe d'encouragement.

— Vous êtes un bon, ça ne fait aucun doute, dit-elle sur un ton flatteur. (Elle se redressa et lui jeta un regard de défi.) Peut-être pourriez-vous m'aider à élucider une autre énigme là-bas…

— Montrez-moi ça.

L'inspecteur lui fit signe de la suivre et, contournant le cadavre étendu sur le sol, elle s'approcha de la table de lecture, au centre de la salle de consultation des manuscrits. Un énorme ouvrage reposait sur le bois verni de la table, ouvert à une page proche de la fin.

— Savez-vous ce que c'est ?

Tomás la suivit, en marchant avec mille précautions pour éviter de perturber le relevé des indices. S'appuyant à la table, il se pencha sur le volume et comprit tout de suite qu'il s'agissait d'un document très ancien. Il lut quelques lignes et fronça le sourcil.

— C'est saint Paul, identifia-t-il. Un extrait de la lettre aux Hébreux. (Il huma l'odeur singulière exhalée par le parchemin, vieux de plusieurs siècles.) Un des premiers exemplaires de la bible. Rédigé en grec, naturellement. (Il lança un regard interrogateur à l'Italienne.) Quel est ce manuscrit ?

Valentina prit le volume et lui montra les caractères inscrits sur la couverture rigide.

— *Codex Vaticanus*.

L'historien resta bouche bée. Son regard se fixa à nouveau sur le manuscrit, incrédule. Il réexamina le parchemin pour s'assurer de son ancienneté, abasourdi.

— Est-ce vraiment le *Codex Vaticanus* ? Le document original ?

— Oui. Cela vous surprend ?

Tomás prit le manuscrit des mains de l'inspecteur et le posa avec d'infinies précautions sur la table de lecture.

— Ceci est l'un des plus précieux manuscrits qui existent sur la planète, dit-il sur un ton réprobateur. On ne peut le toucher qu'avec des gants. Mon Dieu, c'est une chose unique ! Qui n'a pas de prix ! C'est la *Mona Lisa* des manuscrits, vous comprenez ? (Il lança un regard inquiet vers la porte, comme si le pape s'y trouvait, prêt à lui reprocher de ne pas prendre le plus grand soin d'un tel trésor.) J'ignorais qu'on autorisait si facilement la consultation de cet original. C'est incroyable ! Une telle chose ne devrait pas être permise ! Comment est-ce possible ?

— Calmez-vous, répliqua Valentina. Le *prefetto* de la bibliothèque m'a expliqué que personne, normalement, n'a accès à ce manuscrit, seules les copies sont consultables. Mais il semble que la victime était un cas particulier...

Tomás posa les yeux sur le corps recouvert d'un drap et ravala son indignation.

— Ah, bon...

Si l'accès à l'original du *Codex Vaticanus* était exceptionnel, pensa-t-il, il n'avait rien à y redire.

— J'aimerais bien savoir ce que ce manuscrit a de si particulier.

L'attention de l'historien se porta à nouveau sur l'ouvrage.

— Parmi toutes les bibles qui remontent aux débuts du christianisme, le *Codex Vaticanus* est probablement la version la plus fiable. (Il promena la main sur le parchemin jauni au long de presque deux millénaires.) Il date du IVe siècle et renferme la plus grande partie du Nouveau Testament. On raconte qu'il a été commandé par l'empereur Constant Ier. Il caressa la page avec émotion. Un trésor. Jamais je n'aurais imaginé le toucher un jour. Son visage s'éclaircit d'un sourire béat. Le *Codex Vaticanus*. Qui l'aurait cru ?

— Auriez-vous une idée de ce que le professeur Escalona cherchait dans ces pages ?

— Pas la moindre. Pourquoi ne le demandez-vous pas à la personne qui lui a confié ce travail ?

Valentina soupira.

— C'est bien là le problème, admit-elle. Nous ignorons qui le lui a confié. D'ailleurs, il semble que personne ne le sache. Pas même son mari. On dirait que le professeur Escalona considérait ce travail comme un secret d'État.

L'observation attisa la curiosité de Tomás. Un secret d'État ? L'historien contempla le manuscrit et le regarda d'un œil nouveau, non plus ébloui par la relique historique, mais intrigué par son rôle dans le crime qui venait d'être commis.

— Le livre est-il ouvert à la page où Patricia l'a laissé ?

— Oui. Personne n'y a touché. Pourquoi ?

Tomás ne répondit pas, préférant relire le texte avec une attention renforcée. Qu'est-ce qui avait bien pu, dans ce passage, susciter l'intérêt de son amie ? Quel genre de secrets ces lignes pouvaient-elles renfermer ? Il traduisit mentalement le texte jusqu'à tomber sur le mot. Il le prononça à voix haute.

— *Phaneron*.

— Pardon ?

L'historien indiqua une ligne sur le manuscrit.

— Regardez ce qui est écrit là.

Valentina observa les caractères arrondis, l'un d'entre eux lui sembla raturé, puis, secouant la tête, elle eut un rictus.

— Je n'y comprends rien. C'est du chinois ?

Tomás cligna des yeux.

— Ah, excusez-moi ! Parfois, j'oublie que tout le monde ne lit pas le grec. (Il fixa à nouveau son attention sur la ligne indiquée.) Ceci est une lettre de saint Paul du Nouveau Testament. Il s'agit de l'épître aux Hébreux, chapitre 1, verset 3, le mot raturé correspond à *phaneron*. *Phaneron* ou *manifeste*. Dans cette ligne, Paul dit que Jésus « manifeste l'univers par la puissance de sa parole ». Mais la plupart des manuscrits de la bible emploient dans ce passage le mot *pheron*, qui signifie *soutenir* ou *porter*. Autrement dit, selon une version, Jésus manifeste l'univers et, selon d'autres, Jésus soutient l'univers. Vous comprenez ? Ce sont deux sens bien différents. (Il désigna le mot raturé, ainsi qu'un commentaire noté dans la marge du manuscrit.) Regardez ceci.

— Oui...

— En consultant le *Codex Vaticanus*, un scribe a lu *phaneron* et a estimé que c'était une faute. Qu'a-t-il fait ? Il a raturé ce mot et l'a remplacé par l'expression plus commune, *pheron*. Plus tard, un second scribe a remarqué cette rature, et il a biffé *pheron* pour réécrire *phaneron*, le mot original.

Tomás indiqua la note dans la marge : « Imbécile ignorant ! Laisse ce vieux texte en paix, ne le modifie pas ! »

Valentina fronça les sourcils, s'efforçant de tirer de cette explication un sens qui pourrait l'aider dans son enquête.

— En effet, c'est très intéressant, dit-elle, en pensant visiblement le contraire. Et en quoi cela peut-il nous faire avancer ?

Tomás croisa les bras et appuya son menton sur ses mains, considérant les implications de la découverte qu'il venait de faire.

— C'est très simple, dit-il. Cette rature dans le *Codex Vaticanus* illustre l'un des plus grands problèmes posés par la bible. (Il pencha la tête sur le côté, comme si une idée venait de lui traverser l'esprit.) Permettez-moi de vous poser une question : selon vous, la bible représente la parole de qui ?

L'Italienne rit.

— En voilà une question ! s'exclama-t-elle. La parole de Dieu, bien sûr. Tout le monde le sait !

L'historien ignora l'éclat de rire.

— Vous êtes en train de me dire que c'est Dieu qui a écrit la bible ?

— Eh bien... pas vraiment, non, bredouilla Valentina. Dieu a inspiré les chroniqueurs... les témoins... enfin, les évangélistes qui ont rédigé les Saintes Écritures.

— Et que signifie cette inspiration divine, à votre avis ? Que la bible est un texte infaillible ?

L'inspecteur hésita ; c'était la première fois qu'on la poussait à réfléchir à pareille question.

— Je suppose que oui. La bible ne nous transmet-elle pas la parole de Dieu ? Dans ce sens, je pense qu'on peut affirmer qu'elle est infaillible.

Tomás jeta un œil au *Codex Vaticanus*.

— Et si je vous disais que Patricia cherchait probablement les erreurs présentes dans le Nouveau Testament ?

L'inspecteur prit un air inquisiteur.

— Des erreurs ? Quelles erreurs ?

L'historien soutint son regard.

— Vous ne le saviez pas ? La bible est truffée d'erreurs.

— Comment ça ?

Tomás jeta un regard circulaire, en s'assurant que personne ne l'écoutait. Après tout, il se trouvait au Vatican et ne tenait surtout pas à déclencher un incident. Il aperçut deux clercs près de la porte donnant sur la salle Leonina, l'un d'eux devait être le *prefetto* de la bibliothèque, mais il jugea que la distance était suffisante pour ne pas courir le risque d'être entendu.

Il se pencha vers son interlocutrice avec un air de conspirateur, et s'apprêta à lui révéler un secret vieux de presque deux millénaires.

— Des milliers d'erreurs infestent la bible, murmura-t-il. Y compris des fraudes.

V

Le silence de la nuit dublinoise fut rompu par la sonnerie stridente d'un téléphone. Voilà vingt minutes déjà que Sicarius attendait cet appel, dans un coin discret, à l'extérieur de l'aéroport. Il sortit l'appareil de sa poche et en vérifia l'origine avant de répondre.

— J'ai obtenu l'information dont tu as besoin, lui annonça la voix. Il semblerait que notre ami se trouve à la Chester Beatty Library.

Sicarius prit son stylo et son calepin.

— Ches... ter Bi... Il hésita. Comment s'écrit le deuxième mot ?

— B... E... A... T... T... Y, épela le maître à l'autre bout de la ligne. Beatty.

— Library, compléta Sicarius. (Il rangea son calepin et consulta sa montre, qu'il avait déjà réglée sur le fuseau horaire de Dublin, soit une heure de moins qu'à Rome.) Ici, il est deux heures et demie du matin. Notre homme se trouve dans une bibliothèque à une heure pareille ?

— Nous avons affaire à des historiens...

Sicarius émit un bref ricanement et se mit à marcher vers la station de taxis, à une vingtaine de mètres de là.

— Décidément ! Je n'ai droit qu'à des rats de

49

bibliothèque… observa-t-il. Donnez-moi un point de repère à proximité.

— Un point de repère ? Pour quoi faire ?

— Je ne veux pas indiquer au chauffeur du taxi la Chester Beatty Library. Demain, lorsque la nouvelle se répandra dans les journaux, le chauffeur ne devra pas se souvenir d'avoir transporté un client à une heure si tardive…

— Ah, je vois. Je regarde sur le plan et… voyons, le château de Dublin. La bibliothèque se trouve tout près du château.

Sicarius prit note.

— Quoi d'autre encore ?

Son interlocuteur s'éclaircit la voix.

— Écoute, je ne pensais pas que tu voudrais agir aussi vite. Je ne me suis donc pas occupé de ton accès au bâtiment. Il te faudra improviser un peu. Mais ne prends pas de risques, tu entends ?

— Soyez tranquille, maître.

— Ne te fais pas prendre. Mais si jamais tu es pris, tu sais ce qu'il te restera à faire.

— Soyez tranquille.

— Bonne chance !

Sicarius rangea son portable et s'arrêta devant la station de taxis. Ils étaient deux, comme abandonnés. Leurs chauffeurs semblaient assoupis, les vitres fermées pour les protéger du froid. Le nouvel arrivant frappa à la vitre de la première voiture et le chauffeur se réveilla en sursaut. Il regarda d'un œil hagard le client puis, après s'être frotté les yeux, il reprit contenance et lui fit signe.

— Montez !

Sicarius s'installa sur la banquette arrière, près de la vitre, et posa sa mallette de cuir noire sur ses genoux.

— Déposez-moi devant le château de Dublin.

Le taxi se mit en route, s'éloignant lentement de l'aéroport. Les rues étaient désertes et l'éclairage public projetait sur la brume un halo spectral.

Avec des gestes précis, le passager ouvrit la mallette et contempla le précieux objet qui s'y trouvait. La dague brillait comme du cristal. Il examina le métal et ne découvrit aucune trace de sang ; le nettoyage avait été parfait. Il resta un long moment à admirer son éclat, fasciné ; la lame était une véritable œuvre d'art, courbe et acérée, prouvant que ses ancêtres millénaires, inspirés par la grâce divine, savaient forger les métaux jusqu'à la perfection.

Il glissa la main dans la mallette et saisit l'arme blanche. Il passa le doigt sur le fil de la lame et sentit son pouvoir tranchant. La lame reflétait les lumières extérieures. Avec une infinie précaution, Sicarius replaça la dague à sa place. Il savait qu'elle ne resterait pas immaculée très longtemps.

VI

Le visage contrarié de Valentina Ferro avait alerté Tomás. L'inspecteur n'appréciait guère l'idée que la bible pouvait contenir des milliers d'erreurs. Le Portugais avait conscience que, parmi les sujets les plus délicats, celui des convictions religieuses constituait sans doute l'un de ceux qui exigeait le plus de précautions. Cela ne valait pas la peine de blesser ou de froisser les gens, même à coups de vérité.

Cherchant une issue, il consulta ostensiblement sa montre et afficha un air étonné.

— Ah, mais il se fait tard ! s'exclama-t-il. Mieux vaut que je retourne au forum de Trajan. Les travaux de restauration durent jusqu'à l'aube et le professeur Pontiverdi compte sur moi.

L'inspecteur eut l'air contrarié.

— Vous n'irez nulle part avant que je vous y autorise.

— Pourquoi ? Vous avez encore besoin de moi ?

Valentina tourna le regard vers le corps qui gisait toujours au sol.

— J'ai un crime à élucider et vos compétences peuvent m'être utiles.

— Mais que voulez-vous savoir ?

— Je voudrais comprendre en quoi consistait la

recherche menée par la victime et son lien avec l'homicide. Cela peut me conduire à des pistes décisives.

L'historien secoua la tête.

— Je n'ai jamais dit qu'il y avait un lien !

— Mais moi, je le dis.

La déclaration laissa Tomás abasourdi. Il regarda un moment le cadavre puis l'inspecteur.

— Comment ça ? s'étonna-t-il. Vous pensez que Patricia a été assassinée à cause de ses recherches ? Qu'est-ce qui vous fait croire ça ?

Le visage de Valentina se renfrogna à nouveau.

— J'ai mes raisons, murmura-t-elle d'un air mystérieux. (Puis elle posa sa main sur le *Codex Vaticanus*, et réorienta la conversation vers la question qui lui semblait centrale.) Parlez-moi donc de ces erreurs contenues dans la bible, que le professeur Escalona recherchait dans ce manuscrit.

L'historien hésita. Devait-il vraiment s'aventurer sur ce chemin à la destination incertaine ? Son instinct lui répondait que non. Il savait qu'il serait amené à dire des choses qui pouvaient choquer un croyant et il n'était pas sûr que cela fût judicieux. Chaque personne avait ses convictions, et qui était-il pour les remettre en cause ?

Seulement, il y avait quelque chose d'autre. Après tout, l'une de ses amies venait d'être assassinée, et, si l'inspecteur chargé de l'enquête estimait que ses compétences et ses connaissances pouvaient servir à élucider ce crime, pourquoi refuserait-il de l'aider ? En outre, il ne pouvait oublier qu'il était considéré comme suspect. Il pressentait qu'en refusant de collaborer à l'enquête, il renforcerait les soupçons.

Il inspira profondément et ferma les yeux un instant, comme un parachutiste prêt à se jeter dans le vide, et franchit le pas qu'il redoutait le plus.

— Très bien, acquiesça-t-il. Mais, d'abord, puis-je vous poser une question ?

— Je vous en prie.

Les yeux de Tomás plongèrent dans ceux de Valentina.

— Vous êtes chrétienne, je suppose ?

L'inspecteur hocha discrètement la tête et sortit de son col une petite croix pendue à une fine chaîne d'argent.

— Catholique romaine, dit-elle en montrant la petite croix.

— Alors, il y a une chose qu'il est important que vous compreniez, déclara-t-il. (Il porta la main à la poitrine.) Moi, je suis historien. Les historiens ne fondent pas leurs recherches sur la foi religieuse, leurs conclusions reposent plutôt sur les indices du passé : vestiges archéologiques ou textes, par exemple. Dans le cas du Nouveau Testament, il s'agit essentiellement de manuscrits. Ils représentent une source d'informations très importante pour comprendre ce qui s'est passé à l'époque de Jésus. Cependant, il faut les utiliser avec beaucoup de prudence. Un historien doit avant tout saisir les intentions et les conditionnements propres à chaque auteur afin de découvrir des éléments implicites : il lui faut lire entre les lignes. Par exemple, si je lis dans un numéro de la *Pravda* datant de l'Union soviétique une nouvelle m'apprenant que « justice a été faite sur un larbin impérialiste qui mettait en cause la révolution », il faut éliminer toute la rhétorique idéologique et saisir le fait masqué derrière cette information : une personne qui s'opposait au communisme a été exécutée. Vous me suivez ?

Le regard de Valentina devint glacial.

— Oseriez-vous comparer le christianisme au communisme ?

— Bien sûr que non, s'empressa-t-il de répondre. Je dis seulement que les textes expriment l'intention et les conditionnements de leurs auteurs, et un historien doit prendre en compte ce contexte pour les lire correctement. Les auteurs des Évangiles ne voulaient pas seulement raconter la vie de Jésus, ils cherchaient à le glorifier et à persuader les autres qu'il était le Messie. Et ça, un historien ne peut l'ignorer. Vous comprenez ?

L'Italienne opina.

— Bien entendu, je ne suis pas idiote. Au fond, c'est également ce que doit faire un détective, non ? Lorsqu'on entend un témoin, il faut interpréter ce qu'il dit en fonction de sa situation et de ses intentions. On ne doit pas prendre toutes ses affirmations à la lettre. Cela me paraît évident.

— Exactement, s'exclama Tomás, ravi de s'être fait entendre. Il en est de même pour nous, les historiens. Nous sommes en quelque sorte des détectives du passé. Mais il est important que vous compreniez qu'en étudiant une grande figure historique, nous découvrons parfois des choses que les admirateurs inconditionnels préféreraient ignorer. Des choses qui peuvent être... comment dire... désagréables. Mais pourtant vraies.

Il fit une pause pour s'assurer que ce point avait été parfaitement assimilé.

— Et alors ? s'impatienta Valèntina.

— Et alors, j'aimerais savoir si vous êtes prête à m'écouter jusqu'au bout, en sachant que je vais dire certaines choses sur Jésus et sur la bible qui pourraient heurter vos convictions religieuses. Je ne veux pas que vous vous fâchiez contre moi à chacune de mes révélations. Sinon, autant me taire.

— Mais ces révélations... êtes-vous bien certain qu'elles soient vraies ?

Tomás hocha la tête.

— Autant qu'on puisse en juger, oui. (Il esquissa un sourire pincé.) On les appelle… des vérités inconvenantes.

— Bien, allons-y.

L'historien regarda l'Italienne avec attention, comme s'il doutait de sa sincérité.

— Vous êtes sûre ? Après m'avoir entendu, vous ne me mettrez pas en prison ?

La question eut le mérite de briser la glace.

— Je ne savais pas que vous aviez peur des femmes, dit-elle avec un sourire.

Tomás rit.

— Je ne redoute que les plus belles.

— Allons bon ! J'oubliais que monsieur était un séducteur, répliqua l'Italienne, en rougissant. (Mais, avant qu'il pût répondre, Valentina se tourna, posa la main sur le *Codex Vaticanus*, et relança la conversation.) Eh bien, je vous écoute. Quelles sont donc ces erreurs qui polluent la bible ?

L'historien lui fit signe de s'asseoir à la table de lecture, où lui-même prit place. Il fit tambouriner ses doigts sur le bois vernis, cherchant par où il pouvait commencer ; il y avait tant de choses à dire que la difficulté consistait justement à établir un plan.

Enfin, il la regarda.

— Pour quelle raison êtes-vous chrétienne ?

La question prit l'inspecteur au dépourvu.

— Eh bien… bredouilla-t-elle, c'est une question de… disons que ma famille est catholique, j'ai grandi dans cette religion et… et je suis également catholique. Pourquoi me demandez-vous cela ?

— Seriez-vous en train de me dire que vous n'êtes chrétienne que par tradition familiale ?

— Non… même si la tradition de mes aïeux y est

pour beaucoup, évidemment. Mais je crois aux valeurs de la doctrine chrétienne, je crois aux préceptes et aux règles de conduite enseignées par Jésus. C'est cela, avant tout, qui fait de moi une chrétienne.

— Et quels sont les enseignements de Jésus que vous appréciez le plus ?

— L'amour et le pardon, sans l'ombre d'un doute.

Tomás jeta un regard sur le *Codex Vaticanus*, témoin silencieux de cette conversation.

— Citez-moi l'épisode du Nouveau Testament qui vous semble le plus représentatif de ces enseignements.

— L'histoire de la femme adultère, dit Valentina sans hésiter. Ma grand-mère m'en parlait souvent, c'était sa préférée. J'imagine que vous la connaissez ?

— Qui ne la connaît pas ? En dehors des récits de la naissance et de la crucifixion de Jésus, c'est sans doute la scène la plus célèbre du Nouveau Testament. (Il se cala contre le dossier de sa chaise.) Mais dites-moi, que savez-vous de l'histoire de la femme adultère ?

Une fois encore, la question prit de court l'Italienne.

— Ma foi, j'en sais ce que tout le monde sait, répondit-elle. La loi judaïque prescrivait de lapider les femmes adultères jusqu'à la mort. Il se trouve qu'un jour, les pharisiens amenèrent à Jésus une femme qu'on avait prise en flagrant délit d'adultère. Ces pharisiens voulaient mettre à l'épreuve le respect de Jésus envers la loi que Moïse avait reçue de Dieu. Ils lui rappelèrent que cette loi imposait la lapidation de ces femmes...

— C'est ce que dit la bible, confirma Tomás. Dans le Lévitique, chapitre 20, verset 10, Dieu dit à Moïse : « Quand un homme commet l'adultère avec la femme de son prochain, ils seront mis à mort, l'homme adultère aussi bien que la femme adultère. »

— Tout à fait, acquiesça Valentina. Les pharisiens, bien entendu, connaissaient ce commandement de Dieu, mais ils voulaient avoir l'opinion de Jésus sur ce sujet. Fallait-il lapider la coupable jusqu'à la mort, comme l'exigeait la loi, ou fallait-il lui accorder le pardon, comme Jésus le prêchait ? Cette question était bien sûr un piège : s'il recommandait la lapidation, Jésus se retrouvait en contradiction avec tout ce qu'il enseignait sur l'amour et le pardon. Et si, au contraire, il préconisait le pardon, il violait alors la loi de Dieu. Que faire ?

— Tout le monde connaît la réponse à ce dilemme, dit l'historien en souriant. « Mais Jésus, se baissant, se mit à tracer du doigt des traits sur le sol. Comme ils continuaient à lui poser des questions, il se redressa et leur dit : "Que celui d'entre vous qui n'a jamais péché lui jette la première pierre." Et s'inclinant à nouveau, il se remit à tracer des traits sur le sol. » Après avoir entendu ces paroles, les pharisiens se troublèrent, car tous avaient évidemment déjà commis un péché, même véniel, et ils se retirèrent l'un après l'autre, laissant Jésus seul avec la femme adultère. Alors, il lui dit : « [...] va, et désormais ne pèche plus. »

Les yeux de Valentina brillaient.

— C'est excellent, vous ne trouvez pas ? commenta-t-elle. D'une simple pichenette, Jésus rend impossible l'application d'une loi cruelle, sans la révoquer. Un vrai coup de génie, non ?

— L'histoire est très belle, reprit Tomás. Il y a du drame, du conflit, de la tragédie et, au moment du dénouement, lorsque la tension atteint son apogée, avec Jésus et la femme adultère qui semblent perdus, elle vouée à la mort par lapidation et lui livré aux quolibets des pharisiens, il apporte une solution inattendue et merveilleuse, pleine d'humanité, de compassion, de pardon et d'amour. Il suffit de prêter l'oreille à cet épisode extraordinaire pour comprendre toute la grandeur du Christ et de ses enseignements. (Il fit une moue et leva un doigt, interrompant ainsi le débit de ses paroles.) Seulement voilà, il y a un petit problème.

— Un problème ? Quel problème ?

L'historien posa ses deux coudes sur la table, s'appuya le menton sur les mains, et fixa intensément son regard sur son interlocutrice.

— Cela n'a jamais eu lieu.

— Comment ça ?

Tomás soupira.

— L'histoire de la femme adultère, cher inspecteur, est montée de toutes pièces.

VII

L'éclairage nocturne donnait au château un aspect fantomatique. Les projecteurs évoquaient des sentinelles surveillant une silhouette endormie au milieu de la ville. Un épais manteau de brume recouvrait la capitale, et les réverbères dégageaient un halo jaunâtre qui projetait d'étranges ombres sur les trottoirs et les façades en brique des immeubles.

Dès que le taxi s'éloigna, Sicarius se mit à arpenter les rues autour du château. Il comprit vite que la Chester Beatty Library n'était pas aussi simple à localiser qu'il l'avait supposé. Il vérifia sur le plan, où tout semblait clair, mais la brume noyant les rues troublait son sens de l'orientation. Il finit par suivre quelques panneaux qui le conduisirent aux Dubh Linn Gardens et, finalement, à l'entrée de la bibliothèque.

Le bâtiment le déconcerta. Il s'attendait à un monument imposant, digne des précieux trésors que renfermaient ses coffres, mais il découvrit bien autre chose. Située en plein centre historique, la Chester Beatty Library était un immeuble moderne, près de l'ancien Clock Tower Building, datant du XIXe siècle.

Durant un instant, il observa la grande porte vitrée de l'entrée, ainsi que les alentours. Il n'aperçut qu'un sans-abri qui dormait dans le jardin, une bouteille de whisky à la main ; ce n'était pas une menace. Après s'être assuré qu'il n'y avait personne d'autre dans les environs, il s'approcha avec prudence.

La porte était close, comme on pouvait s'y attendre à une heure si tardive, mais le visiteur aperçut des lumières à l'intérieur du bâtiment. Bien sûr, il y avait sans doute un gardien. Peut-être même plus. Mais l'important, c'était la personne qui, selon le maître, devait se trouver là.

La cible.

Sicarius approcha son visage de la porte vitrée. Il remarqua la présence d'un gardien qui sommeillait derrière un comptoir circulaire. Il examina le système d'alarme qui protégeait le bâtiment. Il comprit qu'il ne serait pas facile d'y entrer. L'idéal était de pouvoir compter sur la collaboration d'un complice, comme cela avait été le cas au Vatican, mais ici, à Dublin, il opérait sans filet. Il se remit à examiner le système d'alarme. Des lumières rouges clignotaient et des caméras de surveillance étaient disposées sur les murs, en des points stratégiques. Privé d'aide et de plan d'action, il lui semblait presque impossible d'entrer dans la bibliothèque sans être repéré. Il allait devoir improviser.

Comme l'accès par l'entrée principale lui était fermé, il considéra la possibilité de pénétrer par l'une des fenêtres. Elles se situaient à un niveau assez élevé, mais, à première vue, elles lui semblaient accessibles. Il les examina de la rue et réfléchit à la manière de procéder, mais là encore il dut admettre que, sans une préparation appropriée, son intrusion risquait fort d'être remarquée.

Finalement convaincu que les conditions actuelles n'étaient pas favorables, il décida de renoncer à toute tentative de pénétrer dans la Chester Beatty Library. Il chercha alors un recoin discret, près de l'entrée de la bibliothèque, et s'y posta. À l'abri des regards, l'endroit lui sembla parfait.

Il enfila ses gants noirs, puis il pressa la fermeture de sa petite mallette en cuir. Il extirpa la dague d'un geste délicat et ressentit son poids millénaire. Elle était parfaite. Il jeta un regard vers l'entrée de la bibliothèque et échafauda son plan. Pour le mettre à exécution, il ne manquait plus que la cible donnât signe de vie.

VIII

— Montée de toutes pièces ?

Le visage de Valentina se décomposa, mélange de surprise et d'indignation ; ce qu'elle venait d'entendre sur l'histoire de la femme adultère l'avait abasourdie.

Tomás perçut sa stupéfaction et inspira profondément, détestant l'idée d'être celui qui allait bouleverser ses convictions.

— J'en ai bien peur, oui.

L'Italienne, bouche bée, scruta le visage de l'historien, cherchant un signe révélant que ce n'était qu'une plaisanterie de mauvais goût.

— Comment ça, montée ? questionna-t-elle, sur un ton parfaitement incrédule. Écoutez, il ne me suffit pas d'entendre une chose pareille pour y croire. Affirmer ne suffit pas, il faut le prouver ! (Elle frappa du poing sur la table de la bibliothèque.) Le prouver, vous entendez ?

L'universitaire portugais jeta un regard sur le manuscrit silencieux posé près de lui, comme s'il attendait du *Codex* qu'il l'aidât à calmer la colère qui bouillait en elle.

— Si vous voulez une preuve, il vous faut d'abord comprendre certaines choses, dit-il sur un ton posé. Pour commencer, combien existe-t-il de textes non chrétiens, datant du Ier siècle, qui racontent la vie de Jésus ?

— Beaucoup, évidemment ! s'exclama Valentina. Jésus est tout de même l'homme le plus important des deux derniers millénaires, non ? Il était impossible qu'on l'ignore…

— Mais quels sont ces textes ?

— Tous ceux qui ont été écrits par les Romains.

— Lesquels exactement ?

L'inspecteur sembla décontenancé.

— Ma foi… je ne sais pas ! C'est vous l'historien.

Tomás forma un cercle avec son pouce et son index, puis le leva à la hauteur des yeux de son interlocutrice.

— Zéro.

— Pardon ?

— Il n'y a pas un seul texte romain du Ier siècle sur Jésus. Ni manuscrits, ni documents administratifs, ni acte de naissance ou certificat de décès, ni vestiges archéologiques, ni allusions ou références cryptiques. Rien. Savez-vous ce que les Romains du Ier siècle avaient à dire sur Jésus ? (Il reforma un cercle avec ses doigts.) Un grand zéro !

— C'est impossible !

— La première référence à Jésus par un Romain n'apparaît qu'au IIe siècle, chez Pline le Jeune, dans une lettre à l'empereur Trajan, dans laquelle il mentionne la secte des chrétiens, en disant qu'ils « vénèrent le Christ à l'égal d'un dieu ». Avant Pline, le silence est total. Seul un historien juif, Flavius Josèphe, indique le passage de Jésus dans un livre sur l'histoire des juifs, écrit en l'an 90. Pour le reste, c'est le désert. Autrement dit, les seules sources dont nous disposons concernant la vie de Jésus sont chrétiennes.

— Je n'en avais aucune idée…

L'historien posa son regard sur le *Codex Vaticanus*.

— Et savez-vous quels sont les textes qui composent le Nouveau Testament ?

Une fois encore Valentina vacilla, se demandant si son interlocuteur ne la menait pas en bateau. Elle finit par lui accorder le bénéfice du doute et, faisant un effort pour contrôler ses émotions, décida de collaborer. Elle souffla et chercha dans sa mémoire une réponse à la question.

— J'avoue que je n'y ai jamais prêté une grande attention, reconnut-elle en prenant un air songeur. Voyons, il y a les quatre Évangiles : Matthieu, Marc, Luc et Jean. (Elle hésita.) Et je crois qu'il y a encore quelques bricoles, non ?

— Effectivement, dit Tomás en souriant. En réalité, les textes les plus anciens du Nouveau Testament ne sont pas les Évangiles, mais les épîtres de Paul.

— Vraiment ?

— Oui, les *lettres* de Paul, répéta le Portugais, en précisant la signification du mot *épîtres*. Vous savez, pour comprendre comment sont nés les textes du Nouveau Testament, il faut garder présent à l'esprit que les premiers chrétiens considéraient que la bible était constituée exclusivement par l'Ancien Testament hébraïque. Pour eux, le problème était le suivant : comment interpréter les Saintes Écritures à la lumière des enseignements de Jésus, alors que ses divers successeurs suivaient différents chemins, parfois même opposés, en invoquant toujours le Christ pour légitimer leurs positions ? L'un de leurs chefs de file fut Paul, un juif très actif dans la propagation de la parole de Jésus et qui, pour cette raison même, fit d'innombrables voyages à travers toute la Méditerranée orientale, en se rendant dans les villes les plus éloignées pour convertir les païens. Il leur disait qu'ils ne devaient adorer que le Dieu judaïque et que Jésus était mort pour laver les péchés du monde, mais qu'il reviendrait bientôt pour le jour du Jugement dernier. Or, au cours de ces voyages missionnaires, Paul recevait des nouvelles lui apprenant que les fidèles d'une congrégation qu'il avait récemment fondée adoptaient une théologie à laquelle il ne souscrivait pas, ou bien qu'il y avait dans cette communauté des abus, des comportements immoraux, ou d'autres problèmes encore. Afin de remettre ces croyants dans le droit chemin, Paul leur écrivit des lettres, appelées épîtres, leur reprochant de s'être détournés du chemin et les exhortant à rejoindre la voie qu'il considérait la plus juste. La première de ces lettres à nous être parvenue s'adressait à la congrégation de Thessalonique ; on l'appelle première épître aux Thessaloniciens, elle fut rédigée en l'an 49, moins de vingt ans après la mort de Jésus. Il y a également une missive qu'il a adressée à la congrégation de Rome, nommée épître aux Romains, d'autres à la congrégation de Corinthe, nommées épîtres aux Corinthiens, et ainsi de suite. Il est important de comprendre que ces épîtres, lorsqu'elles furent écrites, n'étaient pas destinées à être perçues comme des Saintes Écritures – il ne s'agissait que de simples lettres de circonstance.

— Comme nos e-mails aujourd'hui ?

Tomás sourit.

— Tout à fait, sauf que leur courrier était beaucoup plus lent, plaisanta-t-il. Il se trouve qu'à cette époque les gens étaient en général analphabètes, si bien que ces épîtres finissaient par être lues à haute voix devant toute la communauté. Paul lui-même achève sa première épître aux Thessaloniciens en implorant que celle-ci « soit lue à tous les frères », ce qui montre bien qu'il s'agissait d'une pratique courante. Au fil du temps, et après des copies successives et de nombreuses lectures à voix haute, ces épîtres furent considérées comme une référence et constituèrent, en quelque sorte, un trait d'union entre toutes les communautés. En tout et pour tout, le Nouveau Testament est composé de vingt et une épîtres, de Paul et d'autres chefs de file, comme Pierre, Jacques, Jean et Judas ; mais nous savons que bien d'autres lettres furent écrites, sans nous être jamais parvenues.

Valentina jeta un étrange regard sur le *Codex Vaticanus*, comme s'il s'agissait de la bible originale.

— Et les Évangiles ? Sont-ils également apparus sous forme de lettres ?

— L'histoire des Évangiles est différente. (Tomás désigna la croix d'argent que l'Italienne portait discrètement autour du cou.) Elle commence avec la crucifixion de Jésus. Craignant d'être mis à mort par les Romains, les disciples s'enfuirent et se cachèrent. Ensuite vint l'histoire de la résurrection et ils annoncèrent que Jésus ne tarderait pas à revenir sur terre pour le jour du jugement dernier. C'est pourquoi ils s'installèrent à Jérusalem et attendirent. Et tandis qu'ils attendaient, ils se mirent à raconter des histoires sur la vie de Jésus.

— Ah ! s'exclama l'inspecteur. C'est donc ainsi que les Évangiles ont été écrits.

— Non, absolument pas ! Les apôtres étaient persuadés que le retour de Jésus était imminent et ils ne voyaient donc aucune raison de consigner ces histoires par écrit. À quoi bon ? Jésus serait bientôt de retour. D'autre part, il est important de noter que les premiers adeptes de Jésus étaient des gens pauvres et sans instruction, des analphabètes. Comment auraient-ils pu rédiger des récits ? Il n'y avait donc que des histoires éparses, désignées par les historiens sous le nom de « péricopes orales ».

— Voilà donc comment les histoires de la vie de Jésus ont été préservées...

— Oui, mais sans l'intention de les préserver, insista Tomás. N'oubliez pas qu'aux yeux de ses disciples Jésus était sur le point de revenir. Ils racontaient ces histoires pour illustrer des situations qui pouvaient apporter une solution aux nouveaux problèmes qui se posaient alors. Ce détail est important, car il révèle que ces narrateurs sortaient les histoires de leur milieu d'origine pour les placer dans un nouveau contexte, modifiant ainsi, de manière subtile et inconsciente, le sens original. Le problème est qu'on prit conscience, à mesure que les premiers disciples vieillirent et moururent sans assister au retour de Jésus, qu'il fallait un support écrit destiné à être lu à voix haute dans les diverses communautés, afin d'en perpétuer la mémoire. Les péricopes furent alors transcrites sur des papyrus et lues hors de leur contexte initial. Et Jésus qui ne revenait toujours pas... On parvint alors à la conclusion qu'il fallait, pour produire un plus grand effet auprès des fidèles, présenter les péricopes selon un ordre déterminé, en les divisant par groupes : celles qui concernaient les miracles, celles qui portaient sur les exorcismes, celles qui abordaient les leçons de morale... Le pas suivant consista à rassembler ces groupes pour former des récits plus étendus, appelés protévangiles, et qui racontaient une histoire complète. Ces protévangiles furent enfin réunis en un seul récit et ainsi naquirent...

— Les quatre Évangiles, acheva Valentina avec un large sourire. Fascinant !

Tomás fit une grimace.

— En réalité, il n'y en a pas eu que quatre, corrigea-t-il. Des dizaines d'Évangiles virent le jour.

— Des dizaines ?

70

— Plus de trente. Les premiers dont nous avons la trace sont l'Évangile selon saint Marc et la source Q, un Évangile perdu et dont l'existence est induite à partir de deux autres Évangiles, ceux de Matthieu et de Luc, qui semblent tous deux puiser dans cette même source Q.

— Q ? s'étonna Valentina. En voilà un drôle de nom !

— Q de *Quelle*, mot allemand qui signifie *source*. Mais il existe d'autres sources, comme la M, utilisée seulement par Matthieu, et la L, utilisée exclusivement par Luc.

— Toutes ont été perdues ?

— Oui, répondit l'historien. Ensuite sont apparus d'autres Évangiles, comme ceux de Jean, de Pierre, de Marie, de Jacques, de Philippe, de Marie-Madeleine, de Judas Thomas, de Judas Iscariote, de Barthélemy... bref, des dizaines d'Évangiles différents.

— En effet, il me semble avoir déjà lu quelque chose à ce sujet, observa l'Italienne. Mais j'ignore ce que sont devenus ces Évangiles...

— Plus tard, ils ont été rejetés.

— Ah oui, et pourquoi ?

C'était une bonne question, pensa l'historien.

— Vous savez, aucun Évangile ne se réduit à une simple chronique des événements, expliqua-t-il. Les Évangiles sont des reconstitutions théologiquement orientées.

— Que voulez-vous dire par là ?

— Simplement que chaque Évangile présentait une théologie spécifique, indiqua-t-il sobrement, esquivant toute controverse susceptible de déclencher un nouvel accès de colère chez Valentina. Comme vous pouvez l'imaginer, cette diversité sema la pagaille parmi les fidèles. Certains Évangiles présentaient Jésus comme une figure exclusivement humaine, d'autres comme une figure exclusivement divine, d'autres encore comme une figure divine doublée d'une figure humaine. Pour les uns, il y avait des enseignements secrets seulement accessibles aux initiés, pour les autres, Jésus n'était même pas mort. Certains affirmaient qu'il n'existait qu'un seul et unique dieu, d'autres soutenaient qu'il y en avait deux, d'autres poussaient jusqu'à trois, d'autres jusqu'à douze, d'autres encore jusqu'à trente…

— Mon Dieu ! Quel bazar !

— Effectivement, personne ne s'entendait, dit Tomás. Il se forma divers groupes d'adeptes de Jésus, chacun avec ses Évangiles. Il y avait les ébionites, des juifs selon lesquels Jésus n'était qu'un rabbin que Dieu avait choisi parce qu'il s'agissait de quelqu'un de particulièrement digne et versé dans la loi confiée à Moïse. Certains indices révèlent que Pierre et Jacques, frère de Jésus, étaient considérés comme les précurseurs de ce courant. Puis apparurent les pauliniens, qui préconisaient l'universalisation des enseignements et la conversion des païens ; ils affirmaient que Jésus avait des caractéristiques divines et que le salut dépendait de la croyance en sa résurrection, et non du respect de la Loi. Il y avait également les gnostiques pour qui Jésus était un homme temporairement incarné en un dieu, le Christ, et ils pensaient que certains êtres humains renfermaient en eux une parcelle divine qui pouvait être libérée par l'accès à une connaissance secrète. Enfin, les docètes défendaient l'idée que Jésus était un être exclusivement divin, dont seule l'apparence était humaine. Il ne connaissait ni la faim ni le sommeil, il ne faisait que les simuler.

Valentina, d'un large geste du bras droit, balaya la Bibliothèque vaticane et tout ce qui l'entourait.

— Et parmi tous ces courants, quel est le nôtre ?

Tomás sourit.

— Le nôtre ? Vous voulez dire celui de l'Église actuelle ?

— Oui.

— Les chrétiens de Rome, déclara-t-il. Ce sont eux qui ont su le mieux s'organiser, en établissant une hiérarchie et des structures au sein de leurs congrégations ou communautés. Ainsi naquirent les églises. L'organisation des autres groupes fut plus informelle. D'autre part, ces chrétiens de Rome bénéficièrent de la forte implantation paulienne dans le monde païen. Il est certain que le centre du christianisme continua, durant quelque temps, à être Jérusalem, où se trouvaient les juifs chrétiens. Mais, en l'an 70, les Romains détruisirent Jérusalem et le centre de gravité du christianisme dut se déplacer. Vers où, selon vous ?

L'Italienne haussa les épaules.

— Je ne sais pas.

L'historien désigna le sol.

— Ici, bien sûr ! Rome n'était-elle pas la capitale de l'empire ? Tous les chemins ne mènent-ils pas à Rome ? L'Église aujourd'hui dominante ne se nomme-t-elle pas catholique apostolique *romaine* ? Qui mieux que les chrétiens qui se trouvaient ici, dans la capitale impériale, pouvait diriger le christianisme ? Ils occupaient une situation privilégiée qui leur a permis de devenir dominants. Et ils ont tiré pleinement profit de cette position. Au fil du temps, ils ont rejeté les divers Évangiles adoptés par différents groupes, en les cataloguant comme hérétiques, et ont valorisé les textes qu'ils considéraient comme authentiques. Leur jugement avait un impact d'autant plus grand que ces chrétiens se présentaient bien organisés, avec des structures hiérarchiques rigides dirigées par des évêques, ce qui favorisait la transmission des ordres. D'autre

73

part, ils étaient plus nombreux et communiquaient leurs instructions à partir de la capitale de l'empire. Les Évangiles considérés comme hérétiques cessèrent d'être copiés et, graduellement, la doctrine dominante reposa sur les quatre textes évangéliques légitimés par les Romains : ceux de Matthieu, de Marc, de Luc et, non sans une certaine réticence, de Jean.

— Et c'est donc ainsi que les Évangiles ont rejoint les épîtres comme textes de référence ?

— Tout à fait. Il se trouve que certains de ces textes, comme l'Évangile selon saint Matthieu et la première épître de Paul à Timothée, ont placé les paroles de Jésus sur le même plan que celui des Saintes Écritures, vous comprenez ? Ils insinuaient ainsi qu'elles avaient la même autorité que celle que l'on reconnaissait à l'Ancien Testament, ce qui constituait une importante innovation théologique. (Il fit une mimique théâtrale.) La parole de Jésus avait donc la même valeur que celle des Saintes Écritures ? Mieux encore, dans la deuxième lettre de Pierre apparaît une critique adressée aux « gens ignares et sans formation » qui déforment les épîtres de Paul « comme ils le font aussi des autres Écritures. Autrement dit, les lettres de Paul étaient déjà élevées au rang d'Écritures sacrées ! De là à ce qu'elles soient intégrées dans le canon, il n'y avait qu'un pas, comme vous pouvez l'imaginer.

— Quand cela s'est-il passé ?

— Le canon fut défini quelques années après l'adoption du christianisme par l'empereur Constantin, dit-il en désignant d'un geste le *Codex Vaticanus*. Plus ou moins lorsque cet ouvrage fut composé, au IVe siècle. On établit alors que les nouvelles Écritures étaient constituées de vingt-sept textes : les Évangiles de Luc, de Marc, de Matthieu et de Jean, qui racontaient la vie de Jésus, ainsi que les chroniques de la vie des apôtres, nommées les Actes des Apôtres, et les diverses lettres écrites par les apôtres eux-mêmes. Le tout s'achevant par l'Apocalypse de Jean.

L'Italienne, l'air songeur, réfléchissait à ce qu'elle venait d'entendre.

— Il y a peut-être des textes considérés comme hérétiques qui sont vrais, observa-t-elle après quelques instants. Comment sait-on que seuls les quatre Évangiles canoniques sont historiquement authentiques ?

— La question est légitime, approuva Tomás. Cependant, il existe un certain consensus parmi les universitaires selon lequel le choix du canon fut globalement pertinent. Les textes hérétiques, aujourd'hui appelés apocryphes, sont trop farfelus : ils fourmillent de créations légendaires et invraisemblables. L'un d'eux, par exemple, évoque Jésus enfant tuant d'autres enfants par des actes de magie, vous imaginez. Un autre fait parler la croix du crucifié. Vous vous rendez compte, une croix qui parle ! Les chrétiens de Rome n'étaient guère ouverts à de pareilles fantaisies et ils rejetèrent ces textes. Parmi les écrits apocryphes connus, savez-vous quel est le seul qui pourrait présenter quelques éléments de vérité ?

La question suscita chez Valentina un regard vide.

— Je n'en ai pas la moindre idée.

— L'Évangile selon Thomas, dit-il. On connaissait depuis longtemps l'existence de cet Évangile, mais on pensait qu'après avoir été déclaré hérétique il s'était perdu pour toujours. Or, en 1945, on a accidentellement découvert à Nag Hammadi, en Égypte, divers volumes de manuscrits apocryphes, incluant l'Évangile selon Thomas. Cela a provoqué parmi les exégètes et les théologiens une vive discussion, plus vive encore lorsqu'ils prirent connaissance du contenu.

La révélation excita la curiosité de l'inspecteur.

— Ah, oui ? De quoi s'agissait-il ?

— C'est un manuscrit très intéressant parce qu'il ne présente aucune structure narrative. Pas le moindre élément biographique concernant Jésus. Rien de rien. Cet écrit se réduit à un recueil de cent quatorze enseignements, introduits pour la plupart par la formule : « Jésus a dit ». Nombre d'entre eux apparaissent également dans les Évangiles canoniques, tandis que d'autres ne sont mentionnés nulle part, mais peuvent être considérés comme *agrapha*, c'est-à-dire comme des citations authentiques non canoniques. D'ailleurs, certains universitaires pensent que ces citations consignées dans l'Évangile selon Thomas sont plus proches des paroles réellement prononcées par le Christ que celles qui figurent dans nos Évangiles canoniques. C'est la raison pour laquelle beaucoup l'appellent le cinquième Évangile.

— Si c'est vraiment le cas, pourquoi a-t-il été exclu du canon ?

— Parce que certains de ses enseignements, au caractère fortement ésotérique, peuvent être interprétés comme gnostiques, répondit Tomás. Et c'est là quelque chose que les chrétiens romains, devenus orthodoxes, veulent absolument éviter. Mais l'Évangile selon Thomas est un document renfermant des informations historiques qui peuvent être tout à fait pertinentes, encore que le sujet divise les spécialistes. Quoi qu'il en soit, sa découverte a confirmé l'idée que la source Q, le manuscrit perdu ayant inspiré Matthieu et Luc, était également un texte composé uniquement d'enseignements, dont on trouve maints exemples dans la littérature sapientielle juive.

Valentina hocha la tête d'un air approbateur.

— Certes, tout cela est très intéressant, dit-elle. Mais où voulez-vous en venir ?

L'historien se redressa sur sa chaise et balaya du regard les rayons chargés de livres de la Bibliothèque vaticane.

— Je veux en venir à cette question, dit-il en se tournant vers son interlocutrice. Où se trouvent donc les originaux de tous les textes canoniques qui composent le Nouveau Testament ?

Dans un mouvement quasi instinctif, les yeux bleus de l'inspecteur suivirent le regard de Tomás à travers la salle de consultation des manuscrits.

— Eh bien... ici, au Vatican, dit-elle. Peut-être même dans cette bibliothèque. (Elle sentit le regard scrutateur de son interlocuteur qui l'examinait et, devinant que sa réponse était erronée, elle hésita.) Non ?

Tomás secoua la tête.

— Non, dit-il sur un ton solennel. Il n'y a pas d'originaux.

— Comment ça ?

— Les originaux du Nouveau Testament n'existent pas.

IX

Étudier un manuscrit sur un écran d'ordinateur est une tâche pénible pour n'importe qui, mais le faire jusqu'à l'aube relève de la torture. Alexander Schwarz frotta ses yeux fatigués, injectés de sang, puis redressa son buste et sentit ses articulations endolories. Cela faisait trop longtemps qu'il était assis dans cette position, le regard tantôt rivé sur l'écran, tantôt sur le carnet de notes où il consignait ses observations.

— Ça suffit ! murmura-t-il alors. Je n'en peux plus...

Il ferma le fichier du manuscrit et éteignit l'ordinateur. Il regarda autour de lui et vit la salle déserte, plongée dans l'obscurité, où se découpaient les ombres projetées par la lampe qui l'éclairait. Il regarda aussi vers le hall, tout au fond, et voulut appeler le jeune fonctionnaire chargé de veiller sur lui durant la nuit, mais celui-ci avait quitté son poste. Sans doute était-il allé aux toilettes, pensa-t-il.

Il rangea ses affaires, avala d'un trait le café froid qui restait au fond d'un gobelet en carton, et se leva. Il tituba au premier pas, le corps raidi d'être resté si longtemps vissé à sa table de travail. Il se dirigea vers le bureau d'accueil et regarda dans toutes les directions, mais ne vit aucune trace du gardien.

— Où donc est-il passé ?

Il se rendit aux toilettes, mais elles étaient désertes. Il pensa alors que le jeune homme était parti chercher à boire et il alla vers le distributeur, mais personne ne s'y trouvait.

— Ohé ? appela-t-il à voix haute. Ohé ?

Personne ne répondit. Avec la nuit, les rares lampes projetaient d'étranges ombres au sol et sur les murs, la bibliothèque dégageait une atmosphère lugubre. Cette lourde ambiance commençait déjà à le contaminer.

— Ohé ? Il y a quelqu'un ?

Sa voix résonna à travers la salle et s'évanouit dans le silence. L'employé semblait avoir définitivement disparu. Alexander décida de ne plus attendre et s'engagea dans le couloir. Mais l'étage était plongé dans l'obscurité et il ignorait où se trouvait l'interrupteur. Il marcha lentement, rasant les murs, selon une trajectoire improbable. L'obscurité commençait à lui taper sur les nerfs et, sans pouvoir la contrôler, une peur soudaine l'envahit.

Quel froussard ! se dit-il, cherchant à se rassurer. Il faut seulement que je trouve la sortie, c'est tout.

Il avança prudemment et tourna à gauche. Il aperçut alors une silhouette.

— Qui est là ?

Il entendit un souffle.

— Qui est là ?

— C'est moi.

— Qui, moi ?

Il s'efforça de distinguer le visage de la silhouette qui s'approchait dans l'ombre, mais sans y parvenir. Il lui fallait de la lumière.

— Moi.

La silhouette s'arrêta devant Alexander, qui, sur le moment, ne sut plus quoi faire. Il entendit un clic et, aussitôt, le couloir fut éclairé. Face à lui se tenait un jeune homme aux cheveux en bataille et aux yeux bleus cernés.

L'employé de la bibliothèque.

— Ah ! s'exclama Alexander, vivement soulagé. Où diable étiez-vous passé ?

Le jeune homme leva la main pour montrer son portable.

— J'étais au téléphone avec ma copine, dit-il. J'ai quitté la salle pour ne pas vous déranger. (L'employé regarda vers le fond du couloir.) Vous avez terminé votre travail pour ce soir ?

— Oui. J'ai éteint l'ordinateur. Je suis épuisé. (Il ouvrit la bouche et bâilla, comme pour renforcer le sens de ses paroles.) Où est la sortie ?

Le jeune homme lui indiqua l'autre bout du couloir.

— Vous prenez par là, vous traversez les galeries et vous descendez l'escalier. Une fois dans le hall, on vous ouvrira.

Alexander le remercia et suivit la direction indiquée. Il traversa une galerie et jeta un regard contemplatif aux trésors exposés, des manuscrits anciens. Là se trouvaient les originaux qu'il venait de consulter sur ordinateur, mais également d'autres perles rares, comme les fragments des manuscrits de la mer Morte, de splendides copies illustrées du Coran et de vieux textes bouddhistes et hindous. Il les avait déjà observés mille fois, mais, chaque fois qu'il passait dans cette galerie, il ressentait le même attrait, le même enchantement. Comment de telles raretés pouvaient-elles appartenir à une collection privée ?

La galerie suivante proposait d'autres merveilles, comme des livres de jade chinois, des coffrets en marqueterie japonais, de jolies miniatures mongoles et de magnifiques enluminures persanes. Des objets ravissants, mais qui, aux yeux d'Alexander, n'étaient pas aussi précieux et aussi intéressants que les richesses exposées dans la galerie des manuscrits.

Il descendit l'escalier et arriva dans le hall. Le vigile de nuit sommeillait derrière le comptoir d'accueil et s'éveilla en entendant les pas du chercheur. Il se leva et alla ouvrir la porte pour le laisser sortir.

— Bonsoir, monsieur.

Alexander le salua et s'élança dans l'air froid de la rue. Il se sentait fatigué, mais satisfait du travail accompli. Il avait bien avancé dans sa recherche et pensa qu'une journée de travail supplémentaire suffirait pour achever la tâche qui l'avait conduit à Dublin. Il rentrait à l'hôtel, mais se sentait si enthousiaste qu'il savait qu'il ne pourrait par rester longtemps éloigné des manuscrits. Dès qu'il se réveillerait, il retournerait aussitôt à la Chester Beatty Library. Après tout, il lui fallait encore...

À ce moment-là, il sentit une présence derrière lui.

X

Le *Codex Vaticanus* était soudain redevenu le centre de l'attention dans la salle de consultation des manuscrits. L'inspecteur Valentina Ferro le regardait fixement, un peu comme si le vieux manuscrit posé sur la table de lecture avait été responsable de ce qu'elle venait d'entendre.

— Il n'existe aucun original du Nouveau Testament ?

Tomás fit un geste vague.

— Personne n'en a jamais vu, dit-il. Pschitt ! fit-il, comme s'il soufflait de la paille. Les originaux se sont volatilisés. Ils ont disparu au fil du temps !

— Ah, oui ? s'étonna Valentina, en désignant d'un geste le manuscrit posé devant elle. Alors nous n'avons que ces... copies ?

Une fois encore l'historien répondit par la négative.

— Même pas.

L'Italienne fronça le sourcil.

— Nous n'avons pas les copies ?

— Non.

L'Italienne posa la main sur le *Codex Vaticanus*.

— Et ça, c'est quoi ? Un fantôme ?

— Presque, rétorqua Tomás, un sourire aux lèvres. Écoutez bien ce que je vais vous dire : nous n'avons pas les originaux du Nouveau Testament ni leurs copies respectives. En réalité, nous n'avons ni les copies des copies, ni même les copies des copies des copies. (Il posa la main sur le manuscrit ouvert devant lui.) Le premier Évangile qui soit parvenu jusqu'à nous est celui de Marc, écrit autour de l'an 70, c'est-à-dire à la fin du Ier siècle. Or, le *Codex Vaticanus*, encore qu'il soit l'un des plus anciens manuscrits rescapés renfermant le texte du Nouveau Testament, date du milieu du IVe siècle ! Autrement dit, cet ouvrage est d'environ trois cents ans plus récent que l'original de l'Évangile selon Marc, ce qui fait de lui la énième copie de copie des originaux rédigés par les auteurs des textes aujourd'hui canoniques.

— Mon Dieu ! s'exclama l'Italienne. Je l'ignorais complètement.

Tomás remua sur sa chaise, cherchant une position plus confortable, sans quitter des yeux son interlocutrice.

— Cela pose un problème, comme vous pouvez le deviner.

Valentina opina ; elle était détective et savait combien il est important d'accéder aux sources premières.

— Comment peut-on être sûr que la énième copie est identique à l'original ?

— Bingo ! s'exclama l'historien, en tapant de la main sur la table. Il m'est arrivé un jour de raconter une histoire à une amie, qui l'a racontée à une autre personne, qui à son tour l'a racontée à une troisième, laquelle est ensuite venue me la raconter à nouveau. Lorsque cette histoire m'est revenue, après être passée par trois filtres successifs, elle était déjà différente. Telle est la loi inéluctable de tout témoignage humain et de sa transmission. Alors imaginez une histoire qui a été copiée d'innombrables fois par des scribes, dont les

premiers étaient certainement des amateurs peu qualifiés, inévitablement sujets à des défaillances. Combien
de modifications a-t-elle pu subir ?

— Quelques-unes, je suppose.

L'universitaire portugais se concentra à nouveau sur
la page à laquelle était ouvert le *Codex Vaticanus*.

— D'où l'importance de cette note marginale où le
scribe blâme le copiste au sujet de l'expression que
Patricia recherchait, dit-il, en indiquant le commen-
taire griffonné sur le manuscrit. « Imbécile ignorant !
Laisse ce vieux texte en paix, ne le modifie pas ! »
Car quelqu'un avait remplacé *phaneron* par *pheron*.
(Tomás feuilleta délicatement le *Codex Vaticanus*.)
Regardez ce qui est écrit dans l'Évangile selon saint
Jean. (Il localisa l'Évangile et chercha la référence.)
Jean, chapitre 17, verset 15. C'est là. Dans ce passage,
Jésus implore la miséricorde de Dieu pour l'humanité.
(Le texte était rédigé en grec, mais Tomás le traduisit
directement.) « Je ne te demande pas de les garder du
Mauvais. » (L'historien leva un regard interrogateur
sur son interlocutrice.) « Je ne te demande pas de les
garder du Mauvais » ? Jésus souhaitait donc que Dieu
laisse les hommes en proie au Mauvais ? Qu'est-ce
que c'est que cette histoire ?

Valentina le regarda d'un air perdu, sans savoir
comment interpréter cette étrange phrase.

— En effet... je ne comprends pas très bien.

Tomás tapota du doigt le vieux parchemin.

— C'est une erreur de copiste ! s'exclama-t-il. La
phrase originale est : « Je ne te demande pas de les
ôter du monde, mais de les garder du Mauvais. » Il
se trouve que le copiste du *Codex Vaticanus* a sauté
une ligne par inadvertance, si bien qu'il a copié « Je
ne te demande pas de les garder du Mauvais. » Ce
type d'erreur s'appelle *periblepsis ;* elle est commise

lorsque deux lignes d'un texte se terminent par les mêmes mots ou les mêmes lettres. Le copiste qui est en train de recopier une ligne baisse les yeux pour l'écrire, et quand il les relève, il regarde le même mot de la ligne suivante, et sans le vouloir finit par ignorer le texte entre les deux termes identiques. (Il désigna d'un geste le manuscrit.) Et nous parlons du *Codex Vaticanus* qui est considéré comme l'un des travaux de copie les plus professionnels du monde antique ! Alors imaginez les erreurs qui ont pu s'accumuler dans toute la bible, dont les originaux ont disparu, si bien qu'il ne nous reste que les copies des copies des copies des copies des...

— D'accord, j'ai compris, s'impatienta Valentina. Et alors ? Que je sache, une hirondelle ne fait pas le printemps. Le fait qu'on puisse y relever une ou deux petites erreurs n'infirme pas pour autant le Nouveau Testament...

Tomás prit un air scandalisé.

— Une ou deux petites erreurs ? Avez-vous une idée du nombre d'erreurs détectées à ce jour parmi les cinq mille manuscrits de la bible qui nous sont parvenus ?

L'inspecteur haussa les épaules et prit la petite bouteille d'eau minérale qu'un policier corpulent venait de lui apporter.

— Je ne sais pas, dit-elle en dévissant le bouchon. Combien ? Vingt ? Trente erreurs ? Et alors ?

Elle ôta le bouchon et porta la bouteille à la bouche, presque indifférente à la réponse. L'historien se pencha en avant, le regard fixé sur l'Italienne tandis qu'elle buvait, et lui chuchota à l'oreille le nombre exact.

— Quatre cent mille.

Valentina s'étrangla, le menton dégoulinant, et se retourna pour éviter d'asperger le *Codex Vaticanus*. Elle regarda Tomás avec un air incrédule.

— Quatre cent mille erreurs dans la bible ? Vous plaisantez !

L'historien hocha la tête de haut en bas, confirmant le chiffre.

— Quatre cent mille, répéta-t-il. En réalité, bien plus encore.

— Mais… c'est impossible ! Il y aurait plus de quatre cent mille erreurs dans la bible ? Allons, c'est absurde !

— Il est vrai qu'une grande majorité d'entre elles se réduisent à de légères méprises, concéda Tomás. Des mots mal copiés, des lignes sautées, ce genre de fautes accidentelles. (Il leva un sourcil.) Mais il y a d'autres erreurs qui, elles, sont volontaires. Des choses que les auteurs des Évangiles ont inventées, par exemple.

— C'est insensé ! rétorqua l'Italienne. Comment pouvez-vous savoir si tel passage mentionné dans le Nouveau Testament est inventé ou pas ? Vous y étiez pour pouvoir l'affirmer ?

— Je n'y étais certes pas, mais nous autres historiens, tout comme vous, les détectives, nous disposons de méthodes pour vérifier la véracité des faits.

— Quelles méthodes ? De quoi parlez-vous ?

— Je parle de la méthode d'analyse historique qui repose sur des critères de critique textuelle. (Tomás leva la main.) Cinq critères.

— Excusez-moi, mais je ne vois pas très bien comment on pourrait, à travers une simple analyse de texte, déterminer la part de vérité ou d'invention contenue dans un document, et encore moins s'agissant de la bible. Quel que soit le nombre de critères invoqués.

— Écoutez avant de juger, recommanda l'historien. Ces critères sont fiables s'ils sont bien appliqués. Le premier est celui de l'ancienneté. Plus le manuscrit est ancien, plus notre confiance en sa rigueur est grande. Parce que le texte d'une copie ancienne a nécessairement subi moins d'altérations qu'une copie plus récente. Le deuxième critère est l'abondance des sources. Plus les sources indépendantes les unes des autres sont nombreuses à dire la même chose, plus nous sommes enclins à croire que cette chose a réellement eu lieu. Mais nous devons nous assurer que les sources sont vraiment indépendantes. Par exemple, une information qui apparaît dans les Évangiles de Luc et de Matthieu n'est pas nécessairement impartiale, dès lors que ces évangélistes citent souvent la même source, le manuscrit Q. Le troisième critère est celui de l'embarras. On dit en latin : *proclivi scriptioni praestat ardua*, c'est-à-dire, « la lecture la plus difficile vaut mieux que la facile ». Autrement dit, plus une information est embarrassante, plus elle s'approche de la vérité.

— Une information embarrassante ? Que voulez-vous dire par là ?

— Laissez-moi vous donner un exemple concernant le Nouveau Testament, suggéra Tomás. Les différents Évangiles racontent que Jésus fut baptisé par Jean Baptiste. Cette information était embarrassante pour les chrétiens, car selon eux la personne qui donnait le baptême était spirituellement supérieure à celle qui était baptisée. Or, l'épisode montre Jésus dans une position d'infériorité spirituelle par rapport à Jean. Comment est-ce possible puisque Jésus est le fils de Dieu ? D'autre part, le baptême servait à purifier la personne de ses péchés. Si Jésus fut baptisé, cela signifie que lui-même était aussi pécheur. Une fois encore, comment peut-on l'admettre puisqu'il était le fils de Dieu ? Il est donc hautement improbable que les auteurs des Évangiles aient inventé cet épisode du baptême de Jésus, étant donné son caractère embarrassant. Pourquoi auraient-ils imaginé un récit qui mettait en cause la supériorité et la pureté de Jésus ? Pour cette même raison, les historiens considèrent que le baptême de Jésus par Jean a vraiment eu lieu. C'est un fait historique. Aucun évangéliste n'aurait inventé une chose si embarrassante.

— Ah, je comprends.

— Le quatrième critère est celui du contexte. Est-ce que les informations mentionnées dans tel Évangile s'accordent avec le contexte de l'époque ? Et le cinquième critère est celui de la structure même du texte, à savoir son style d'écriture, le vocabulaire employé, et jusqu'à la tendance théologique de son auteur. Si dans un passage figurent par exemple plusieurs mots qui n'apparaissent nulle part ailleurs, il est fort probable qu'il s'agisse d'un rajout effectué par un copiste. Mais attention, tous ces critères ne doivent pas être appliqués aveuglément. Il peut exister un texte qui soit plus ancien qu'un autre mais, comme il supprime certains éléments embarrassants ou, au contraire, rajoute des détails fantaisistes, les historiens le considèrent comme une copie de moindre qualité, comparé à un texte plus récent. Bref, tout doit être minutieusement pris en compte.

L'Italienne acquiesça.

— Effectivement, un vrai travail de détective… observa-t-elle. Mais où voulez-vous en venir ?

— Je veux en venir aux épisodes fictifs du Nouveau Testament. (Il s'arrêta un instant pour amplifier l'impact de ses paroles.) Comme l'histoire de la femme adultère, par exemple.

Valentina bondit sur sa chaise.

— Ah, oui ! Vous deviez me donner la preuve que cette histoire est une fraude. Je l'attends toujours !

L'historien lui lança un regard pour l'avertir.

— Sachez que ce n'est pas la seule histoire. Il y en a d'autres.

— Lesquelles ?

Tomás soupira, découragé. Il venait de passer la dernière demi-heure à expliquer les éléments premiers concernant les manuscrits de la bible. Le plus difficile, pourtant, restait à venir, car cela touchait à certains points vitaux de la théologie chrétienne. L'universitaire portugais fit tambouriner ses doigts sur la table de lecture et n'osa pas regarder son interlocutrice lorsque, pour finir, il reprit courage et répondit à la question.

— Le récit de la résurrection de Jésus, par exemple.

— Le récit de… la résurrection ? s'affola Valentina. Qu'est-ce qu'il a ?

Il finit par la regarder.

— C'est une autre fraude.

XI

La pelouse des Dubh Linn Gardens était mouillée par la brume, mais Paddy McGrath n'était plus sensible à ce genre d'inconfort. Pourquoi l'aurait-il été d'ailleurs ? Il avait cinquante-deux ans, était sans emploi, sa femme l'avait quitté, et il se considérait comme l'homme le plus malheureux du monde.

Il s'étendit sur le tapis vert et leva bien haut sa bouteille de whisky ; il en restait un bon tiers, ce qui signifiait qu'il en avait encore suffisamment pour noyer les souvenirs de l'année effroyable qu'il venait de passer.

— *And it's all for me grog*, chantonna-t-il à voix basse. *All for me beer and tobacco. Well I've spent all me tin with the ladies drinking gin...*

Le whisky le rendait heureux pendant quelques heures, ou du moins effaçait momentanément le souvenir de ses malheurs, si bien qu'il avala une autre gorgée et se remit à fredonner la chanson qui avait animé beaucoup de fêtes dans sa jeunesse. Paddy avait passé presque trente ans de sa vie à travailler dans la fonction publique. Trente ans ! Soudain vint la crise, les banques furent affaiblies, le gouvernement les finança, le déficit public s'aggrava, le FMI débarqua et suivirent les licenciements en masse. Il fut pris dans l'engrenage des compressions de personnel et se retrouva sans travail du jour au lendemain.

À plus de cinquante ans, qui accepterait de l'engager ? Avec le sentiment de n'être qu'une loque abandonnée, il s'était mis à noyer ses déboires dans les Guinness du Mulligan's, le pub du coin. Tous les soirs, il rentrait chez lui en titubant. Au bout de quelques mois, sa femme, une garce à la voix stridente et à la langue de vipère, avait fini par le quitter pour retourner à Limerick.

— Vieille sorcière ! grogna-t-il dès qu'il pensa à elle. Puisses-tu crever de ton propre venin...

Puis les banques se mirent en chasse et saisirent sa maison dont il avait cessé de payer les mensualités du crédit.

— Tous des vautours, ces banquiers ! grommela-t-il ensuite, sans plus savoir s'il se parlait à lui-même ou si quelqu'un l'écoutait. Puissent-ils étouffer dans la merde qu'ils ont semée, ces charognards...

Toutefois, Paddy avait parfaitement conscience que ce n'était pas eux qui étaient dans la merde, mais lui, qui se retrouvait maintenant à la rue. Cela faisait quatre mois que les Dubh Linn Gardens lui servaient de lit. Il leva la tête et regarda autour de lui. Il y avait pire comme endroit, considéra-t-il, en passant la main dans ses cheveux en bataille. Ce jardin n'était peut-être pas un lieu très confortable pour dormir, en particulier pendant les nuits froides et humides de l'hiver, mais au moins il était beau. Et puis, il avait des voisins de prestige, comme le château et la bibliothèque. Et silencieux, par-dessus le marché. Au fond, de quoi se plaignait-il ?

Il jeta un regard presque attendri en direction de la Chester Beatty Library, comme pour trouver une confirmation à ses propos. Il fut d'autant plus surpris de voir le vigile de nuit ouvrir la porte, pour laisser sortir un homme grand et maigre, à l'allure distinguée.

— Tiens donc ! Du passage à cette heure ?

Il se sentait grisé par l'alcool et avala une nouvelle gorgée, comme si c'était là le meilleur moyen de recouvrer la sobriété. Puis il observa l'homme grand et maigre qui s'éloignait. Enfin, sentant le sommeil peser sur ses paupières, il s'apprêta à s'allonger de nouveau sur l'herbe, lorsqu'un mouvement inattendu attira son attention.

D'un recoin plongé dans l'ombre, une silhouette surgit avec une agilité fulgurante et bondit sur l'homme qui venait de quitter la bibliothèque. Les deux corps s'entremêlèrent un instant, dans l'obscurité. Puis l'assaillant émit un cri de douleur et s'éloigna à toutes jambes, laissant l'homme étendu au sol.

Abasourdi par la rapidité et l'étrangeté de la scène, Paddy se frotta énergiquement les yeux puis les ouvrit à nouveau. Il regarda vers l'endroit où l'action lui semblait s'être déroulée et crut un temps avoir rêvé, mais très vite il distingua le corps étendu à terre et s'aperçut alors que ses sens ne l'avaient pas trompé, que tout avait été bien réel.

Il se leva en titubant sur la pelouse et, d'une voix alcoolisée, cria au secours.

XII

La belle Italienne ne cessait de secouer la tête, refusant catégoriquement d'accepter ce qu'elle venait d'entendre.

— Ce n'est donc plus seulement l'histoire de la femme adultère qui est fausse ? demanda-t-elle, en dissimulant mal l'irritation qui la gagnait. La résurrection de Jésus aussi ? Mais qu'est-ce que vous racontez ? Vous vous moquez de moi ?

Le ton était si agressif que Tomás remarqua une goutte de sueur couler le long de sa tempe. Avait-il commis une maladresse en racontant tout cela ? Il commençait à nourrir de sérieux doutes sur la pertinence de sa démarche : exposer à une dévote une vision historique sur Jésus. Mais à présent qu'il s'était lancé, il ne pouvait plus faire marche arrière. Impossible d'affirmer de telles choses sans aller jusqu'au bout. Il était trop tard pour regretter...

— Du calme, apaisa-t-il. Ne vous énervez pas.

— Mais je suis calme, vous entendez ? cria l'inspecteur. Je ne suis pas du genre à m'énerver facilement, moi. Même si j'ai parfois des raisons de le faire. Comme lorsque j'entends certaines sottises !

— Ce ne sont pas des sottises, je le crains. Ce sont des choses que...

— Vraiment ? Vous affirmez ces choses sans présenter la moindre preuve, et vous voudriez que je vous dise *amen* ? Que je vous remercie pour la lumière que vous apportez à une pauvre ignorante ? Que je vous exprime toute ma reconnaissance ? C'est ça que vous attendez ?

Le regard de Tomás se durcit.

— J'attends que vous m'écoutiez, dit-il avec une véhémence inattendue. (Il pointa son doigt sur elle.) Vous m'aviez promis de m'écouter sans vous fâcher, non ? Alors, faites-le !

Valentina ferma les yeux, marmonna une prière en italien, soupira et regarda Tomás, cette fois avec une parfaite maîtrise de ses émotions.

— Très bien, je vous écoute, concéda-t-elle, sur un ton si posé que son interlocuteur en fut surpris ; une métamorphose si instantanée semblait impossible. Quelles sont donc les preuves de ce que vous avancez ?

Tomás l'observa avec méfiance, doutant de la sincérité apparente de sa voix. Sentant son hésitation, l'Italienne cligna des paupières et arbora un sourire si charmeur qu'il ne put s'empêcher de sourire également.

— La première chose que vous devez comprendre, c'est qu'il existe des erreurs intentionnelles dans la bible, dit Tomás, malgré tout avec une certaine prudence. Les erreurs involontaires sont bien plus nombreuses, évidemment. Mais celles qui sont intentionnelles n'en demeurent pas moins.

— Des preuves, professeur Noronha.

— Eh bien, prenez le deuxième verset du chapitre 1 de l'Évangile selon Marc, indiqua-t-il. Le texte dit : « Ainsi qu'il est écrit dans le livre du prophète Ésaïe, *Voici, j'envoie mon messager en avant de* toi, *pour préparer* ton *chemin.* » Or, l'auteur de l'Évangile s'est trompé, car cette citation n'est pas dans Ésaïe, mais dans Malachie, chapitre 3, verset 1. De nombreux copistes ont relevé cette erreur et l'ont corrigée par : « Ainsi qu'il est écrit dans les prophètes. » Seulement voilà, c'est une modification frauduleuse du texte original.

Valentina pinça les lèvres.

— Oui, mais cela ne me paraît pas bien grave.

— C'est une modification intentionnelle qui trahit l'original, insista Tomás. Et, contrairement à ce qu'il pourrait sembler au premier abord, c'est une modification importante. L'erreur nous révèle certaines lacunes théologiques chez l'auteur de l'Évangile. En l'escamotant, on fausse la perception qu'on a du degré de culture de cet auteur. C'est là un acte fort dommageable de rabotage, d'aplatissement.

L'Italienne inclina légèrement la tête, convaincue par l'argument.

— Soit, dit-elle. Mais vous ne m'avez toujours pas donné les preuves établissant que l'histoire de la femme adultère et le récit de la résurrection sont frauduleux...

Tomás leva la main, comme pour la freiner.

— Nous y arrivons, indiqua-t-il en lui demandant un peu de patience. D'abord, je voudrais que vous ayez une idée bien claire du type de modifications intentionnelles apportées par les copistes au cours des siècles. (Il désigna du regard le manuscrit posé sur la table.) Lisez ce qui est écrit dans Matthieu, chapitre 24, verset 36. Jésus y prophétise la fin des temps et dit : « Mais ce jour et cette heure, nul ne les connaît, ni les anges des cieux, ni le Fils, personne sinon le Père, et lui seul. » Ce verset pose des problèmes évidents concernant le concept de Sainte-Trinité, qui établit notamment que Jésus est Dieu. Mais s'il est Dieu, il est omniscient. Or, dans ce verset, Jésus admet qu'il ignore quels seront le jour et l'heure du Jugement dernier. Comment est-ce possible ? Jésus n'est-il pas Dieu ? N'est-il pas omniscient ? Pour résoudre ce paradoxe gênant, de nombreux copistes ont tout bonnement supprimé l'expression « ni le Fils », esquivant ainsi le problème. (Il frappa de l'index contre la table.) Ceci, ma chère, est une modification intentionnelle typique, motivée par des raisons théologiques. N'étant pas innocente, elle n'est pas non plus sans conséquences, comme vous devez le comprendre, j'en suis sûr.

— Mais cette modification est-elle encore maintenue aujourd'hui ?

— Cette modification a été dénoncée et, après de vives polémiques, les traductions les plus fidèles sont revenues aux versions les plus anciennes du texte original. Le paradoxe est ainsi conservé, même si on prie le ciel pour que les fidèles ne le remarquent pas. Mais le plus important, c'est de souligner que les copistes ne commettaient pas que des erreurs involontaires. Beaucoup étaient intentionnelles. Par exemple, lorsqu'ils relevaient de légères variantes d'une même histoire présente dans différents manuscrits, un grand nombre d'entre eux gommaient les différences et harmonisaient les diverses versions, modifiant délibérément ce qu'ils copiaient. À tel point qu'ils en arrivèrent à insérer des histoires qui ne se trouvaient pas dans les Évangiles qu'ils copiaient. (L'historien portugais marqua une pause, pour renforcer l'effet dramatique.) C'est le cas, reprit-il, de l'histoire de la femme adultère et du récit de la résurrection dans l'Évangile selon saint Marc.

— Ah, enfin ! s'exclama Valentina. C'était long, mais nous y voilà !

Tomás sourit.

— Oui, mais ces deux cas sont loin d'être isolés, je vous assure.

— Ça, je l'ignore, répondit-elle. Tout ce que je sais, c'est que vous avez remis en cause l'authenticité de deux récits fondamentaux de la bible et que vous ne m'avez toujours pas donné la moindre preuve !

— Vous voulez des preuves ?

— Je n'attends que ça…

Ressentant une douleur dans le dos, l'historien se redressa et emplit d'air ses poumons.

— La première notion que vous devez retenir est que, même s'il est très connu, l'épisode de la femme adultère n'apparaît que dans un seul passage de l'Évangile selon saint Jean. Plus exactement, du chapitre 7, verset 53 au chapitre 8, verset 12.

Valentina écarquilla les yeux.

— Vous connaissez par cœur les numéros des versets ! Quelle mémoire ! s'écria-t-elle, sans cacher son admiration.

— Je suis historien, ma chère, c'est mon travail, dit-il en souriant. Mais l'important, c'est que vous compreniez que cet épisode ne figurait pas dans l'original de cet Évangile. Du reste, ni dans celui-là, ni dans aucun autre. Il a été rajouté par des scribes.

L'Italienne frotta son index contre son pouce, comme pour exiger du concret.

— Des preuves, professeur !

— C'est très simple, dit Tomás. L'histoire de la femme adultère est absente des plus anciens manuscrits du Nouveau Testament, considérés comme les plus fidèles au texte original. Elle n'apparaît que dans les copies postérieures. D'autre part, son style d'écriture diffère nettement des autres récits figurant dans l'Évangile selon saint Jean, y compris ceux qui se trouvent juste avant et juste après les versets en question. Enfin, cet épisode présente un grand nombre de mots et de phrases qui ne sont pas employés dans le reste de cet Évangile. Voilà pourquoi la plupart des historiens s'accordent aujourd'hui à dire que ce passage a été rajouté. C'est une fraude.

L'inspecteur fronça les sourcils.

— Ah ! lâcha-t-elle, en comprenant qu'elle n'avait aucun moyen de contre-attaquer. Ça alors ! (Elle regarda le *Codex Vaticanus*.) Mais comment et pourquoi cet épisode a-t-il été placé là ?

— À vrai dire, personne ne le sait. Il est possible qu'il ait été inséré par des théologiens chrétiens qui, lors d'un débat avec des juifs sur la loi de Dieu, furent embarrassés par les règles divines, telles qu'elles sont établies dans le Lévitique. Comme ils ne trouvaient rien dans les actes ou les paroles de Jésus qui contredisait l'ordre de lapider jusqu'à la mort les femmes ou les hommes adultères, ils ont glissé cet épisode dans l'Évangile selon saint Jean.

— Mais… faisaient-ils ça tranquillement, sans le moindre scrupule ?

— Attention, ce n'est là qu'une théorie. Il ne faut pas oublier qu'à cette époque les gens croyaient que le Saint-Esprit leur soufflait les idées religieuses qui leur passaient par la tête. Jésus est ainsi cité par Marc, chapitre 13, verset 11 : « Quand on vous conduira pour vous livrer, ne soyez pas inquiets à l'avance de ce que vous direz, mais ce qui vous sera donné à cette heure-là, dites-le ; car ce n'est pas vous qui parlerez, mais l'Esprit Saint. » Autrement dit, les fidèles croyaient sincèrement que le Saint-Esprit les guidait lorsqu'ils songeaient à quelque concept théologique. Si leur inspiration n'avait pas été divine, comment ces idées auraient-elles pu jaillir dans leur esprit ? De là à insérer le récit de la femme adultère, qui subtilement dérogeait à un ordre cruel de Dieu énoncé dans le Lévitique, il n'y avait qu'un pas. (Tomás serra les lèvres.) Selon une autre hypothèse, un scribe aurait noté cet épisode dans la marge d'un manuscrit, comme le témoin d'une tradition orale sur Jésus, à laquelle il participait activement. Quelques décennies plus tard, un autre scribe qui recopiait le texte aurait estimé que cette note marginale faisait partie intégrante de l'Évangile et l'aurait incorporée au récit. D'ailleurs, on remarque que l'épisode de la femme adultère apparaît dans les divers manuscrits à différents endroits du texte : pour certains cas, dans Jean chapitre 8, verset 1 ; pour d'autres, dans Jean chapitre 21, verset 28, et pour d'autres encore, dans Luc chapitre 21, verset 38. Ce qui donne une certaine crédibilité à cette dernière hypothèse. (Il haussa les épaules.) Quoi qu'il en soit, tout tend à prouver que cette histoire est une falsification de la bible.

Valentina émit un discret sifflement.

— Qui aurait cru une chose pareille ! s'exclama-t-elle, en hochant la tête. (Puis, soudain inquiète, elle leva un sourcil.) Et la résurrection de Jésus ? Pourquoi dites-vous qu'elle est fausse ?

L'historien feuilleta avec précaution le *Codex Vaticanus*, cherchant un passage particulier.

— Pour les mêmes raisons, dit-il. Cette fois, il s'agit de l'Évangile selon saint Marc. Plus exactement des derniers versets. La fin de cet Évangile n'est pas un passage très connu en général, mais celui-ci joue un rôle très important dans l'interprétation de la bible, comme vous allez le comprendre. (Il s'arrêta à la dernière page de l'Évangile selon saint Marc.) Nous y voilà !

Dans un mouvement quasi automatique, l'Italienne se pencha également sur le manuscrit, mais le texte était calligraphié en grec et, déçue, elle dut attendre l'explication de son interlocuteur.

— La fin du récit de Marc aborde, bien sûr, la mort

de Jésus, expliqua Tomás. Comme vous le savez, il fut crucifié et, une fois mort, Joseph d'Arimathée réclama son corps puis, après l'avoir enveloppé dans un linceul, il le déposa dans une tombe taillée dans le roc, avant de rouler une pierre à l'entrée du tombeau. Le dimanche, au matin, Marie de Magdala, Salomé et Marie, mère de Jacques, se rendirent au tombeau de Jésus pour oindre son corps d'aromates, comme le voulait la tradition. Mais, en arrivant sur les lieux, elles virent que la pierre avait été roulée. Étant entrées dans le tombeau, elles avisèrent un jeune homme assis à droite, vêtu d'une robe blanche, qui leur dit : « Vous cherchez Jésus de Nazareth, le crucifié : il est ressuscité, il n'est pas ici […]. » Les trois femmes s'enfuirent du tombeau, toutes tremblantes, « et elles ne dirent rien à personne, car elles avaient peur ».

Valentina s'impatienta.

— Où est donc la fraude ?

L'universitaire portugais posa son doigt sur un passage du texte du *Codex Vaticanus*, juste avant les dernières lignes de l'Évangile.

— Dans les douze versets suivants, dit-il. Ici, chapitre 16, versets 9 à 20. Après que les trois femmes effrayées se furent enfuies loin du tombeau, Marc dit que Jésus ressuscité apparut d'abord à Marie Magdala et, ensuite, aux apôtres. Et il leur dit : « Allez par le monde entier, proclamez l'Évangile à toutes les créatures. Celui qui croira et sera baptisé sera sauvé, celui qui ne croira pas sera condamné. » Puis Jésus monta au ciel et s'assit à la droite de Dieu.

L'Italienne fronça les sourcils, ses yeux bleus s'obscurcissant.

— Insinuez-vous que ce récit de la résurrection soit une fraude ?

— Je n'insinue rien du tout, s'empressa-t-il de préciser. Le fait que Jésus soit ressuscité ou non relève d'une conviction religieuse dont je n'ai pas à me mêler. Je ne cherche qu'à établir la vérité historique du texte, en recourant à une analyse critique des documents à notre disposition, selon les cinq critères que je vous ai exposés.

— Mais, si je vous ai bien suivi, vous mettez en cause la validité de ces versets qui racontent la résurrection...

— En effet, vous avez raison.

Valentina le fusilla du regard, attendant une explication.

— Et alors ?

L'historien fixa son attention sur le texte grec du manuscrit ouvert devant lui.

— Ceci est une fraude, déclara-t-il. Les versets de la résurrection de Jésus sont absents des deux meilleurs et plus anciens manuscrits qui renferment l'Évangile selon saint Marc.

L'Italienne écarquilla les yeux.

— Comment ça ?

— C'est un cas de figure en tous points identique à celui de l'épisode de la femme adultère, indiqua l'universitaire. Non seulement ces versets n'apparaissent pas dans les textes les plus anciens, et donc les plus proches des originaux, mais le style d'écriture diffère également de celui qui est utilisé dans le reste de l'Évangile. En outre, beaucoup de mots et de phrases qui sont employés dans ces douze versets sur la résurrection ne se retrouvent à aucun autre endroit du texte de Marc. (Tomás désigna avec insistance le parchemin du *Codex*.) Autrement dit, ce récit de la résurrection ne fait pas partie du texte original, il a été rajouté par un scribe. (Il fixa son regard sur l'inspecteur, tel un juge rendant son verdict.) C'est une intrusion.

Valentina détourna les yeux de son interlocuteur,

presque gênée d'avoir écouté ce discours sur la bible, et observa le calme affairement qui régnait dans les deux salles contiguës de la Bibliothèque vaticane. Ses subordonnés continuaient de relever des traces, tandis que les secouristes, autorisés à évacuer le cadavre, effectuaient les préparatifs pour emporter le corps.

— Tout ça à cause des recherches que faisait votre amie, murmura-t-elle, presque avec amertume.

Tomás détourna son regard de l'agitation qui, après l'arrivée des secouristes, entourait le corps de Patricia. Il préféra se concentrer sur le vieux manuscrit posé devant lui.

— Elle traquait les erreurs dans le Nouveau Testament, dit-il. Le fait qu'elle ait précisément laissé le *Codex Vaticanus* ouvert à cette page en est l'indice certain.

L'inspecteur réfléchit quelques instants, considérant les pièces manquantes de son enquête. Un point important restait encore à éclaircir, si bien qu'elle désigna du doigt le seuil entre les deux salles.

— Et que pensez-vous de ce message énigmatique que nous avons trouvé sur le sol ? Y voyez-vous une allusion à la bible ? Ou bien est-ce seulement un pied de nez ?

Tomás observa à nouveau la feuille de papier posée sur le sol en marbre de la bibliothèque, et examina la question. Quel rôle pouvait bien jouer ce message crypté dans cette sordide affaire ? Son regard se concentra sur la feuille et se fixa sur la formule sibylline qui y était inscrite.

Que voulait donc dire cet *alma* ? Était-ce une référence au monde des esprits ? Et cet étrange signe ? Cela ressemblait à un trident. Ou bien à une...

— Une fleur de lys !

L'historien se leva brusquement, au point d'effrayer l'inspecteur.

Tomás se précipita vers la feuille de papier posée au sol.

— J'ai trouvé, affirma-t-il, dans un soudain état d'excitation. Je sais de quoi il s'agit !

Valentina regarda la feuille, comprenant enfin la raison de son agitation.

Le cryptologue était déjà penché sur la formule notée sur le papier, et l'observait d'un œil nouveau, l'œil de celui qui a enfin compris ce qui lui échappait.

— C'est le secret de Marie, s'exclama-t-il. La Vierge qui n'était pas vierge.

XIII

Courir dans l'obscurité n'est jamais facile, mais le faire avec deux tiers d'une bouteille de whisky dans le sang se révéla une opération quasi impossible pour Paddy McGrath.

— À l'aide !

L'homme ivre tomba par deux fois dans l'herbe mouillée des Dubh Linn Gardens, et deux fois il se releva. Une course saccadée, titubante, suivant une trajectoire en zigzag, avec les poumons haletants, la gorge sèche, la tête en proie au vertige.

— À l'aide !

Il arriva près du corps étendu au sol et s'arrêta, le souffle coupé. À ses pieds, l'homme bougeait encore, mais sans réussir à parler ; il n'émettait que de faibles gargouillements au milieu de la flaque de sang qui s'étalait près de sa tête. Paddy le regarda, affolé, sans savoir que faire. Il voulut l'aider, mais hésita. Comment ? Par où commencer ? Que savait-il des premiers secours ?

— Attendez ! bredouilla-t-il, en faisant de grands gestes. Tenez bon ! (Il regarda autour de lui, hébété.) À l'aide ! cria-t-il. (Personne ne se montra et il jeta un regard impuissant sur le blessé à l'agonie.) Je vais... je vais chercher du secours. Attendez un peu. Je reviens ! (Il scruta à nouveau les alentours.) À l'aide !

Seul le vent répondit à son appel. Paddy lâcha le blessé et, complètement déboussolé, fit quelques pas dans une direction, puis dans une autre, hagard et indécis. Soudain, il vit une lumière dans un bâtiment et courut vers elle. C'était la Chester Beatty Library.

Il arriva devant la porte et frappa furieusement à la vitre.

— À l'aide ! hurla-t-il. Ouvrez la porte ! Au secours !

Aussitôt, le vigile apparut dans le hall de la bibliothèque, l'air hostile. Il s'approcha de la porte vitrée et dévisagea Paddy derrière la vitre. D'un geste autoritaire, il lui fit signe de partir.

— Ouvrez la porte ! insista Paddy, en frappant encore plus fort. À l'aide !

Agacé, le vigile tira la matraque de sa ceinture et ouvrit la porte, l'air menaçant.

— C'est pas bientôt fini, ce boucan ? rugit-il en brandissant son arme. Tire-toi d'ici, ivrogne !

Paddy pointa son doigt vers la gauche.

— Là-bas ! ânonna-t-il. Un homme a besoin d'aide ! Il est blessé. Il faut le secourir !

Le gardien tourna la tête et aperçut une silhouette qui bougeait sur le sol. Intrigué et méfiant, il prit son talkie-walkie.

— Phénix à Aigle.

Une voix répondit à l'appareil immédiatement.

— J'écoute, Phénix, que se passe-t-il ?

— J'ai un problème à l'entrée de la bibliothèque, dit-il. Je vais sortir et je te recontacte dans trente secondes.

— Bien reçu, Phénix, j'attends.

Le vigile verrouilla la porte derrière lui et se dirigea d'un pas rapide vers le corps étendu à terre, en s'assurant bien que le sans-abri, dont l'haleine empestait l'alcool, restait à bonne distance. Il savait qu'il devait agir avec prudence et ne prendre aucun risque ; cet incident n'était peut-être qu'une mise en scène pour braquer la bibliothèque.

Mais, lorsqu'il arriva près de l'homme à terre, ses doutes se dissipèrent. Il reconnut aussitôt l'homme à qui il avait ouvert quelques minutes auparavant.

C'est alors qu'il vit le sang.

— Mon Dieu !

Il s'agenouilla près du corps et localisa la blessure ; elle se trouvait au niveau du cou et elle était grave. Trop grave pour lui, dont les compétences se limitaient aux premiers secours. La victime était secouée de spasmes, comme en proie à un violent accès de fièvre. Elle avait besoin d'une aide médicale. Et vite.

Le veilleur de nuit approcha son talkie-walkie de ses lèvres.

— Phénix à Aigle.

— J'écoute, Phénix.

— J'ai un blessé grave près de l'entrée de la bibliothèque, dit-il. Appelez immédiatement une ambulance. C'est urgent.

Il lâcha son talkie-walkie et se pencha à nouveau sur le blessé, qui convulsait. Il approcha ses doigts du cou et tenta de localiser l'entaille dans l'espoir de stopper l'hémorragie. Le sang cessa de jaillir et les spasmes s'interrompirent. Il fut d'abord soulagé, mais, lorsqu'il regarda le visage de la victime, il comprit pourquoi les tremblements s'étaient arrêtés. L'homme était mort.

Les deux brancardiers se mirent en position, l'un tenant les épaules du cadavre et l'autre les jambes, ils comptèrent jusqu'à trois et, dans un mouvement synchronisé, le déposèrent sur la civière. Puis ils recouvrirent à nouveau le corps, levèrent le brancard et transportèrent Patricia en direction de la sortie.

Accroupi sur le seuil entre les deux salles des manuscrits, Tomás vit la civière passer sous ses yeux, avant qu'elle ne disparût. Il resta un long moment à regarder la porte, adressant silencieusement ses adieux à son amie.

— Quelle est donc cette histoire au sujet de Marie ? l'interrogea Valentina, brisant la solennité du moment. Vous disiez que la Vierge n'est pas vierge ?

L'historien désigna les signes inscrits sur la feuille de papier qui gisait sur le sol en marbre.

$$\text{𝕬𝕶ΔLMΔ}$$

— C'est ce qu'indique cette formule.

L'inspecteur de la police judiciaire jeta un regard interrogatif sur le message chiffré, cherchant à saisir

111

en quoi le cryptologue portugais pouvait y voir une allusion à la Vierge Marie. Mais elle eut beau examiner attentivement les caractères, elle ne put discerner le moindre lien.

— Comme vous me l'avez dit tout à l'heure, ce qu'on voit écrit ici est le mot *alma*, dit-elle. Que je sache, il n'y a aucune référence à la mère de Jésus.

Tomás pointa du doigt le premier caractère du message, placé devant le mot *alma*.

— Vous voyez ce symbole qui ressemble à un trident ? demanda-t-il. C'est la clé qui permet de décoder ce message.

— Pourquoi ? Quel est ce signe ?

— C'est l'emblème de la fleur de lys. (Il arqua les sourcils, pour souligner la signification de la découverte.) Le symbole de la pureté de la Vierge Marie.

— Ah, mais alors la Madone est vierge ! s'exclama Valentina, avec une pointe d'ironie. Je croyais que vous m'aviez dit que…

— Du calme, demanda Tomás, en réprimant un sourire. La fleur de lys ne sert qu'à orienter l'interprétation du mot qui suit. *Alma.*

L'Italienne fixa son regard sur son interlocuteur.

— Mais le terme *alma* ne renvoie-t-il pas à l'esprit ?

— Pas quand celui-ci est précédé de la fleur de lys. Dans ce cas, il renvoie à la Vierge Marie.

— Pourquoi ? C'est bien *alma* qui est écrit ici, non pas « vierge » ni « Marie ».

Bien qu'accroupi, l'historien redressa le buste pour mieux assurer son équilibre.

— Savez-vous où se trouve l'information qui révèle que la mère de Jésus était vierge ?

— Dans la bible, je présume.

Tomás leva deux doigts.

— Uniquement dans deux Évangiles, dit-il. Matthieu et Luc. Marc ignore totalement la question de la naissance de Jésus et Jean dit, chapitre 1, verset 45 : « [...] c'est Jésus, le fils de Joseph, de Nazareth. » Autrement dit, il indique explicitement que Joseph est le père de Jésus, affirmation qui contredit Matthieu et Luc. (L'historien leva le doigt.) Mais le plus important, c'est le témoignage de Paul, qui est plus ancien que les quatre Évangiles. Paul dit dans l'épître aux Galates, chapitre 4, verset 4 : « Dieu a envoyé son Fils, né d'une femme. » Paul, qui écrit à une époque plus proche des faits, omet de préciser que ladite femme était vierge. Il me paraît difficile d'admettre que ce détail lui ait semblé anodin. Une vierge qui enfante, ce n'est pas une chose ordinaire ? Si cela avait été le cas pour Marie, Paul n'aurait sans doute pas oublié de le signaler. Or, si Paul ne le mentionne pas, c'est parce que personne ne lui en a jamais parlé. Et pourquoi ? Probablement parce que cette idée n'existait pas encore à cette époque. Elle n'a été inventée que plus tard.

Valentina écarquilla les yeux.

— Inventée ? Vous êtes incroyable ! Vous finirez en enfer ! Comment pouvez-vous affirmer une chose pareille ?

Tomás désigna la feuille de papier posée par terre.

— À cause de ce mot, expliqua-t-il. *Alma*.

L'Italienne baissa les yeux vers la formule, puis les releva, l'air perdu, interloquée par cette argumentation.

— Je ne comprends pas. Que voulez-vous dire ?

— La réponse à cette question nous est donnée par Luc et par Matthieu. Un ange dit à Marie, dans l'Évangile selon saint Luc, chapitre 1, verset 35 : « […] celui qui va naître sera saint et sera appelé Fils de Dieu. » Et Matthieu renchérit au chapitre 1, versets 22 et 23, en précisant les raisons pour lesquelles Jésus naquit d'une vierge : « Tout cela arriva pour que s'accomplisse ce que le Seigneur avait dit par le prophète : *Voici que la vierge concevra et enfantera un fils auquel on donnera le nom d'Emmanuel*, ce qui se traduit : *"Dieu avec nous".* »

L'historien se tut, laissant à son interlocutrice le temps et le soin de tirer les conséquences de ces deux citations du Nouveau Testament, mais Valentina lui retourna un regard perdu.

— Et alors ?

— Vous ne comprenez donc pas ? Luc met en corrélation le fait que Jésus soit né d'une vierge avec l'affirmation qu'il est le Fils de Dieu. Mais le plus important, c'est que Matthieu attribue l'événement à la prédiction que le Seigneur avait annoncée par le prophète. (L'historien marqua une nouvelle pause.) La prédiction du Seigneur ? Annoncée par le prophète ? (Il tourna la tête vers l'Italienne, l'interrogeant directement.) Un prophète aurait donc révélé que le Messie naîtrait d'une vierge et s'appellerait Emmanuel ? Mais quel prophète a écrit une chose pareille ?

— Eh bien, je suppose qu'il s'agit d'un prophète de l'Ancien Testament, non ?

— Évidemment que c'est un prophète de l'Ancien Testament ! Mais la question est : quel prophète des Saintes Écritures a prédit que le Messie naîtrait d'une vierge et s'appellerait Emmanuel ?

Valentina haussa les épaules.

— Je n'en sais strictement rien !

Tomás se releva et fit signe à l'inspecteur de le suivre. Ils s'assirent à la table de lecture et l'historien feuilleta avec d'infinies précautions le *Codex Vaticanus*.

— En réalité, lorsqu'on consulte l'Ancien Testament, on découvre qu'il y a effectivement un prophète qui fait la prédiction mentionnée par Matthieu, dit-il en tournant délicatement les pages du manuscrit. Il s'agit du prophète Ésaïe. (L'historien atteignit le passage des Écritures qu'il recherchait.) Nous y voilà ! Écoutez ce que dit Ésaïe, chapitre... chapitre 7, verset 14 : « Aussi bien le Seigneur vous donnera-t-il lui-même un signe : Voici que la vierge est enceinte et enfante un fils et elle lui donnera le nom d'Emmanuel. »

L'Italienne écarquilla les yeux.

— Donc... donc Matthieu avait raison ! s'exclamat-elle avec enthousiasme. La naissance de Jésus était bel et bien annoncée par un prophète de l'Ancien Testament. Et ce prophète avait prédit que le Messie naîtrait d'une vierge, et c'est bien ce qui s'est passé !

Tomás fixa longuement son regard sur elle, comme s'il scrutait son visage. En vérité, il ne faisait que réfléchir à la manière dont il allait lui dévoiler l'énigme biblique que renfermait ce verset.

— Savez-vous en quelle langue a été originairement écrit le Nouveau Testament ? demanda-t-il soudain.

— En latin, non ?

L'historien sourit.

— Ne vous moquez pas de moi, dit-il. Quelle langue parlait Jésus ?

— Eh bien... l'hébreu, je crois.

— L'araméen, corrigea l'universitaire. Il est vrai que l'araméen est une langue très proche de l'hébreu. (Il baissa un instant les yeux vers le *Codex Vaticanus*.) Et la bible ? En quelle langue pensez-vous qu'elle a été écrite à l'origine ?

— Ma foi, si Jésus parlait l'araméen, il me semble

logique que les Évangiles aient été également écrits dans cette langue…

Tomás acquiesça.

— L'Ancien Testament a été effectivement écrit en araméen et en hébreu, dit-il. (Il indiqua les mots grecs alignés sur le manuscrit.) Mais le Nouveau Testament, créé à partir de la figure et des enseignements de Jésus, a été originalement rédigé en grec. (Il désigna la formule codée qui était au sol, entre les deux salles.) Ce qui explique beaucoup de choses, vous ne trouvez pas ?

— Non, je ne vois pas…

L'historien pointa du doigt un mot placé au milieu d'une ligne du *Codex Vaticanus*.

— Le mot-clé de l'énigme est celui-ci : *Parthenos*. À savoir, *vierge* en grec. (Il relut la phrase désignée sur le manuscrit.) « La vierge est enceinte et enfante un fils. »

Valentina considéra la ligne en grec, attentive et fascinée. Les caractères étaient arrondis et tracés avec le plus grand soin.

— Voilà donc le verset où Ésaïe prophétise la naissance de Jésus fils de la Vierge Marie ?

— Ça devrait l'être, rétorqua Tomás, sauf que le prophète Ésaïe n'a jamais prédit une telle chose !

— Comment pouvez-vous dire ça ? protesta-t-elle, en pointant le *Codex Vaticanus*. La prophétie est pourtant très claire, non ? Le Messie naîtra d'une vierge. Voilà ce qu'Ésaïe a prophétisé.

Tomás tapota à nouveau du doigt sur le mot *parthenos*, inscrit sur le vieux parchemin.

— C'est en effet ce qu'a prophétisé Ésaïe dans la traduction de l'Ancien Testament en grec, dit-il. Seulement voilà, à l'origine, l'Ancien Testament fut écrit en hébreu et en araméen. Dans le cas des prophéties d'Ésaïe, le texte fut intégralement rédigé en hébreu.

Ma question est donc la suivante : quel mot hébreu emploie Ésaïe lorsqu'il mentionne la femme qui enfantera un fils qui sera le Messie ?

— Eh bien, je suppose que c'est le mot *vierge* en hébreu...

— C'est là, précisément, tout le problème ! s'exclama-t-il. Car le terme original employé par Ésaïe, dans ce verset de l'Ancien Testament, n'est pas le mot *vierge*.

— Lequel est-ce alors ?

— *Alma (h)*.

L'Italienne écarquilla les yeux.

— Pardon ?

— Le mot original, dans ce verset, est *alma (h)*. Lequel, en hébreu, signifie *jeune femme*. Autrement dit, dans la version originale, Ésaïe a en fait écrit : « Voici que la jeune femme est enceinte et enfante un fils [...]. » (Une fois encore, il tapota du doigt sur le mot *parthenos*, mentionné dans le *Codex Vaticanus*.) Que s'est-il donc passé dans les faits ? Eh bien, dans l'Antiquité, le traducteur de l'Ancien Testament en grec s'est tout bonnement trompé dans ce verset et, au lieu de traduire *jeune femme*, il a traduit *vierge*. Mais il se trouve que les auteurs des deux Évangiles, Luc et Matthieu, ont lu la prophétie d'Ésaïe dans la Septante, c'est-à-dire la traduction grecque de la bible juive, et non dans l'original hébreu. Désireux d'associer Jésus aux prophéties des Saintes Écritures, afin de le légitimer en tant que Messie et Fils de Dieu, ils ont donc écrit que Marie était vierge, ce que par ailleurs ni Marc, ni Jean, ni Paul n'ont jamais signalé. Vous voyez donc à quel genre de détails peuvent tenir tout le surnaturel et le magique d'une religion... D'autre part, il ne faut pas oublier que Jésus a eu plusieurs frères. Marc écrit ainsi, chapitre 6, verset 3 : « N'est-ce pas le charpentier, le fils de Marie et le frère de Jacques, de Josès, de Jude et de Simon ? et ses sœurs ne sont-elles pas ici chez nous ? » Si la mère de Jésus était vraiment vierge, comme l'assurent Luc et Matthieu, comment diable a-t-elle pu concevoir tous ces enfants ? Là encore par l'opération et la grâce du Saint-Esprit ?

Valentina porta la main à la bouche, stupéfaite.

— Mon Dieu ! s'exclama-t-elle. J'ai donc été mystifiée durant tout ce temps ! (Elle plissa les yeux.) Et l'Église ? Que dit-elle à propos de tous ces frères et sœurs ?

Tomás sourit.

— Elle est évidemment très embarrassée ! Les théologiens catholiques ont fait marcher leur imagination et ont trouvé plusieurs échappatoires. L'une est de prétendre que tous ces frères et sœurs ne sont, en réalité, que des demi-frères et demi-sœurs, tous enfants de Joseph, mais pas de Marie. Une autre consiste à dire qu'il ne s'agit pas de frères ni de sœurs, mais de cousins et de cousines. Et une autre encore est d'affirmer que l'expression *frères et sœurs* est employée ici au sens large et qu'elle peut donc s'appliquer à des compagnons ou à des amis.

— Ah, mais alors cela explique tout !

L'historien secoua ostensiblement la tête.

— Non, ma chère, dit-il. La phrase de Marc, « N'est-ce pas le charpentier, le fils de Marie, le frère de Jacques, de Josès, de Jude et de Simon ? et ses sœurs ne sont-elles pas ici chez nous ? », indique clairement par son contexte qu'il s'agit de frères et sœurs du même sang. Le reste n'est que tentatives désespérées pour adapter les faits à la théologie. (Tomás pointa du doigt sa tempe.) Mettez-vous bien ça dans la tête : Marie n'était pas vierge. Le récit de sa maternité en tant que vierge résulte d'une erreur de traduction de l'Ancien Testament en grec et de la volonté de Luc et de Matthieu d'associer Jésus aux prophéties d'Ésaïe, pour renforcer l'idée qu'il était le Fils de Dieu, sans même être conscients que ce passage d'Ésaïe qu'ils avaient lu en grec était entaché d'une lourde erreur de traduction.

Valentina soupira.

— En effet, c'est plausible…

— Et le pire, c'est que cette erreur, à l'origine un simple faux-sens, a déclenché toute une série de falsifications du texte biblique au cours des siècles, renchérit Tomás, presque dans la même foulée. Par exemple, quand Luc dit que Joseph et Marie emmenèrent Jésus au Temple et que Syméon identifia l'enfant comme étant le Christ du Seigneur, l'évangéliste écrit, chapitre 2, verset 33 : « Le père et la mère de l'enfant étaient étonnés de ce qu'on disait de lui. » (L'historien esquissa une moue.) Le *père* de l'enfant ? Comment Luc peut-il dire que Joseph est le père de Jésus, si celui-ci est né d'une vierge ? Confrontés à ce problème, beaucoup de copistes ont modifié le texte ainsi : « Joseph et la mère de l'enfant étaient étonnés… » De même, dix versets plus loin, lorsque Luc dit que Joseph et Marie, à la fin des jours de fête, s'en retournaient chez eux et que « le jeune Jésus resta à Jérusalem sans que ses parents s'en aperçoivent ». *Parents* ? Joseph est à nouveau présenté ici comme le père de Jésus. Une fois encore, les copistes corrigèrent le texte en écrivant « sans que Joseph et sa mère s'en aperçoivent ». Au chapitre 2, verset 48, Marie réprimande le jeune Jésus d'être resté à Jérusalem en lui disant : « Mon enfant, pourquoi as-tu agi de la sorte avec nous ? Vois, ton père et moi, nous te cherchons tout angoissés. » Les copistes ont supprimé « ton père et moi » pour ne garder que « nous te cherchons », évitant ainsi de nommer Joseph comme père de Jésus. (L'historien sourit.) Bref, nous sommes ici en présence d'une série d'escamotages du texte original d'Ésaïe, provoquée par une simple faute de traduction de l'hébreu vers le grec.

— C'est incroyable ! s'exclama Valentina. Absolument incroyable ! (Elle fronça les sourcils.) Mais dites-moi, les auteurs des Évangiles ont-ils souvent commis ce genre d'erreur de traduction ?

— Plus souvent que ne l'auraient souhaité les théologiens chrétiens, rétorqua l'universitaire portugais. Dans l'Évangile selon saint Jean, on trouve un entretien entre Jésus et un pharisien nommé Nicodème, un notable juif. Au chapitre 3, verset 3, Jésus lui répond : « En vérité, en vérité, je te le dis : à moins de naître de nouveau, nul ne peut voir le Royaume de Dieu. » Ce à quoi Nicodème réplique, au verset suivant : « Comment un homme pourrait-il naître s'il est vieux ? Pourrait-il entrer une seconde fois dans le sein de sa mère et naître ? » Jésus précise alors qu'il ne s'agit pas d'une seconde naissance charnelle, mais d'une naissance d'origine divine. Cette interrogation de la part de Nicodème est tout à fait normale et justifiée, dans la mesure où l'expression « de nouveau » possède en grec un double sens : elle signifie « une seconde fois », mais également « d'en haut ». Nicodème pensait que Jésus avait employé ce terme dans le sens de « naître une seconde fois », mais le Messie lui explique qu'il a voulu dire « d'en haut », c'est-à-dire « naître de Dieu ». Or, cet entretien n'a pu se dérouler qu'en araméen, la langue de Jésus. Le problème, c'est que l'expression « de nouveau » n'a pas ce double sens en araméen. Cette ambiguïté n'existe qu'en grec. Par conséquent, cet entretien n'a pas pu avoir lieu. C'est une invention.

Valentina semblait atterrée. Elle croyait depuis

toujours que les textes évangéliques reposaient sur un socle immuable, une foi originelle unanime. Elle découvrait finalement qu'ils foisonnaient d'équivoques, de failles dans lesquelles pouvaient s'enraciner les lectures les plus contraires au catéchisme.

— Mais comment se fait-il que je n'aie jamais entendu parler de tout ça à la messe ?

L'historien haussa les épaules.

— Je ne sais pas, dit-il, en jetant un regard oblique au contour du corps de Patricia tracé à la craie sur le sol. Du reste, cela n'apporte rien d'intéressant à votre enquête. La seule question pertinente est de comprendre pour quelle raison cette formule codée fait référence à la virginité controversée de Marie.

L'Italienne inspira profondément pour évacuer son irritation. Son interlocuteur avait parfaitement raison ; il fallait rester concentrée sur l'essentiel. Étant donné les circonstances : élucider ce crime commis en pleine nuit dans la Bibliothèque vaticane. Tout le reste n'était que spéculations inutiles.

— Pour répondre à cette question cruciale, il nous faut d'abord savoir qui a rédigé ce cryptogramme. Est-ce la victime, ou bien le tueur ? J'ai déjà demandé une expertise graphologique, afin de déterminer si les caractères ont été ou non écrits de la main de votre amie.

Tomás approuva, l'esprit absorbé par un détail qui n'avait pas encore été éclairci.

— Il y a une chose que j'aimerais que vous m'expliquiez.

— Laquelle ?

— Vous m'avez affirmé tout à l'heure qu'il y avait un lien entre l'homicide et la recherche que menait Patricia, rappela-t-il. Mais vous ne m'avez pas dit quel était vraiment ce lien.

Valentina indiqua l'espace vide où s'était trouvé le cadavre de l'historienne espagnole.

— L'assassin s'est introduit ici dans le seul but de tuer votre amie.

— Comment le savez-vous ?

L'inspecteur désigna les codex et les incunables qui tapissaient les rayons de la bibliothèque.

— Nous avons vérifié et rien ne manque, dit-elle. Donc, le vol n'est pas le mobile du crime. D'autre part, nous avons découvert l'employé de la bibliothèque inconscient dans les toilettes de service. Visiblement, l'assassin ne voulait pas le tuer, mais seulement le neutraliser. Ce qui signifie que l'intrus avait pour unique mission de tuer votre amie.

— …

— Ensuite, il y a l'homicide lui-même.

— Qu'a-t-il de particulier ?

— Votre amie a été égorgée, vous vous souvenez ?

Le Portugais tressaillit.

— S'il vous plaît, épargnez-moi ces détails…

— Ces détails sont très importants, souligna l'Italienne. La plus grande partie des homicides en Italie et, d'ailleurs, dans toute l'Europe sont perpétrés à l'arme blanche. Les victimes sont poignardées jusqu'à la mort.

— Donc, Patricia aurait été victime d'un banal homicide.

Valentina secoua la tête.

— Justement non, dit-elle lentement. Vous savez, malgré la fréquence des assassinats à l'arme blanche, l'égorgement est loin d'être la manière la plus simple de tuer quelqu'un. Les victimes se débattent énormément, opposant une forte résistance à l'agresseur. Il est en fait très difficile de trancher la gorge à quelqu'un. C'est bien pourquoi l'égorgement constitue un cas très rare d'homicide. Tellement rare, d'ailleurs, qu'il n'est pratiqué en général que dans une situation bien particulière.

Elle fit une pause, attisant la curiosité de Tomás.

— Laquelle ?

— Ne vous ai-je pas dit tout à l'heure que votre amie avait été égorgée comme un agneau ? Cette comparaison, quoique d'un goût assurément douteux, est très juste car elle exprime la nature exacte de ce genre de meurtre.

Le Portugais arqua les sourcils, sans comprendre où l'inspecteur voulait en venir.

— Je ne vois pas.

Valentina fixa intensément son regard sur Tomás.

— En général, l'égorgement relève d'un homicide rituel.

— Que voulez-vous dire par là ?

— Le meurtre de votre amie n'est pas un simple assassinat, affirma-t-elle. C'est un acte rituel.

— Mais…

L'Italienne désigna le *Codex Vaticanus*.

— C'est pourquoi je suis convaincue que ce crime est lié à la recherche qu'elle menait. (Elle pointa le doigt vers son interlocuteur.) Et c'est aussi pourquoi votre aide m'est précieuse. Je suis persuadée que vous pourrez me fournir des pistes susceptibles de conduire à l'élucidation de ce crime.

— Moi ? Mais je ne vois pas ce que je pourrais encore…

Une voix interrompit leur entretien.

— Madame l'inspecteur, dit un homme corpulent qui s'approchait d'eux en tenant un portable dans la main. Vous permettez ?

Valentina pivota sur son siège et se tourna vers lui.

— Oui, Vittorio. Qu'y a-t-il ?

— Je viens de recevoir un appel de la police irlandaise, dit-il. Il semblerait qu'un homicide ait été commis là-bas, et ils veulent vous parler.

L'inspecteur de la police judiciaire cilla.

— Me parler à moi ? La police irlandaise ? À cette heure ?

— Il semblerait que le crime vienne d'avoir lieu…

— Et alors, ils croient peut-être que je n'ai rien d'autre à faire ! (Elle fit un geste de la main, ordonnant à Vittorio de se retirer.) Dites-leur que je suis occupée. Ils n'ont qu'à nous envoyer un rapport selon la procédure normale.

Le policier en civil ne bougea pas et garda les yeux posés sur sa supérieure hiérarchique.

— Il semblerait qu'on ait assassiné cette nuit à Dublin un historien, affirma-t-il sur un ton laconique. La police irlandaise a consulté le rapport préliminaire que nous avons envoyé à Interpol et elle a constaté des ressemblances troublantes avec notre affaire. Les Irlandais considèrent qu'il est indispensable que vous leur apportiez votre collaboration. Ils veulent que vous vous rendiez à Dublin le plus vite possible.

— Dieu du ciel ! s'exclama-t-elle. Ce sont des rapides, ces Irlandais. (Elle ébaucha un geste d'indifférence.) En résumé, nous avons deux historiens qui ont été tués au cours de la même nuit. L'un au Vatican, l'autre à Dublin. Et alors ? Les Irlandais n'ont donc jamais entendu parler de coïncidences ? (D'un nouveau geste de la main, elle ordonna à son subordonné de se retirer.) Allons, envoyez-les promener. J'ai d'autres chats à fouetter.

Mais Vittorio resta une fois encore sans bouger, comme s'il ne l'avait pas entendue.

— L'historien assassiné cette nuit à Dublin menait une recherche sur des manuscrits anciens de la bible, informa-t-il, sur le même ton monocorde. Il a été égorgé. Près de son corps, la police a découvert une feuille de papier sur laquelle figure une étrange formule.

— Comment ça, étrange ?

Le policier haussa les sourcils, avant de révéler la dernière information qu'il avait à transmettre.

— Un autre message codé.

XV

Une lumière plombée imprégnait l'air matinal. Le ciel était couvert de nuages et la clarté diffuse du jour teintait d'un gris maussade cette zone verdoyante du centre de Dublin.

— Décidément, je me demande ce que je fais là, pesta le Portugais. Je devrais être en train de travailler dans les ruines du forum…

Valentina lui lança un regard lourd de reproches.

— Vous comptez vous plaindre encore longtemps ? Je vous ai déjà expliqué cent fois que votre collaboration était essentielle pour mener à bien cette enquête. La manière dont vous m'avez aidée à déchiffrer ce message était tout à fait brillante. (Elle joignit le bout des doigts vers le haut, dans un geste typiquement italien.) Bri-llan-te !

— Tant mieux, mais mon travail n'est pas de…

— Votre travail est de collaborer avec la justice, un point c'est tout ! asséna l'inspecteur. (Puis elle regarda l'historien et, changeant visiblement de tactique, adopta un ton d'une douceur persuasive.) Vous ne voulez donc pas qu'on retrouve l'assassin de votre amie ? Ne pensez-vous pas que vous lui devez au moins ça ?

L'argument relevait certes du chantage affectif, mais il n'en demeurait pas moins valable, pensa Tomás.

127

En effet, il devait cela à Patricia. Quel genre d'ami serait-il donc s'il n'était pas prêt à rendre ce service ?

— Vous avez raison, concéda-t-il résigné. Je voulais seulement dire que...

— Inspecteur Ferro ?

Un homme aux cheveux gris portant un imperméable beige, parfait cliché du détective, s'approcha des deux nouveaux arrivants, un dossier vert à la main.

— Oui, c'est moi, dit Valentina. Et voici le professeur Tomás Noronha, qui m'assiste dans l'enquête sur l'homicide du Vatican.

L'inconnu tendit la main pour les saluer.

— Je suis le surintendant Sean O'Leary, se présenta-t-il. Inspecteur du NBCI, le National Bureau of Criminal Investigation de l'An Garda Síochána, la police de la république d'Irlande. C'est moi qui ai demandé que vous veniez ici à Dublin. Soyez les bienvenus, avez-vous fait bon voyage ?

— Normal, rétorqua Valentina d'un air indifférent ; elle n'était pas là pour échanger des banalités d'usage. D'après ce qu'on m'a dit sur votre affaire, elle aurait une troublante ressemblance avec la nôtre. Pensez-vous qu'elles soient vraiment liées ?

Le surintendant O'Leary la regarda à son tour, comme s'il jugeait la réponse évidente.

— Qu'en dites-vous ?

— Je ne sais pas. Expliquez-moi d'abord ce qui s'est passé et je vous dirai ensuite ce que j'en pense.

Le surintendant du NBCI pointa du doigt le bâtiment situé derrière lui.

— Il s'agit de la Chester Beatty Library, une bibliothèque fondée grâce à la collection d'un magna du secteur minier, dit-il. (Il tira de son dossier la photographie d'un sexagénaire à l'allure distinguée et aux yeux clairs.) Il se trouve qu'un historien hollandais, un certain Alexander Schwarz, professeur d'archéologie à l'université d'Amsterdam et collaborateur de la *Biblical Archaeology Review*, est venu y consulter plusieurs manuscrits anciens de la bible. (D'un mouvement de la tête, il désigna le bâtiment.) Il semblerait que cette bibliothèque possède quelques bouquins d'une certaine valeur...

L'observation fit sourire Tomás.

— Quelques bouquins ? reprit-il, avec une pointe d'ironie. La collection de bibles de la Chester Beatty Library est encore plus importante que celle du Vatican !

— Vous plaisantez ? s'étonna Valentina.

— Absolument pas ! répondit l'historien en pointant le bâtiment. Écoutez, cette bibliothèque renferme deux immenses trésors. L'un est le P45, le plus ancien exemplaire quasi complet du Nouveau Testament qu'on ait retrouvé. Il s'agit d'un manuscrit en parchemin, rédigé en lettres minuscules. Il remonte au IIIe siècle et il est donc encore plus ancien que le *Codex Vaticanus* !

— Mon Dieu !

— Et cette bibliothèque détient également le P46, la plus ancienne copie presque complète des épîtres de Paul. Ce parchemin a été rédigé en l'an 200. Ce qui signifie que le P46 a été écrit environ cent ans après la mort de Paul. C'est sans doute le plus ancien texte du Nouveau Testament qui soit parvenu jusqu'à nous. Vous rendez-vous compte de la valeur inestimable de ces trésors ? À défaut des originaux et des copies initiales, ces parchemins sont ce que nous avons de plus proche des premiers manuscrits du Nouveau Testament.

Le policier irlandais s'éclaircit la voix, signe qu'il avait quelque chose de pertinent à dire.

— C'est drôle que vous mentionniez ces deux documents, observa-t-il en sortant un calepin de sa poche.

C'est précisément ceux que le professeur Schwarz était venu consulter. (Le policier vérifia ses notes.) Le professeur a passé la nuit à étudier des reproductions sur ordinateur du P45, et il avait prévu de consulter cet après-midi le P46.

— Et alors ? s'impatienta l'Italienne. Que lui est-il arrivé ?

Le surintendant O'Leary parcourut ses notes des yeux.

— Ayant justifié un travail urgent, le professeur Schwarz avait obtenu une autorisation spéciale pour travailler durant la nuit, en dehors des horaires d'ouverture normaux. Vers trois heures du matin, ayant terminé de consulter le P45, il a pris congé du fonctionnaire chargé de veiller sur lui. Le vigile lui a ouvert la porte et l'a laissé sortir. Puis il est retourné à sa place, sans avoir rien noté d'anormal. (Le policier tourna la page de son calepin.) Quelques minutes plus tard, il a aperçu un sans-abri qui hurlait en frappant du poing sur la porte vitrée. Le vigile est allé le voir pour lui ordonner de partir. C'est à ce moment-là qu'il a remarqué le corps du professeur Schwarz étendu sur le sol. (Le surintendant indiqua l'endroit que la police avait entouré de rubans de sécurité.) Le gardien s'est alors rendu près de la victime et a constaté qu'elle était encore en vie. Il a demandé de l'aide au centre de sécurité, mais quand les secouristes sont arrivés il n'y avait plus rien à faire. Le professeur était mort.

— Ce sans-abri, questionna Valentina, attentive aux détails, a-t-il vu quelque chose ?

— Il semblerait que oui. (Le policier feuilleta son calepin, cherchant ses notes concernant le témoin.) Il a répété plusieurs fois la même phrase aux secouristes. « C'était un accident », a-t-il dit. « C'était un accident. »

— Comment ça, un accident ?

— C'est ce qu'il a dit aux secouristes.

— Et à vous ? Qu'est-ce qu'il vous a dit ?

L'Irlandais baissa les yeux.

— Eh bien… en fait, nous n'avons pas encore interrogé le témoin.

Valentina afficha une mine intriguée.

— Et qu'est-ce que vous attendez pour le faire ?

L'homme du NBCI eut l'air embarrassé, fuyant le regard de l'Italienne.

— Il s'est endormi, murmura-t-il. Il était ivre mort. Les secouristes ont jugé nécessaire de le transporter à l'hôpital, et ce n'est que cet après-midi que nous pourrons l'interroger.

Valentina hocha la tête. Elle réfléchit un moment et désigna l'endroit où était tombé le corps du professeur Schwarz.

— Et la victime ? Quelle est la cause du décès ?

Le surintendant O'Leary passa le doigt sur son cou, dans un geste éloquent.

— Égorgement.

Tomás et Valentina échangèrent un regard. Tout indiquait qu'il s'agissait d'un nouvel homicide rituel. Cela ne pouvait assurément pas être une coïncidence.

L'inspecteur italien soupira.

— Nous avons manifestement affaire à un tueur en série, observa-t-elle, en pensant à haute voix. Quelqu'un dont les cibles sont des historiens qui se consacrent à des recherches sur des manuscrits anciens de la bible. Un individu qui, par ailleurs, ressent le besoin de se livrer à des meurtres rituels. Il aurait pu se contenter de leur tirer une balle dans la tête. Cela aurait été bien plus simple, plus rapide et plus propre. Mais non. Il préfère se donner la peine de les égorger comme des agneaux. (Elle regarda fixement son homologue irlandais.) Pourquoi, selon vous ?

O'Leary secoua la tête.

— Je n'en ai pas la moindre idée, répondit-il. J'espérais que vous puissiez m'aider. J'ai lu le rapport préliminaire que vous avez envoyé à Interpol et j'ai fait le lien. Je pense que nous devrions coopérer pour résoudre la question.

— C'est évident, concéda Valentina. On m'a dit aussi que vous aviez découvert, tout comme nous au Vatican, une feuille de papier où figurait une formule chiffrée. Est-ce exact ?

L'homme du NBCI irlandais tira une nouvelle photographie de son dossier.

— Je suppose que vous parlez de ceci ?

Tomás et Valentina se penchèrent sur le document. La photographie montrait une feuille de papier froissée où alternaient une série de chiffres écrits en noir.

$$141414$$

— Exactement comme au Vatican, constata Valentina. Sauf que c'est un nouveau cryptogramme.

— Qu'est-ce que cela signifie ? s'enquit l'Irlandais.

— La nuit dernière, j'ai beaucoup hésité au sujet du message que nous avons découvert sur le sol de la Bibliothèque vaticane, indiqua l'inspecteur italien. Cela pouvait être une note laissée par la victime, quelque chose qu'elle avait consigné au cours de son travail et qui était tombé à terre au moment du crime. Ou bien cela pouvait être une signature laissée par l'assassin. (Elle désigna la photographie.) Mais puisque le même genre de formule a été retrouvée quelques heures plus tard sur le lieu d'un homicide similaire commis à des milliers de kilomètres de distance, cela signifie donc que la seconde réponse est la bonne.

O'Leary considéra la photographie qu'il tenait à la main.

— Autrement dit, ceci est une signature de l'assassin.

Tomás se plaça à côté du surintendant irlandais, de manière à pouvoir mieux observer le cliché. Il ne lui fallut pas plus de deux secondes pour se faire une opinion.

— Ou bien autre chose, suggéra-t-il en s'immisçant dans la conversation. Un message chiffré.

Les deux officiers de police se tournèrent vers lui, avec une expression interrogative.

— Vous croyez vraiment ? demanda l'Italienne. Un message chiffré ? Pensez-vous pouvoir le décoder ?

Le cryptologue prit la photographie et examina avec attention la série de chiffres.

— Je l'ai déjà fait.

— Ah, oui ? Et qu'est-ce que c'est ?

Tomás observa encore le cliché durant quelques secondes. Puis il leva les yeux et sourit timidement, présageant que l'Italienne n'allait pas apprécier.

— Encore un élément embarrassant du Nouveau Testament, j'en ai bien peur.

XVI

Le trafic à l'entrée de la ville était dense. Les blocs d'habitations présentaient un aspect vaguement décadent, à l'image des constructions de l'époque soviétique. L'air était saturé d'un relent d'huile brûlée, et le bruit dans la rue se révélait particulièrement assommant.

Excédé, Sicarius pressa le bouton de la vitre électrique de sa voiture qui émit un vrombissement prolongé. Enfin isolé des bruits et des odeurs extérieures, il se gara sur le bas-côté, prit son portable et composa un numéro.

— Je suis arrivé, maître ! annonça-t-il aussitôt. J'attends vos instructions.

— Tu as fait bon voyage ?

— C'était long.

Sicarius entendit un cliquetis de couverts heurtant une assiette puis un bruit de paperasse.

— J'ai des informations sur ta nouvelle cible, dit le maître, entrant sans détour dans le vif du sujet. Il s'est rendu ce matin à l'université, à 9 heures précises. À 12 heures, il aura terminé son dernier cours et rentrera chez lui, où il arrivera à 12 h 22.

— Il arrivera chez lui à 12 h 22 ? s'étonna Sicarius. Pas une minute de plus, pas une de moins ? Comment pouvez-vous en être si sûr ?

La voix émit un rire.

— Il semblerait que notre ami soit un homme aux habitudes rigides, expliqua-t-il. À l'université, certains de ses collègues règlent leur montre d'après ses allées et venues. Tout ce qu'il fait est parfaitement prévisible.

Sicarius renifla.

— Très bien, dit-il. Ce sera plus facile alors.

— Je savais que tu apprécierais, ronronna la voix au téléphone. Mais reste sur tes gardes, tu entends ? Assure-toi bien qu'il n'y aura pas d'accrocs. Jusqu'à présent, tout a marché comme sur des roulettes. Je veux que ça continue. Ne passe à l'action que lorsque tu seras sûr toi.

— Soyez tranquille, maître.

— Bon travail !

Sicarius raccrocha et rangea son portable dans la poche de sa veste. Il prit son carnet, consulta ses notes et releva l'adresse qu'il cherchait. C'était à Stariot Grad. Il repéra l'endroit sur le plan de la ville et entra l'adresse dans le GPS de la voiture, puis il mit son clignotant pour signaler son intention de reprendre la route et observa la circulation dans son rétroviseur ; une file de voitures arrivaient, l'empêchant de repartir immédiatement. Il jeta alors un regard sur la mallette en cuir noire posée sur le siège près de lui. Celle-ci était ouverte, découvrant son contenu comme s'il s'agissait d'un passager silencieux. La dague sacrée.

XVII

Une odeur d'épices et de café chaud flottait dans le restaurant de la Chester Beatty Library. Les trois visiteurs s'installèrent à une table de la terrasse du Silk Road Café, et Tomás contempla la magnifique vue sur le jardin du château de Dublin. Ils commandèrent de la tisane à la camomille, des baklavas et des pancakes libanais fourrés aux noix et à la noix de coco, sous les conseils du serveur.

Dès que celui-ci s'éloigna, Tomás désigna d'un geste le dossier vert de Sean O'Leary.

— Montrez-moi à nouveau la photo du message chiffré.

L'Irlandais sortit le cliché et le remit à Tomás. Au même moment apparut un policier en uniforme qui appela O'Leary. Le surintendant échangea quelques mots avec lui et revint près de ses invités.

— Veuillez m'excuser, dit-il. Le devoir m'appelle.

O'Leary s'éloigna, laissant Tomás et Valentina seuls. Le cryptologue portugais examina la photo et s'attarda longuement sur la série alternée de un et de quatre, comme s'il voulait confirmer sa conclusion préliminaire.

141414

— Alors ? s'impatienta Valentina.

Ce fut au tour de Tomás de se pencher et de sortir d'un sac en plastique un livre volumineux qu'il avait acheté à son arrivée, dans une librairie de l'aéroport de Dublin. L'Italienne jeta un œil à la couverture et lut le titre.

La bible.

— Les seules Évangiles qui mentionnent la généalogie de Jésus sont ceux de Matthieu et de Luc, dit l'historien, en feuilletant lentement le Nouveau Testament. Ce qui est intéressant, c'est que tous deux présentent cette généalogie à partir de la lignée de Joseph. C'est pour le moins curieux, vous ne trouvez pas ?

— En effet, admit-elle. Si Joseph n'était pas le père biologique de Jésus, comme le prétendent ces deux Évangiles, pour quelle raison dressent-ils sa généalogie en s'appuyant sur le lignage de Joseph ? (Elle désigna la bible.) Il n'y a donc pas de généalogie établie à partir de la lignée de Marie ?

— Non, uniquement à partir de celle de Joseph, confirma Tomás. La deuxième chose intéressante, c'est que les généalogies présentées par Matthieu et par Luc, bien que dressant toutes deux la liste des ancêtres de Joseph, diffèrent nettement l'une de l'autre : elles n'ont en commun que deux noms. (L'historien ouvrit le Nouveau Testament à la première page du premier des Évangiles.) Mais nous allons seulement nous occuper de la généalogie exposée dans l'Évangile selon saint Matthieu.

— Pourquoi celle-là ?

L'universitaire portugais indiqua la photographie laissée par O'Leary.

— Parce que c'est elle qui va nous permettre de déchiffrer le message laissé par l'assassin. (Il s'éclaircit la voix et fixa les yeux sur la première ligne du texte.)

Le premier chapitre de cet Évangile commence ainsi :
« Livre des origines de Jésus Christ, fils de David,
fils d'Abraham »…

— Fils de David ? s'étonna Valentina. Pas de
Joseph ?

— Nous y arrivons, rétorqua Tomás, en faisant
signe à son interlocutrice d'être plus patiente. Le
deuxième verset du premier chapitre de cet Évangile
recense la lignée depuis Abraham : « Abraham engendra Isaac ; Isaac engendra Jacob, Jacob engendra Juda
et ses frères… », et ainsi de suite jusqu'à Jessé, où il
est dit : « Jessé engendra le roi David. » Puis le texte
reprend, en présentant la lignée à partir de David.
« David engendra Salomon, de la femme d'Urie, Salomon engendra Roboam… », et ainsi de suite jusqu'au
verset sur la déportation à Babylone. Puis recommence
l'énumération des noms qui finit par arriver à Jacob,
et se termine ainsi : « Jacob engendra Joseph, l'époux
de Marie, de laquelle est né Jésus, que l'on appelle
Christ. »

— Cette généalogie vise donc à rattacher Jésus à
Abraham et à David, les principaux dépositaires des
promesses messianiques, et aux descendants royaux.

— Tout à fait, murmura l'historien, l'attention fixée
sur le texte biblique. Maintenant, regardez ce qui est
écrit au verset 17 de ce premier chapitre de l'Évangile
selon saint Matthieu. « Le nombre total des générations
est donc : quatorze d'Abraham à David, quatorze de
David à la déportation de Babylone, quatorze de la
déportation de Babylone au Christ. »

Il leva les yeux et regarda fixement son interlocutrice, attendant qu'elle tirât ses propres conclusions.
Le regard de Valentina obliqua vers la photographie
du message chiffré.

— Quatorze, quatorze, quatorze, dit l'Italienne, sur un

rythme mécanique d'automate. (Elle leva la tête et regarda l'historien, les yeux écarquillés.) C'est incroyable ! Vous avez encore trouvé. Bravo !

Le visage fatigué de Tomás s'éclaira d'un large sourire.

— Merci.

— L'assassin fait donc référence à ce verset du Nouveau Testament, observa-t-elle. (Mais, une fois l'excitation du premier moment dissipée, l'ombre d'un doute passa dans le regard de Valentina.) Très bien, j'ai compris le lien entre la formule codée et la bible. Mais, en laissant ce message chiffré près du corps de la victime, qu'est-ce que le meurtrier a voulu dire exactement ?

Le doigt de l'historien montra les lignes par lesquelles débute l'Évangile selon saint Matthieu.

— Ces versets renvoient à la numérologie de l'ascendance de Jésus, dit-il. Regardez, nous avons ici quatorze générations entre Abraham et David, le plus grand roi d'Israël. Puis encore quatorze générations entre David et l'esclavage des juifs à Babylone, ce qui correspond à la destruction du premier temple par Nabuchodonosor. Et ensuite, encore quatorze générations entre Babylone et Jésus-Christ.

— Et alors ?

— Vous ne voyez pas ? Matthieu est en train de nous dire que toutes les quatorze générations a lieu un événement d'une portée transcendante dans la vie du peuple juif. Au terme des premières quatorze générations surgit David, au bout des quatorze générations suivantes survient la chute du premier temple et la déportation à Babylone. Ce qui veut dire que la naissance de Jésus, qui advient quatorze générations après Babylone, est également un événement au caractère surnaturel, d'une portée transcendante.

— C'est une évidence, asséna Valentina. La venue de Jésus *fut* un événement transcendant.

— Je ne suis pas là pour contester la foi de qui que ce soit, déclara Tomás. Mais permettez-moi de souligner quelques erreurs commises par Matthieu. La première, c'est que la dernière série de quatorze générations n'en compte que treize. Visiblement, Matthieu ne savait pas compter. L'erreur suivante est que la comptabilité de Matthieu ne cadre pas non plus avec celle de l'Ancien Testament. Matthieu dit, chapitre 1, verset 8, que Joram est le père d'Ozias. (L'historien tourna d'un bloc plusieurs centaines de pages de son exemplaire de la bible.) Or, si l'on consulte le premier livre des Chroniques, dans l'Ancien Testament, on découvre au chapitre 3, versets 10, 11 que Joram n'est pas le père d'Ozias, mais son trisaïeul ! Autrement dit, Matthieu a fait disparaître trois générations.

Valentina prit la bible et compta les générations mentionnées dans le premier livre des Chroniques. Puis elle vérifia ce qui était écrit dans l'Évangile selon saint Mathieu.

— Vous avez raison, confirma-t-elle. Mais pourquoi cet écart ?

— N'est-ce pas évident ? Si Matthieu avait pris en compte toutes les générations, il n'aurait pas pu démontrer qu'un événement d'une portée transcendante se produisait toutes les quatorze générations. Qu'a-t-il donc fait pour résoudre le problème ? Il a trafiqué le décompte.

Le rapprochement entre le mot « trafiqué » et la bible n'était manifestement pas du goût de l'Italienne.

— Oh, ne dites pas une chose pareille !

— Ce n'est pas parce que nous parlons de la bible qu'il faut avoir peur des mots, insista Tomás. Matthieu a volontairement escamoté le décompte des générations pour obtenir un effet numérologique. Comme il lui fallait un total de quatorze générations, il a donc retranché celles qui étaient en trop.

Il n'y avait aucun moyen de contre-argumenter, si bien que Valentina décida tout simplement d'ignorer la question. Elle désigna d'un geste la photographie laissée par O'Leary.

— Pensez-vous que c'est à cela que l'homicide fait allusion ? Au fait que l'Évangile selon saint Matthieu recourt… disons à une astuce concernant la généalogie de Jésus ?

— Oui, mais pour d'autres raisons. Vous savez, le numéro sept est considéré dans la bible comme le chiffre parfait. N'est-ce pas Dieu qui s'est reposé le septième jour ? Cela étant, qu'est-ce que le nombre quatorze sinon le double de sept ? Dans le contexte généalogique, quatorze est la perfection fois deux.

— Je vois…

Tomás désigna à nouveau les versets initiaux du premier Évangile.

— La généalogie de Matthieu est destinée à souligner le statut de Jésus comme roi d'Israël, prédit par les Saintes Écritures. Dans le deuxième livre de Samuel, les chroniqueurs juifs affirment que Dieu a dit à David, chapitre 7, verset 16 : « Devant toi, ta maison et ta royauté seront à jamais stables ; ton trône à jamais affermi. » Ainsi, ce trône serait éternellement occupé par un descendant de David. Cependant, au fil des bouleversements historiques, le trône ne fut plus occupé par un descendant de David. Pourtant, Dieu avait promis que ce serait le cas. Comment résoudre ce paradoxe ? Matthieu apporte une solution : Jésus. Qui est ce Jésus présenté par l'évangéliste ? C'est le descendant de David par le biais de deux séries de quatorze générations, le double du chiffre parfait. (L'historien portugais prit un stylo et se mit à griffonner sur une serviette en papier.) Dans les langues anciennes, les lettres de l'alphabet avaient des valeurs numériques et étaient numérotées. En hébreu, par exemple, les trois premières lettres sont *aleph*, *beth* et *gimel*. Eh bien, *aleph* vaut un, *beth* vaut deux, *gimel* vaut trois, et ainsi de suite. On appelle ce jeu de correspondance numérique entre les lettres de l'alphabet, la *guématria*. (Tomás reprit son stylo.) Le nom « David » s'écrit avec ces trois lettres.

Il nota D-V-D sur la serviette.

— DVD ? s'étonna Valentina. Mais il manque deux lettres…

— En hébreu, on n'écrit pas les voyelles, informa l'historien. « David » se réduit à DVD. (Il attribua un chiffre à chaque lettre.) La valeur de D, ou *daleth* en hébreu, est quatre, et la valeur de V, ou *wau*, est six. Ainsi donc, D-V-D, ou *daleth-wau-daleth*, correspond à quatre-six-quatre. Quel est la somme de ces trois chiffres ?

— Quatorze.

Tomás confirma le calcul sur la serviette, notant le total d'un épais 14, et montra le résultat à son interlocutrice.

— Par conséquent, la *guématria* du nom de David est quatorze, le double du chiffre parfait, énonça-t-il. C'est la raison pour laquelle Matthieu a réparti la généalogie de Jésus en trois séries de quatorze générations. L'évangéliste voulait associer Jésus et David par les liens du sang, accomplissant ainsi la promesse divine signalée dans le deuxième livre de Samuel. (L'historien portugais leva un doigt, comme si une idée venait de lui traverser l'esprit.) D'ailleurs, il est intéressant de noter un autre détail. Tout au long du

Nouveau Testament, Jésus est nommé *Fils de Dieu*. Selon vous, que signifie cette expression ?

L'Italienne eut l'air étonnée, comme si la réponse allait de soi.

— C'est évident, non ? questionna-t-elle. *Fils de Dieu* signifie que Jésus est l'incarnation de Dieu.

Tomás sourit et secoua la tête.

— C'est un fait que cette expression est aujourd'hui associée à l'idée que Jésus est Dieu sur terre. Mais, au départ, elle n'a pas ce sens. Son origine se trouve dans les Psaumes, dont certains sont traditionnellement attribués à David. Celui-ci dit, chapitre 2, verset 7 : « Je publierai le décret : le Seigneur m'a dit : "Tu es mon fils ; moi, aujourd'hui, je t'ai engendré." » Autrement dit, et sans jamais revendiquer le moindre statut divin, David se présente comme le Fils de Dieu. Du coup, que font les évangélistes ? Ils appellent Jésus : le Fils de Dieu. En employant cette expression, ils n'affirment pas que Jésus soit un dieu, ou une incarnation de Dieu, comme on le soutient aujourd'hui, mais seulement qu'il est le descendant de David, condition essentielle pour prétendre au trône d'Israël. C'est dans ce sens que les Évangiles l'appellent le Fils de Dieu.

Valentina tapotait nerveusement sur la table, tandis qu'elle tirait les conclusions de ce qu'elle venait d'entendre.

— J'ai bien suivi votre analyse, dit-elle. Mais à présent expliquez-moi une chose : que voulait réellement dire le tueur en laissant un tel message ? Je ne comprends toujours pas !

L'historien inclina la tête et lui lança un regard faussement surpris.

— Vous n'avez toujours pas saisi ? Notre ami signe ses homicides par des allusions aux fraudes présentes dans le Nouveau Testament.

L'Italienne leva les yeux au ciel, s'efforçant de contenir son agacement.

— Mon Dieu ! protesta-t-elle. Voilà que vous recommencez. De quel genre de… disons de problèmes bibliques êtes-vous en train de parler ? Encore des erreurs ?

Tout en tripotant son stylo, Tomás considéra la question.

— Ce ne sont pas vraiment des erreurs, dit-il lentement, comme s'il réfléchissait encore au problème. (Il marqua une courte pause.) Vous savez, pour pouvoir vous expliquer le sens profond de la question soulevée par ce message codé, je vais devoir vous révéler quelque chose qui va sans doute vous choquer.

Valentina se prépara. Étant donné tout ce qu'elle avait déjà entendu, elle s'attendait au pire.

— Allez-y, je vous écoute.

L'universitaire caressa la couverture de son exemplaire de la bible.

— Il n'existe aucun texte dont l'auteur aurait connu Jésus personnellement.

L'Italienne écarquilla les yeux.

— Ah, non ? Tiens donc ! Et les évangélistes Marc, Luc, Matthieu et Jean, alors ? répliqua-t-elle. N'ont-ils pas été témoins des événements ?

Tomás se frotta le bout du nez et baissa les yeux, navré de devoir briser encore un mythe.

— Ma chère, répondit-il, contrairement à ce qui est dit dans la bible, Marc, Luc, Matthieu et Jean n'ont pas écrit les Évangiles. (Il marqua une pause.) Et la plupart des textes qui composent le Nouveau Testament sont pseudépigraphes.

— Pseudé… quoi ?

— Pseudépigraphes, répéta l'universitaire. Un mot pédant qu'on a inventé pour ne pas appeler un chat un chat. On parle de pseudépigraphie afin d'éviter d'employer un mot plus dépréciatif pour décrire la plupart des textes de la bible.

— Quel mot ?

Tomás la dévisagea et s'efforça de garder un air neutre.

— Falsifications.

XVIII

Le site était d'une beauté déconcertante, avec ses collines rocailleuses qui dressaient des îlots de verdure autour de la ville. Un petit fleuve serpentait parmi les immeubles, mais c'étaient surtout les collines qui attiraient l'attention ; tels des châteaux érigés sur la plaine, imposants et majestueux.

Sicarius baissa la vitre de la voiture et interpella un passant.

— Pourriez-vous m'indiquer Stariot Grad, s'il vous plaît ?

L'homme, un vieux monsieur à la longue barbe blanche, voûté par les années, montra la colline centrale.

— Là-haut, dit-il. Sur la colline.

Sicarius s'engagea, il essaya de gravir la colline, mais la pente était trop raide et un panneau interdisait toute circulation. Il se vit donc obligé de faire demi-tour et de garer sa voiture au pied du promontoire.

Il se mit en marche, sa mallette en cuir noire dans la main. Il monta la rue, pentue et étroite, mais n'eut aucune difficulté à grimper le versant jusqu'à Stariot Grad. Les maisons étaient d'un style particulier, avec un premier étage plus large que le rez-de-chaussée et soutenu par des poutres en bois. Le style balkanique, mêlé à celui des Ottomans, captait le regard.

147

Le visiteur s'égara dans le lacis de ruelles de la vieille ville, si bien qu'il dut consulter l'adresse qu'il avait notée sur un papier, avant de se diriger vers un kiosque à journaux pour interroger la vendeuse.

— La maison Balabanov, s'il vous plaît ?

La kiosquière indiqua une maison située au coin d'une rue étroite qui descendait en pente raide.

— C'est là-bas.

Aussitôt, Sicarius se dirigea vers la maison et inspecta la façade couleur brique, avec ses nombreuses fenêtres cintrées et son premier étage surélevé en plateforme. L'architecture était traditionnelle, en tout semblable aux autres constructions anciennes de Stariot Grad. Il considéra la possibilité de pénétrer à l'intérieur par une fenêtre ou même par la porte, mais il constata que les rues de la vieille ville étaient tranquilles et décida d'attendre dehors.

Il consulta sa montre. Les aiguilles indiquaient 12 h 15. Sicarius choisit un grand arbre près de la maison Balanov et s'assit à l'ombre, au pied du tronc. Il ouvrit sa mallette en cuir noire et, toujours avec les mêmes gestes rituels, sortit la dague. Un éclat scintilla à la pointe de la lame, sous son regard extasié, comme si Dieu lui adressait un signe.

Il regarda à nouveau sa montre. 12 h 19. Il parcourut la rue du regard et, tout en bas, vit un homme qui commençait à grimper. Il chercha à discerner les traits du visage et reconnut ceux de la photographie jointe au dossier que lui avait remis le maître. Aussitôt, il caressa le manche de la dague. L'heure avait sonné.

XIX

— Falsifications ? protesta-t-elle, le visage empourpré. Vous recommencez, bon sang ! On dirait que vous le faites exprès !

Tomás haussa les épaules.

— Que voulez-vous que je vous dise ? Vous préféreriez que je vous cache les faits ? (Il indiqua la photographie de la formule chiffrée laissée par l'assassin de Dublin.) Dans ce cas, jamais vous ne pourrez comprendre la signification de ce message. Et si vous ne le comprenez pas, jamais vous ne pourrez élucider ces meurtres.

L'inspecteur jeta un regard circulaire, cherchant l'appui du surintendant O'Leary, mais l'Irlandais n'était toujours pas revenu. L'Italienne soupira longuement. La tension qui lui nouait le ventre lui ôtait toute force de résistance.

— Qu'est-ce que je ne dois pas faire pour mon travail, maugréa-t-elle. (Puis elle esquissa de la main un geste de reddition.) Très bien, alors dites-moi ce qui cloche encore dans les Évangiles.

L'historien feuilleta son exemplaire de la bible jusqu'à trouver le premier Évangile dans le Nouveau Testament, celui de Matthieu.

— La première chose que vous devez comprendre,

c'est que les Évangiles sont des textes anonymes. Le premier à avoir été mis par écrit fut celui de Marc, entre l'an 65 et l'an 70, c'est-à-dire quarante ans environ après la crucifixion de Jésus. Il y avait sans doute encore des apôtres vivants, mais ils devaient être vieux. Les textes de Matthieu et de Luc furent rédigés une quinzaine d'années plus tard, entre l'an 80 et l'an 85, et celui de Jean fut écrit dix ans après, entre l'an 90 et l'an 95, à une époque où la première génération était sûrement déjà éteinte. Ces Évangiles circulaient parmi les communautés de fidèles sans qu'on sache qui en étaient les auteurs. Du reste, si on leur avait attribué un auteur, ils auraient perdu en crédibilité. Le fait de les présenter sans auteur annulait le point de vue subjectif et faisait apparaître ces textes comme porteurs d'une vérité absolue, objective et anonyme. Presque comme s'ils étaient l'expression directe de la parole de Dieu.

— Dans ce cas, aucun des évangélistes n'avait intérêt à proclamer qu'il avait écrit un Évangile...

— Exactement, confirma Tomás. Si quelqu'un a commis une fraude, ce n'est assurément pas eux, mais ceux qui plus tard leur ont abusivement attribué la paternité des Évangiles. Mais l'essentiel, c'est que nous avons la certitude que les deux disciples, Matthieu et Jean, n'ont pas écrit ces textes. L'Évangile selon saint Matthieu, par exemple, fait référence à Jésus et à ses apôtres en employant le pronom *ils*, et non pas *nous*. Ce qui démontre bien que l'auteur du texte n'était pas un apôtre. Mais Matthieu, lui, l'était. D'ailleurs, cet Évangile évoque l'apôtre Matthieu à la troisième personne, chapitre 9, verset 9. Par conséquent, Matthieu ne peut pas être l'auteur de l'Évangile selon saint Matthieu. Il s'agit donc d'une mystification postérieure forgée par l'Église.

Valentina s'emporta.

— Mystification ? reprit-elle. Vous ne pouvez pas vous en empêcher !

— C'est encore plus manifeste dans le cas de l'Évangile selon saint Jean, continua l'historien en ignorant la remarque. À la fin de l'Évangile, l'auteur parle du « disciple que Jésus aimait » avant d'affirmer dans les derniers versets : « C'est ce disciple qui témoigne de ces choses et qui les a écrites, et nous savons que son témoignage est conforme à la vérité. » Autrement dit, l'auteur lui-même reconnaît qu'il n'est pas un apôtre, juste quelqu'un qui s'est entretenu avec un apôtre. Donc, l'auteur ne peut pas être Jean.

— Et les deux autres évangélistes ?

— Marc n'était pas un disciple, mais un ami de Pierre, et Luc était le médecin et le compagnon de route de Paul. Ce qui signifie que ni Marc ni Luc ne furent des témoins oculaires des événements. Et nous savons à présent que Matthieu et Jean n'ont pas écrit les Évangiles qui leur sont attribués. (Tomás fixa ses yeux sur son interlocutrice et l'interpella.) Cela étant admis, quelle conclusion en tirez-vous ?

L'inspecteur de la police judiciaire soupira, déçu, voire découragé.

— Nous n'avons aucun témoin.

L'universitaire portugais plissa les yeux.

— Pire encore, renchérit-il. Il semblerait qu'une distance importante sépare les apôtres des auteurs des Évangiles. En effet, nous savons que Jésus et ses disciples étaient tous des hommes de basse condition qui vivaient en Galilée. Or, on suppose qu'à cette époque seulement 10 % des gens dans l'Empire romain savaient lire. Un pourcentage encore plus faible savaient écrire des phrases rudimentaires et seule une infime partie étaient capable d'élaborer des récits complets. Comme il s'agissait d'individus sans instruction, les disciples étaient forcément analphabètes. D'ailleurs, chapitre 4, verset 13, dans les Actes des Apôtres, Pierre et Jean sont explicitement décrits comme *agrammatoï*, ou « hommes illettrés ». Jésus serait une exception. Luc le présente en train de lire dans la synagogue, chapitre 4, verset 16, mais nulle part Jésus n'apparaît en train d'écrire.

— Si, dans l'épisode de la femme adultère, s'empressa de rappeler Valentina, Jésus écrit sur le sol.

— Oui, mais cet épisode est une fraude, comme je vous l'ai déjà expliqué. Il ne figure pas dans les copies les plus anciennes du Nouveau Testament.

L'Italienne se reprit.

— Ah oui, c'est vrai...

Tomás fixa à nouveau son attention sur l'exemplaire de la bible qu'il avait posé sur la table du Silk Road Café.

— En somme, les disciples de Jésus étaient des analphabètes de basse condition qui parlaient araméen et vivaient en Galilée dans un milieu rural, récapitula-t-il. (Il posa la main sur la bible.) Cependant, lorsqu'on parcourt les Évangiles, on s'aperçoit que les auteurs n'étaient pas seulement alphabétisés. À l'exception de Marc, qui écrivait en grec populaire, tous étaient issus d'une classe cultivée, écrivant en grec classique et vivant hors de la Palestine.

— Comment pouvez-vous être sûr de tous ces détails ?

— Aujourd'hui, pour plusieurs raisons linguistiques, les universitaires s'accordent à dire que tous les Évangiles furent originalement écrits en grec et non en araméen, la langue de Jésus et de ses disciples. Par exemple, nous savons que l'Évangile selon saint Matthieu reprend mot à mot plusieurs histoires figurant dans la version grecque de Marc. Si l'Évangile de

Matthieu avait été originalement écrit en araméen, il serait impossible que ces histoires reprissent exactement les mêmes termes mentionnés dans le texte grec.

— Je vois.

— D'autre part, la complexité stylistique des Évangiles, qui recourent à des paraboles et autres artifices littéraires, signale que leurs auteurs étaient des gens d'une grande culture. En outre, il ne s'agissait pas de juifs ni de païens qui vivaient en Palestine. On le sait parce que les auteurs des Évangiles révèlent une certaine ignorance concernant les coutumes judaïques. Par exemple, Marc indique, chapitre 7, verset 3, que « les Pharisiens comme tous les juifs, ne mangent pas sans s'être lavé soigneusement les mains, par attachement à la tradition des anciens », ce qui est faux. À l'époque, les juifs n'avaient pas encore l'habitude de se laver les mains avant de manger. Si l'auteur de cet Évangile avait vécu en Palestine, il l'aurait forcément su et n'aurait pas commis une telle erreur. Par conséquent, on peut légitimement conclure que les auteurs des Évangiles étaient des gens de langue grecque, issus de classes élevées, qui ne vivaient pas en Palestine, alors que les disciples parlaient araméen, étaient de basse condition et vivaient en Galilée. Et, puisqu'ils étaient linguistiquement, socialement, géographiquement et culturellement éloignés des disciples, on peut affirmer avec certitude que les véritables auteurs des Évangiles n'étaient pas des apôtres, mais des personnes qui n'ont ni vécu ni observé les événements qu'ils racontent.

Valentina poussa un long soupir de découragement.

— Heureusement que le Nouveau Testament ne se réduit pas aux Évangiles, dit-elle pour se consoler. Il reste toujours les autres textes, non ?

L'observation suscita une hésitation chez Tomás.

Devait-il ou non aborder cette question ? Il considéra la possibilité de l'esquiver, mais, sachant que toute information pouvait se révéler utile, il décida de conduire son examen jusqu'à son amère conclusion.

— J'ai bien peur que les autres textes ne posent également de graves problèmes, dit-il, non sans appréhension. Encore plus graves, d'ailleurs...

— Comment ça ?

— Parmi les vingt-sept textes qui composent le Nouveau Testament, seuls huit ont une paternité certaine, révéla-t-il. C'est le cas pour sept épîtres de Paul et pour l'Apocalypse, de Jean, bien que celui-ci ne soit pas l'apôtre Jean. Les auteurs des dix-neuf autres textes restent incertains. Semblable au cas des Évangiles et celui des épîtres aux Hébreux, texte anonyme attribué à Paul, mais dont on est presque sûr qu'il est d'un autre. L'épître de Jacques est également authentique, mais son rédacteur n'est pas le frère de Jésus nommé Jacques, contrairement à ce qu'a pensé l'Église lorsqu'elle a accepté ce texte. Les autres écrits, ma chère, sont de pures fraudes.

L'Italienne secoua la tête, consternée.

— Vous remettez ça...

— Désolé, mais la vérité doit être dite, insista l'historien. Plusieurs lettres de Paul sont probablement des falsifications : la deuxième épître aux Thessaloniciens, qui contredit la première, semble être un texte postérieur visant à corriger certains faits déjà cités, mais qui n'ont jamais eu lieu, et les épîtres aux Éphésiens et aux Colossiens sont rédigées dans un style différent de celui de Paul et abordent des problèmes qui n'existaient pas du temps de Paul. Paul n'a pas non plus écrit les deux épîtres à Timothée ni l'épître à Tite, puisqu'elles traitent également de problèmes qui n'existaient pas à l'époque de l'auteur présumé. De plus, un tiers des mots employés dans ces épîtres n'ont jamais été utilisés par Paul, la plupart d'entre eux étant caractéristiques des chrétiens du IIᵉ siècle. Par ailleurs, Jean n'a pas écrit les trois épîtres de Jean et Pierre n'a pas rédigé les deux épîtres de Pierre. N'oublions pas que ces deux apôtres étaient analphabètes. (L'universitaire portugais prit la bible et la brandit.) Autrement dit, l'essentiel des textes qui composent le Nouveau Testament n'ont pas été écrits par les auteurs qu'on leur a attribués.

Valentina continuait de secouer la tête.

— Je n'arrive pas à le croire ! murmura-t-elle. Je n'arrive pas à le croire ! (Elle contempla un moment le jardin devant la bibliothèque, l'esprit absorbé par ce qu'elle venait d'entendre, jusqu'à ce qu'elle se ressaisît et regardât son interlocuteur.) L'Église est-elle au courant ?

— Bien sûr qu'elle l'est.

— Alors... alors pourquoi ne supprime-t-elle pas ces textes du Nouveau Testament ?

— Si elle le faisait, que resterait-il ? Sept épîtres de Paul et l'Apocalypse de Jean ? Cela ferait un peu court, vous ne trouvez pas ?

— Mais comment justifie-t-elle alors le maintien de ces textes dans la bible ?

Tomás sourit.

— Ils sont inspirés.

— Comment ça ?

— Les théologiens ont bien compris qu'ils avaient affaire à des falsifications ou à des textes anonymes. D'abord, pour éluder la question, ils évitent d'employer les mots « fraude » ou « falsification ». Ils parlent d'écrits pseudépigraphes et masquent ainsi le problème. Ensuite, même si leurs rédacteurs ne sont pas les auteurs annoncés, ils affirment que ces textes sont sacrés parce qu'ils ont été inspirés par Dieu.

Il fit un geste rapide des mains, comme une passe de magicien : par enchantement, le problème est résolu.

Valentina bouillonnait à nouveau, agacée par la manière dont la bible se désagrégeait dans la bouche de cet historien. Elle garda son calme malgré tout. Elle avait encore quelques arguments dans sa manche.

— Vous pouvez dire tout ce que vous voudrez, affirma-t-elle, mais une chose est sûre : les textes du Nouveau Testament racontent tous la même histoire. Ce qui prouve au moins que l'histoire de Jésus est vraie.

— C'est inexact, répondit-il. Chaque texte néotestamentaire raconte une histoire différente. Et plusieurs épisodes sont complètement inventés.

— Vous vous moquez de moi !

Tomás se gratta la tête.

— L'histoire selon laquelle Jésus serait né à Bethléem, par exemple.

XX

Depuis longtemps déjà le professeur Vartolomeev songeait à déménager, mais il ne pouvait s'y résigner. Tout compte fait, il vivait à Stariot Grad, dans l'historique maison Balabanov, une construction du XIXe siècle dans l'ancien quartier bâti précisément sur la colline où était née la vieille ville. Seul un fou pouvait quitter sans raison une telle maison située dans un tel endroit.

Cependant, chaque fois qu'il grimpait la rue, l'idée lui revenait. Depuis qu'il avait franchi le cap de la cinquantaine, son corps lui jouait souvent des mauvais tours. Gravir cette colline devenait toujours plus pénible, les muscles de ses jambes se raidissaient chaque jour davantage et ses poumons haletaient comme s'il courait un marathon. Combien de temps encore pourrait-il escalader cette colline ? Mais il savait bien qu'aussitôt rentré chez lui...

— Professeur.

... après s'être allongé sur le canapé, l'idée de déménager fondrait comme neige au soleil. Mais cela ne pouvait pas durer ainsi. Il lui fallait définitivement accepter que sa jeunesse était révolue et que son corps ne tiendrait pas longtemps le coup. Certes, vivre à Stariot Grad, c'était un rêve. Seulement voilà, ce n'était pas pratique. Il suffisait de voir...

— Professeur !

Il entendit enfin la voix l'interpeller et s'arrêta, pantois.

— Oui ?

— C'est moi, professeur. *Zdravei'te.* Aujourd'hui, vous ne prenez pas votre exemplaire du *Maritsa* ?

Il regarda la jeune fille du kiosque qui lui tendait le journal avec un sourire radieux.

— Ah, Daniela ! (En deux pas, il la rejoignit avec une pièce de monnaie à la main.) Mon Dieu, où donc ai-je la tête aujourd'hui ? Bien sûr que je veux le *Maritsa* !

Daniela lui remit le quotidien et, aussitôt après, lui montra un petit livre.

— Les éditions Hermes viennent de publier un de ces petits livres que vous aimez tant. Vous le prenez aussi ?

Le professeur regarda le titre et la couverture.

— Demain, décida-t-il. Le journal me suffira pour aujourd'hui.

Vartolomeev allait s'éloigner, mais la jeune fille le retint par le bras.

— Vous avez de la visite aujourd'hui.

— Moi ? De la visite ?

Daniela indiqua la silhouette qui se trouvait là-bas, près de chez lui.

— C'est un étranger, souffla-t-elle. Il vous attend.

Le professeur jeta un regard interrogatif en direction du personnage et, intrigué, se remit en marche. Était-ce un coursier lui apportant les résultats des échantillons ? Vartolomeev croyait fermement à l'hypothèse du raccourcissement des télomères, qui permettrait de maintenir les chromosomes intacts. Les dernières expériences avaient peut-être été concluantes ? Ces résultats étaient cruciaux pour toute sa recherche. S'il parvenait à résoudre cet immense problème scientifique, il était absolument sûr de se voir décerner le prix Nobel de médecine.

À mesure qu'il se rapprochait, il remarqua que l'individu dissimulait un objet dans sa main, et ses espoirs redoublèrent. Était-ce une lettre ? Un colis ? Peut-être les résultats de ses expériences ? Comme ce moment était important ! L'estomac noué par l'anxiété, le scientifique rajusta ses lunettes.

Au même moment, l'inconnu se mit à courir vers lui. Le professeur s'arrêta, surpris. Il le fut plus encore lorsqu'il identifia l'objet que l'homme tenait à la main. Il ne s'agissait assurément pas d'une enveloppe contenant le résultat de ses expériences. C'était un poignard. Obéissant à son instinct de survie, le scientifique se retourna pour s'enfuir. Mais il était déjà trop tard.

XXI

Le serveur du Silk Road Café n'aurait pu arriver à un moment plus opportun. Il déposa le thé, les pancakes et les baklavas sur la table, et cela suffit à redonner le sourire à la séduisante Valentina.

— Depuis mon enfance, on m'a toujours raconté la même histoire sur la vie du Christ, dit-elle en dégustant son premier baklava. Comment pouvez-vous dire que Jésus n'est pas né à Bethléem et que chaque texte du Nouveau Testament présente un récit différent ? Les mots, bien sûr, peuvent différer. Mais, que je sache, l'histoire est toujours la même.

Tomás prit de nouveau son exemplaire de la bible.

— Vous croyez vraiment ? demanda-t-il sur un ton de défi, tout en feuilletant les pages du livre. Alors, par où voulez-vous commencer ? Par la naissance de Jésus ? Par sa mort ? Par où ?

L'Italienne haussa les épaules.

— Ça m'est égal, dit-elle. Vous parliez de Bethléem, non ? Eh bien, commençons par là, si vous voulez…

Obéissant à la suggestion, l'historien feuilleta le Nouveau Testament jusqu'à tomber sur le début du premier des Évangiles.

— Bethléem nous renvoie au commencement, observa-t-il. Les deux seuls Évangiles qui abordent la naissance de Jésus sont ceux de Matthieu et de Luc. (La voix de l'historien baissa d'un ton, comme s'il faisait un aparté.) Je conserve les noms des Évangélistes par simple commodité, bien entendu. En réalité, ce ne sont pas eux qui ont rédigé ces Évangiles, comme je vous l'ai expliqué. (Il reprit sa voix normale.) Matthieu raconte donc que Marie est une vierge qui se retrouve enceinte par le fait de l'Esprit Saint, puis il parle des mages qui suivirent une étoile jusqu'à Jérusalem, en quête du roi des juifs. Le roi Hérode s'informe de ce cas et leur dit que la naissance de ce roi a bien été prophétisée et qu'elle aura lieu à Bethléem. L'étoile conduit les mages jusqu'à une maison de Bethléem où vit la famille de Jésus, et ils lui offrent en présents de l'or, de l'encens et de la myrrhe. De son côté, craignant la menace que ce roi nouveau-né représente, Hérode donne l'ordre de mettre à mort, dans Bethléem et tout son territoire, tous les enfants de moins de deux ans. C'est alors que Joseph, averti en songe par l'ange du Seigneur, prend avec lui l'enfant et sa mère, et s'enfuit en Égypte.

— C'est exactement l'histoire qu'on m'a toujours racontée.

Tomás sauta plusieurs dizaines de pages jusqu'à atteindre le troisième Évangile.

— Le récit de Luc commence également par cette histoire de conception virginale, lorsque Quirinius était gouverneur de Syrie, et raconte ensuite que le couple décide de se rendre à Bethléem, d'où étaient les ancêtres de Joseph. Là, Marie accouche de Jésus et le dépose dans une mangeoire « parce qu'il n'y avait pas de place pour eux dans la salle d'hôtes », et les bergers viennent rendre hommage à l'enfant. Puis Jésus est emmené au Temple, à Jérusalem, pour être présenté à Dieu. Après quoi, la famille retourne à Nazareth.

Valentina hésita.

— En effet, c'est... c'est bien l'histoire que je connais.

Son interlocuteur leva la main droite avec autorité.

— Attendez un peu ! dit-il. Les deux histoires sont différentes, vous l'avez remarqué ?

— Eh bien... il y a deux ou trois détails qui changent, c'est vrai. Mais cela reste secondaire. L'essentiel est là, à savoir le message d'amour et de salut dont ces récits sont chargés.

Tomás désigna la bible.

— Pardon, mais les deux histoires sont très différentes ! Selon Matthieu, la naissance a eu lieu à Bethléem, tandis que Luc dit qu'elle s'est accomplie à Nazareth. Matthieu place les événements sous le règne d'Hérode, alors que Luc affirme que tout s'est passé à l'époque de Quirinius, qui ne fut gouverneur de Syrie que dix ans *après* la mort d'Hérode. Matthieu révèle que la famille de Jésus vivait dans une maison à Bethléem, Luc prétend que tout s'est déroulé dans une étable. Matthieu raconte que l'enfant a reçu la visite de plusieurs mages, Luc ne parle que de bergers. Matthieu indique que la famille s'est enfuie en Égypte pour échapper à Hérode, tandis que Luc décrit cette même famille se rendant au Temple de Jérusalem, avant de retourner à Nazareth. (Il regarda fixement l'Italienne dans les yeux.) Ce sont des histoires tout à fait différentes !

— Non, contesta-t-elle. Ce sont des histoires complémentaires.

— Complémentaires ? La conception de Jésus a-t-elle eu lieu à Nazareth ou à Bethléem ? Une hypothèse élimine l'autre, elle ne la complète pas ! Cela s'est-il déroulé au temps d'Hérode ou de Quirinius ? Les deux époques sont différentes et les événements n'ont pas pu s'accomplir simultanément ! Jésus est-il né dans une maison ou dans une étable ? Il n'a pas pu naître à deux endroits à la fois ! La famille s'est-elle enfuie en Égypte ou est-elle retournée directement à Nazareth ? Si elle est partie en Égypte, elle n'a pas pu retourner directement à Nazareth, et vice versa ! Que je sache, une possibilité exclut l'autre ! Elles ne peuvent pas être toutes les deux vraies en même temps ! Vous comprenez ?

Valentina passa la main sur son visage et se massa les tempes du bout des doigts.

— En effet, bien sûr…

L'historien prit de nouveau son exemplaire de la bible, et le brandit comme un trophée.

— Ce problème se rencontre tout au long du Nouveau Testament. D'un bout à l'autre. (Il posa le livre et se remit à le feuilleter.) Il y a des incohérences et des contradictions dans tous les textes, mais je ne vais pas vous assommer avec une analyse de chaque épisode ; prenons seulement la fin de l'histoire comme dernier exemple. (Il repéra les passages qu'il cherchait.) Comme vous le savez, la vie de Jésus se termine sur la Croix. Marc, Luc et Matthieu affirment que l'exécution eut lieu le vendredi de Pâques, Jean, lui, prétend que ce fut le jour précédent. Cela n'a pourtant pas pu se produire à la fois le vendredi et la veille, vous êtes d'accord ? Continuons. Que s'est-il passé ensuite selon les Évangiles ? Les quatre récits s'accordent à dire que, le troisième jour, Marie de Magdala s'est rendue au tombeau et l'a trouvé vide. Mais, à partir de là, c'est la confusion la plus totale.

— Ce n'est pas vrai !

L'historien désigna le livre d'un geste théâtral.

164

— Lisez vous-même ! s'exclama-t-il. (Il indiqua les versets concernés.) Jean affirme que Marie de Magdala s'est rendue seule au tombeau, mais Matthieu dit qu'elle était accompagnée par une autre Marie ; Marc, lui, y ajoute une Salomé, et Luc remplace Salomé par Jeanne et introduit « d'autres femmes ». Il faudrait savoir, non ? Marie de Magdala était-elle seule ou avec d'autres femmes ? Et combien de femmes exactement ? Et qui étaient-elles ? Les Évangiles se contredisent les uns les autres et on ignore lequel dit vrai. Un autre problème : qui a-t-elle, ou qui ont-elles, rencontré à l'entrée du tombeau ? Matthieu dit qu'elles ont rencontré « un ange », tandis que Marc affirme que c'était « un jeune homme », Luc, quant à lui, assure qu'il s'agissait de « deux hommes », et Jean, pour finir, ne signale la présence d'aucune personne. Il faudrait savoir, non ? Et ensuite, que se passe-t-il ? En vérité, je l'ignore, car là encore les Évangiles se contredisent. Marc soutient que les femmes ne dirent rien à personne, mais Matthieu affirme qu'elles « coururent porter la nouvelle ». (L'historien afficha un air perplexe.) On est en plein délire, non ? (Il feuilleta encore le livre.) Et si elles ont porté la nouvelle, à qui l'ont-elles portée ? Matthieu prétend que ce fut « aux disciples », mais Luc indique que ce fut aux onze disciples « et à tous les autres », et Jean, de son côté, affirme que Marie de Magdala a « rejoint Simon-Pierre et l'autre disciple » qui n'est pas nommé. Alors, au bout du compte, lequel des Évangiles dit vrai ?

Valentina n'osait presque plus regarder son interlocuteur.

— N'y aurait-il pas un moyen de les concilier ?

— C'est précisément ce que les théologiens chrétiens ont cherché à faire de tous temps, dit-il. Malgré tout, je ne crois pas qu'on puisse y parvenir sans mutiler gravement les textes ou sans feindre d'ignorer que certaines choses y sont clairement mentionnées. La vérité c'est que Jésus est né soit à l'époque d'Hérode, soit à celle de Quirinius. Et qu'il est mort soit le vendredi de Pâques, soit la veille. Il n'y a aucune acrobatie qui puisse résoudre toutes ces contradictions. Et n'oubliez pas que je n'ai fait que soulever un coin du voile. Si vous examinez les Évangiles épisode par épisode, vous découvrirez de nombreux cas analogues. Je vous le garantis !

L'inspecteur ne savait que répondre. Il est vrai que dans ces épisodes chaque Évangile contredisait les trois autres. Elle-même venait de le vérifier dans l'exemplaire de la bible de Tomás.

— Alors, cela veut dire… bredouilla-t-elle, cela signifie qu'il est impossible d'avoir la moindre certitude sur Jésus…

— Je vous rassure, c'est le cas pour n'importe quelle figure historique. En histoire, aucune certitude absolue n'est possible, on ne fait qu'établir des probabilités en fonction des indices existants. Concernant le Christ, nous avons toutefois quelques certitudes relatives. Les historiens tiennent pour certain que Jésus était un rabbin de Nazareth qui a vécu en Galilée, qu'il était l'un des fils du charpentier Joseph et de sa femme Marie, qu'il a vraiment été baptisé par Jean Baptiste, et qu'il a rassemblé un groupe d'adeptes composé de pêcheurs, d'artisans et de quelques femmes de la région, auxquels il a prêché l'avènement du royaume de Dieu. Vers l'âge de trente ans, il s'est rendu à Jérusalem, où il a provoqué un incident dans le Temple ; on a procédé à son arrestation et, après un jugement sommaire, on l'a crucifié. Toutes ces informations sont considérées comme sûres. Le reste… eh bien, le reste demeure incertain.

— Mais comment sait-on que ces faits sont véridiques ?

— Tout simplement parce que plusieurs sources différentes les signalent, y compris les plus anciennes, expliqua Tomás. Les épîtres de Paul sont les textes les plus anciens du Nouveau Testament, rédigées de dix à quinze ans avant le premier Évangile, celui de Marc. Mais ce texte de Marc était déjà très en vogue lorsque les épîtres de Paul ont commencé à être copiées par les diverses Églises. Par conséquent, il est presque sûr qu'ils n'ont pas été l'un pour l'autre une source mutuelle. Si les deux disent la même chose, cela renforce la crédibilité de l'information, puisqu'on se trouve face à deux sources anciennes manifestement indépendantes. Et cette information sera d'autant plus crédible qu'elle se révélera embarrassante. Vous vous souvenez de ce que je vous ai dit ? Plus une information est théologiquement embarrassante, plus on considère qu'elle n'a pas été inventée.

— Oui, vous me l'avez déjà expliqué.

— Prenez la vie de Jésus en Galilée, par exemple. Aucune ancienne prophétie n'indiquait que le Messie vivrait en Galilée. Et encore moins à Nazareth, un hameau si perdu qu'il n'est même pas signalé dans l'Ancien Testament. Quel chroniqueur chrétien inventerait une information si inopportune ?

— Mais il est né à Bethléem. Croyez-vous qu'il s'agisse d'une invention ?

L'historien prit la bible et la feuilleta jusqu'à atteindre le texte de l'un des derniers prophètes de l'Ancien Testament.

— Bien sûr que c'en est une, confirma-t-il. La naissance à Bethléem n'est rien d'autre qu'un épisode visant à réaliser une prophétie des Saintes Écritures. Le prophète Michée, se référant à Bet-Éphrata, ou Bethléem, dit au chapitre 5, verset 1 : « Et toi, Bet-Éphrata, trop petite pour compter parmi les clans de Juda, de toi sortira pour moi celui qui doit gouverner Israël. » Face à cette prédiction, qu'ont fait Matthieu et Luc ? Ils ont fait naître Jésus à Bethléem ! Plutôt avantageux, non ? Seulement voilà, les contradictions entre les deux Évangiles concernant la naissance de Jésus sont si nombreuses qu'ils se trahissent mutuellement et révèlent leur caractère fictif. Les deux évangélistes savaient bien que Jésus était natif de Nazareth, mais il leur fallait concilier ce fait gênant avec la prophétie de Michée. Qu'ont-ils fait ? Chacun d'eux a inventé un moyen d'extraire Jésus de son berceau nazaréen pour le faire naître à Bethléem. Car la vérité la voici : si « celui qui doit gouverner Israël » est effectivement né à Bethléem, comme cela a été prophétisé par Michée et confirmé par les narrateurs de Luc et de Matthieu, pour quelle raison Marc et Jean n'en parlent-ils pas ? Ni même Paul. Comment pouvaient-ils ignorer un événement si prodigieux, qui pourtant attestait la vieille prophétie ? Il n'y a qu'une seule réponse possible. Matthieu et Luc ont fait naître Jésus à Bethléem dans le seul but d'entériner la prophétie et de convaincre ainsi les juifs que Jésus était bien le roi annoncé par Michée dans les Saintes Écritures.

— Un peu comme l'histoire de la Vierge Marie ?

— Absolument ! Les mêmes Matthieu et Luc ont prétendu que Marie était vierge afin de confirmer ce qu'ils croyaient être une autre prophétie biblique. (L'historien portugais indiqua la photographie du message chiffré de Dublin.) Et il en est de même pour ce 141414. C'est une tentative de faire remonter la généalogie de Jésus jusqu'à David, pour la faire cadrer avec les prophéties des Saintes Écritures.

— Je comprends.

— Cette attitude, du reste, est une constante dans les Évangiles. Les évangélistes ont saisi toutes les occasions de prouver que les divers aspects de la vie de Jésus correspondaient aux prophéties de l'Ancien Testament concernant la venue du Messie. Leur propos, théologique et missionnaire, visait à persuader les juifs que Jésus était le sauveur annoncé. Lorsque les faits ne le confirmaient pas, ils les créaient de toutes pièces. Ils ont inventé que Jésus était né à Bethléem, que sa mère était vierge, et qu'il descendait de David.

Valentina fronça les sourcils.

— Insinuez-vous que l'Ancien Testament n'a jamais prophétisé la naissance de Jésus ?

Le visage de Tomás s'éclaira d'un sourire.

— Je ne l'insinue pas, dit-il. Je l'affirme.

XXII

Tandis que le médecin examinait le corps, deux agents de police barraient l'accès à la rue et s'efforçaient d'éloigner les badauds. Une brume blanchâtre assombrissait cette fin de matinée, couvrant les ruelles d'une clarté maussade.

Serrant un mouchoir et les yeux gonflés de larmes, Daniela pleurait. Un homme sec et impatient la regardait avec un air déterminé.

— Racontez-moi ce qui s'est passé.

La jeune fille s'efforçait de maîtriser son émotion.

— Je ne sais pas comment vous l'expliquer, monsieur…

— Pichurov, se présenta-t-il. Inspecteur Todor Pichurov.

Daniela fut secouée d'un nouveau sanglot.

— Le professeur passait par là, il m'a acheté un journal et… s'est dirigé vers sa maison. (Elle pointa du doigt l'arbre avec frayeur.) À cet endroit se tenait un homme qui l'attendait et…

— Quel genre d'homme, mademoiselle ?

— Un étranger. (Elle se remit à sangloter.) Il attendait le professeur.

— Pouvez-vous me le décrire ?

— Je ne sais pas trop, je l'ai seulement aperçu.

Mais je crois que c'était un homme jeune et robuste. Il était habillé tout en noir.

L'inspecteur prit note.

— Et que s'est-il passé ensuite ?

— Après que le professeur est parti, j'ai pris mon portable pour appeler Desi au sujet de certains livres qu'elle et Iveline devaient...

— Qui sont Desi et Iveline ?

La jeune fille se moucha bruyamment.

— Des copines. (Elle essuya son nez rougi et sécha ses larmes.) J'étais en pleine conversation lorsque...

Daniela se remit à pleurer. Le policier soupira, s'efforçant de garder son calme. Il détestait interroger les proches et les amis des victimes d'homicides ; les pleurs étaient quasi systématiques, et les comportements répétitifs et prévisibles. Il la laissa se remettre et attendit le moment propice pour l'inciter à poursuivre son témoignage.

— Lorsque quoi ?

— Lorsque j'ai entendu un cri.

Les sanglots de la jeune vendeuse de journaux, oppressée par le souvenir de cet hurlement effroyable, se transformèrent en un gémissement prolongé. L'inspecteur Pichurov souffla ; il lui fallait encore patienter quelques instants. Il en profita pour reprendre quelques notes avant de revenir à la charge.

— Quelles paroles a criées le professeur Vartolomeev ?

La jeune fille avait le nez dans son mouchoir, mais elle secoua la tête.

— Ce n'est pas lui qui a crié. C'est l'étranger.

— L'étranger ? s'étonna l'inspecteur, en s'arrêtant un instant d'écrire. Le professeur Vartolomeev a été assassiné, mais c'est le meurtrier qui a crié ?

Daniela fit oui de la tête.

— C'était un cri... d'angoisse, de douleur...

L'inspecteur Pichurov eut l'air intrigué, puis nota l'observation.

— Et ensuite ?

Elle sanglota.

— J'ai regardé et j'ai vu l'étranger s'enfuir et... le professeur étendu par terre. J'ai couru vers lui et c'est alors que j'ai vu le sang et...

Elle éclata à nouveau en sanglots, le corps secoué de spasmes interminables. Pichurov comprit qu'il devait encore s'armer de patience et, pour tuer le temps, promena son regard autour de lui. Il remarqua alors un morceau de papier glissé sous une pierre, au pied du cadavre.

Il s'agenouilla et le ramassa. Ce qui était inscrit dessus lui sembla étrange. Il se releva et le montra à la jeune fille.

— Savez-vous ce que c'est ?

Toujours dans son mouchoir, Daniela parcourut les caractères de ses yeux congestionnés, avant de secouer la tête.

— Je n'en ai aucune idée.

L'inspecteur examina de nouveau le morceau de papier et resta un long moment à réfléchir. Songeur, il se passa la main dans les cheveux, qui commençaient à se faire rares, et plissa les yeux au moment où lui revinrent en mémoire les rapports de police qu'il avait parcourus le matin sur son ordinateur, juste avant de sortir.

— Moi, ça me rappelle quelque chose.

XXIII

Le surintendant O'Leary n'avait toujours pas donné signe de vie, mais Valentina et Tomás étaient si absorbés par l'examen des questions posées par les messages découverts sur les lieux des crimes qu'ils ne virent pas le temps passer.

— J'ai toujours entendu dire que la vie de Jésus était prophétisée dans l'Ancien Testament, dit Valentina. Et voilà que vous m'assurez le contraire. De quoi s'agit-il, au juste ?

L'historien esquissa un vague geste de la main.

— Mettez-vous dans la tête des gens de cette époque, suggéra-t-il. Le principal souci des premiers adeptes de Jésus était de convaincre les autres juifs que le Messie annoncé par les Saintes Écritures était enfin arrivé et que c'était ce malheureux que les Romains avaient crucifié. (Tomás prit son stylo et écrivit « Messie » sur une serviette.) « Messie » est une transcription de *machia*, mot hébreu qui signifie « oint », ou *christos*, en grec. Ce terme était employé dans l'Ancien Testament pour désigner des personnes choisies par Dieu, tels les rois et les grands prêtres, qui recevaient l'onction d'huile comme signe de leur nouvelle fonction. Nous avons déjà vu que, dans l'Ancien Testament, Dieu avait promis à David qu'il aurait pour toujours un descendant sur le trône d'Israël, une promesse rompue par l'exil à Babylone. À cette époque, les gens étaient très superstitieux. Lorsque les choses se passaient bien, ils attribuaient leur bonne fortune à la grâce de Dieu ; quand elles se passaient mal, ils disaient que le Seigneur les punissait pour s'être détournés du droit chemin. Ainsi, les fidèles, qui espéraient que le trône d'Israël serait à jamais occupé par un descendant de David, interprétèrent cette promesse non accomplie comme un châtiment que Dieu leur infligeait pour s'être éloignés de la vertu. Les juifs attendaient donc un héritier de la lignée davidique qui réconcilierait Dieu et Ses enfants. Michée avait prophétisé que naîtrait à Bethléem celui qui gouvernerait Israël et réconcilierait Dieu avec Son peuple. Le promis, le roi sauveur attendu, le *machia*.

— Autrement dit, Jésus.

— C'était ce que prétendaient ses disciples, mais non ce que pensaient la majorité des autres juifs, rappela-t-il. Il se trouve que la prophétie de Michée n'était pas la seule à évoquer le Messie. Les Psaumes prédisent, chapitre 2, verset 2, que « les rois de la terre s'insurgent et les grands conspirent entre eux, contre le Seigneur et contre son Oint ». Le même passage signale, chapitre 2, versets 7 à 9, dans un décret proclamé par Dieu : « Tu es mon fils ; moi, aujourd'hui, je t'ai engendré. Demande-moi, et je te donne les nations comme patrimoine, en propriété les extrémités de la terre. Tu les écraseras avec un sceptre de fer [...]. » Les psaumes de Salomon prévoient même que ce descendant de David aura « la puissance de détruire les gouverneurs impies ». Et Daniel dit, chapitre 7, verset 13, qu'il a eu une vision où « avec les nuées du ciel venait comme un Fils de l'Homme », et que « Sa souveraineté est une souveraineté éternelle qui ne passera pas, et sa royauté, une royauté qui ne sera jamais détruite ». De même qu'Esdras avait déjà eu la vision d'un personnage qu'il désigna sous le terme de *Fils de l'homme*, dont « la bouche crachait un jet de feu et les lèvres soufflaient une haleine enflammée ». Ce qui veut dire que les juifs attendaient un descendant de David qui serait tellement puissant qu'il pourrait briser les nations « avec un sceptre de fer » et « détruire les gouverneurs impies », ou bien un être cosmique, le fameux *Fils de l'homme*, qui gouvernerait un empire éternel et dont la bouche « cracherait un jet de feu ». (L'historien regarda l'Italienne.) D'après vous, qui fut l'heureux élu ?

— Jésus.

— Un simple rabbin de Galilée, dont les troupes se réduisaient à une poignée de pêcheurs et d'artisans analphabètes, flanqués de quelques femmes aux mœurs douteuses puisqu'elles avaient abandonné leur foyer. Était-ce là le descendant de David qui gouvernerait avec un sceptre de fer, chasserait les Romains et détruirait les gouverneurs impies ? Était-ce là le Fils de l'homme qui aurait un empire éternel ? Ce... gueux, ce va-nu-pieds ? Les juifs ricanèrent. C'était grotesque ! Et le pire, c'est que, au lieu de s'imposer comme un roi puissant, un chef qui aurait rassemblé une grande armée et rétabli la souveraineté de Dieu en Israël, Jésus fut arrêté, humilié et crucifié comme un vulgaire voleur, un sort lamentable qu'aucun prophète n'avait prévu. Dans ces conditions, quel juif aurait pu croire que Jésus était le roi prophétisé par Michée, le Messie prédit dans les Psaumes, le Fils de l'homme annoncé par Daniel et Esdras ?

Tout en suivant l'explication de l'historien, Valentina avait entortillé les boucles de ses cheveux autour de ses doigts.

— En effet…, admit-elle. Difficile d'y croire.

— Lorsque Jésus mourut, ses disciples furent passablement désappointés. Leur chef de file, en fin de compte, n'était pas le Messie. Sauf qu'ensuite vint l'histoire de la résurrection. C'était là un signe, la preuve qu'il bénéficiait des faveurs de Dieu. Jésus était donc bien le Messie ! Et voilà les disciples tout excités. Le problème, c'est que les autres juifs étaient loin d'être aussi enthousiastes, d'autant que le crucifié ne correspondait pas vraiment au profil du Messie. Même Paul reconnaît, dans sa première épître aux Corinthiens, chapitre 1, verset 23, que l'idée d'un Messie crucifié était un « scandale pour les juifs ». Alors que firent les disciples ? Ils se mirent à attribuer à Jésus des caractéristiques signalées dans les anciennes prophéties, de manière à convaincre les autres juifs. Jésus était de Nazareth, un village jamais mentionné dans les Saintes Écritures ? Très bien, ils s'arrangèrent donc pour le faire naître à Bethléem, de manière à accomplir la prophétie de Michée. Le père de Jésus n'était qu'un simple charpentier ? Alors, ils s'ingénièrent à en faire un descendant de David, comme le prédisaient les Psaumes. La traduction en grec d'Ésaïe annonçait que la mère du Messie serait vierge ? Ils improvisèrent donc une conception virginale taillée sur mesure. Mais que faire de la crucifixion, que personne n'avait jamais prophétisée et qui entachait cette belle construction messianique, puisqu'elle était perçue comme un scandale par les juifs ? Comment sortir de cette redoutable impasse ? Les évangélistes se retroussèrent les manches et se mirent à relire l'Ancien Testament à la loupe. Et que découvrirent-ils ? Qu'Ésaïe avait écrit un verset sur la souffrance d'un serviteur de Dieu, sans le nommer.

Valentina jeta un regard sur la bible.

— Où se trouve ce passage ?

178

— Chapitre 53, versets 3 à 6, indiqua Tomás, en se mettant à lire le texte d'Ésaïe. « Il était méprisé, laissé de côté par les hommes, homme de douleurs, familier de la souffrance, tel celui devant qui l'on cache son visage ; oui, méprisé, nous ne l'estimions nullement. En fait, ce sont nos souffrances qu'il a portées, ce sont nos douleurs qu'il a supportées, et nous, nous l'estimions touché, frappé par Dieu et humilié. Mais lui, il était déshonoré à cause de nos révoltes, broyé à cause de nos perversités : la sanction, gage de paix pour nous, était sur lui, et dans ses plaies se trouvait notre guérison. Nous tous, comme du petit bétail, nous étions errants, nous nous tournions chacun vers son chemin, et le Seigneur a fait retomber sur lui la perversité de nous tous. » (L'universitaire portugais inspira profondément et leva les mains au ciel, dans un geste théâtral.) Alléluia ! Ils la tenaient enfin, leur prophétie sur la mort du Messie ! Dieu est grand !

— Excusez-moi, mais cette description colle parfaitement à la Passion du Christ !

L'historien désigna la page ouverte devant lui.

— Chacun peut voir dans ce passage ce que bon lui semble, asséna-t-il. La vérité, c'est qu'Ésaïe ne mentionne nulle part que le serviteur de sa prophétie était le Messie. Les historiens considèrent même que ce texte renvoie à la souffrance des juifs à Babylone. Mais qu'importe ? Cette prophétie cadrait parfaitement avec l'épisode de la crucifixion. En outre, les évangélistes découvrirent aussi dans les Psaumes, au sujet d'un innocent persécuté, quelques lignes qui commencent ainsi, chapitre 22, verset 2 : « Mon Dieu, mon Dieu, pourquoi m'as-tu abandonné ? » et s'achèvent au verset 8 par : « Tous ceux qui me voient, me raillent ; ils ricanent et hochent la tête […]. » Aussitôt les premiers chrétiens, constatant la proximité de ce psaume avec le poème du Serviteur souffrant, y ont vu décrits par avance plusieurs épisodes de la Passion. Conclusion : les Psaumes annonçaient également la mort de Jésus !

L'Italienne s'agita à nouveau.

— Attendez ! coupa-t-elle. Le Christ a prononcé cette phrase sur la Croix, j'en suis sûre. « Mon Dieu, mon Dieu, pourquoi m'as-tu abandonné ? » C'est mot pour mot ce qu'il a dit ! Même moi, je l'ai déjà lu ! Cette prophétie était donc vraie !

Tomás la regarda comme un professeur ayant entendu une mauvaise réponse durant un oral.

— Je vois que vous n'avez toujours pas compris ce que je cherche à vous expliquer, observa l'historien. (Il se remit à feuilleter son exemplaire de la bible.) Cette phrase se trouve à la fin de Marc, lorsque Jésus est déjà cloué sur la Croix, chapitre 15, verset 34 : « Et à trois heures Jésus cria d'une voix forte : *"Éloï, Éloï, lema sabaqhtani"*, ce qui signifie : *"Mon Dieu, mon Dieu, pourquoi m'as-tu abandonné ?"* » Une phrase semblable est citée dans Matthieu. (L'historien posa son doigt sur le verset.) Ceci, ma chère, est encore une tentative des évangélistes pour faire coller l'histoire de Jésus aux prophéties. Ils lui ont attribué cette phrase afin de pouvoir dire que le crucifié accomplissait les paroles des Écritures, en espérant ainsi convaincre le reste des juifs. Est-ce que vous comprenez ?

— Comment pouvez-vous être si sûr que Jésus n'a pas dit cette phrase ?

— En histoire, ma chère, des certitudes, personne n'en a jamais, rappela-t-il. Néanmoins, il est évident que la ressemblance de cette phrase avec les versets des Psaumes la rend extrêmement suspecte. N'oubliez pas non plus qu'aucun disciple de Jésus n'était présent à l'heure de sa mort, comme le reconnaissent les évangélistes eux-mêmes. Tous les hommes « prirent la fuite », ainsi que le signale Marc, chapitre 14, verset 50, et les femmes « regardaient à distance » la crucifixion, comme le dit encore Marc, chapitre 15, verset 40. Aucun d'entre eux ne se trouvait suffisamment près de la Croix pour entendre les dernières paroles de leur maître.

— Les apôtres ont pu interroger plus tard un centurion qui se trouvait au pied de la croix...

— Les apôtres étaient surtout morts de peur parce qu'ils craignaient d'être également crucifiés. Jamais ils n'auraient pris le risque d'approcher les centurions, car les Romains avaient pour habitude de tuer les chefs de file qui créaient des problèmes, mais aussi leurs adeptes. Il existe de nombreux exemples de cette pratique. Mais admettons que les apôtres parvinrent à s'entretenir avec un centurion. Croyez-vous que le Romain pouvait comprendre l'araméen de Jésus ? Et qu'il était en mesure de restituer fidèlement les dernières paroles de l'agonisant ? En réalité, nous ne disposons d'aucun témoignage direct, toutes les informations se réduisent à des « quelqu'un a dit que quelqu'un a dit ». Du reste, le récit de la Passion semble tout entier construit autour de ce qui est écrit dans le Psaume 22 et non provenir de témoignages oculaires.

— Mais, alors, tout a été puisé dans l'Ancien Testament...

— D'un bout à l'autre ! confirma Tomás. Tous les Évangiles sont imprégnés de paroles, de phrases et d'expressions issues des Saintes Écritures. Les Psaumes parlent du Messie ? Les Évangiles disent que Jésus est le Messie. Daniel et Esdras évoquent un Fils de l'homme ? Les Évangiles appellent Jésus le Fils de l'homme. Les Psaumes nomment le roi David le Fils de Dieu ? Les Évangiles dénomment Jésus le Fils de Dieu. Les Psaumes disent que Dieu déclare à David :

« Tu es mon fils ; moi, aujourd'hui, je t'ai engendré ? »
Marc signale que Dieu dit à Jésus après le baptême :
« Tu es mon Fils bien-aimé, il m'a plu de te choisir. »
Les Psaumes décrivent la souffrance d'un innocent qui
dit : « Mon Dieu, mon Dieu, pourquoi m'as-tu abandonné ? » Marc fait dire à Jésus sur la Croix : « Mon
Dieu, mon Dieu, pourquoi m'as-tu abandonné ? » Tout
est mis en écho avec l'Ancien Testament ! (L'historien
plissa les yeux.) Même les épisodes de la vie de Jésus.

Valentina fit une moue.

— Que voulez-vous dire ?

— Vous ne l'aviez jamais remarqué ? L'Exode parle
d'un ordre du pharaon exigeant la mise à mort de tous
les nouveau-nés juifs quand Moïse était bébé. Que fait
Matthieu ? Il fait donner un ordre semblable par Hérode
quand Jésus était bébé. L'Exode décrit la saga des juifs
lorsqu'ils s'enfuirent d'Égypte. Matthieu raconte que
la famille de Jésus s'est enfuie en Égypte. Moïse est
monté sur la montagne pour recevoir les tables de la
Loi ? Matthieu fait monter Jésus sur la montagne pour
commenter certains aspects de cette même Loi. Moïse a
séparé les eaux de la mer Rouge ? Jésus a marché sur
les eaux de la mer de Galilée. Les juifs ont passé quarante ans perdus dans le désert ? Trois évangélistes pla-
cent Jésus pendant quarante jours dans le désert. Moïse
a trouvé la manne pour nourrir les juifs ? Jésus offre
aux disciples le pain de la vie. Même les miracles et les
exorcismes, abondamment décrits dans les Évangiles,
présentent des antécédents bibliques dans les récits
d'Élie et d'Ésaïe ! (L'universitaire portugais désigna
la bible.) Assurément, les narrateurs évangéliques n'ont
pas cherché à faire de l'« histoire » au sens technique et
moderne de ce mot. Leur visée était avant tout théologique et missionnaire : il fallait prouver aux juifs que
Jésus était bien le Messie annoncé par les prophètes de

jadis et les appeler à la conversion. Ni plus ni moins. Par conséquent, ils n'ont pas transmis les souvenirs évangéliques sans les interpréter et les adapter à la foi vivante de leurs contemporains.

L'historien et l'inspecteur gardèrent le silence un long moment, comme s'ils mesuraient les conséquences de tout cela.

— Aidez-moi, Tomás, finit par dire Valentina, cherchant à reprendre pied parmi toute cette avalanche d'informations. Nous avons deux historiens qui ont été égorgés alors qu'ils menaient des recherches sur des copies anciennes du Nouveau Testament et, dans les deux cas, l'assassin nous a laissé des messages énigmatiques. Que cherche-t-il à nous dire ?

— C'est pourtant clair comme de l'eau de roche, non ? Ce type nous indique les incohérences qui existent dans le Nouveau Testament. Le premier message fait allusion à l'origine du mythe de la Vierge Marie. (L'historien désigna la photographie laissée par O'Leary.) Le second message pointe les efforts des évangélistes pour associer Jésus à la prophétie des Saintes Écritures concernant le lien généalogique entre le Messie et le roi David. (L'universitaire regarda fixement l'Italienne dans les yeux.) Notre homme est en train de nous dire que le Nouveau Testament se réduit à un copier-coller frauduleux de l'Ancien Testament.

— Mais pourquoi fait-il ça ? Quel est le lien avec les meurtres ?

L'historien haussa les épaules.

— C'est vous, le flic.

À cet instant, une troupe de policiers envahit la terrasse du Silk Road Café ; à sa tête se tenait Sean O'Leary, le teint frais et l'air assuré.

— Monsieur le surintendant ! salua Valentina, l'air surprise. Où étiez-vous donc passé ?

L'Irlandais fit un vague geste en direction de la rue.

— J'étais parti interroger le témoin à l'hôpital.

— Et alors ? A-t-il révélé quelque chose d'intéressant ?

O'Leary, avec cette gaucherie qui lui était propre, tira un calepin de sa poche.

— Vous voulez connaître les détails ? demanda-t-il, en parcourant ses notes des yeux. Il se nomme Patrick McGrath, un chômeur que ses amis appellent Paddy. C'est un sans-abri qui a pour habitude de dormir dans le jardin. La nuit dernière, il était sur le point de s'endormir lorsque le crime a eu lieu.

— Il pourrait identifier le coupable ?

Le surintendant pinça les lèvres tandis qu'il consultait ses notes.

— Il l'a vu dans l'obscurité et à distance, dit-il. Malheureusement, il n'a pas pu distinguer le visage de l'assassin ni rien relever de particulier dans sa physionomie.

— Comme c'est dommage...

O'Leary renifla, sans lever les yeux de son calepin.

— Mais il y a un curieux détail. Je lui ai demandé s'il avait vraiment déclaré aux secouristes que la mort du professeur Schwarz était un accident. Il l'a confirmé et n'a cessé de le répéter.

Valentina balaya cette information d'un revers de main.

— C'est absurde ! remarqua-t-elle. On n'a jamais vu personne se faire égorger par accident. Qu'est-ce qui lui fait croire une chose pareille ?

— Il affirme qu'après être tombé sur le professeur Schwarz, l'assassin s'est mis à hurler. Le témoin parle d'un cri de souffrance, comme une plainte déchirante.

L'Italienne échangea un regard intrigué avec Tomás.

— Un cri de souffrance ? Une plainte déchirante ? Que veut-il dire par là ?

O'Leary parut embarrassé.

— Eh bien… je l'ignore. J'ai eu beau le questionner à ce sujet, il a continué à m'assurer que la mort du professeur Schwarz avait arraché à l'assassin un affreux gémissement, un hurlement de douleur.

Valentina secoua la tête.

— Il ne fait aucun doute que ce témoin était en état d'ébriété, asséna-t-elle. Écoutez, mes hommes, à Rome, sont en train d'enquêter sur les faits et gestes de la première victime, le professeur Escalona, au cours de la dernière année. Il faudrait que vos hommes fassent la même chose pour le professeur Schwarz. Il nous faut savoir où il s'est trouvé, quand, l'objet de ses déplacements… Ce genre de choses.

— C'est déjà en cours. Je vous donnerai demain un premier rapport.

— Il serait intéressant de mettre en parallèle les résultats des deux enquêtes pour voir s'il existe des points communs dans les récents déplacements des victimes, ce qui nous permettra…

À cet instant le portable du surintendant sonna ; il s'excusa et répondit aussitôt.

— Oui, allô ? (Il marqua une courte pause puis se redressa.) Oui, c'est moi, monsieur. Suivit une pause, plus longue, durant laquelle il écarquillait les yeux. Quoi ?… Où ? Ce matin ? Mais… comment est-ce possible ?…. Immédiatement ? Mais ils viennent à peine d'arriver, monsieur !… Oui, monsieur. Je vais leur en parler sur-le-champ. Très bien, monsieur. Tout de suite, monsieur. Merci, monsieur.

Lorsque l'Irlandais raccrocha, il était livide, comme s'il avait vu un fantôme. Il regarda les deux invités avec une tête d'enterrement.

— Notre homme a encore frappé !

— Qui ?

— Le tueur en série, dit-il avec une pointe d'impatience. Il a recommencé !

Valentina et Tomás bondirent sur leur chaise.

— Une nouvelle victime ?

O'Leary hocha la tête.

— En Bulgarie.

Les deux interlocuteurs ouvrirent la bouche, stupéfaits.

— Où ?

Le surintendant agita son portable, comme s'il s'agissait d'une entité supérieure dotée d'une autorité absolue.

— On vous y attend le plus tôt possible.

XXIV

Le sommet enneigé du Vitocha, volcan endormi comme une sentinelle silencieuse, se dressait au-dessus du brouillard.

Les blocs d'habitations grisâtres à la périphérie de la ville révélèrent à Sicarius qu'il approchait de sa destination. À l'entrée de la ville, les panneaux en caractères cyrilliques indiquaient Grad. Puis la voiture déboucha dans l'élégant lacis des rues bien ordonnées du centre, flanquées de superbes immeubles de style français ou balkanique. Seulement alors, le chauffeur prit son téléphone et composa un numéro.

— Je suis arrivé à Sofia.

À l'autre bout de la ligne, le maître semblait nerveux.

— Et ta mission ? s'enquit-il. Elle s'est bien passée ?

— Comme prévu.

La voix au téléphone poussa un soupir de soulagement.

— Ouf ! Je suis content que ce soit fini. Je commençais à me faire du souci.

Contrastant avec les faubourgs, où les constructions soviétiques se mêlaient aux bâtiments modernes, le centre de la capitale bulgare respirait l'ordre avec son architecture classique. Sicarius fut attiré par l'église russe, un édifice qui semblait tout droit sorti d'un conte de fées, avec ses coupoles vertes et dorées qui donnaient à la ville une allure de crèche moscovite.

— Que dois-je faire maintenant ? Vous avez une nouvelle mission pour moi ?

Le maître toussa.

— Tu es une vraie machine, Sicarius. Un digne fils de Dieu. Pas pour l'instant. Rentre chez toi.

L'ordre causa chez l'exécuteur une légère déception.

— Alors, c'est terminé ? Je n'aurai plus de missions ?

— Je n'ai pas dit ça, corrigea le maître. Le travail est loin d'être terminé. Je vais encore avoir besoin de toi.

— Je préfère ça.

— Mais pas pour le moment. Rentre chez toi. Tu as fait jusqu'ici un excellent travail et je suis sûr que le guerrier que tu es a maintenant besoin de repos.

Sicarius se résigna, acceptant la décision.

— Comme vous voudrez. Au revoir.

Et il raccrocha.

Sa voiture longeait alors la grande cathédrale Alexandre-Nevski. Sicarius ralentit pour mieux embrasser d'un regard l'ensemble de l'édifice, avant de s'engager en direction de l'aéroport. Il passa par une rue étroite et animée, aux trottoirs bondés, certains piétons marchant avec nonchalance, d'autres s'arrêtant devant les magasins. De loin en loin, scintillaient les enseignes lumineuses des casinos.

C'est alors que Sicarius sentit une irritation lui tordre l'estomac.

— Des impies, vociféra-t-il entre ses dents. Des impurs et des pécheurs.

XXV

Un soleil accueillant brillait sur la ville lorsque la voiture de la police bulgare qui ramenait Tomás et Valentina de l'aéroport dépassa un panneau signalant l'arrivée à Plovdiv.

— Savez-vous combien d'années a cette ville ? demanda le chauffeur avec une évidente fierté. Six mille... (Il tourna la tête et sourit aux passagers qui occupaient la banquette arrière.) Six mille ans, vous vous rendez compte ? (Il regarda à nouveau devant lui.) Incroyable !

Tomás avait les yeux rivés sur les blocs d'immeubles ; il connaissait bien l'existence de ce site par ses lectures.

— Elle a été fondée au cours du Néolithique, observa-t-il d'un air songeur. C'est la plus vieille ville d'Europe.

Après qu'ils eurent franchi le fleuve Maritsa, les blocs de ciment firent place à un centre-ville aéré, dont des bâtiments traditionnels reposaient souvent sur des ruines antiques.

Le chauffeur pointa du doigt la plus haute colline, plantée là, au cœur de la ville, comme une pierre gigantesque qui serait tombée du ciel.

— Stariot Grad, indiqua-t-il. Le berceau de la ville.

189

Les deux passagers levèrent les yeux vers le sommet, fascinés par cette vision fantastique.

— Est-ce bien là-haut qu'ont été bâties les premières habitations, il y a six mille ans ? s'enquit l'historien.

— Absolument, confirma le Bulgare au volant. Et c'est aussi là-haut que le crime d'hier a eu lieu.

D'abord décor historique, Stariot Grad devint brusquement, aux yeux des nouveaux arrivants, le théâtre d'un homicide.

— Est-ce là-bas que nous allons ?

— À Stariot Grad ? s'étonna le chauffeur. Non. J'ai ordre de vous conduire à Glavnata.

À Glavnata, ils découvrirent une rue ensoleillée et animée, large et jalonnée d'immeubles colorés, aux façades clairement marquées par l'influence française, aux étages supérieurs ornés de charmants balcons, tandis que des boutiques occupaient les rez-de-chaussée.

Valentina et Tomás furent conduits à une terrasse de café, où un homme les attendait.

— Todor Pichurov, annonça-t-il. Inspecteur de la police bulgare. Soyez les bienvenus à Plovdiv.

Les visiteurs se présentèrent à leur tour et s'installèrent à la table. Ils commandèrent des cafés et échangèrent les banalités d'usage sur la beauté de la ville et le soleil radieux qui contrastait avec le brouillard matinal qui les avait accueillis.

Mais l'Italienne ne voulait pas perdre de temps et, dès la première occasion, entra dans le vif du sujet.

— Alors, que se passe-t-il ? demanda-t-elle. On nous a dit que vous aviez besoin de notre aide pour élucider un crime. Qu'est-il arrivé exactement ?

L'inspecteur bulgare ouvrit une pochette posée sur la petite table ronde, et en tira la photographie d'un homme grisonnant à la barbe taillée et au regard assuré.

— Cet homme est le professeur Petar Vartolomeev, identifia-t-il. Il s'agissait d'un des hommes les plus notables de notre ville. Il était professeur à la faculté de médecine moléculaire, ici, à l'université de Plovdiv. Il habitait dans un bâtiment historique de Stariot Grad, la maison Balabanov. Hier matin, alors qu'il revenait de l'université, il a été poignardé par un inconnu qui l'attendait devant chez lui. J'ai été appelé en urgence, mais lorsque je suis arrivé sur les lieux le professeur était mort.

Valentina profita de la pause pour intervenir.

— Un professeur de médecine moléculaire ?

— L'un des plus réputés au monde, confirma Pichurov. Chaque année, on disait qu'il allait décrocher le Nobel de médecine.

L'Italienne secoua la tête.

— Excusez-moi, mais je ne comprends pas. Nous enquêtons sur deux crimes qui ont été commis en Europe occidentale, concernant deux historiens qui travaillaient sur des manuscrits anciens du Nouveau Testament. Une paléographe qui a été assassinée en pleine nuit dans la Bibliothèque vaticane, et un archéologue qu'on a retrouvé mort devant une bibliothèque de Dublin. Or vous, vous nous parlez d'un médecin…

— Pas un médecin, mais un chercheur en médecine moléculaire.

— Peu importe, reprit Valentina, toujours sur le même ton. Un professeur titulaire d'une chaire de médecine, si vous préférez. Quoi qu'il en soit, cette victime n'est pas un historien. Qu'est-ce qui vous a fait croire qu'il y avait un lien entre votre crime et nos deux historiens ?

L'inspecteur bulgare montra une photographie du cadavre de la victime, étendu à terre sur le ventre, la tête baignant dans une large flaque de sang.

— Le professeur Vartolomeev a été égorgé.

L'Italienne jeta un coup d'œil au cliché.

— C'est regrettable, dit-elle froidement. Je ne sais pas si c'est le cas en Bulgarie, mais dans mon pays les égorgements sont extrêmement rares. En attendant, hormis ce détail, je ne vois aucun autre point commun entre ce crime et ceux sur lesquels je... (Valentina regarda Tomás et corrigea...) sur lesquels *nous* enquêtons.

Pichurov se frotta le nez.

— Il se trouve que, juste avant d'avoir été averti de cet homicide, je consultais le site d'Interpol, comme je le fais chaque matin, et je suis tombé sur votre rapport préliminaire concernant le crime commis au Vatican, dit-il. Un crime assez étrange, vous en conviendrez.

— Très étrange.

— Intéressé par le cas, j'ai découvert que, quelques heures plus tard, un homicide aux caractéristiques semblables avait été perpétré à Dublin. Comme je suis d'une nature curieuse, j'ai consulté le rapport de ce second meurtre et, là encore, je suis tombé sur votre nom, ce qui m'a évidemment surpris. J'ai alors compris que vous collaboriez avec les Irlandais et que vous étiez accompagnée par un historien portugais.

Valentina lança un regard complice à Tomás.

— Effectivement, c'est le cas, confirma-t-elle. Et alors ? Où voulez-vous en venir ?

— Ces deux crimes m'ont paru insolites, dit-il. Les messages chiffrés laissés par l'assassin m'ont particulièrement intrigué. Mais je les ai vite oubliés, surtout à partir du moment où j'ai été appelé en urgence ici. Quand je suis arrivé sur place, j'ai découvert que la victime était le professeur Vartolomeev. Et j'ai constaté qu'il avait été égorgé.

— Et c'est là que vous avez pensé aux deux crimes sur lesquels j'enquêtais.

L'inspecteur secoua la tête.

— Pas tout à fait, non. J'ai d'abord trouvé ça bizarre, bien sûr. Car les homicides par égorgement sont également très rares en Bulgarie. Lorsqu'ils ont lieu, cela relève toujours d'un rituel.

— Comme partout dans le monde.

— Je me suis naturellement posé plusieurs questions. Quelles raisons pouvaient conduire quelqu'un à tuer le professeur Vartolomeev ? Et pourquoi l'avoir fait de cette manière ? Un meurtre rituel ? Ici, à Stariot Grad ? Et dirigé contre l'un de nos plus respectables citoyens ? (L'inspecteur fit une grimace.) Cela ne tenait pas debout.

— Et alors, qu'est-ce qui vous a amené à établir une relation entre votre homicide et les nôtres ?

Pichurov glissa de nouveau la main dans la pochette posée sur la table.

— Un indice que j'ai découvert près du corps, dit-il en retirant un sachet en plastique scellé qui contenait une feuille de papier. Le voici.

Il présenta la feuille à ses interlocuteurs.

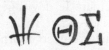

Tomás et Valentina se penchèrent aussitôt sur le message chiffré et saisirent le raisonnement de leur hôte bulgare.

— C'est notre homme ! s'exclama Valentina, en désignant le premier signe, à gauche. Regardez ici. Il a même inscrit le symbole de la pureté de la Vierge Marie, exactement comme au Vatican.

L'historien regardait le message d'un air perplexe, comme si celui-ci n'avait aucun sens.

— C'est impossible…

— C'est notre homme ! insista Valentina, sûre d'elle. C'est vraiment lui !

— Je sais que c'est lui, rétorqua Tomás. Mais le symbole de la pureté de Marie… (Il secoua la tête.) Ce symbole n'a aucun sens placé devant ces deux autres signes.

L'Italienne s'indigna.

— Allons donc ! Et pourquoi ? (Elle indiqua d'un geste le message.) Au contraire, c'est logique. Il a signé son homicide au Vatican avec cette fleur de lys symbolique et il l'a réutilisée pour signer ce nouveau crime. Cela me paraît très clair. Où est le problème ?

Tomás fixait ses yeux sur la formule comme hypnotisé, cherchant à saisir un sens qui se dérobait. Pourquoi diable l'assassin avait-il placé là ce symbole ? Le contexte ne coïncidait pas. Ou alors la réponse résidait précisément dans le contexte. En fait, raisonna-t-il, je devrais peut-être commencer par interpréter le reste de la formule. Or, en quoi consistait-elle ? Il s'agissait d'un mot écrit en…

— J'ai trouvé ! s'exclama-t-il soudain.

Les deux inspecteurs le dévisagèrent.

— Quoi ? Qu'y a-t-il ?

Très excité, l'historien se tourna vers Valentina, puis vers Pichurov, puis de nouveau vers Valentina, et désigna la feuille de papier scellée dans le sachet en plastique.

— J'ai trouvé !

Le regard des deux inspecteurs se focalisa sur le message que Tomás agitait entre ses doigts.

— Vous l'avez déjà déchiffré ? s'étonna le Bulgare.

L'Italienne sourit.

— Bravo, Tomás ! s'écria-t-elle, visiblement fière de lui.

En la voyant si contente, Tomás se sentit mal à l'aise. Il se ratatina instinctivement, replia sa main qui brandissait le message et baissa les yeux, l'air embarrassé.

— Je doute que vous appréciez ce que j'ai à vous révéler, dit-il à Valentina, sans presque oser la regarder. Je crois même que vous aurez envie de m'égorger !

— Moi ? s'étonna-t-elle. C'est absurde ! Pourquoi dites-vous ça ?

Le regard de l'historien se posa sur le message contenu dans le sachet en plastique.

— Cette formule codée renvoie à une nouvelle fraude dans la bible.

Le visage de Valentina se voila.

— J'aurais dû m'en douter !

Tomás se pencha vers sa petite mallette de voyage et se mit à fouiller avec la main. Il tomba sur son exemplaire de la bible et le retira de la mallette, avant de le poser sur la table. Il leva les yeux d'un air gêné, et regarda enfin l'Italienne.

— La fraude concernant la divinité de Jésus.

XXVI

Le serveur zigzagua entre les tables de la terrasse du café, le plateau en équilibre, et s'approcha de la table où l'historien et les deux inspecteurs étaient assis. Il déposa les tasses de café et s'éloigna.

Désormais à l'abri des regards indiscrets, Tomás prit le sachet en plastique qui protégeait la feuille découverte près du corps de l'universitaire bulgare et désigna les trois symboles notés sur le papier.

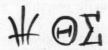

— Cette formule codée renvoie à deux problèmes théologiques majeurs posés par le christianisme, expliqua-t-il. Ce sont des questions différentes, mais qui sont liées.

Pichurov remua sur sa chaise.

— Vous avez parlé de la divinité de Jésus, observat-il, désireux d'entrer dans le vif du sujet. Et vous avez ajouté qu'il s'agissait d'une fraude. Comment ces gribouillis peuvent-ils évoquer une telle question ?

L'historien indiqua les deux derniers symboles, ΘΣ.

— Vous voyez ces caractères ? Savez-vous ce que c'est ?

Les deux inspecteurs les regardèrent fixement.

— Des lettres grecques, répondit Valentina qui commençait à avoir quelques notions.

Tomás opina.

— Le symbole du milieu est un *thêta* et celui de droite un *sigma*, révéla-t-il. Lorsqu'ils sont réunis dans un manuscrit biblique et surmontés d'une barre, *thêta-sigma* représentent l'abréviation de l'un des *nomina sacra*.

— C'est-à-dire ?

— Un nom sacré. En l'occurrence, Dieu.

Pichurov fronça les sourcils d'un air sceptique.

— L'assassin aurait laissé le nom abrégé de Dieu près de la victime ? Dans quel but ?

— C'est ce que nous allons voir, dit Tomás, en ignorant le ton incrédule de l'inspecteur bulgare. Ce qui est intéressant, c'est que cette formule, après les deux autres messages laissés par notre tueur en série, constitue un clin d'œil au *Codex Alexandrinus* et à une habile escroquerie commise par un scribe dans ce manuscrit.

La référence sembla familière à Valentina.

— Vous faites allusion au document que le professeur Escalona consultait à la Bibliothèque vaticane ?

— Celui-là, c'était le *Codex Vaticanus*, rectifia l'historien. Mais ce nouveau message renvoie au *Codex Alexandrinus*, un manuscrit du Ve siècle offert par le patriarche d'Alexandrie au roi d'Angleterre et qui est conservé à la British Library. C'est également l'un des manuscrits les plus anciens et le plus complets de la bible, il contient une version grecque de l'Ancien Testament, où il ne manque que dix pages, et une du Nouveau Testament, dont trente et une pages ont disparu.

L'Italienne pointa les deux symboles, ΘΣ.

— Comment savez-vous que ce *thêta-sigma* fait référence à ce codex en particulier ?

— Il s'agit d'une hypothèse reposant sur la manière dont notre homme a raisonné jusqu'à présent, expliqua le cryptologue. Nous avons déjà compris qu'il semblait obsédé par les fraudes commises dans le Nouveau Testament. Or, il se trouve qu'il existe effectivement une anomalie dans le *Codex Alexandrinus*, liée justement à une abréviation renvoyant à Dieu. Une abréviation composée de *thêta* et de *sigma*.

— Je ne comprends pas !...

Tomás posa le papier et prit sa bible, qu'il se mit à feuilleter.

— L'un des problèmes de la thèse selon laquelle Jésus était une divinité vient du fait que lui-même ne s'est jamais présenté en ces termes d'une manière explicite dans les textes les plus anciens, expliqua l'historien. Seul dans le dernier Évangile, celui de Jean, rédigé vers l'an 95, Jésus indique clairement sa nature divine. Jean cite Jésus au chapitre 8, verset 58, disant ceci : « En vérité, en vérité, je vous le dis, avant qu'Abraham fût, Je Suis. » C'est une référence évidente à l'Exode, chapitre 3, verset 14, où Dieu dit à Moïse : « Je suis qui je serai. » Autrement dit, le Jésus de Jean se présente comme le Dieu des Saintes Écritures.

— Ah-ah !

— Curieusement, Jésus ne dit rien de semblable dans les sources antérieures à Jean, s'empressa de souligner Tomás. Ni Paul, ni Marc, ni Matthieu, ni Luc, qui tous rédigèrent leurs textes avant l'auteur de l'Évangile selon saint Jean, ne font dire à Jésus qu'il est Dieu. (L'historien prit un air ironique.) Est-ce un oubli de leur part ? Ont-ils considéré ce détail comme superflu ? Ont-ils pensé que cela n'importait guère ? (Le

199

Portugais leva un doigt.) Plus la source est ancienne, moins Jésus apparaît comme divin. Le premier Évangile à avoir été mis par écrit fut celui de Marc. Comment Jésus est-il évoqué chez Marc ? Comme un être humain qui ne prétend à aucun moment être Dieu. Ce n'est qu'au cours de son jugement, et sous la pression du grand prêtre qui lui demande s'il est « le Messie, le Fils du Dieu béni », que Jésus répond, chapitre 14, verset 62 : « Je le suis », en ajoutant « vous verrez *le Fils de l'homme siégeant à la droite du Tout-Puissant et venant avec les nuées du ciel* ». Mais, attention, dans la culture hébraïque, le *machia* n'est pas Dieu, c'est seulement quelqu'un choisi par Dieu. Jamais, dans Marc, on ne voit Jésus affirmer qu'il est Dieu. D'autre part, l'expression *Fils de l'homme* apparaît toujours dans le Nouveau Testament comme prononcée par Jésus lui-même. Dans de nombreux cas, il est évident que ce titre lui servait à se désigner lui-même. En certains passages, l'expression évoque l'autorité d'un personnage encore à venir, le juge de la fin des temps. Cet emploi est sans doute inspiré de Daniel, chapitre 7, verset 13. Mais en d'autres passages, notamment chez Matthieu, le même titre fait au contraire allusion à la faiblesse, au dénuement, et aussi aux souffrances de Jésus. Enfin, une troisième catégorie de textes combine les deux emplois, évoquant à la fois la présence et l'autorité du Fils de l'homme, comme dans Jean, chapitre 9, verset 35. Peut-être Jésus a-t-il préféré ce titre nouveau et mystérieux pour éviter celui de Christ-Messie, que l'usage populaire interprétait en un sens difficilement compatible avec l'Évangile.

L'inspecteur Pichurov, qui assistait pour la première fois à une analyse critique du Nouveau Testament, s'agita sur sa chaise.

— Excusez-moi, je ne suis pas comme vous un

spécialiste de la bible. Mais n'est-ce pas Marc qui le présente comme le Fils de Dieu ?

— Tous les Évangiles présentent Jésus comme le Fils de Dieu. Et après ? Dans le contexte de la religion judaïque, l'expression *Fils de Dieu* ne signifie pas « Dieu le Fils », comme on le prétend aujourd'hui, mais « descendant du roi David », ainsi que l'établissent les Écritures. Dans les Psaumes, Dieu dit à David, un être en chair et en os, qu'il est Son Fils, ce qui est confirmé dans le deuxième livre de Samuel. À partir du moment où les Évangiles présentent Jésus comme un descendant du roi David, il est logique qu'ils le désignent par l'expression *Fils de Dieu*, le titre de David. Mais, attention, le Fils de Dieu peut aussi bien désigner la nation même d'Israël, comme c'est le cas dans l'Ancien Testament chez Osée, chapitre 1, verset 11, où Dieu dit : « Quand Israël était jeune, je l'ai aimé, et d'Égypte j'ai appelé mon fils. » Ou dans l'Exode, chapitre 4, verset 22 : « Ainsi parle le Seigneur : Mon fils premier-né, c'est Israël […]. » En somme, on désigne par l'expression *Fils de Dieu* quelqu'un ayant un lien particulier avec Dieu. Mais cela ne signifie pas que ce quelqu'un soit Dieu.

Valentina lança un regard courroucé à son collègue bulgare, lui intimant de se taire.

— Tomás m'a déjà expliqué tout ça, dit-elle. Je vous donnerai les détails plus tard.

Pichurov se ratatina sur son siège et, comprenant que certaines références lui échappaient dans cette discussion, il garda le silence.

— Ainsi donc, reprit l'historien, jamais l'Évangile de Marc n'affirme, ni même n'insinue que Jésus est Dieu. Les Évangiles qui lui ont succédé sont ceux de Matthieu et de Luc. Eux non plus n'ont jamais signalé que Jésus est Dieu. Les trois évangélistes font même dire à Jésus qu'il n'a pas le pouvoir de décider qui siégera à sa droite et à sa gauche, et qu'il ignore même le jour et l'heure où viendra le royaume de Dieu. Ainsi, et contrairement à Dieu, Jésus n'est ni omnipotent ni omniscient. Le grand débat entre ces évangélistes et Paul n'est d'ailleurs pas de savoir si Jésus est Dieu, question qu'ils ne soulèvent même pas, mais de déterminer *quand* Dieu lui a accordé Sa faveur et l'a transformé en un homme particulier, choisi pour une mission de salut. Le premier évangéliste, Marc, laisse entendre au chapitre 1, verset 11 que cela s'est produit au moment où Jean-Baptiste baptisa Jésus. À cet instant « une voix vint des cieux et dit : "Tu es mon Fils bien-aimé, il m'a plu de te choisir" ». Une phrase inspirée des psaumes hébreux. En d'autres termes, Marc considère que Jésus est devenu Fils de Dieu au moment de son baptême. Quant à Luc et à Matthieu, ils soutiennent que cela s'est passé à l'instant de la naissance, au moment de sa virginale conception.

— Et Paul ?

— Celui-là présente encore une autre version. Il est d'abord intéressant de noter que dans les Actes des Apôtres, un texte du rédacteur de Luc évoquant ce que firent les apôtres après la mort de Jésus, on ne relève aucune déclaration d'un disciple identifiant Jésus à Dieu. Les apôtres se contentent de prêcher que Jésus est quelqu'un à qui Dieu à conféré des pouvoirs particuliers, ce qui en fait tout de même un être qui dépasse mystérieusement la condition humaine. Investi d'une mission de sauveur, c'est un homme au sens collectif, le Fils de Dieu étant à la fois le chef, le représentant et le modèle du peuple des saints. À ce sujet, Pierre est même cité au chapitre 2, verset 36, où il dit : « Dieu l'a fait et Seigneur et Christ, ce Jésus que vous, vous aviez crucifié », associant implicitement le titre de Christ à la crucifixion, concept explicité par Paul, chapitre 13, verset 33, selon lequel Dieu a accompli Sa promesse en ressuscitant Jésus, comme il est écrit dans le deuxième psaume : « Tu es mon Fils ; moi, aujourd'hui, je t'ai engendré », insinuant ainsi que ce statut particulier lui a été attribué non pas lorsque Jésus est né, ni lorsque Jésus a été baptisé, mais *aujourd'hui*, jour où il est ressuscité. Finalement, Paul et Pierre semblent suggérer que, durant sa vie, Jésus n'était pas même Fils de Dieu ! Cela n'aurait eu lieu qu'après sa mort. (Les yeux de Tomás se fixèrent tour à tour sur les deux inspecteurs qui l'écoutaient.) Dans les textes les plus anciens, le problème n'est donc pas de savoir si Jésus est Dieu, mais seulement d'établir *quand* Dieu lui a accordé ce statut particulier d'être Son fils, au sens judaïque de « descendant de David ». Était-ce à l'instant de la conception virginale ? Était-ce pendant l'acte du baptême ? Ou bien au moment de sa résurrection ?

— Si j'ai bien compris, observa Valentina, seul le dernier des Évangiles proclame que Jésus est Dieu.

— L'Évangile selon saint Jean, confirma l'historien. Ce qui veut dire que plus un texte est proche des événements historiques, plus Jésus est humain. Et plus le texte s'en éloigne, plus Jésus devient divin. Ce qui semble logique. Au fur et à mesure que le temps passe, la mémoire historique de l'être de chair et de sang s'estompe et cède la place à des éléments mythiques qui érigent le héros en divinité. L'être humain Jésus se transforme graduellement en un homme singulier choisi par Dieu pour une mission rédemptrice et, plus tard, le voilà lui-même devenu Dieu. C'est une sorte de processus transfigurateur ou divinisant. Aussi, la question est la suivante : pour quelle raison devrions-nous affirmer que Jésus était Dieu puisque lui-même ne s'y risque pas dans les premiers textes du Nouveau Testament ? (Tomás se remit à feuilleter son exemplaire de la bible.) Durant longtemps, ce problème a donné beaucoup de fil à retordre aux théologiens et aux exégètes chrétiens, jusqu'au jour où ils ont découvert une importante référence dans une lettre de Paul, la première épître à Timothée. (L'historien s'arrêta de feuilleter et posa la main sur une page.) C'est ici. (Il chercha le passage.) Chapitre 3, verset 16 : « Dieu a été manifesté dans la chair, justifié par l'Esprit […]. (Tomás regarda ses interlocuteurs avec un air interrogatif.) Dieu s'est manifesté dans la chair ? Quel Dieu s'est donc fait homme ? À qui Paul se réfère-t-il au juste ?

Valentina hésita, craignant de dire une bêtise, mais l'historien l'encouragea d'un signe et elle se lança.

— Le Dieu qui se manifeste dans la chair est Jésus, me semble-t-il. (Elle eut un doute.) Ou je me trompe ?

— Bien sûr que c'est Jésus ! confirma Tomás, la rassurant sur son interprétation. Du reste, aujourd'hui encore, c'est la thèse officielle de l'Église. Jésus est Dieu se manifestant dans la chair. Mais la question essentielle n'est pas celle-là. Le plus important, c'est que cette phrase est de Paul.

Comprenant les conséquences, l'Italienne bondit sur sa chaise.

— Paul est le premier des rédacteurs du Nouveau Testament ! s'exclama-t-elle. Ses épîtres ont été écrites de dix à quinze ans avant le premier Évangile ! Cela signifie donc que le plus ancien des rédacteurs évangéliques identifie Jésus à Dieu !

Tomás sourit.

— Vingt sur vingt pour la *signora* Valentina Ferro ! annonça-t-il. C'est exactement ça ! Cette citation est fondamentale parce qu'elle signifie que le plus ancien des auteurs du Nouveau Testament, et donc le plus proche des événements historiques, n'a pas évoqué Jésus comme un simple personnage humain spécialement choisi par Dieu pour racheter les péchés des hommes. Paul a présenté Jésus comme s'il était lui-même Dieu. Par Jésus, « Dieu a été manifesté dans la chair ». Il est vrai aussi que Paul, dans ses autres épîtres, attribue à Jésus un statut divin, mais seulement après sa résurrection, et non dès sa naissance, comme l'assurent Luc et Matthieu, ni au moment de son baptême, comme l'affirme Marc. D'où l'importance cruciale de cette phrase, puisqu'elle démontre que le narrateur évangélique le plus ancien exposait une théologie qui n'apparaîtrait que beaucoup plus tard, une théologie selon laquelle Jésus était Dieu depuis sa naissance ou du moins depuis son baptême.

L'inspecteur italien, à présent habitué aux subites volte-face de son interlocuteur, hésita.

— Je suis sûre que vous allez mettre le doigt sur un nouveau problème, dit-elle, non sans prudence. Et je crois deviner lequel : il n'existe qu'un seul manuscrit où Paul affirme une telle chose.

L'historien revint à la ligne qu'il avait lue.

— Non, au contraire, assura-t-il. Ce verset de la première épître à Timothée est mentionné par la plupart des manuscrits anciens qui nous sont parvenus.

— Alors, quel est le problème ?

— Le problème, c'est qu'en examinant ce verset dans le *Codex Alexandrinus* on constate que la ligne mentionnant le *thêta-sigma*, qui indique l'abréviation d'un *nomen sacrum*, a été écrite avec une encre différente de celle qui a été utilisée dans le reste du passage. Après un minutieux examen de cette anomalie, on s'aperçoit qu'il s'agit d'un ajout postérieur effectué par un scribe, donc d'une modification frauduleuse qui altère le texte. (Du doigt, il désigna la première lettre grecque du mot, Θ, figurant dans le message chiffré.) En observant attentivement ce *thêta*, on remarque que la barre horizontale tracée au milieu de la lettre n'était pas originalement placée à cet endroit. Il s'agit en fait d'un trait d'encre présent dans le texte au verso de la page, qui a traversé le parchemin et s'est retrouvé là par hasard. Bien souvent, comme on dit, le diable se cache dans les plus petites choses…

Les deux inspecteurs suivaient l'explication avec beaucoup d'attention, leurs regards convergeant tantôt sur l'historien, tantôt sur le message chiffré laissé par l'assassin.

— Et alors ? Quelle est la conséquence de cette modification ?

— Les lettres originales de ce verset ne sont pas *thêta-sigma*, qui donne *Dieu* en abrégé, mais *omicron-sigma*, mot qui signifie *il*. (L'universitaire inscrivit sur une feuille de papier les deux caractères du message chiffré et leur traduction, ΘΣ = *Dieu*, et dessous la nouvelle version, à savoir le premier symbole sans la barre à l'intérieur et sa traduction correspondante, ΟΣ = *Il*. Puis l'historien reprit sa bible, ouverte à la troisième page de la première épître à Timothée.) Autrement dit, le texte original copié par le scribe du *Codex Alexandrinus*, chapitre 3, verset 16, n'est pas « Dieu a été manifesté dans la chair, justifié par l'Esprit », mais « Il a été manifesté dans la chair, justifié par l'Esprit ». Ce qui est totalement différent, puisque Jésus cesse ainsi d'être Dieu. (L'historien referma sa bible.) Le plus gênant, c'est que la même modification, effectuée intentionnellement par des scribes, a été relevée dans quatre autres manuscrits anciens de la première épître à Timothée, contaminant ainsi les copies ultérieures, les médiévales notamment, qui ont reproduit et perpétué cet escamotage.

— Dans ce cas, cela signifie qu'à l'origine Jésus n'est pas identifié à Dieu.

— Exactement, confirma l'universitaire portugais. Pas plus que Jésus lui-même n'a jamais déclaré être Dieu, les apôtres n'ont rien prétendu de tel. Du reste, comme je vous l'ai déjà expliqué, les apôtres eux-mêmes mentionnent des éléments qui infirment toute identification de Jésus à Dieu. Par exemple le baptême. Marc révèle, chapitre 1, verset 5, que les juifs du pays se rendaient auprès de Jean-Baptiste et « se faisaient baptiser par lui dans le Jourdain en confessant leurs péchés ». Puis il dit que Jésus a également été baptisé, admettant ainsi qu'il avait des péchés à confesser. Si Jésus avait été Dieu, serait-ce crédible qu'il fût coupable de péché ? Et Matthieu, chapitre 24, verset 36, évoque Jésus prédisant la fin des temps et affirmant : « Mais ce jour et cette heure, nul ne les connaît, ni les anges des cieux, ni le Fils, personne sinon le Père, et lui seul. » Autrement dit, Jésus n'était pas omniscient. Dans ces conditions, je vous pose la question : pouvait-il être Dieu ?

— Et les miracles accomplis par Jésus, alors ?

Tomás rit.

— Les miracles n'ont rien à voir avec la supposée divinité de Jésus, rétorqua-t-il. Tout comme aujourd'hui dans les foires, il existait aussi à cette époque des guérisseurs et des gens dotés de dons particuliers, prétendument miraculeux. L'Antiquité fourmillait d'individus de ce genre. Apollonios de Tyane, un philosophe renommé, était également guérisseur et exorciste. L'Ancien Testament foisonne de miracles accomplis par Moïse, Élie et d'autres. L'historien juif Flavius Josèphe affirmait être lui-même capable d'opérer des guérisons miraculeuses et des exorcismes. Même en Galilée, une génération après Jésus, vécut un guérisseur nommé Hanina ben Dosa, auquel on attribue des miracles. Quelques décennies avant Jésus, apparut dans cette région un homme appelé Honi, célèbre pour son pouvoir de provoquer la pluie. Apollonios, Moïse, Élie, Josèphe, Hanina et Honi étaient reconnus pour leur capacité à réaliser des miracles, mais personne ne les prenait pour Dieu. On disait seulement que ces hommes avaient des « pouvoirs », rien de plus.

— D'accord, je ne dis pas que Jésus était Dieu, concéda l'Italienne, mais vous devez reconnaître que s'il était capable de faire des miracles, il avait pour le moins quelque chose de divin…

— Mais que signifie au juste « quelque chose de divin » ? Que je sache, le christianisme se définit comme une religion monothéiste. Les chrétiens, tout comme les juifs, affirment qu'il n'y a qu'un seul Dieu. Cela veut donc dire que soit Jésus est Dieu lui-même, soit il est un être humain. Il ne peut ni être un dieu pourvu de caractères humains, ni être un homme doté de qualités divines. Vous comprenez ? Cela irait à l'encontre de ce que proclament les chrétiens.

Valentina baissa les yeux et acquiesça.

— En effet, vous avez raison.

L'historien désigna le premier des trois symboles du message chiffré découvert près du cadavre, à Stariot Grad.

— Et c'est là précisément la question soulevée par cette fleur de lys.

— Vous faites allusion au symbole de la pureté de la Vierge Marie ?

Tomás secoua la tête.

— Dans ce contexte, l'assassin ne se réfère plus au problème de la Vierge Marie, comme dans le message qu'il a laissé dans la Bibliothèque vaticane, corrigea-t-il. Il pointe un autre sens symbolique de la fleur de lys.

208

Valentina eut l'air surprise.

— La fleur de lys a un autre sens ?

Tomas hocha la tête.

— C'est aussi le symbole de la Sainte-Trinité. Sans doute la plus étrange invention du christianisme.

XXVII

Un air de rap interrompit la conversation. Tomás jeta un regard circulaire, cherchant à comprendre d'où venait la musique, avant de remarquer le sourire gêné de Pichurov. L'inspecteur plongea la main dans la poche de son pantalon.

— Veuillez m'excuser, dit-il. C'est mon portable.

L'inspecteur répondit et se mit à parler en bulgare. Moins de trente secondes plus tard, il raccrocha, fit signe au serveur, et régla les consommations.

— Il y a du nouveau, dit-il. La veuve du professeur Vartolomeev vient d'arriver de la mer Noire, où elle prenait des bains. Il faut aller à Stariot Grad pour lui parler.

Tomás et Valentina se levèrent de table.

— Bien sûr !

Pichurov se tourna vers sa collègue italienne.

— Le bureau m'a aussi averti que vos hommes à Rome, ainsi que la police irlandaise, venaient d'envoyer des documents urgents. Est-ce à vous qu'il faut les remettre ?

— Quels documents ?

— Il s'agit de rapports concernant les déplacements des victimes de Rome et de Dublin au cours des douze derniers mois.

211

— Très bien. Où sont-ils ?

— Un agent va nous les apporter à Stariot Grad.

Ils quittèrent la terrasse du café et se dirigèrent vers la voiture de l'inspecteur bulgare.

Pichurov portait le dossier de l'homicide dans une main et dans l'autre le sachet en plastique où le troisième message chiffré avait été scellé. Valentina lui fit signe de lui remettre le sachet et, tout en marchant à côté de Tomás, elle indiqua les caractères inscrits sur le papier par l'assassin.

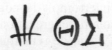

— J'ai bien compris que ces deux symboles à droite sont *thêta* et *sigma*, des lettres grecques, et qu'ils renvoient à la problématique de la divinité de Jésus, récapitula-t-elle. Mais je ne saisis toujours pas quel rôle peut jouer cet emblème de la fleur de lys à gauche. D'après vous, dans ce contexte, elle représenterait la Sainte-Trinité ?

— C'est exact.

— Excusez-moi, mais qu'est-ce que la Sainte-Trinité vient faire dans cette histoire ? Pourquoi l'assassin y ferait-il allusion ?

Tomás prit le sachet en plastique.

— Tout simplement parce que la Sainte-Trinité est directement liée au dogme de la divinité de Jésus, expliqua-t-il.

— Comment ça, directement liée ?

L'historien fixa d'un air songeur le pavé du quartier, qu'ils arpentaient au rythme d'une promenade.

— Eh bien, à partir du moment où l'Évangile selon saint Jean s'est mis à proclamer, en l'an 95, que Jésus était Dieu, cela a engendré un grave problème théologique. Tout d'abord, si Dieu est Dieu et si Jésus est également Dieu, combien de dieux cela fait-il donc ?

Pichurov, qui marchait devant, tourna la tête vers eux.

— Selon mes calculs, ça fait deux dieux.

L'historien brandit son exemplaire de la bible.

— Mais les Saintes Écritures ne déclarent-elles pas qu'il n'y a qu'un seul et unique Dieu ? Comment concilier le dogme de la divinité de Jésus avec le postulat du monothéisme ? D'autre part, si Jésus est Dieu, cela signifie donc qu'il n'était pas un être humain ?

— Évidemment que c'était un être humain ! s'exclama Valentina. Il est tout de même mort sur la Croix, non ?

— Mais, s'il était un être humain, il n'était donc pas Dieu ?

L'Italienne le regarda, troublée par la question.

— Eh bien… il était en même temps Dieu et homme.

— Dieu ou homme ? Il faudrait savoir ?

— Moitié l'un, moitié l'autre.

Tomás pinça les lèvres et prit un air sceptique.

— Hmm… tout cela paraît un peu scabreux, vous ne trouvez pas ? Or ce sont justement ces problèmes qui ont divisé les partisans de Jésus. Il y avait un groupe, les ébionites, qui d'une façon générale niait tout le surnaturel qui allait faire la trame du canon chrétien. Ils considéraient que Jésus était seulement un homme, né simplement d'une Marie non vierge, que sa vertu particulière avait élevé au titre de Fils de Dieu. Peut-être était-il le Messie attendu, mais peut-être aussi qu'il n'était qu'un prophète. Tandis que d'autres groupes se mirent au contraire à adorer Jésus comme s'il avait été Dieu. Ainsi les docètes pensaient que Jésus n'avait fait

213

que paraître aux yeux des hommes, c'est-à-dire que sa forme physique, ses souffrances et sa mort n'avaient été qu'apparentes, non réelles au sens de tangibles. L'avantage de cette doctrine était d'abolir le scandale et la folie de la Croix, Jésus dans ce scénario n'ayant livré à ses bourreaux qu'un fantôme lui ressemblant. Du reste, ces hérétiques affirmaient qu'il existait deux dieux, celui des juifs et Jésus, ce dernier étant naturellement le plus grand. Enfin, il y avait les gnostiques qui se présentaient comme l'Église des parfaits, le noyau des élus, préludant à tous les courants « cathares » de l'histoire du christianisme. Eux affirmaient qu'il existait de nombreuses divinités et que Jésus était l'une d'entre elles, appartenant à une classe de dieux supérieure à celle du Dieu des juifs. Ils considéraient que Jésus était un être humain dont le corps avait été temporairement habité par Dieu, appelé Christ. C'est au moment du baptême que ce Christ entra dans le corps de Jésus, et c'est pourquoi Dieu lui dit aussitôt après : « Tu es mon Fils bien-aimé, il m'a plu de te choisir. » Enfin, ce Christ quitta le corps de Jésus au moment où celui-ci fut cloué sur la Croix, d'où les dernières paroles de Jésus : « Mon Dieu, mon Dieu, pourquoi m'as-tu abandonné ? »

— Quelle pagaille ! observa Valentina.

— Il est vrai que tout cela forme un buisson inextricable de questions, et peut donner le vertige. Mais ce foisonnement de croyances et d'idées n'est absolument pas un fouillis, chaque piste obéissant à des intentions bien précises. Le résultat est fort intéressant. Chacun a l'exacte raison de son être. Comme dans un roman policier où l'on découvrirait à la fin que tous les suspects sont coupables, ou, ce qui revient au même, que nul ne l'est… Quoi qu'il en soit, les chrétiens de Rome, qui allaient incarner l'orthodoxie, optèrent dans ce débat pour un subtil compromis. Ils proclamèrent que Jésus était Dieu et homme à la fois.

— Une décision digne de la sagesse de Salomon, constata l'inspecteur Pichurov avec un sourire.

— Non, non ! corrigea Tomás. D'abord, afin de se démarquer de la position gnostique et d'établir que Jésus et Christ étaient la même entité, les chrétiens romains ont déclaré que Jésus était, en même temps, Dieu et homme. Ensuite, pour se distinguer des ébionites, ils ont affirmé que le Messie était cent pour cent Dieu. Enfin, pour se différencier des docètes, ils ont soutenu que le Fils de Dieu était cent pour cent homme. Autrement dit, Jésus était à la fois cent pour cent humain et cent pour cent divin.

L'inspecteur bulgare secoua la tête, sans comprendre.

— Cent pour cent les deux en même temps ? C'est impossible !

— C'est pourtant ce qui a été décidé. En outre, l'orthodoxie a considéré que Dieu-Père était une entité distincte de Dieu-Fils. Mais tous deux étaient Dieu.

Pichurov s'arrêta au milieu du trottoir et fit une grimace.

— Alors cela fait deux dieux.

— Non. Il n'y en a qu'un seul. Dieu-Père et Dieu-Fils.

Les deux interlocuteurs eurent l'air déroutés.

— Mais… cela fait deux.

— Pas selon l'Église, sourit Tomás, en faisant un geste d'impuissance. Dieu-Père et Dieu-Fils sont deux entités distinctes, égales et consubstantielles, mais formant une seule nature, un unique Dieu.

— Attendez un peu, dit Pichurov, cherchant à donner un sens à ce qu'il entendait. D'après l'Église, Jésus est Dieu ?

— Tout à fait.

— Et Dieu-Père est Dieu ?

— Évidemment.

— Et Jésus est-il Dieu-Père ?

— Non.

— Alors il y a deux dieux ! Dieu-Père et Dieu-Fils !

— Pas aux yeux de l'Église. Les deux sont distincts, Jésus siège à la droite du Père, mais les deux sont Dieu. Il n'y a qu'un seul et unique Dieu.

Valentina arqua les sourcils.

— Voilà qui est assez absurde, admit-elle. Cette idée a sans doute évolué vers quelque chose de plus logique…

— Elle n'a évolué que dans le sens où l'Église, non contente de tout ce fatras doctrinal, a décidé d'ajouter une troisième notion. Tout comme au chapitre 14, verset 16 de l'Évangile selon saint Jean, Jésus présente l'Esprit saint comme « un autre Paraclet qui restera avec vous pour toujours », lorsque lui-même retournera au ciel. L'Église a également jugé bon de conférer à cette nouvelle entité aux contours diffus, l'Esprit saint, le statut de Dieu. (L'historien balaya l'air d'un geste théâtral.) Et voilà ! La Sainte-Trinité !

— Pourquoi prenez-vous cet air moqueur ? protesta l'Italienne. Les trois entités ne sont que trois formes différentes de Dieu. Où est le problème ?

— Non ! corrigea l'universitaire portugais. Je sais que c'est difficile à comprendre, mais selon la doctrine officielle ce sont trois personnes totalement distinctes les unes des autres. Les trois présentent des traits différents, mais les trois sont Dieu, puisqu'il n'existe qu'un seul Dieu. Et Jésus est cent pour cent Dieu et cent pour cent homme. Telle est la thèse établie lors du célèbre concile de Nicée, convoqué en 325 pour résoudre toutes les difficultés théologiques et proclamer la foi de l'Église, toujours en vigueur aujourd'hui. (L'historien fit un geste ostentatoire.) Aujourd'hui encore !

Valentina secoua la tête, comme pour rassembler toutes les pièces éparses de ce puzzle abstrait.

— Il y a trois dieux distincts et tous les trois sont un seul Dieu ? récapitula-t-elle. Jésus est cent pour cent divin et cent pour cent humain ? Décidément, cette arithmétique ne tourne pas rond...

— Effectivement.

— Et comment l'Église a-t-elle résolu ce problème ?

Tomás sourit.

— Elle a déclaré que c'était un mystère.

— Un mystère... comment ça ?

— L'Église a bien compris qu'il était absurde d'affirmer que Jésus était à la fois et en même temps entièrement homme et entièrement Dieu. Et elle a compris qu'il était tout aussi absurde de soutenir que Dieu, Jésus et l'Esprit saint étaient trois entités divines totalement différentes les unes des autres mais qui, pourtant, n'étaient qu'un seul et même Dieu. Néanmoins, elle refusait d'abandonner ses positions paradoxales. Qu'a-t-elle fait alors ? Elle s'est voilé la face. Incapable de concilier ces inconciliables, mais refusant également de donner raison aux ébionites, ou aux gnostiques, ou aux docètes, elle s'est contentée de proclamer que tout cela était un grand mystère. (L'historien changea de ton, comme s'il faisait un aparté.) En quoi, d'ailleurs, elle a raison : c'est un mystère puisque cela n'a aucun sens. Or, maintenir toujours un énoncé dont les termes impliquent rigoureusement contradiction, est-ce défendre un mystère ou répéter une sottise ? À moins que ce ne soit pure poésie, si l'essence de la poésie est que les contraires cessent d'y être perçus contradictoirement. (L'universitaire reprit sa voix normale.) Mais, d'un point de vue strictement logique, l'Église a agi comme

217

on cache la poussière sous le tapis en faisant semblant de l'ignorer : elle s'est lavé les mains de la mascarade théologique dont elle était l'auteur. Et voilà, dans toute sa splendeur, le mystère de la Sainte-Trinité, c'est-à-dire quelque chose qu'on ne peut pas comprendre, mais à quoi simplement il faut croire...

Ils arrivèrent près de la voiture de l'inspecteur bulgare. Celui-ci sortit la clé de sa poche, mais ne monta pas tout de suite.

— Cela a certainement un sens, mais nous sommes trop bêtes pour le comprendre, observa-t-il. J'aimerais toutefois connaître le lien entre cette question et le message chiffré laissé par l'auteur des crimes sur lesquels nous enquêtons ?

Les regards des inspecteurs convergèrent sur le message codé dans le sac en plastique.

— Pour une raison qui m'échappe, dit l'historien, notre homme a voulu attirer l'attention sur les fictions qui entourent la divinité de Jésus et la Sainte-Trinité. Si la deuxième partie de ce message signale la modification engendrée par ce *thêta-sigma* qui a transformé Jésus en Dieu, peut-être que le premier symbole renvoie également à des modifications dans le Nouveau Testament liées à la Sainte-Trinité.

— Comment ça, là aussi, il y a eu des modifications ?

— Bien entendu. Il suffit de lire le Nouveau Testament pour constater que la Sainte-Trinité n'est mentionnée nulle part. Pas même dans l'Évangile selon saint Jean ! (Tomás ouvrit son exemplaire de la bible.) À l'exception, bien sûr, de la première épître de Jean, où l'on peut lire chapitre 5, versets 7 et 8 : « C'est qu'ils sont trois à rendre témoignage, l'Esprit, l'eau et le sang : et ces trois convergent dans l'unique témoignage [...]. »

218

Valentina lui lança un regard méfiant.

— Vous allez nous dire que c'est faux.

— Exactement, ce verset ne faisait nullement partie de l'épître originale. Aucun manuscrit grec ne le mentionne sous cette forme. Le texte a été modifié pour introduire par tous les moyens la référence au Père, au Fils et à l'Esprit saint, un exemple manifeste d'adaptation des faits à la théologie.

— Et vous dites que c'est là l'unique référence à la Sainte-Trinité dans tout le Nouveau Testament ?

— La seule, insista l'historien. (Il souffla, comme si le verset s'envolait en poussière.) Il n'y en a aucune autre. (Il se remit à feuilleter la bible.) Seule subsiste cette trace laissée par Marc, lorsqu'il fait demander par un scribe à Jésus quel est le premier de tous les commandements et que Jésus répond, chapitre 12, verset 29 : « Le premier, c'est : *Écoute, Israël, le Seigneur notre Dieu est l'unique Seigneur* [...]. » Autrement dit, Jésus se borne à proclamer le Shema, l'affirmation judaïque qu'il n'y a qu'un seul Dieu, qui introduit la grande prière juive. Nulle part ailleurs Jésus ne fait allusion à une Trinité ni à l'Esprit saint, et encore moins à la possibilité d'être lui-même Dieu. Tout au long de la bible, le mot *Dieu* apparaît environ douze mille fois. Eh bien, pas une seule fois le mot *trois* ou *trinité* n'est mentionné dans le même verset où figure le mot *Dieu*. Nulle part, lorsque Dieu ou Jésus parlent et se réfèrent à eux-mêmes, ils ne disent ou n'insinuent « Moi, les trois ».

Il y eut une pause, puis l'inspecteur Pichurov ouvrit les portes de sa voiture et invita les deux visiteurs à monter. Tomás s'installa près du chauffeur, Valentina sur la banquette arrière. Le Bulgare inséra la clé dans le contact et, avant de démarrer, regarda l'historien.

— Où tout cela nous mène-t-il ? demanda-t-il.

219

Tomás haussa les épaules.

— Notre assassin est à l'évidence un érudit en matière de théologie, dit-il. Il semble vouloir démontrer que tout ce qu'on sait sur Jésus est un mensonge. Et je crois que nous ne pourrons pas vraiment saisir ce qu'il en est tant que nous n'aurons pas découvert le lien qui unit les trois victimes. Peut-être que ce point commun nous conduira alors à l'auteur de ces crimes.

Les deux inspecteurs acquiescèrent.

— Vous avez raison, reconnut Valentina. Cela me paraît également le seul moyen d'élucider ces meurtres.

Le consensus s'était instauré. Constatant qu'ils avaient déjà pris du retard, et résolu à ne pas perdre davantage de temps, Pichurov démarra.

XXVIII

Une atmosphère de profonde tristesse régnait dans la maison Balabanov. Tandis qu'il montait l'escalier en bois, Tomás entendit les sanglots étouffés de la veuve et eut envie de s'enfuir ; il avait l'impression d'exploiter le malheur d'autrui. Mais les policiers qui l'accompagnaient ne manifestèrent aucune hésitation ; c'était hélas une situation à laquelle ils étaient habitués. Résigné, l'historien se remit dans son rôle.

L'escalier déboucha sur le premier étage dans un grand salon largement éclairé par de nombreuses fenêtres. Celui-ci s'ouvrait sur diverses petites pièces, telle une pieuvre déployant ses tentacules, et les visiteurs remarquèrent un affairement dans l'une d'entre elles. La veuve devait s'y trouver.

— *Dober den*, salua l'inspecteur Pichurov en pénétrant dans la petite pièce. *Kak ste ?*

Une femme aux traits tirés et aux yeux rougis, assise sur une chaise, les regarda interloquée. L'inspecteur s'adressa à elle en bulgare. Après quelques instants, il désigna l'Italienne, prononça son nom puis présenta l'historien. Tomás entendit son nom parmi le flot de mots slaves et saisit au vol le terme *portugalski*, mais le reste lui échappa. Cette conversation fut interrompue lorsque la veuve regarda les deux étrangers, avant de s'adresser à eux en anglais.

— Soyez les bienvenus, dit-elle d'une voix lasse. Je regrette de faire votre connaissance dans des circonstances si pénibles. Je vous offrirais volontiers du thé si j'en avais la force, mais hélas...

Une larme coula sur la joue ridée de la vieille femme, non sans émouvoir l'historien.

— Je vous en prie... ne vous tracassez pas, balbutia-t-il.

Il ne savait que dire dans de telles circonstances. Il aurait pu, bien sûr, présenter ses condoléances, mais, ne connaissant ni la victime ni son interlocutrice, cela lui parut déplacé. Tout ce qu'il parvint à dire fut :

— Quel terrible malheur...

Tomás laissa sa phrase en suspens, mais Valentina, habituée à ces situations, ne perdit pas de temps.

— Nous allons retrouver la personne qui a fait ça, assura-t-elle sur le ton convaincu de quelqu'un qui en fait une affaire personnelle. La police italienne s'efforce de découvrir le criminel et nous comptons sur l'aide internationale. (Elle désigna Tomás.) Cependant, nous aurions besoin de votre coopération.

La veuve secoua la tête avec tristesse.

— Je crains de ne pas pouvoir vous aider, dit-elle. Lorsque j'ai appris la nouvelle, j'étais dans notre maison d'été à Varna. (Elle pressa la main sur la poitrine.) Ah, mon Dieu, quel choc ! Voilà presque vingt-quatre heures que je suis sous sédatif et je me sens un peu amorphe.

— Je comprends, affirma Valentina sur un ton chargé de compassion. Je voudrais seulement savoir si vous aviez remarqué quelque chose d'inhabituel ces derniers temps. Votre mari était-il soucieux ? Aviez-vous reçu des menaces ? S'était-il passé quelque chose de spécial ?

La femme secoua la tête.

— Non, rien. Tout allait bien. Petar se consacrait à ses travaux, toujours plein d'enthousiasme, comme à son habitude. Il passait sa vie à l'université à donner des cours ou à poursuivre ses recherches. Parfois il partait en voyage à l'étranger, mais il n'y avait rien d'anormal.

— Ah, oui ? Il voyageait ? Et où s'était-il rendu ces derniers temps ?

— Je ne m'en souviens pas très bien, dit-elle, les yeux cernés de fatigue. Je crois qu'il est allé à New York, puis en Israël, et ensuite à Helsinki... (Elle fit un effort de mémoire.) Ah ! Il s'est également rendu en Italie.

Cette dernière phrase attira l'attention de Valentina.

— Où est-il exactement allé en Italie ?

— Ça, je ne sais plus. Il s'était rendu là-bas pour donner des conférences et assister à des colloques. (Elle fit un geste d'impuissance.) Il vaudrait sans doute mieux que vous vous informiez auprès du secrétariat de l'université. C'est lui qui organise les voyages...

L'inspecteur Pichurov se pencha vers sa collègue italienne.

— Mes hommes sont déjà à l'université pour recueillir des informations, lui murmura-t-il. Je vous ferai parvenir les détails.

La veuve profita de cette pause pour se lever. Accablée, elle fit un geste pour prier les visiteurs de la laisser passer.

— Je suis très fatiguée, dit-elle. Si vous le permettez, je vais aller dans ma chambre me reposer un peu.

— Bien sûr, acquiesça Valentina. Je voudrais seulement vous poser une dernière question, si ça ne vous ennuie pas.

La femme continua à avancer, à petits pas, courbée par la fatigue.

— Je vous écoute.

223

— Votre mari s'intéressait-il à la religion ?

La veuve s'arrêta, étonnée par la question.

— Pas du tout. Petar ne s'intéressait pas à ce domaine. Il était surtout attiré par la science, vous comprenez ?

— Mais lui arrivait-il de consulter la bible ? Ne vous a-t-il jamais parlé de manuscrits anciens ?

Mme Vartolomeev eut l'air absent, comme si elle ne comprenait pas la question.

— Mais, chère madame, rétorqua-t-elle avec une pointe d'agacement, puisque je vous dis qu'il ne s'intéressait pas à ces choses… (Elle se redressa, prit un maintien plus assuré, et se remit en marche, allongeant davantage le pas.) Si vous me le permettez, je vais à présent me retirer dans ma chambre. Au revoir !

La veuve disparut et laissa les policiers entre eux. Valentina prit l'air de celle qui avait cherché à obtenir une information utile, mais ses collègues bulgares lui répondirent par une mine froide et distante. Embarrassée, elle battit en retraite et alla s'installer avec Tomás dans le grand salon. L'inspecteur Pichurov resta en arrière pour parler à ses subordonnés, mais il rejoignit vite les visiteurs, quelques feuilles de papier à la main.

— Voici les rapports envoyés par Dublin et par Rome, annonça-t-il. Ils font état des voyages effectués par les deux autres victimes au cours des douze derniers mois.

D'un geste agacé, l'Italienne lui arracha les feuilles des mains et se mit aussitôt à les parcourir. Elle fut effrayée par ce qu'elle découvrit.

— Oh, mais le professeur Escalona n'a pas cessé de voyager ! s'exclama-t-elle. (Elle montra le rapport à l'historien.) Regardez ça. Il y a plus de quarante déplacements. Et pour Schwarz, c'est encore pire ! Il a fait plus de cinquante voyages !

Tomás parcourut les deux listes.

— Il y en a vraiment beaucoup, admit-il. Mais où se sont-ils retrouvés au même moment ?

Valentina prit un stylo et cocha les destinations communes. Elle fit dix-sept croix. Puis elle vérifia les dates de chaque voyage, relevant les périodes qui concordaient, et réduisit la liste à cinq destinations.

— Intéressant, murmura-t-elle. Ils se sont trouvés à Rome au même moment. Le professeur Escalona y consultait des manuscrits au Vatican et le professeur Schwarz participait à des fouilles dans le Colisée. (Elle fit une pause.) Ils se sont rendus en Grèce à la même époque. Elle dans les ruines d'Olympia, lui à la bibliothèque du monastère de Roussanou. Israël est une autre destination commune. Lui s'y trouvait pour inspecter l'ossuaire de l'Office israélien des antiquités, elle pour donner une conférence sur les manuscrits de la mer Morte.

— Jusqu'ici, tout semble normal, observa Tomás. Le professeur Schwarz pratique toujours des activités liées à sa spécialité, l'archéologie, et Patricia travaille sur des manuscrits, comme on pouvait s'y attendre de la part d'une paléographe si réputée. N'y a-t-il rien d'inhabituel dans leurs deux autres voyages communs ?

— Paris, dit l'Italienne. Le professeur Escalona s'y est rendu pour participer à l'expertise de deux palimpsestes.

— Ça me paraît également normal. Et le professeur Schwarz ?

— Il y a fait un simple séjour touristique. (Elle se tourna vers Tomás.) Le tourisme est une exception parmi tous les autres voyages. Cela pourrait vouloir dire quelque chose.

— Peut-être que oui, concéda l'historien, mais peut-être que non. Le choix de Paris comme destination touristique me semble une option tout à fait ordinaire. (Il fixa à nouveau son attention sur les rapports.) Et leur dernier voyage ?

Valentina vérifia la dernière croix.

— Ils étaient tous les deux à New York en même temps. Elle, de passage à Philadelphie pour consulter je ne sais quel manuscrit ancien...

— Ce doit être le parchemin P1, le premier fragment de papyrus jamais catalogué auparavant. Il contient des versets de l'Évangile selon saint Matthieu datant du IIIe siècle. Une rareté. (Il observa la liste des voyages du professeur Schwarz.) Et lui ?

— Il s'y est rendu pour régler des questions de financements concernant l'université d'Amsterdam.

Tous deux échangèrent un regard, espérant l'inespéré.

— C'est peut-être là qu'ils se sont croisés, observa Tomás. (Il fit un geste indiquant la petite pièce en retrait.) N'est-ce pas à New York que notre veuve a dit que son mari était allé ?

Les yeux de Valentina brillaient.

— New York, répéta-t-elle, comme s'il s'agissait d'un nom magique. Vous croyez vraiment que c'est là le point commun entre les trois victimes ?

Le Portugais haussa les épaules.

— En tout cas, c'est possible, non ? Ils ont forcément quelque chose en commun, puisqu'ils ont été assassinés de la même manière.

Tous deux considéraient les différentes hypothèses, lorsque l'inspecteur Pichurov revint vers eux après avoir donné des instructions à ses subordonnés.

— *Haide !* dit-il en bulgare, leur faisant signe de se lever. Nous partons. La veuve est très affectée et réclame le silence.

— Ah, je comprends.

Ils descendirent l'escalier en bois, dont les marches grinçaient à chaque pas, comme si elles protestaient contre le poids qu'elles devaient supporter.

— La pauvre femme ! dit Pichurov. Je crois qu'elle a été particulièrement choquée d'apprendre que l'assassin avait hurlé de douleur après avoir égorgé son mari. Elle s'est demandé quel genre d'énergumène pouvait tuer un homme et ensuite faire semblant qu'il…

— Qu'est-ce que vous dites ? l'interrompit Tomás, en se figeant dans l'escalier. Répétez ce que vous venez de dire !

Les deux inspecteurs regardèrent l'historien, surpris par sa réaction.

— Eh bien, je disais que la veuve s'était demandé quel genre d'énergumène pouvait…

— Non, avant. Qu'avez-vous dit avant ?

— Avant ? s'étonna l'inspecteur bulgare, sans rien y comprendre. Comment ça, avant ?

— Vous avez dit que l'assassin avait crié ?

— Ah, oui. Nous avons un témoin, la jeune femme du kiosque à journaux, qui affirme que l'assassin a hurlé. Étrange, non ?

Tomás regarda Valentina, qui venait de comprendre.

— Vous souvenez-vous de ce qu'a dit le témoin de Dublin ?

— Bien sûr ! répondit-elle. L'ivrogne a raconté la même chose. L'assassin de Dublin a aussi hurlé, comme s'il se lamentait sur la mort du professeur Schwarz. (L'Italienne hésita.) Mais qu'est-ce que ça veut dire ?

L'historien, songeur, gardait les yeux baissés, rivés aux marches de l'escalier, mais dans sa tête défilaient les pages des centaines de livres d'histoire qu'il avait lus pour son travail au fil des années.

— Les sicaires ! s'exclama-t-il soudain. Ce sont les sicaires !

Valentina prit un air étonné.

— Les... quoi ? De qui diable parlez-vous ?

Tomás indiqua les rapports qu'il tenait dans la main, avec la liste des destinations des deux premières victimes.

— Je sais ce que nos trois victimes ont en commun.

— Ah, oui ? Quoi ?

L'historien regarda vers la porte donnant sur la rue, comme s'il n'y avait plus de temps à perdre.

— Jérusalem.

XXIX

Le soleil était à son zénith, mais l'ombre projetée par le mur protégeait les fidèles de la chaleur accablante. Après avoir ajusté le *talith* sur sa tête et ses épaules, s'être assuré que le *tefillin shel rosh* était correctement noué autour de son front et que les bords du *tzitzit* étaient convenablement fixés, comme le requièrent les Écritures, Sicarius prit dans la main le rouleau de parchemin.

Il fit un pas en avant, appuya son front contre la pierre froide, déroula le parchemin et commença à murmurer les paroles sacrées des Psaumes, dans les Écritures.

— « Seigneur, je suis tendu vers toi, entonna-t-il. Mon Dieu, je compte sur toi ; ne me déçois pas ! Que mes ennemis ne triomphent pas de moi ! Aucun de ceux qui t'attendent... »

La sonnerie du portable retentit dans sa poche, attirant sur Sicarius les regards réprobateurs des fidèles qui priaient autour de lui. Embarrassé, celui-ci plongea promptement la main dans sa poche et, à l'aveuglette, éteignit son téléphone. Le calme fut rétabli.

— « Aucun de ceux qui t'attendent n'est déçu, récita-t-il, reprenant la lecture sacrée. Mais ils sont déçus, les traîtres avec leurs mains vides. »

Au pied du grand mur, balançant son corps d'avant en arrière, Sicarius pria à voix basse pendant plus d'une demi-heure. Puis il replongea la main dans sa poche, en sortit les morceaux de papier sur lesquels il avait copié des versets du Cantique des Cantiques, et les glissa entre les énormes pierres.

Il se retira ensuite avec dévotion et rangea ses affaires avant de quitter le lieu. Tandis qu'il traversait la grande cour du Temple, il ralluma son portable, identifia l'appel qui l'avait interrompu au milieu de sa prière et rappela le numéro.

— Désolé de ne pas avoir répondu à votre appel, maître, s'excusa-t-il. J'étais en pleine prière au *HaKotel HaMa'aravi*.

— Ah, je te demande pardon. J'ignorais que tu étais allé prier. Il y a beaucoup de monde au mur des Lamentations ?

Sicarius regarda autour de lui.

— Comme d'habitude. (Il se tordit les lèvres.) C'est pour ça que vous m'avez appelé ?

— Tu sais bien que non. Je voulais seulement te prévenir que certaines rumeurs sont arrivées à mes oreilles...

— Quelles rumeurs ?

— Je me comprends, dit-il, énigmatique. Je voulais être sûr que tu étais prêt pour une nouvelle mission.

Le cœur de Sicarius fit un bond.

— Bien sûr, maître. Dans quel pays dois-je me rendre ?

— Tu n'auras pas à voyager, rétorqua la voix. L'opération aura lieu ici, à Jérusalem.

— Ici ? s'étonna l'exécuteur. Quand ?

Le maître marqua une pause avant de répondre.

— Bientôt. Tiens-toi prêt.

XXX

Le bar de l'American Colony avait un air de bouge lugubre, qui aurait pu se trouver dans les oubliettes d'une sombre forteresse médiévale. Tomás trouvait cela tout à fait adéquat pour rencontrer l'inspecteur principal de la police israélienne.

— *Shalom !* salua l'homme. Je suis Arnald Grossman, de la brigade criminelle israélienne. Vous pouvez m'appeler Arnie. Bienvenue à Jérusalem !

L'hôte était un homme d'une soixantaine d'années, grand et bien bâti, aux yeux clairs et aux cheveux gris, trahissant la blondeur perdue de sa jeunesse. Il offrit un whisky à Tomás et un martini à Valentina, avant de se mettre à parler des innombrables problèmes de sécurité de son pays.

Au bout de quelques minutes de politesses, l'Italienne jugea qu'il était temps d'aborder le sujet qui les avait amenés ici.

— Nous sommes convaincus que c'est en Israël que nous trouverons la solution à une série de crimes commis quasi simultanément en Europe, dit-elle. En l'espace de vingt-quatre heures, trois universitaires ont été assassinés dans trois pays différents. Nous avons des raisons de croire que la clé de ces homicides se trouve ici.

Grossman plissa les yeux, comme un joueur de poker jaugeant ses partenaires.

— Je suis au courant de l'affaire, déclara-t-il. J'ai lu les rapports d'Interpol et les commentaires qui accompagnaient la demande urgente que vous nous avez adressée. Mais je saisis mal les raisons qui vous portent à croire que ces meurtres pourraient être élucidés ici.

— Eh bien… les victimes se sont trouvées toutes les trois au même moment en Israël, expliqua Valentina. Le professeur Patricia Escalona, une paléographe très renommée, est venu ici voilà trois mois pour donner une conférence sur les manuscrits de la mer Morte. Le professeur Alexander Schwarz a séjourné à la même date à Jérusalem, où il a examiné les ossuaires protochrétiens conservés à l'Office israélien des antiquités, en vue d'un article qu'il rédigeait pour la *Biblical Archaeology Review*. À la même période, le professeur Petar Vartolomeev était ici pour participer à un débat à l'Institut de sciences Weizmann.

L'inspecteur israélien considéra ses deux interlocuteurs, le regard aiguisé.

— Tout ça, je le sais déjà, finit-il par dire sur un ton laissant entendre qu'il n'était pas dupe. Seulement, je ne suis pas né de la dernière pluie, chers collègues. Vous me cachez des choses.

— Pourquoi dites-vous ça ?

Arnie Grossman soupira, comme s'il s'armait de patience.

— Le fait que les trois victimes se soient trouvées au même moment en Israël, constitue assurément une piste intéressante, admit-il. Mais cela n'apporte aucune certitude sur quoi que ce soit. Ce n'est qu'un indice, un élément circonstanciel. (Il se pencha en avant, fixant son œil perçant sur l'Italienne.) Il y a forcément autre chose, un détail, une information qui vous a donné la conviction que la clé se trouvait ici.

Valentina prit un air innocent.

— Je ne vois pas de quoi vous voulez parler. Nous nous sommes contentés de suivre une piste. Les trois victimes se trouvaient ici à la même date. Il s'agit d'une coïncidence troublante qui nécessite une enquête plus poussée. Nous voulons seulement savoir si elles se sont rencontrées et où. Voilà tout.

L'inspecteur israélien secoua la tête.

— Je crois que nous n'allons pas nous entendre, souffla-t-il sur un ton légèrement menaçant. Si vous voulez que je vous aide, il faut jouer cartes sur table. (Il frappa de l'index sur la petite table qui les séparait.) Soit vous me racontez tout ce que vous savez, dès maintenant et par le menu, soit je vous laisse vous débrouiller seuls avec votre enquête. (Il croisa les bras.) À vous de choisir.

Valentina échangea un regard avec Tomás. L'historien haussa les épaules, indifférent ; il ne comprenait pas le rôle de ce petit jeu entre inspecteurs, et ne cherchait pas à le comprendre. C'était à elle, la professionnelle, de savoir ce qu'il fallait ou non révéler aux autres, c'était à elle de prendre la décision.

L'inspecteur italien saisit le message. Elle respira profondément et regarda son homologue israélien.

— Très bien, dit-elle. Il existe effectivement un élément supplémentaire qui nous a convaincus que la solution se trouvait en Israël.

Grossman sortit son calepin, son stylo, et s'apprêta à prendre note.

— Je suis tout ouïe.

— Nos trois victimes sont mortes égorgées.

— Je l'avais remarqué. Nous avons affaire à des crimes rituels.

— Exactement. Il se trouve que nous avons des témoins oculaires pour les deuxième et troisième meurtres. Dans les deux cas, ils nous ont dit que l'assassin avait poussé un cri de douleur, comme s'il se lamentait sur ses victimes, juste après les avoir exécutées.

L'inspecteur s'arrêta, intrigué et déconcerté.

— Il se lamentait sur ses victimes ?

— Tout à fait. Cette observation a attiré l'attention du professeur Noronha, qui a bien voulu m'assister dans cette enquête.

Valentina se tourna vers Tomás, comme si elle l'invitait à reprendre son discours là où il l'avait laissé.

— Effectivement, ces deux témoignages m'ont rappelé une chose qui m'avait frappé lorsque j'étudiais la période entre la mort de Jésus, vers l'an 30, et la destruction du temple de Jérusalem par les Romains, en l'an 70. (Il désigna Grossman, qui s'était remis à prendre des notes.) Comme vous l'avez observé tout à l'heure, les homicides par égorgement relèvent généralement de pratiques rituelles. L'inspecteur Ferro m'en avait déjà parlé la nuit du premier homicide au Vatican, et elle avait même ajouté que la victime s'était fait égorger comme un agneau. Sur le moment, cela ne m'avait pas frappé. Mais, lorsque j'ai su que le criminel poussait un hurlement de douleur après chaque exécution, j'ai compris.

— *Yehi or !* murmura le policier presque automatiquement. Que la lumière soit !

— C'est exactement ce qui m'est arrivé. *Yehi or !* Comme si j'avais été frappé par un éclair, je me suis alors souvenu des pratiques d'une secte d'assassins juifs ayant existé ici, en Israël, au cours des décennies qui ont suivi la crucifixion de Jésus, et qui...

— Vous n'allez quand même pas me parler des

zélotes, j'espère ? interrompit Grossman sur un ton circonspect.

Tomás fit une pause et écarquilla les yeux.

— Eh bien si, admit-il. Je me suis effectivement souvenu des zélotes, et en particulier d'une mouvance extrémiste connue à l'époque sous le nom de sicaires.

Le robuste israélien fit un geste de rejet.

— C'était il y a deux mille ans ! Les zélotes... ou sicaires, si vous préférez, n'existent plus ! Vous courez après des fantômes !

— Je sais que les sicaires n'existent plus, reconnut l'historien. Pourtant, les rituels sont les mêmes ! Les sicaires poignardaient les Romains en public avec leur *sica*, la dague sacrée qu'ils cachaient sous leur tunique. Aussitôt après l'exécution, ils se mettaient à hurler de douleur pour faire croire qu'ils n'y étaient pour rien, puis ils disparaissaient dans la foule sans que personne les arrête.

— Ce sont là de vieilles histoires !

— Peut-être bien. Mais le mode opératoire est le même. En outre, deux de nos victimes sont des historiens qui menaient des recherches sur des manuscrits du Nouveau Testament, qui évoquent justement des événements ayant eu lieu dans la même région du monde et au cours de la même période historique. À présent, ajoutez aux égorgements et aux plaintes rituelles des sicaires le fait que les trois victimes ont séjourné au même moment en Israël voilà trois mois. Cela fait beaucoup de coïncidences, vous ne trouvez pas ?

Arnie Grossman considéra un moment la question, évaluant la pertinence du raisonnement.

— Vous avez raison, finit-il par concéder. Cela fait effectivement beaucoup de coïncidences.

— C'est bien ce qu'il nous a semblé, dit l'historien,

balayant d'un geste le bar de l'American Colony. Voilà pourquoi nous sommes ici.

Valentina, jusqu'à présent silencieuse, sembla reprendre vie et regarda son homologue israélien.

— Vous savez tout à présent, lui dit-elle. Aussi, j'espère pouvoir compter sur votre collaboration...

— Bien sûr, assura Grossman tout en feuilletant son calepin. J'ai ici les informations que vous m'aviez demandées par écrit. J'espère que cela pourra vous aider.

Valentina prit un stylo pour noter les renseignements qu'il allait lui communiquer.

— Je vous écoute.

— Vos victimes ont séjourné dans des hôtels différents, indiqua-t-il. Le professeur Escalona s'est installé au King David, sans doute l'hôtel le plus célèbre de Jérusalem.

— C'est tout à fait son genre, observa Tomás avec un sourire. Patricia a toujours apprécié le grand luxe.

— Le professeur Schwarz est allé au Mount Zion Hotel, sur le mont Sion, poursuivit l'inspecteur israélien d'une voix imperturbable, et le professeur Vartolomeev est descendu au Ritz. (Il tourna la page et poursuivit sa lecture.) Tous trois se sont livrés à des activités différentes et, autant qu'il nous a été possible de le vérifier, ils ont suivi des itinéraires distincts. (Il referma son calepin et esquissa un sourire.) Voilà, c'est tout.

Les deux interlocuteurs continuèrent de le regarder, l'air déçu.

— Rien d'autre ?

— J'en ai bien peur.

— Mais..., bredouilla Valentina, n'y a-t-il aucune possibilité qu'ils se soient rencontrés à un moment ou à un autre ?

Arnie Grossman inspira profondément.

— Écoutez, personne ne peut rien vous garantir ! Jérusalem est une grande ville, mais pas si grande que ça. Ont-ils eu l'occasion de se rencontrer à la porte de Damas, par exemple ? Je n'en sais rien ! S'il s'agissait d'une enquête prioritaire, je mobiliserais tous mes effectifs et, vous pouvez me croire, s'ils se sont rencontrés, nous finirions par le savoir. Mais, comme vous pouvez l'imaginer, ce problème est insignifiant au regard de nos priorités. Chaque jour, nous sommes confrontés à des choses bien plus graves. Je n'ai donc pu charger qu'un seul homme de s'occuper de cette affaire pour une matinée.

— Mais comment allons-nous faire maintenant ?

— Maintenant nous avons deux enquêteurs à temps plein qui vont se charger du problème. Cela va sans doute nous permettre d'avancer.

— Ah, oui ? Et ce sont des agents spéciaux de votre brigade ?

Le visage de l'inspecteur israélien s'éclaira d'un large sourire et, prenant son verre de whisky, celui-ci s'adossa sur sa chaise et se détendit.

— Ça, je l'ignore, dit-il en désignant du doigt ses interlocuteurs. Les nouveaux enquêteurs sont devant moi.

Tomás et Valentina se regardèrent.

— C'est de nous que vous parlez ?

Grossman avala d'un trait le pur malt, avant de reposer lourdement son verre sur la table basse. Puis il croisa les jambes et prit un air désinvolte, les yeux brillant d'un plaisir non dissimulé.

— Vous pensiez venir à Jérusalem pour passer des vacances ?

XXXI

La sobre façade en calcaire rose de l'hôtel King David imposait le respect, mais Tomás et Valentina, pressés de trouver des indices qui les mettraient sur la bonne voie, ne s'arrêtèrent pas pour contempler l'édifice historique. Ce n'est qu'après avoir franchi la porte à tambour de l'entrée qu'ils furent véritablement frappés par la splendeur du bâtiment.

— Quel hôtel ! s'exclama Tomás.

Le long du couloir qui séparait les deux ailes, le sol était traversé par une longue bande blanche où apparaissaient les noms et signatures de clients illustres. Il se pencha sur la bande et se mit à lire.

— Churchill a séjourné ici !

— Lui et une ribambelle d'autres célébrités, ajouta l'Italienne, parcourant à son tour les signatures. Elizabeth Taylor, Marc Chagall, Henry Kissinger, Simone de Beauvoir, le Dalaï Lama, Kirk Douglas, Yoko Ono… (Elle embrassa d'un regard contemplatif la décoration.) C'est magnifique !

Le hall de l'hôtel était d'une ampleur babylonienne, de grandes colonnes richement ornées et de somptueuses arcades bleues supportaient le plafond, tandis que les murs étaient tapissés de motifs inspirés des divers styles de la région, dont les arts phénicien,

239

égyptien ou assyrien, avec des poissons, des oiseaux, des animaux sacrés autour desquels s'amoncelaient de curieuses spirales.

Un employé en uniforme s'approcha des nouveaux arrivants.

— En quoi puis-je vous être utile ?

Comme si elle s'y était préparée, Valentina montra aussitôt sa plaque et un document que lui avaient délivré les autorités israéliennes.

— Je suis de la police italienne et je souhaiterais avoir des informations concernant une de vos clientes, expliqua-t-elle. J'aimerais parler au gérant de l'hôtel, s'il vous plaît.

L'employé inclina légèrement la tête et disparut aussitôt pour revenir accompagné d'un homme en cravate. L'homme, de petite taille, tendit la main aux visiteurs, affichant un sourire professionnel.

— Je m'appelle Aaron Rabin, je suis le gérant du King David. En quoi puis-je vous aider ?

Valentina se présenta à nouveau. Après avoir examiné la plaque et le document des autorités, le gérant se montra disposé à coopérer. L'inspecteur Ferro sortit alors une photographie en couleurs.

— Cette dame, nommée Patricia Escalona, était espagnole et a été assassinée il y a quelques jours, dit-elle. Nous savons qu'elle a séjourné dans votre hôtel voilà trois mois et nous voudrions savoir si quelqu'un, parmi vos employés, se souvient d'elle.

Le gérant prit la photographie et la considéra quelques instants. À l'évidence, ce visage ne lui était pas familier. Il s'excusa et se dirigea vers le comptoir de la réception pour y interroger les employés. Les réceptionnistes regardèrent la photographie et appelèrent le portier, qui examina également le cliché. Au bout d'un certain temps, un petit groupe s'était formé derrière la réception. Ils échangèrent un moment puis finirent par tomber d'accord.

Le gérant rejoignit enfin les deux enquêteurs étrangers, accompagné d'un homme chauve qui tenait dans la main la photographie du professeur Escalona.

— Je vous présente Daniel Zonshine, de l'agence Jerusalem Tours, annonça le gérant. Je crois qu'il va pouvoir vous aider.

Valentina et Tomás le saluèrent et Zonshine, sans s'attarder à de vaines politesses, désigna une boutique dans l'espace commercial situé au sous-sol de l'hôtel.

— Mon agence possède une succursale ici, au King David. (Il montra le cliché.) Cette dame a bien été notre cliente. Je m'en souviens parfaitement, car elle maîtrisait mal l'anglais et avait besoin d'un guide parlant espagnol.

Le visage de l'Italienne s'éclaircit.

— Ah, et où peut-on trouver ce guide ?

Zonshine consulta sa montre.

— Mohammed devrait arriver dans un moment. (Il indiqua les canapés.) Vous pouvez l'attendre ici et, dès qu'il sera là, je vous le présenterai.

Les deux visiteurs s'installèrent sur l'élégante terrasse du restaurant, bordée par un muret couvert de fleurs, avec vue sur la piscine et le jardin. Au loin se dressaient les remparts de la vieille ville, près de la porte de Jaffa, où se trouve la citadelle de Soliman, qui date du XVIe siècle. Malgré la chaleur, ils commandèrent un thé à la menthe, puis se mirent à évoquer l'histoire de l'hôtel. Tomás raconta que c'était précisément ici, au King David, que s'était installée, après l'effondrement de l'Empire ottoman, l'administration du mandat britannique. Pour cette raison, la branche armée de la mouvance sioniste nationaliste, l'Irgoun, y avait fait exploser une bombe en 1946, précipitant le retrait britannique et conduisant à la Déclaration d'indépendance de l'État d'Israël, deux ans plus tard.

— Comme vous le voyez, observa Tomás, le King David est un hôtel chargé d'histoire, qui est devenu aujourd'hui l'un des hauts lieux du protocole israélien et de la diplomatie proche-orientale, sans oublier...

Leur conversation fut interrompue par Daniel Zonshine, qui s'avança sur la terrasse accompagné d'un garçon maigre à moustache noire, portant une chemise au logo Jerusalem Tours.

— Voici Mohammed, dit-il. C'est lui qui a accompagné la dame en question.

— *Salam aleikum !*

— *Aleikum salam*, répondit Tomás. Vous avez été le guide du professeur Escalona ?

— Oui, monsieur.

— Vous rappelez-vous les endroits qu'elle a visités durant son séjour ?

— Je crois me souvenir que cette dame a fait un peu de tourisme dans la vieille ville et qu'elle s'est rendue dans plusieurs instituts liés à la recherche historique, révéla-t-il. Mais elle a passé le plus clair de son temps à participer à un colloque à l'université hébraïque de Jérusalem. Si ma mémoire est bonne, il s'agissait de débats concernant les découvertes de Qumrân.

— Les manuscrits de la mer Morte ?

— C'est cela.

— Elle était seule ?

— Au début, oui. Ensuite, elle a rencontré quelques amis et m'a donné congé.

Tomás et Valentina échangèrent un regard.

— Quelques amis ?

— Oui. Des Occidentaux que la dame a rencontrés

à la fondation Arkan. Je les ai d'ailleurs accompagnés le jour suivant à l'Office israélien des antiquités, mais elle a fini par ne plus faire appel à mes services et je ne l'ai plus revue.

— Vous rappelez-vous les noms des amis du professeur Escalona ?

Le Palestinien secoua la tête.

— Non. C'était il y a trois mois... Du reste, ils portaient des noms compliqués à retenir. Je crois même ne les avoir jamais retenus...

Valentina sortit des photographies de son sac et les montra au guide. C'étaient les visages des professeurs Alexander Schwarz et Petar Vartolomeev.

— Étaient-ce eux ?

Tout en regardant les clichés, Mohammed plissa les yeux et fit travailler sa mémoire.

— Comme je viens de vous le dire, cela s'est passé il y a trois mois et je ne suis pas resté longtemps avec eux, avança-t-il, hésitant. Parmi tant de clients, il est difficile de se souvenir de tous les visages. (Le guide se concentra à nouveau et finit par hocher la tête.) Mais, oui. Je crois bien que ce sont eux.

— Vous en êtes sûr ?

Le guide jeta un dernier regard aux photographies.

— J'en suis presque sûr. Plus je regarde ces visages, plus ils me semblent familiers.

— Où avez-vous dit que le professeur Escalona les avait rencontrés ?

— À la fondation Arkan.

— Qu'est-ce que c'est ?

Mohammed hésita et son supérieur hiérarchique, qui jusque-là avait suivi l'entretien en silence, répondit à sa place.

— C'est une institution très prestigieuse en Israël, précisa Daniel Zonshine. Elle exerce des activités dans différents domaines et son siège est situé dans le quartier juif de la vieille ville.

Valentina et Tomás échangèrent un nouveau regard, chargé cette fois d'une lueur d'espoir. Ils avaient fini par découvrir la piste qu'ils cherchaient. La fondation Arkan.

XXXII

Une atmosphère de parfaite quiétude régnait dans le quartier juif de la vieille ville. Les rues étaient désertes, à l'exception d'un ou deux passants qui se dirigeaient vers le mur des Lamentations ou vers la place Hourva. Le gazouillis des oiseaux résonnait dans les ruelles comme une paisible mélodie et les quelques éclats de voix se réduisaient à des murmures.

Dans ce calme ambiant, le bruit sec des pas de Tomás et de Valentina retentissait d'autant plus fort. Après avoir consulté le plan du quartier, l'historien repéra l'emplacement des synagogues séfarades et indiqua une ruelle latérale.

— C'est par là.

Tous deux s'engagèrent dans la direction indiquée, mais Valentina semblait se déplacer en pilotage automatique, se contentant de suivre la silhouette de Tomás. Elle avait les yeux rivés sur les documents qu'on lui avait envoyés ce matin-là de Rome, dont elle devait prendre connaissance avant d'arriver.

— Cette fondation est curieuse, observa-t-elle à voix haute. Très curieuse, même...

— Dans quel sens ?

L'Italienne mit quelques secondes à répondre. Elle termina d'abord sa lecture et regarda enfin Tomás.

— D'abord, ses centres d'intérêt sont multiples et variés, touchant à divers domaines de connaissance. La fondation investit beaucoup dans la recherche historique, de l'archéologie à la paléographie. Son champ d'application concerne naturellement le Moyen-Orient et en particulier la région de la Terre sainte. Il semblerait qu'elle possède une collection d'objets d'art datant des temps bibliques. Mais elle finance également des recherches dans divers domaines scientifiques, en créant des laboratoires spécialisés dans des branches aussi différentes que la physique des particules ou la recherche médicale. (Valentina émit un sifflement appréciateur.) Sacrée fondation !

— Mais quelle est sa philosophie ? La recherche pure ?

Valentina sortit une page des documents qu'elle venait de lire. Elle affichait un sigle suivi d'une citation écrite en gros caractères gothiques.

— « *Über allen Gipfeln*, lut-elle à voix haute. *Ist Ruh, in allen Wipfeln spürest du kaum einen Hauch. Die Vögelein schweigen im Walde. Warte nur, balde. Ruhest du auch.* »

Tomás resta un long moment sans rien dire tandis qu'elle lisait.

— Qu'est-ce que ça veut dire ?

— « Sur tous les sommets règne la paix, récita-t-elle. Aux cimes des arbres tu sens à peine passer un souffle. Dans toute la forêt les oiseaux se taisent. Patience ! Toi aussi, bientôt, tu reposeras. »

L'historien afficha une mine incrédule.

— Vous comprenez l'allemand ?

L'Italienne rit en lui tendant le document transmis par Rome.

— Ce poème est accompagné de sa traduction en italien.

— Ah, bon ! sourit Tomás. Ce sont de jolis vers, en effet. De qui sont-ils ?

— De qui voulez-vous qu'ils soient ? rétorqua-t-elle. Du plus grand écrivain allemand. Goethe.

— C'est non seulement un beau poème, mais aussi un texte pacifiste. Si c'est vraiment la devise de la fondation Arkan, il doit s'agir d'une institution bien intentionnée.

Valentina fit une grimace et leva un doigt pour émettre une réserve.

— Pas si vite ! déclara-t-elle. Vous savez, je me méfie toujours de ceux qui passent leur temps à prê- cher la paix. Parfois ce sont les pires. Sous un dis- cours inoffensif, ils peuvent cacher les desseins les plus sinistres…

L'universitaire portugais s'arrêta au milieu de la rue, devant un bâtiment anonyme, et vérifia le numéro de la porte. Puis il vit, fixée au-dessus de la sonnette, une petite plaque en métal doré sur laquelle était gravé le nom « Arkan Foundation ».

— Eh bien, nous allons tirer cela au clair, annonça-t-il. Nous y sommes !

Il pressa le bouton et la sonnette retentit. Ils atten- dirent quelques instants, puis des pas s'approchèrent et la porte s'ouvrit, laissant apparaître une jeune femme aux cheveux noirs et au regard vif.

— *Shalom !*

— *Good afternoon*, salua Tomás, signalant ainsi qu'il ne parlerait pas en hébreu. Nous avons rendez- vous avec M. Arkan, le président de la fondation. Est-il là ?

Après avoir vérifié l'identité des deux visiteurs, la jeune femme les conduisit dans une pièce et leur offrit un verre d'eau. Elle leur adressa ensuite un courtois « attendez une minute, s'il vous plaît », et les laissa seuls. Peu après, elle réapparut, les pria de la suivre et les conduisit jusqu'au premier étage. Elle frappa doucement à une porte, une voix d'homme lui donna un ordre en hébreu et elle fit signe aux deux visiteurs d'entrer.

— Soyez les bienvenus, salua un homme de grande taille aux sourcils fournis, qui vint les accueillir devant la porte. Je suis Arpad Arkan, le président de la fondation. Que me vaut le plaisir de cette visite de la police italienne ?

— Navrée de vous déranger, dit Valentina. Nous enquêtons sur la mort récente de trois universitaires européens dont les circonstances nous semblent pour le moins étranges.

Le regard amène du président se voila aussitôt.

— Ah, je suis au courant ! s'exclama Arkan, parlant soudain lentement, comme s'il pesait chacune de ses paroles. C'est terrible ! J'ai été bouleversé lorsque j'ai appris la nouvelle !

— Les enquêtes sur les trois crimes nous ont conduits ici, en Israël. Nous avons fini par découvrir que les trois victimes s'étaient croisées dans ce pays. (Elle fit une pause pour observer la réaction de son interlocuteur.) Nous savons aujourd'hui que c'est ici même qu'elles se sont rencontrées. À la fondation Arkan.

Elle se tut, attendant de voir ce qu'Arkan avait à dire. Comprenant que ses réactions étaient disséquées au scalpel, le président de la fondation inspira profondément et détourna le regard vers la fenêtre.

— Je ne m'en étais pas rendu compte, affirma-t-il. Mais c'est un fait que je les connaissais. Je les ai invités à venir ici, à la fondation. (Il désigna l'agenda qui était ouvert sur son bureau.) Cela fait trois mois depuis avant-hier, voyez-vous. Jamais je n'aurais pu imaginer qu'une telle tragédie allait les frapper...

L'inspecteur Ferro décortiquait toutes les paroles du

président, à l'affût de contradictions, de lacunes ou de sens cachés, comme un joueur d'échecs évaluant chaque mouvement de l'adversaire.

— Peut-on savoir ce qu'ils étaient venus faire ici ?

Arpad Arkan esquissa un geste en direction des papyrus et des parchemins encadrés qui paraient les murs de la pièce.

Ils étaient anciens, en caractères grecs et en hébreu, en *scriptio continua* ; rongés et criblés de trous.

— La fondation possède une précieuse collection de manuscrits, expliqua-t-il. Certains sont des extraits bibliques et d'autres des documents anciens écrits en hébreu, en araméen ou en grec. J'ai demandé une expertise au professeur Escalona. (Il désigna ce qui semblait être un vase grossier posé sur le sol, juste à côté de son bureau.) Et nous avons également quelques ossuaires préchrétiens. Le professeur Schwarz m'a été recommandé comme un expert dans ce domaine.

— Et le professeur Vartolomeev ? Il n'était pas historien…

— Ah, le scientifique bulgare ? La fondation a créé un centre de recherche avancée en physique moléculaire et il était une autorité mondiale en la matière. Chaque année son nom était cité pour le prix Nobel de médecine. Je l'ai invité à collaborer avec nous et il a accepté. (Le président secoua la tête d'un air désolé.) Sa disparition est une grande perte pour la fondation Arkan. Nous avions placé de grands espoirs en lui.

— Ils se sont trouvés tous les trois ensemble, ici, à la fondation ?

— Oui, ils étaient ensemble. Bien que leur domaine d'activité ne fût pas le même, je les ai reçus en même temps.

— C'est à cette occasion qu'ils ont fait connaissance ?

— Probablement, admit-il. En tout cas, je n'ai pas eu l'impression qu'ils se connaissaient déjà.

Valentina, songeuse, réfléchissait à la manière de formuler la question suivante.

— Comment expliquez-vous que trois personnes qui se sont rencontrées ici dans votre bureau aient toutes trois été exécutées trois mois plus tard en moins de vingt-quatre heures ?

Le président sembla décontenancé par la question.

— Eh bien... je ne sais pas comment l'expliquer, balbutia-t-il. C'est vraiment... disons... une coïncidence. (Le mot lui vint comme une bouée de sauvetage, à laquelle il s'agrippa.) Oui, voilà, ce n'est qu'une malheureuse coïncidence.

L'Italienne échangea un bref regard avec Tomás, puis scruta à nouveau froidement son interlocuteur.

— Aux yeux de la police, il n'y a pas de coïncidences, monsieur Arkan.

Le président de la fondation se cabra.

— Que voulez-vous insinuer ?

— Je n'insinue rien du tout, répliqua-t-elle sans se laisser intimider. Je vous dis seulement qu'en matière de criminalité les coïncidences sont regardées avec la plus grande méfiance. Le fait est que trois universitaires qui se sont rencontrés ici, dans votre bureau, ont été retrouvés morts trois mois plus tard dans des circonstances pour le moins étranges. Je ne sais pas si l'on peut parler ici de coïncidence.

Arpad Arkan se redressa et, avec une brusque véhémence, pointa le doigt vers la porte.

— Dehors ! vociféra-t-il. Fichez-moi le camp d'ici !

Valentina et Tomás restèrent figés sur leur chaise, stupéfiés par cette réaction qui leur sembla très exagérée.

— Vous êtes en train de commettre une grave erreur.

— Je ne veux pas le savoir ! rugit-il, le doigt toujours pointé vers la porte de son bureau. Sortez immédiatement de ma fondation ! Dehors !

Le ton agressif du président agaça Valentina, qui se leva et défia Arkan.

— Mais à qui croyez-vous donc parler ?

— Sortez d'ici ou j'appelle la police ! Fichez-moi le camp !

— *Cretino ! Stupido ! Stronzo !*

— Dehors !

Tous deux se faisaient face, le visage pourpre. Comprenant que la situation allait dégénérer, Tomás empoigna Valentina et l'entraîna hors du bureau.

— Allons, partons, dit-il calmement. Inutile d'insister.

— Dehors ! criait Arkan, hors de lui. Sortez d'ici ! Qui croyez-vous être pour venir m'insulter dans ma propre maison ? Dehors !

— *Imbecille ! Scemo !*

Les portes se refermèrent avec fracas et, aussi soudainement qu'il avait été rompu, le calme fut rétabli dans la fondation. Encore haletant, Arkan desserra sa cravate et déboutonna le col de sa chemise. Puis il s'affala lourdement dans son fauteuil et respira profondément, reprenant le contrôle de ses émotions.

Il regarda le téléphone posé sur le coin de son bureau et hésita un instant, comme s'il combattait la pulsion qui cherchait à le dominer. Dans un soupir de défaite, il se résigna et saisit enfin l'appareil.

— Allô ? C'est toi ?

XXXIII

— Oui, maître. C'est moi. Que se passe-t-il ?

Assis sur les vestiges de la vieille muraille, les jambes ballant au-dessus du précipice et des ruines du temple d'Hérode, Sicarius contemplait l'étendue aride du désert de Judée, traversée par la mer Morte. Le vent sec et chaud qui soufflait le long du versant rocheux caressait son visage et agitait les pans de son vêtement.

— Je suis un peu énervé aujourd'hui, confessa la voix. Te souviens-tu de notre dernière conversation ?

— Lorsque je priais ?

— Oui, confirma le maître. Je t'ai demandé de te tenir prêt. (Il fit une courte pause.) Es-tu prêt ?

— Toujours.

Quelques secondes s'écoulèrent.

— C'est l'heure.

Le vent souleva brusquement un nuage de poussière et Sicarius rajusta la capuche qui lui couvrait la tête, pour mieux se protéger les yeux. En bas, la vallée s'étendait en une déconcertante symphonie de tons et de couleurs le long des rives sinueuses de la mer Morte : le brun de la terre, le doré du sable, le blanc du sel, le vert opalin de l'eau et le gris jaunâtre des montagnes de la Jordanie.

— Qui est la cible ?

— Deux enquêteurs envoyés par la police italienne. Ils viennent d'arriver à Jérusalem et veulent nous mettre des bâtons dans les roues. C'est le moment d'agir.

— Où logent-ils ?

— À l'American Colony.

— L'hôtel des espions… C'est approprié.

— Très. Il s'agit d'un couple.

— Dois-je m'occuper des deux ?

— Laisse la femme tranquille. Elle est inspecteur de la police italienne, je ne veux pas nous mettre ces gens-là à dos. Tu dois t'occuper de l'homme qui l'accompagne. Il est du genre discret.

— Ce sont les plus dangereux…

— Il est historien et semble être capable de déchiffrer les messages que nous avons semés. Il s'appelle Tomás Noronha, il est portugais. Je vais t'envoyer un mail avec une photo que nous avons prise de lui à son insu. Je te donnerai également les instructions détaillées sur ce que tu dois faire et le message que tu devras laisser.

— Cet historien est ma cible prioritaire ?

La voix du maître se fit plus rauque, comme c'était toujours le cas lorsqu'il donnait un ordre décisif.

— Oui.

Le silence tomba. Il n'y avait plus rien à ajouter.

— Autre chose ?

— C'est tout. Tu sais ce qui te reste à faire. (La voix du maître devint inquisitrice.) Quand penses-tu passer à l'action ?

Sicarius tordit ses lèvres fines, ébauchant un sourire.

— Aujourd'hui.

Sicarius éteignit son portable et jeta un dernier regard sur le désert de Judée et ses massifs escarpés qui bordaient la vallée. Le soleil se couchait à l'horizon, dans des teintes orange et violettes, il était si bas qu'il accentuait les ombres projetées par les vestiges des camps romains qui, jadis, avaient entouré la colline, traçant sur la terre comme des labyrinthes rectangulaires. C'était un spectacle étourdissant, la preuve que Dieu avait béni cette région bucolique. Le silence était apaisant ; on n'entendait que le souffle du vent qui venait du nord et le pépiement mélancolique des étourneaux qui voltigeaient au-dessus des éperons rocheux.

Avec une agilité surprenante, Sicarius se dressa d'un bond et tourna le dos à ce panorama grandiose. Il se dirigea vers la porte du Chemin du Serpent. Le soleil couchant chauffait encore et la brise fouettait son visage, agitant ses cheveux et frappant sa peau, mais soudain le souffle s'interrompit et l'air devint brûlant. Sicarius savait qu'il ne ventait que sur le versant nord ; le reste du massif restait exposé à la chaleur torride. Des gouttes de sueur se mirent à ruisseler le long de ses tempes, ses habits furent vite trempés, sa peau cuisait littéralement et le sol en pierre était si lumineux qu'il en devenait presque aveuglant.

Il passa devant les ruines des maisons des zélotes et jeta un regard fier aux vestiges encore intacts de la synagogue ; c'était sans doute en ce même lieu qu'Éléazar ben Yaïr avait rassemblé les sicaires pour le dernier acte de la tragédie qui s'y était déroulée deux mille ans auparavant. Ces ruines étaient les plus sublimes vestiges que ses ancêtres lui avaient légués. C'était à lui, aujourd'hui, de s'en montrer digne.

Ce fut là, à Massada, que les sicaires accomplirent leur ultime et leur plus héroïque acte de résistance contre les envahisseurs romains. Avant que les légionnaires parvinssent enfin à briser les lignes de défense, les deux mille sicaires préférèrent s'y donner la mort plutôt que de se rendre à l'ennemi. Ils brûlèrent Massada et choisirent dix hommes pour tuer tous les autres résistants, avant de se suicider à leur tour. Seules deux femmes furent épargnées afin de pouvoir raconter l'histoire.

Marchant parmi les ruines, Sicarius avait l'impression de remonter dans le temps. Il entendait s'élever des pierres les cris de la discussion, la voix d'Éléazar proclamant : « Choisissons la mort plutôt que l'esclavage », les gémissements provoqués par la décision, les voix résignées des sicaires approuvant le choix fatidique du chef, puis les hurlements du massacre, les hommes tuant les enfants, les femmes, avant de s'entretuer jusqu'à ce que le silence s'abattît sur la colline, rompu seulement par les étourneaux, témoins muets du drame que les Romains découvrirent, stupéfaits, lorsque, le matin suivant, ils franchirent les remparts et déambulèrent parmi les cadavres étendus au sol.

Il posa la main sur la dague sacrée qu'il portait à sa ceinture et sentit son manche poli. La *sica*, découverte lors des fouilles de Massada, avait été utilisée au cours de cette grande tuerie finale. Tout cela avait eu lieu il y a deux mille ans, lorsque les païens avaient détruit le Temple et chassé le peuple de la Terre sainte. Deux mille ans. L'heure de la vengeance avait sonné.

XXXIV

L'éclat de rire retentit si violemment dans le hall de l'American Colony qu'il attira les regards des réceptionnistes et des clients de l'hôtel.

— Ça vous fait rire ? questionna Valentina avec une pointe d'agacement. Eh bien, moi, ça ne m'amuse pas du tout !

Arnie Grossman semblait de bonne humeur. Il écarta les bras, presque comme s'il s'étirait, et passa ses grandes mains dans ses cheveux gris et ondulés, coiffés en arrière.

— Elle est bien bonne, celle-là !

— Ça n'était pas drôle du tout, insista l'Italienne, sans la moindre envie de rire. C'était franchement déplaisant !

— Excusez-moi, mais foutre la police dehors demande un certain culot ! observa Grossman, toujours amusé. Votre Arpad Arkan est peut-être une crapule finie, mais il ne fait aucun doute que c'est un sacré numéro ! Rien que d'imaginer…

L'inspecteur israélien se tordait de rire, exaspérant Valentina. L'Italienne bouillonnait sur le canapé, alors que Tomás, qui venait de s'asseoir, se montrait indifférent. En fait, il comprenait même la réaction de Grossman. Considéré sous un certain angle, ce qui leur était arrivé était effectivement assez drôle. Avec le temps, peut-être que Valentina finirait également par le voir ainsi.

— Le problème n'est pas là, coupa-t-elle, désireuse d'aborder les questions qui lui semblaient importantes. Notre enquête nous a conduits jusqu'à ce point, au-delà duquel je n'ai aucune autorité pour intervenir. J'aimerais savoir ce que la police israélienne compte faire maintenant.

Ayant repris son sang-froid, Arnie Grossman leva les mains, comme s'il voulait la freiner.

— Ho là ! Du calme ! s'exclama-t-il. Pas si vite. (Il se pencha en avant, son sourire s'évanouit, et il reprit son sérieux.) Ne brûlons pas les étapes. Quelle conclusion avez-vous tirée de votre entretien à la fondation ?

— Que tout cela est très suspect, répondit-elle. De toute évidence, l'homme nous cache quelque chose.

— Qu'est-ce qui vous fait dire ça ?

— Tout d'abord, à cause de sa réaction disproportionnée lorsque je l'ai interrogé sur le fait que trois universitaires avaient été assassinés trois mois après s'être rencontrés dans son bureau. Cela prouve qu'il n'est pas étranger à cette coïncidence, ou du moins qu'il n'a pas la conscience tranquille. Quand on n'a rien à se reprocher, on ne s'énerve pas si vite. Ensuite, parce que son explication n'est pas très crédible. Considérons les faits : les trois victimes ne s'étaient jamais rencontrées, Arkan les a invitées pour un entretien au cours duquel il aurait engagé les deux historiens pour une expertise et le scientifique pour une certaine recherche. Et voilà que, comme par enchantement, les trois universitaires qui ne se connaissaient pas jusque-là sont devenus inséparables. Selon le guide, nos victimes se sont retrouvées le jour suivant pour se rendre à l'Office israélien des antiquités. Puis le professeur Escalona s'est senti tellement à l'aise avec ses deux nouveaux collègues qu'elle a même congédié son interprète. (L'Italienne prit un air perplexe.) Qu'est-ce qui a rendu soudain ces trois personnes inséparables ? Une rencontre anodine à la fondation Arkan ? Comment une simple conversation académique peut-elle avoir un tel effet ?

— Effectivement…

— Et, puisqu'il s'agit de trois universitaires dont les spécialités et les domaines diffèrent, pour quelle raison Arkan leur a-t-il parlé en même temps ? N'était-ce pas plus logique qu'il en reçoive d'abord un, puis l'autre et enfin le troisième ? Pourquoi les trois en même temps ?

— Valentina a raison, observa Tomás, qui jusque-là avait gardé le silence. Tout cela ne tient pas debout.

Mais l'Italienne n'avait pas terminé son raisonnement.

— S'ils ont été invités au même moment, c'est parce que le président de la fondation voulait leur parler d'un sujet qui leur était commun. Mais de quel sujet au juste ? Pourquoi Arkan nous l'a-t-il caché ? Quelles choses inavouables tient-il à dissimuler ? Quelle est la relation entre ce mystérieux entretien et les meurtres qui ont suivi ? Comment diable…

Arnie Grossman fit un signe de la tête.

— Soit, acquiesça-t-il, interrompant le raisonnement de son homologue. Cette version des faits est manifestement bancale, c'est évident. Je ne serais pas étonné qu'Arkan soit mouillé dans une affaire douteuse. Mais nous devons procéder avec prudence.

L'Italienne faillit perdre son sang-froid.

— Comment ça, procéder avec prudence ? (Elle désigna la porte comme si le président de la fondation s'y était trouvé.) Ce goujat nous cache des choses ! Il a sa part de responsabilité dans ces meurtres ! Et que faisons-nous ? (Valentina prit un ton caricatural, comme si elle imitait son interlocuteur.) Nous procédons avec prudence...

— Allons, du calme, demanda Grossman. Arpad Arkan est un homme puissant. Il dispose de nombreux appuis dans les milieux politiques et de relations influentes. Ce type a ses entrées dans certains cercles de la finance internationale. D'autre part, sa fondation se présente comme une institution désintéressée, avec tout un discours sur la paix largement relayé par la presse et la politique internationale. La devise de la fondation est d'ailleurs révélatrice...

— Vous faites allusion au poème de Goethe ?

— Ah ! Vous la connaissez déjà ?

— Nous avons fait une enquête de routine...

— Ce poème qu'ils ont choisi pour devise est clairement pacifiste et s'est révélé incroyablement utile à la fondation. Le discours sur la paix constitue une couverture parfaite pour ses activités plus opaques. C'est pourquoi il nous faut agir avec la plus grande prudence.

Valentina s'impatienta.

— Inspecteur Grossman, tout cela est peut-être vrai, mais nous sommes des policiers, non ? Il nous faut donc agir en tant que tels. En Italie, la mafia est aussi un sujet sensible, qui touche à la haute finance et à la haute politique, mais ce n'est pas pour ça que nous baissons les bras.

— D'accord, mais il n'empêche que..., murmura l'Israélien, laissant sa phrase en suspens. Enquêter sur la fondation Arkan peut être dangereux. Du reste, cela fait déjà un moment que je l'ai à l'œil et je sais parfaitement de quoi je parle.

— Vous l'avez à l'œil ? s'étonna l'Italienne. Pourquoi ?

L'Israélien se tut un instant, comme s'il réfléchissait à ce qu'il pouvait ou non révéler.

— Disons que j'ai des raisons de soupçonner certaines de ses activités, indiqua-t-il. Nous n'avons encore rien trouvé de concret, mais j'entends parfois des rumeurs qui m'inquiètent.

— Des rumeurs ? Quelles rumeurs ?

Arnie Grossman hésita à répondre.

— Des rumeurs, répéta-t-il. Je ne vous en dirai pas plus.

Tous les trois se dévisagèrent. Valentina étant la plus nerveuse et la plus impatiente, elle fut naturellement la première à briser le silence embarrassé qui s'était installé.

— Eh bien, que devrions-nous faire, selon vous ?

L'inspecteur israélien répondit avec calme.

— Ne faites rien, recommanda-t-il. Je vais réfléchir à la question et nous en reparlerons demain, ça vous va ?

— Ça me paraît judicieux.

Grossman se tourna vers Tomás.

— Par ailleurs, professeur Noronha, peut-être pourriez-vous m'éclairer sur certains points de cette affaire.

La demande surprit l'historien.

— Que voulez-vous savoir ?

L'Israélien tambourina sur l'accoudoir du canapé, réfléchissant à la manière la plus appropriée de présenter le problème. Il désigna le bar de l'hôtel.

— Lors de notre première rencontre, ne m'avez-vous pas dit que vous soupçonniez les sicaires d'être mêlés à cette histoire ?

— Absolument. Les exécutions rituelles de nos trois victimes présentent des caractéristiques semblables à celles qui furent commises par les sicaires il y a deux mille ans. En particulier ce cri de plainte qu'ils poussaient aussitôt après avoir égorgé leurs victimes. Pourquoi ?

261

Arnie Grossman fit une grimace, se caressa le menton et détourna les yeux, l'air songeur.

— Les rapports que vous m'avez envoyés pour solliciter notre aide m'ont intrigué, dit-il. J'ai relu le passage concernant les trois messages chiffrés laissés par l'assassin près du corps des victimes, ainsi que votre interprétation. Si j'ai bien compris, vous pensez que ces formules codées renvoient à des fraudes dans le Nouveau Testament.

— Tout à fait, confirma l'historien. Mais où voulez-vous en venir ?

— À la question suivante : pourquoi les sicaires, une organisation juive, s'intéresseraient-ils à des fraudes concernant la bible des chrétiens ?

— Vous tenez vraiment à le savoir ?

— Je suis tout ouïe.

Tomás se pencha en avant, comme s'il s'apprêtait à dévoiler un grand secret.

— Le problème est que Jésus avait déjà une religion.

— Pardon ?

Le Portugais se redressa, croisa les jambes, et sourit en regardant d'un air amusé les visages ébahis d'Arnie Grossman et de Valentina Ferro.

— Il était juif.

XXXV

Installé sur le canapé et enveloppé par l'atmosphère intimiste qui l'entourait, Tomás comprenait la réputation de l'hôtel ; l'endroit était parfait pour des entretiens discrets.

Mais il savait que ce qu'il venait d'affirmer à l'oreille théologiquement sensible de Valentina allait susciter une réaction explosive. Il n'eut même pas à attendre une seconde pour confirmer son intuition.

— Que voulez-vous dire ? s'étonna Valentina, visiblement offensée. N'est-ce pas Jésus le fondateur du christianisme ?

Tomás secoua la tête.

— Je suis navré d'avoir à vous le dire, murmura-t-il. Mais non, Jésus n'a pas fondé le christianisme.

— Dieu du ciel ! protesta-t-elle, le corps agité par un frémissement d'indignation. Qu'est-ce que vous racontez ! C'est lui qu'il l'a fondé ! Le mot *christianisme* vient de *Christ*... Jésus-*Christ* ! Ce sont les paroles et les enseignements du Christ qui servent de fondement à la religion. Comment osez-vous dire une chose pareille ? Quelle est cette absurdité ?

— Jésus était juif, répéta l'universitaire portugais. Tant que vous n'aurez pas intégré cette vérité fondamentale, vous ne pourrez rien comprendre au person-

263

nage. Jésus était juif. Ses parents étaient juifs et ils ont eu un enfant juif qu'ils ont fait circoncire et élevé à Nazareth, une bourgade juive située en Galilée, une région tout aussi juive, même si les habitants des villes étaient en général fortement hellénisés ou romanisés. Jésus parlait l'araméen, une langue proche de l'hébreu et parlée par les juifs de l'époque. Il a reçu une éducation judaïque, il priait un dieu judaïque, il croyait en Moïse et aux prophètes judaïques, il observait les règles judaïques et il était si versé dans les Écritures judaïques et dans les lois de Moïse qu'il les enseignait et les commentait. Les gens l'appelaient *rabbi*. Le terme *rabbi*, il y a deux mille ans, signifiait *maître* – en grec, « enseignant », *didaskalos*. Marc écrit, chapitre 1, verset 21 : « Dès le jour du sabbat, étant entré dans la synagogue, Jésus enseignait. » Autrement dit, Jésus fréquentait la synagogue le samedi, une pratique éminemment judaïque, et utilisait une technique propre aux écoles rabbiniques pour enseigner les Écritures : les paraboles. Enfin, il suivait les coutumes judaïques et s'habillait même comme un juif.

— Comment pouvez-vous le savoir ?

— Il suffit, ma chère, de lire les Évangiles. Matthieu indique, chapitre 9, verset 20, qu'une femme s'approcha de Jésus et « toucha le bord de son manteau », et Marc, chapitre 6, verset 56, signale que les malades « le suppliaient de les laisser toucher ne fût-ce que la frange de sa cape ». Le bord de son manteau ? La frange de sa cape ? De quoi parlaient-ils donc ? Il s'agit évidemment du *tallit*, le vêtement de prière porté par les juifs pieux dont la frange, ou *tzitztit*, était munie d'un fil de pourpre violette pour rappeler à la fois le caractère sacré de la communauté et les commandements de Dieu, comme il est dit dans les *Nombres*, l'un des livres de l'Ancien Testament.

En d'autres termes, Jésus s'habillait comme un juif pieux.

— Vous me parlez de coutumes, argumenta Valentina. J'admets qu'elles étaient entièrement judaïques. Après tout, Jésus vivait parmi des juifs, c'est vrai. Mais ce qui distingue le Christ des juifs ce sont ses enseignements…

Tomás désigna la bible qu'il tenait entre ses mains.

— Contrairement à ce que vous pensez, les coutumes judaïques constituent une partie centrale des enseignements de Jésus, rétorqua-t-il. Les Évangiles le présentent souvent en train de commenter des questions liées aux coutumes. Les vêtements ne sont qu'un exemple. Dans Matthieu, chapitre 23, verset 5, Jésus critique les pharisiens parce qu'ils « élargissent leurs phylactères et allongent leurs franges », laissant entendre que ses propres phylactères, ou *tefillin*, étaient étroites et que les franges de son manteau, ou *tzitzit*, étaient courtes.

— Ah ! Donc Jésus était en désaccord avec les juifs !

— Valentina, il s'agit là d'une discussion banale entre juifs ! Les juifs discutaient, et discutent encore, avec beaucoup de passion de ce genre de choses ! D'aucuns pensent que les *tzitzit* doivent être longs, d'autres jugent qu'ils doivent être courts. Certains considèrent que les petits rouleaux de parchemin, ou phylactères, contenant la copie des passages essentiels de la Loi, doivent être larges, comme un signe de dévotion, et d'autres estiment au contraire que ces rouleaux doivent être étroits, comme une preuve d'humilité. Jamais il ne serait venu à l'esprit d'un Romain ou de n'importe quelle autre personne qui n'était pas juive de commenter les *tzitzit* ou les phylactères d'un juif. C'est là une chose que seul un juif pouvait faire.

Vous comprenez ? Le fait que Jésus débatte de ce genre de question apporte justement la preuve qu'il était juif jusqu'au bout des ongles !

L'Italienne n'était pas encore convaincue.

— Attendez un peu ! Il y avait des coutumes judaïques qu'il ne respectait pas ! La question de la nourriture, par exemple. Il me semble que Jésus a réfuté les Écritures lorsqu'il a déclaré qu'il n'y avait pas d'aliments impurs...

Tomás chercha dans sa bible.

— Cela se trouve dans Marc, dit-il en repérant le passage. Chapitre 7, verset 18, Marc cite Jésus disant : « Vous aussi, êtes-vous donc sans intelligence ? Ne savez-vous pas que rien de ce qui pénètre de l'extérieur dans l'homme ne peut le rendre impur, puisque cela ne pénètre pas dans son cœur, mais dans son ventre, puis s'en va dans la fosse ? » Puis Marc conclut : « Il déclarait ainsi que tous les aliments sont purs. »

— C'est exactement ça. Jésus contredit bien ici les Écritures, non ?

— Pas nécessairement, rétorqua l'historien. Il y a d'ailleurs de bonnes raisons de douter que Jésus ait déclaré que tous les aliments étaient purs, réfutant ainsi l'Ancien Testament.

— Allons donc ! Pourquoi dites-vous cela ?

— Parce que cette déclaration n'est pas contenue dans une citation de Jésus, mais dans un commentaire de Marc. D'autre part, ce commentaire est contredit par d'autres textes du Nouveau Testament. L'universitaire chercha le passage. Matthieu, par exemple, chapitre 15, verset 17, cite Jésus interrogeant son auditoire : « Ne savez-vous pas que tout ce qui pénètre dans la bouche passe par le ventre, puis est rejeté dans la fosse ? Mais ce qui sort de la bouche provient du cœur, et c'est cela qui rend l'homme impur. » (Tomás tourna quelques pages.) Le plus important, c'est ce que Luc dit dans les Actes des Apôtres, chapitre 10, verset 14, quand, après la mort de Jésus, une voix ordonne à Pierre de manger des aliments impurs et que l'apôtre répond : « Jamais, Seigneur ! [...] Car de ma vie je n'ai rien mangé d'immonde ni d'impur. » Autrement dit, Pierre ne consommait que de la viande casher. Si Jésus avait vraiment décrété que tous les aliments étaient purs, Pierre n'aurait pas refusé d'en manger. Mais il l'a fait. Donc, Jésus n'en mangeait sans doute pas non plus.

— Dans ce cas, comment expliquez-vous que Marc fasse réfuter par Jésus la consommation d'aliments impurs proscrite par l'Ancien Testament ?

— C'est une rétroaction.

— Une rétro... quoi ?

— Le débat portant sur la consommation d'aliments interdits était d'une brûlante actualité à l'époque où le rédacteur de Marc a composé l'Évangile. Le message chrétien n'attirait guère les autres juifs, aux yeux desquels il semblait ridicule d'affirmer qu'un simple rabbin de Galilée, qui avait été crucifié comme un vulgaire bandit, fût le puissant Messie prophétisé par les Saintes Écritures. Mais ce message séduisait de nombreux païens, ces païens polythéistes opposés au monothéisme des juifs. Ce qui souleva un nouveau problème. Ces païens étaient-ils tenus d'observer toutes les règles du judaïsme ? Les trois questions concernant la consommation d'aliments interdits, le fait de travailler le samedi et l'impératif de la circoncision passèrent au premier plan dans la communauté des chrétiens. Certains groupes de juifs chrétiens soutenaient que les règles judaïques devaient être maintenues, tandis que d'autres considéraient que non. Il est évident que nombre de païens aimaient manger du porc, souhaitaient travailler le samedi, et ne voulaient surtout pas qu'on pratiquât la circoncision une semaine après la naissance des garçons. Ainsi, l'observation de ces trois rituels ne faisait que les décourager d'adhérer au mouvement. Il devint donc essentiel de supprimer ces règles qui rebutaient les païens. Voilà pourquoi l'obligation de la circoncision tout comme l'interdiction de consommer des aliments impurs et de travailler le samedi finirent par être abolies. Mais comment légitimer théologiquement cette abolition ? Le meilleur moyen, bien entendu, était d'attribuer la décision à Jésus lui-même. C'est ce que Marc a fait.

Valentina fronça le sourcil.

— Les évangélistes pouvaient-ils se permettre de faire une telle chose ?

Tomás rit.

— Les rétroactions sont monnaie courante dans les Évangiles, confirma-t-il. Par exemple, Luc fait dire à Jésus, chapitre 21, verset 20 : « Quand vous verrez Jérusalem encerclée par les armées, sachez alors que l'heure de sa dévastation est toute proche. » Or, les Romains ont assiégé et détruit Jérusalem en l'an 70, événement qui s'était déjà produit lorsque Luc a rédigé son texte. Connaissant cette catastrophe historique, l'évangéliste l'a fait prophétiser par Jésus. Il s'agit là d'une rétroaction. Quand les prophéties sont écrites après l'événement, la prophétie et l'événement ont évidemment tendance à coïncider. Voilà pourquoi, dans les Évangiles, nous voyons Jésus donner des réponses à des problèmes qui n'étaient pas de son temps, mais de celui des évangélistes eux-mêmes.

— C'est donc le cas pour la question des aliments impurs ?

— Tout à fait. Ce débat n'était pas d'actualité à l'époque de Jésus, mais il le devint au temps des rédacteurs évangéliques. Dans l'épître aux Galates,

Paul évoque même un désaccord avec Pierre justement à propos de la nourriture casher. Paul écrit, chapitre 2, verset 12 : « [...] avant que soient venus des gens envoyés par Jacques, il prenait ses repas avec les païens ; mais, après leur arrivée, il se mit à se dérober et se tint à l'écart, par crainte des circoncis [...]. » Pierre se justifie, verset 15 : « Nous sommes, nous, des juifs de naissance et non pas des païens, ces pécheurs. » Cela signifie que Pierre, qui a côtoyé Jésus, tenait à observer les règles judaïques concernant l'alimentation. Ce qui laisse entendre que Jésus les respectait également.

L'Italienne fronça le sourcil, une objection lui venant à l'esprit.

— Très bien, Pierre observait les règles de l'alimentation casher, concéda-t-elle. Mais Paul, non. Or Paul était également un apôtre. Par conséquent, si Paul ne respectait pas le rituel de la pureté alimentaire, pourquoi ne pas admettre qu'il suivait en cela l'exemple de Jésus ?

L'historien sourit et secoua la tête.

— Parce que Paul n'a jamais fréquenté Jésus.

— Allons donc ! s'exclama-t-elle. C'était pourtant bien un apôtre...

— En effet, mais Paul est le seul des apôtres à n'avoir jamais rencontré Jésus personnellement, expliqua-t-il. Paul ne s'est converti qu'après avoir eu une vision de Jésus, sur le chemin de Damas, qu'on date approximativement de l'an 32, c'est-à-dire deux ans après la crucifixion du Messie. C'est le seul contact qu'il ait eu avec Jésus et qui lui a permis de revendiquer le statut d'apôtre. Plus tard, il s'est rendu à Jérusalem et a rencontré Pierre et Jacques, le frère de Jésus. Ce qu'il savait de la vie de Jésus, il le tenait donc de la bouche de Pierre et de Jacques, non de son expérience personnelle. Autrement dit, lorsque Paul entre en désaccord avec Pierre, c'est la position de ce dernier qui est probablement la plus représentative de celle de Jésus. Si Pierre répugnait à manger avec les païens, alors que Paul y consentait, cela signifie que Jésus y aurait sans doute répugné également. D'ailleurs, il est intéressant de noter que, dans cette querelle avec Pierre, Paul n'invoque pas l'exemple de Jésus. Si Paul avait su que Jésus n'observait pas les règles de la pureté alimentaire, il aurait immanquablement usé de cet argument pour convaincre Pierre. Or, il ne l'a pas fait, indice certain qu'il ne connaissait pas la position de Jésus sur ce sujet ou qu'il avait conscience que celui-ci n'était pas favorable à la consommation d'aliments impurs, bien qu'il ait sans doute cherché à dépasser le ritualisme de ces pratiques.

Arnie Grossman, qui jusque-là avait suivi la conversation en silence, se redressa.

— Bien, nous avons compris que Jésus observait les règles de l'alimentation casher, dit-il, désireux de faire avancer le débat. Mais que voulez-vous prouver par là ?

— Je suis en train de vous dire que les principales disputes évoquées dans les Évangiles entre Jésus et les pharisiens portent essentiellement sur les interdictions de consommer des aliments impurs et de travailler le samedi, lesquelles, curieusement, constituent deux des trois principales questions débattues au sein de la communauté chrétienne à l'époque où furent rédigés les Évangiles.

— Ce pourrait être une simple coïncidence ?

— Bien sûr que non ! La prédominance de ces polémiques dans les Évangiles ne reflète pas nécessairement les débats au temps de Jésus, mais les controverses postérieures, à l'époque où les païens hésitaient à adhérer au mouvement. Ce que les évangélistes visaient avant tout, c'était à rassurer les païens, prêtant à Jésus des paroles qui leur permettaient de travailler le samedi et de consommer des aliments impurs, comme ils avaient l'habitude de le faire. Si ces interdictions judaïques avaient été maintenues, il est probable qu'une grande majorité des païens auraient abandonné le mouvement.

— Je comprends...

— Les évangélistes ont truffé leurs textes de toutes les histoires qu'ils avaient sous la main, afin de présenter un Jésus qui contredisait les Écritures au sujet de ces deux questions. Le problème, c'est qu'ils n'ont pas déniché grand-chose. Nulle part, à l'exception de cette rétroaction de Marc à propos de l'alimentation casher, nous ne voyons Jésus remettre en cause la loi judaïque. Il se contente de faire comme tous les juifs, ceux de son temps et ceux d'aujourd'hui, c'est-à-dire de discuter des modalités concernant l'application de la Loi, mais pas de la Loi elle-même. Les évangélistes ont cherché à tout prix à entretenir des polémiques, en s'accrochant désespérément à tout ce qu'ils pouvaient. Ils l'ont fait au sujet des aliments impurs, mais aussi du samedi.

— Selon vous, Jésus n'aurait pas remis en question le travail le samedi ?

— Bien sûr que non. L'Exode, par exemple, interdit le travail le samedi, mais que faut-il entendre au juste par *travail* ? C'est ici que commencent les divergences. Comme vous le savez, certains juifs disent que ramasser des épis pour les manger n'est pas un travail, d'autres considèrent que oui. Tout comme les autres juifs, Jésus avait ses opinions sur le sujet. Marc évoque les disciples de Jésus ramassant des épis le samedi, ce qui suscite des doutes chez les pharisiens. Jésus répond au chapitre 2, verset 25 par une exception signalée dans les Écritures : « Vous n'avez donc jamais lu ce qu'a fait David lorsqu'il s'est trouvé dans le besoin et qu'il a eu faim, lui et ses compagnons [...] ? » Il s'agit d'une allusion à un épisode où David et ses hommes travaillèrent le samedi parce qu'ils avaient faim. Ainsi, Jésus n'a jamais mis en cause le fait que le samedi était un jour sacré. Il s'interroge seulement sur ce qu'on peut faire ou non le samedi. Mais il est important de souligner que chez les juifs il était normal de discuter ces règles précises. Même les pharisiens n'étaient pas d'accord entre eux à propos de l'arrêt complet de tout travail le samedi, tout comme ils n'étaient pas d'accord sur ce point et sur d'autres avec les sadducéens, ce parti religieux qui se recrutait principalement parmi les prêtres, pactisant avec l'occupant romain et attaché exclusivement à la Loi écrite. Il y a également des textes d'auteurs juifs, comme Philon d'Alexandrie, qui s'interrogent sur ce qu'il est permis ou non de faire le samedi. Bien que ces débats nous paraissent oiseux aujourd'hui, ils étaient monnaie courante parmi les juifs de l'époque.

— Et le divorce ? intervint Valentina, revenant à la charge. Les Écritures l'acceptent, mais Jésus l'interdit. Ou est-ce que vous le niez ?

— Non, je ne nie rien du tout, répliqua Tomás, en feuilletant à nouveau sa bible. Il est vrai que Jésus interdit le divorce, mais il le fait exclusivement dans le cadre des Écritures elles-mêmes. Il suffit de considérer comment Marc pose le problème lorsque Jésus est interrogé chapitre 10, versets 2 à 9 : « Des Pharisiens s'avancèrent et, pour lui tendre un piège, ils lui demandaient s'il est permis à un homme de répudier sa femme. Il leur répondit : "Qu'est-ce que Moïse vous a prescrit ?" Ils dirent : "Moïse a permis d'*écrire un certificat de répudiation* et de renvoyer sa femme." Jésus leur dit : "C'est à cause de la dureté de votre cœur qu'il a écrit pour vous ce commandement. Mais au commencement du monde, *Dieu les fit mâle et femelle ; c'est pourquoi l'homme quittera son père et sa mère et s'attachera à sa femme, et les deux ne feront qu'une seule chair.* Ainsi ils ne sont plus deux, mais une seule chair. Que l'homme donc ne sépare pas ce que Dieu a uni." » Autrement dit, Jésus dit que Moïse n'a permis le divorce qu'à cause « de la dureté de votre cœur », et non pas parce que le divorce était en soi une chose sacrée. Considérant que la question mettait en cause la volonté de Dieu, Jésus établit que c'était l'union bénie par Dieu qui était sacrée, et non le droit au divorce. Ce qui, une fois de plus, est une interprétation typiquement judaïque. Les manuscrits de la mer Morte montrent que les esséniens, une autre communauté juive contemporaine du Christ, avaient des positions similaires concernant le mariage et le divorce. Il y avait des juifs qui défendaient des interprétations libérales et d'autres qui penchaient vers des interprétations conservatrices. En l'occurrence, Jésus a opté pour l'approche conservatrice.

Une fois encore, Valentina croisa et décroisa les jambes dans un mouvement d'impatience.

— Bon, bon, concéda-t-elle du bout des lèvres. Jésus était juif par ses coutumes. Je vous l'accorde. Mais le message qu'il nous a transmis ne se réduit pas à ces questions d'alimentation et de travail le jour du sabbat ?

— Bien sûr que non, admit l'historien. Il est vrai que ces sujets dominent les débats qu'il entretient avec les pharisiens tout au long des Évangiles. Mais il est évident que Jésus aborde également d'autres questions. Certaines d'entre elles relèvent de la plus haute importance en termes d'éthique et de théologie.

— Ah ! s'exclama-t-elle, sur un ton triomphant. C'est bien ce que je disais ! Jésus aborde des questions de fond. Et c'est justement par ces questions qu'il s'est détaché du judaïsme pour fonder le christianisme !

Tomás inspira profondément et regarda Grossman, qui restait silencieux. Puis il observa à nouveau l'Italienne et réfléchit à la réponse qu'il devait lui donner. Il pouvait choisir de se montrer conciliant et diplomatique, mais cela exigeait un gros effort d'imagination, dont il ne se sentait plus capable à une heure si tardive. Le mieux, c'était de faire court et d'être direct, quitte à se montrer un peu abrupt.

— Ma chère, dit-il. Vous n'avez donc toujours pas compris l'ultime conséquence du fait que Jésus était juif ?

— Un juif qui a fondé le christianisme.

— Non, insista Tomás avec une pointe d'impatience. Le Christ n'était pas chrétien.

XXXVI

La nuit était tombée sur Jérusalem. Profitant de l'obscurité, Sicarius s'approcha prudemment de la terrasse de l'hôtel, prenant garde à ne pas être repéré. Il aperçut trois personnes en train de discuter, et les observa longuement. Il y avait une femme et deux hommes ; le visage de l'un d'eux correspondait à la photographie que le maître lui avait envoyée.

— Tomás Noronha, murmura-t-il.

S'étant assuré que l'historien était occupé, Sicarius s'enfonça à nouveau dans l'obscurité. Il traversa la rue, passa près de l'étroit escalier qui conduisait à la librairie, fermée à cette heure, et pénétra dans la zone résidentielle de l'American Colony.

— Quinze, murmura-t-il. Chambre quinze.

Il s'avança dans l'ombre à la recherche de la chambre de Tomás. Obtenir le numéro avait été chose aisée. Il lui avait suffi de s'installer discrètement dans le hall de la réception au cours de l'après-midi, et d'attendre que sa cible arrivât et demandât la carte de sa chambre. Le réceptionniste lui avait remis le passe numéro quinze.

Avançant dans l'obscurité, Sicarius distingua la porte treize, puis la quatorze, et arriva enfin devant la quinze. Il jeta un regard circulaire pour s'assurer que personne ne l'observait. D'un geste prompt, il tira de sa poche le double de la carte qu'il avait dérobé dans le local des employés de service et ouvrit la porte.

Sans perdre de temps, Sicarius entra dans la chambre, referma la porte et alluma une lampe torche. Le faisceau lumineux balaya la pièce. C'était la première fois qu'il voyait une chambre de l'American Colony et il fut surpris ; il n'imaginait pas que ce fût si spacieux.

Il quadrilla méthodiquement l'espace, sondant les moindres recoins. Il inspecta la salle de bains, l'armoire, le balcon et jusqu'au minibar. Il lui fallait choisir l'endroit le plus approprié pour se cacher. Le faisceau de la lampe oscillait d'un point à l'autre, répondant à l'agitation de Sicarius.

— Malédiction, marmonna-t-il. J'allais oublier !

Il s'approcha du large lit et l'examina. Il plongea la main dans sa poche et en sortit une feuille de papier. Il la déplia pour s'assurer de son contenu. C'était bien celui-là.

Veritaten dies aperit

I:XV

Il fit un pas vers le lit et posa la feuille de papier sur la table de chevet, juste à côté de la lampe. Il recula et considéra la position de la feuille. Tout était parfait. Il valait mieux tout préparer d'avance et dans le calme ; une fois qu'il aurait terminé, la précipitation pourrait perturber son jugement. Or il lui semblait important de régler avant tout le problème du message.

Il reprit la lampe torche et consulta les instructions que lui avait envoyées le maître. Il ne voulait pas commettre d'erreurs et tenait à tout mémoriser.

Il revint ensuite au centre de la chambre et reprit son balai de lumière. Où diable allait-il se cacher ?

— J'ai trouvé !

Il avait enfin répéré l'endroit approprié pour l'attendre. Oui, on ne peut plus approprié. Ah, comme il était impatient que le moment arrivât ! Aucun doute, cette cachette était... parfaite.

XXXVII

Le doigt de Valentina était pointé sur Tomás et tremblait d'indignation.

— Savez-vous ce que vous êtes ? rugit-elle. L'Antéchrist !

L'historien se mit à rire.

— Moi ?

— Oui. L'Antéchrist ! (Elle leva les yeux en l'air et s'adressa directement au Très-Haut.) Mon Dieu, pourquoi m'as-tu envoyé cette maudite créature ? Est-ce une épreuve ? Un test pour éprouver ma foi ? Cet homme… ce démon semble résolu à démolir tout ce qu'on m'a enseigné ! Voilà à présent qu'il proclame que le Christ n'était pas chrétien ! Seigneur, éloigne-moi de lui !

Malgré son discours théâtral, elle semblait parler sérieusement. Ne sachant comment réagir, Tomás se remit à rire ; il valait mieux selon lui prendre la chose avec humour.

— Si vous voulez, je me tais.

— Alléluia ! exulta-t-elle, en levant les bras comme pour remercier le ciel. Alléluia ! (Elle l'observa.) Je crois effectivement qu'il vaut mieux que vous vous taisiez ! J'en ai assez de vous entendre !

Arnie Grossman s'agita sur le canapé.

— Un instant ! s'exclama-t-il. Ce n'est pas si simple.

J'ai besoin de savoir pour quelle raison les sicaires pointent les fraudes commises dans le Nouveau Testament. Cette explication peut être décisive pour identifier celui qui se trouve derrière ces homicides...

Le regard indécis de Tomás flotta entre l'Israélien et l'Italienne.

— Alors, qu'est-ce que je fais ? s'enquit-il. Je continue ou je me tais ? Décidez-vous !

Valentina soupira, résignée.

— Poursuivez.

L'historien marqua une pause afin de remettre en ordre ses idées et chercha le meilleur moyen de les exposer.

— Bien, pour avoir la réponse à cette question, il est essentiel que vous compreniez que Jésus était juif à cent pour cent.

— Uniquement dans le cadre des coutumes, intervint Valentina. Dans le domaine de l'éthique et de la théologie, que vous le vouliez ou non, il a apporté des innovations qui ont fondé le christianisme.

Tomás la regarda intensément.

— Quelles innovations ? Savez-vous quel était le thème central dans la prédication de Jésus ?

— Aimer son prochain.

L'historien se tourna vers Arnie Grossman.

— Quel est le dogme fondamental du judaïsme, la profession de foi de votre religion ?

— La prière du *Shema*, sans le moindre doute, rétorqua-t-il aussitôt. (Et, afin d'illustrer son propos, l'inspecteur israélien se couvrit les yeux avec la main droite et entonna la prière, comme il le faisait tous les samedis dans sa synagogue ou devant le mur des Lamentations.) « Écoute, Israël ! Le Seigneur notre Dieu est le Seigneur Un ! Tu aimeras le Seigneur ton Dieu de tout ton cœur, de tout ton être, de toute ta force ! »

Tandis que Grossman récitait la prière, Tomás feuilletait sa bible à la recherche du passage.

— La prière du *Shema* est formulée dans le Deutéronome, chapitre 6, verset 4, dit-il. Maintenant, permettez-moi de vous lire ce qui est écrit dans l'Évangile selon saint Marc, chapitre 12, versets 28 à 30 : « Un scribe s'avança. Il les avait entendus discuter et voyait que Jésus leur avait bien répondu. Il lui demanda : "Quel est le premier de tous les commandements ?" Jésus répondit : "Le premier, c'est : *Écoute, Israël ! Le Seigneur notre Dieu est le seul Seigneur ; tu aimeras le Seigneur ton Dieu de tout ton cœur, de toute ton âme, de toute ta pensée et de toute ta force !*" » (L'historien pointa le verset du doigt.) Autrement dit, lorsqu'on lui demande quelle est sa profession de foi, Jésus ne parle pas de l'amour du prochain. Sa profession de foi est la prière du *Shema*, l'amour de Dieu et l'affirmation du monothéisme. Voilà le credo principal de Jésus. C'est le credo d'un juif à cent pour cent.

Valentina prit l'exemplaire de la bible que le Portugais tenait ouvert dans ses mains et vérifia le texte.

— D'accord, Jésus dit que le premier de tous les commandements est la prière du *Shema*, admit-elle. Mais vous n'avez pas tout lu ! Écoutez ce que Jésus affirme ensuite : « Voici le second : *Tu aimeras ton prochain comme toi-même.* Il n'y a pas d'autre commandement plus grand que ceux-là. » (L'Italienne triomphait.) Vous voyez ? Vous voyez ? C'est vrai que Jésus met l'amour de Dieu au-dessus de tout, comme les juifs. Mais aussitôt après il introduit une innovation théologique. Il établit l'amour du prochain comme le deuxième plus grand commandement ! Voilà l'innovation ! C'est cette idée qui fonde le christianisme !

L'historien garda le regard rivé sur elle.

— Vous en êtes sûre ?

— Bien sûr que je le suis. Jésus a enseigné l'amour du prochain. C'est cet enseignement qui distingue le christianisme du judaïsme ! Le Dieu des juifs est cruel et vindicatif, alors que le Dieu de Jésus est bon et plein de compassion. L'Ancien Testament parle de la justice de Dieu, le Nouveau Testament nous apporte l'amour de Dieu ! C'est là la grande révolution de Jésus ! L'amour de Dieu, l'amour du prochain. (Valentina fit un grand geste, désignant les gens tout autour.) Tout le monde le sait !

Tomás se remit à feuilleter sa bible.

— Ah, oui ? demanda-t-il avec une pointe d'ironie. Eh bien, regardons ce qui est écrit dans l'Ancien Testament. Il repéra le passage. Dieu dit à Moïse dans le Lévitique, chapitre 19, verset 18 : « [...] ne te venge pas et ne sois pas rancunier à l'égard des fils de ton peuple ; c'est ainsi que tu aimeras ton prochain comme toi-même. C'est moi, le Seigneur. » (Tomás leva la tête.) Alors ?

Valentina observa les pages de la bible d'un air affolé.

— Eh bien... c'est-à-dire que...

— Vous venez de me dire que l'innovation de Jésus était l'amour. Mais en réalité le Livre saint des juifs parle déjà de l'amour. Alors, qu'en est-il ? Jésus a-t-il innové ou bien s'est-il borné à répéter un commandement de la Loi de Moïse ?

— Bon... en effet, bredouilla-t-elle. Mais... les Écritures judaïques n'accordent pas à l'amour la place que Jésus lui donne. Voilà l'innovation.

L'historien referma la bible et la posa sur ses genoux.

— Quelle place ? questionna-t-il. Savez-vous combien de fois apparaît le mot *amour* dans l'Évangile de Marc ? Une fois ! Cette phrase mentionnée dans Marc, chapitre 12, verset 31, est la *seule* dans cet Évangile où Jésus parle de l'amour du prochain !

— Mais... ce n'est donc pas là l'innovation de Jésus ?

— Quelle innovation ? insista Tomás. Vous devez comprendre que Jésus s'est contenté de faire ce que n'importe quel autre juif faisait et fait encore. (Il désigna le livre.) Vous savez, l'Ancien Testament contient des textes pour tous les goûts. Certains juifs privilégient telles lectures, d'autres préfèrent telles autres. Jésus a fait ses choix. Mais il est important que vous compreniez qu'il n'a rien inventé du tout. Tout ce qu'il a dit relève du cadre exclusif du judaïsme. Jésus a privilégié l'amour ? À la lumière de ce qui est écrit dans l'Évangile selon saint Marc, le plus ancien des Évangiles, cette affirmation est très contestable. Et, même si nous l'admettons, il est important de rappeler que d'autres juifs ont également privilégié l'amour. Le célèbre rabbin Hillel a résumé les Saintes Écritures par cette observation : « Ne fais pas aux autres ce que tu ne voudrais pas qu'on te fasse ; tout le reste n'est que commentaire, lisez et apprenez. » Jésus était un juif de Palestine qui vivait selon les coutumes judaïques, croyait au Dieu judaïque et enseignait la loi judaïque. Il ne s'est pas détourné du judaïsme ne serait-ce que d'un millimètre !

L'Italienne secoua la tête, refusant d'admettre cette idée.

— Ce n'est pas vrai ! s'exclama-t-elle. Ce que Jésus prêchait était en rupture avec le judaïsme ! J'en suis absolument certaine ! D'accord, l'enracinement de Jésus dans la religion de l'Ancien Testament ne fait aucun doute, mais la tradition évangélique serait inexplicable s'il n'y avait pas eu des tensions entre Jésus et son milieu et si Jésus n'avait pas tenu quelques positions originales, allant à l'encontre du judaïsme commun. Il a tout de même rénové ou réformé certains aspects de la loi judaïque !

Comprenant qu'il lui fallait recourir à l'artillerie lourde, Tomás ouvrit de nouveau sa bible.

— Vous croyez vraiment ? demanda-t-il. Alors écoutez ce que dit Jésus dans l'Évangile selon saint Luc, chapitre 16, verset 17 : « Le ciel et la terre passeront plus facilement que ne tombera de la Loi une seule virgule. » Autrement dit, Jésus défend l'application de la loi judaïque jusqu'à la dernière virgule ! Par ailleurs, Jésus dit dans l'Évangile de Jean, chapitre 10, verset 35 : « Or nul ne peut abolir l'Écriture. » En d'autres termes, l'Ancien Testament n'est ni réformable ni abrogeable ! Et dans l'Évangile selon saint Matthieu, chapitre 5, versets 17 et 18, Jésus dit encore : « N'allez pas croire que je sois venu abroger la Loi ou les Prophètes : je ne suis pas venu abroger, mais accomplir. Car, en vérité je vous le déclare, avant que ne passent le ciel et la terre, pas un *i*, pas un point sur l'*i* ne passera de la loi, que tout ne soit arrivé. » Ainsi, Jésus dit non seulement qu'il n'est pas venu pour réformer la loi judaïque, mais encore que celle-ci sera respectée jusqu'au dernier iota ! (L'universitaire portugais fixa son regard sur l'Italienne.) Maintenant, répondez-moi : pensez-vous que ces paroles soient celles de quelqu'un qui veut changer la loi judaïque ?

Valentina s'affala sur le canapé, dans une attitude de complète démission.

— Eh bien, en effet... murmura-t-elle. (Elle remua la tête, comme si elle essayait d'agencer toutes les pièces éparses dans sa tête.) Mais, s'il en est vraiment ainsi, sur quoi repose le christianisme ? Je ne comprends plus…

— L'étrange vérité est que le christianisme ne repose pas sur la vie de Jésus, ni sur ses enseignements, dit-il. Jésus était un juif de Galilée qui respectait et prêchait la loi judaïque. Il y avait des points indiscutables dans cette Loi, mais d'autres restaient ouverts aux interprétations. Certains juifs libéraux l'interprétaient de telle manière, d'autres plus conservateurs l'interprétaient différemment. Les pharisiens, par exemple, étaient conservateurs.

— Et Jésus ?

— Il l'était également. C'est d'ailleurs pour cette raison qu'il existait une rivalité entre lui et les pharisiens. C'était à qui interpréterait la Loi de la manière la plus stricte. Les pharisiens prenaient la Loi à la lettre, Jésus s'attachait aussi à l'esprit de la Loi. Cela ressort bien dans le Sermon sur la montagne, où Jésus cite la Loi, puis formule ce qu'il considère en être l'esprit. Par exemple, les hommes ne doivent pas commettre de meurtre, mais ils ne doivent pas non plus se mettre en colère contre leurs frères ; ils ne doivent pas commettre d'adultère, mais ils doivent également éviter la convoitise ; ils ne doivent pas seulement aimer leur prochain, ils doivent aussi aimer leurs ennemis. C'est comme si Jésus avait été en concurrence avec les autres juifs. Suivre simplement la Loi à la lettre ne lui suffisait pas. Il prenait la Loi judaïque tellement au sérieux qu'il en arrivait à vouloir respecter l'intention qui l'animait.

Valentina prit un air songeur.

— C'est pourquoi il ne se mettait jamais en colère et vivait dans la plus grande austérité.

Tomás la regarda un court instant, se demandant

s'il devait ou non la contredire. Il décida finalement de lui révéler toute la vérité.

— Désolé de vous décevoir encore une fois, mais Jésus était tout sauf austère, dit-il. Il y a un passage dans Matthieu et dans Luc où Jésus compare l'austérité de Jean-Baptiste et son propre laxisme. Dans Matthieu, chapitre 11, verset 18, il dit : « En effet, Jean est venu, il ne mange ni ne boit, et l'on dit : Il a perdu la tête. Le fils de l'homme est venu, il mange, il boit, et l'on dit : Voilà un glouton et un ivrogne, un ami des collecteurs d'impôts et des pécheurs ! » Autrement dit, Jésus reconnaît qu'il aimait picoler et qu'il avait un sacré coup de fourchette !

L'Italienne rit.

— Un bon vivant, alors !

— Et il y a des indices laissant entendre qu'il lui arrivait de se mettre en colère, même s'il prêchait l'inverse.

Le sourire de Valentina s'effaça.

— Quoi ? Je n'en ai jamais entendu parler…

Tomás repéra le passage dans sa bible.

— C'est dans l'Évangile selon saint Marc, dit-il, chapitre 1, versets 40 et 41 : « Un lépreux s'approche de lui ; il le supplie et tombe à genoux en lui disant : "Si tu le veux, tu peux me purifier." Pris de pitié, Jésus étendit la main et le toucha. Il lui dit : "Je le veux, sois purifié." »

— Je ne vois rien qui indique que Jésus se soit mis en colère, observa l'Italienne. Au contraire, il est pris de pitié.

— Cette traduction emploie un mot grec qui apparaît dans la majorité des manuscrits, *splangnistheis*, ou *pris de pitié*. Le problème, c'est qu'il existe d'autres manuscrits qui emploient le mot *orgistheis*, ou *irrité*.

— Peut-être, mais dire que Jésus s'irrite à la vue

d'un lépreux n'a pas de sens, argumenta-t-elle. Alors que dire qu'il est pris de pitié en a un.

— C'est vrai, admit Tomás. Tout comme il est vrai que l'expression *pris de pitié* est employée dans la plupart des textes. Le problème, c'est que le mot *irrité* figure dans l'un des plus anciens manuscrits existants, le *Codex Bezae*, datant du Ve siècle. Qui plus est, le même mot est également mentionné dans trois manuscrits en latin traduits à partir de copies du IIe siècle, alors que *pris de pitié* apparaît pour la première fois dans des manuscrits de la fin du IVe siècle. Face à cette impasse, quelle est la lecture la plus embarrassante pour les chrétiens ?

— Eh bien… *irrité* est l'expression la plus embarrassante.

— « *Proclivi scriptioni praestat ardua* », récita-t-il. « La lecture la plus difficile vaut mieux que la plus facile. » Il s'agit d'un principe élémentaire d'analyse historique des documents. Il est plus logique qu'un copiste ait transformé *irrité* en *pris de pitié* que l'inverse. Si le copiste a gardé le terme *irrité*, bien qu'embarrassant, c'est sans doute parce qu'il s'agit du mot originalement écrit par l'auteur de Marc. Il est impossible d'en être sûr, évidemment, mais cette interprétation est renforcée par le fait que Matthieu et Luc ont copié ce passage de Marc mot à mot, supprimant uniquement la réaction de Jésus. Matthieu et Luc ne disent pas que Jésus a été pris de pitié ou qu'il s'est irrité. Ils omettent purement et simplement la réaction. Cela indique donc qu'ils n'ont pas apprécié le mot originalement employé par Marc pour décrire la réaction de Jésus devant le lépreux. Si l'expression avait été *pris de pitié*, Luc et Matthieu n'auraient eu aucune raison d'en être embarrassés ni de la supprimer. Mais si le mot original était *irrité*, on comprend alors qu'ils l'aient supprimé. (L'historien referma la bible.) Du reste, ce n'est pas la seule situation où Jésus se fâche. Il suffit de se rappeler la colère qu'il a piquée à Jérusalem lorsqu'il s'est rendu au Temple, un épisode bien connu des Évangiles.

Arnie Grossman consulta sa montre et, constatant l'heure avancée, se pencha en avant dans l'intention de se lever.

— Bien, mes amis, il se fait tard ! s'exclama-t-il. Peut-être pourrions-nous continuer cette conversation en dînant ? (Il désigna Tomás.) Car vous n'avez toujours pas répondu à ma question : pourquoi les sicaires auraient-ils laissé ces messages codés près des cadavres des victimes ?

Valentina et Tomás se levèrent à leur tour. L'historien haussa les épaules et pointa l'Italienne du doigt.

— Si cela ne tenait qu'à moi, j'aurais déjà répondu à votre question, répondit-il. Le problème, c'est que Mlle Ferro ne comprendra pas la réponse si elle n'est pas au courant d'un certain nombre de choses.

— Moi ? s'étonna Valentina. C'est ma faute maintenant !

Tomás regarda l'Israélien.

— Je vous rejoins au restaurant, indiqua-t-il. Je vais me changer dans ma chambre et j'arrive.

— J'y vais aussi, s'empressa d'ajouter Valentina en prenant son sac à main. (Elle s'adressa à Tomás.) J'espère qu'en chemin vous répondrez à ma question.

— Laquelle ?

— Si le christianisme ne repose pas sur la vie de Jésus ni sur de nouveaux enseignements concernant les Saintes Écritures, rappela-t-elle, sur quoi repose-t-il alors ?

Tomás indiqua la petite croix en argent qu'elle portait autour du cou.

— Il repose sur la mort de Jésus.

Dans un réflexe quasi instinctif, l'Italienne porta la main à la gorge et caressa la petite croix.

— Sur sa mort ? Excusez-moi, mais elle n'est qu'un aspect du christianisme.

Avant de se tourner vers la porte du hall pour rejoindre sa chambre, l'historien lui répondit :

— La mort de Jésus, ma chère, est la clé de tout.

XXXVIII

La nuit sur Jérusalem était chaude et étouffante. Tomás et Valentina quittèrent le hall de l'American Colony et sortirent dans la rue, un étroit passage privé, cherchant du regard la zone résidentielle de l'hôtel. Les chambres étaient situées de l'autre côté de la rue, au milieu de la verdure.

— Je ne comprends pas ce que vous venez de me dire, observa l'Italienne. La mort de Jésus est la clé de tout ?

Tomás leva les yeux au ciel et contempla les myriades d'étoiles.

— Sans doute avez-vous déjà entendu à la messe les prêtres dire que Jésus est mort pour nous sauver ?

— Oui, bien sûr. Qui ne l'a pas entendu ?

L'historien plissa les yeux, comme pour souligner l'importance de la question suivante.

— Mais pour nous sauver de quoi ?

— Eh bien... pour nous sauver de... tout.

— Tout, quoi ?

— Le mal, le péché...

— Donc, Jésus est mort sur la Croix et nous avons été sauvés du mal et du péché ?

Le regard hésitant de Valentina flotta dans l'espace alentour, comme pour chercher la réponse dans l'obscurité.

— Oui… je crois.

— Alors il n'y a plus de mal dans le monde ? Ni de péché ?

— Si… bien sûr. Il y en a encore.

— Mais si Jésus est mort pour nous sauver du mal et du péché, alors pourquoi le mal et le péché existent-ils encore ?

L'Italienne souffla.

— Ma foi, je n'en sais rien, conclut-elle. Je ne sais plus…

Satisfait de sa démonstration, Tomás se mit en marche et traversa la ruelle.

— Cette histoire de Jésus qui est mort pour nous sauver m'a toujours paru obscure, poursuivit-il. Chaque fois que j'entendais cette phrase dans une église, je me demandais : il est mort pour nous sauver ? Mais pour nous sauver de quoi ? De *quoi* ? Cette idée n'avait pas de sens à mes yeux, ce n'était qu'une de ces expressions énigmatiques que je me contentais de répéter au catéchisme, sans la comprendre. (Tomás baissa les yeux sur la bible qu'il tenait en main.) C'est seulement après avoir étudié le judaïsme que j'ai enfin compris ce qu'elle signifiait.

— Ah, oui ? s'étonna Valentina. La réponse se trouve aussi dans le judaïsme ?

— Ma chère, tout ce qui concerne la vie et la mort de Jésus est en lien direct avec le judaïsme, asséna-t-il. Tout.

— Mais dans quel sens ?

Ils passèrent devant le petit escalier qui conduisait à la librairie de l'hôtel. Derrière la vitrine se trouvait un guide touristique dont la couverture était illustrée par un tableau représentant le temple de Jérusalem.

— Vous voyez le Temple, là ? demanda-t-il en désignant l'illustration. Les juifs croient que le lieu où la présence physique de Dieu se fait le plus sentir est le Temple. (Il pointa du doigt une salle au centre du complexe religieux.) Plus exactement dans cette pièce. Ils considèrent que cette salle est l'endroit le plus sacré et l'appellent le Saint des saints. Elle abrite l'Arche d'alliance, renfermant les tables de la Loi que Dieu a dictées à Moïse. Elle est fermée par un rideau et personne ne peut y accéder. À une exception près. Chaque année, à l'occasion de Yom Kippour, le jour du Grand Pardon, le grand prêtre du Temple pénètre dans le Saint des saints et fait un sacrifice. Savez-vous pourquoi ?

— Je l'ignore.

— Le Yom Kippour est la fête de l'Expiation. Les juifs croient que Dieu consigne le destin de chaque personne dans un livre, le livre de la vie, et qu'il attend le Yom Kippour pour prononcer le verdict. Durant une période déterminée, chaque juif confesse les fautes qu'il a commises au cours de l'année, afin d'obtenir le pardon et se réconcilier ainsi avec Dieu. La réconciliation se fait durant le Yom Kippour à travers le sacrifice d'un animal. Jadis, le jour du Grand Pardon, le grand prêtre entrait dans le Saint des saints et tuait un agneau, expiant ainsi ses propres fautes et ensuite les fautes du peuple. Il se trouve que tous les anciens juifs, lors de la Pâque, convergeaient vers Jérusalem pour tuer également un agneau, bien que le sacrifice de l'agneau pascal n'eût pas l'effet d'expiation de l'agneau de Yom Kippour. Comme beaucoup venaient de loin et qu'il leur était difficile d'amener jusqu'à Jérusalem les animaux destinés au sacrifice, ils préféraient les acheter sur place à des marchands installés devant les portes du Temple. C'était plus pratique. Mais avec quelle monnaie le faire ? Les pièces de monnaie romaines n'étaient pas acceptées, car elles étaient gravées à l'effigie de César, ce qui était considéré comme un affront à la souveraineté de Dieu. C'est pourquoi on avait créé une monnaie propre au Temple. Les pèlerins apportaient leur monnaie romaine, la changeaient contre celle du Temple, puis achetaient leurs animaux.

— Curieuses coutumes, observa l'Italienne, sans comprendre la portée de cette explication. Et alors ?

— Maintenant, retournons deux mille ans en arrière, proposa l'historien. Jésus et ses disciples, tous juifs, montent à Jérusalem au moment de la Pâque juive, *Pessah*. Que sont-ils venus faire ? Participer au pèlerinage pascal, naturellement. Mais Jésus était, et je le dis sans offense, un péquenaud de province.

Valentina s'offusqua.

— Ah, voilà que vous recommencez !

— Je parle sérieusement. Il venait d'un coin paumé ! Si vous lisez avec attention les Évangiles, vous remarquerez que Jésus a passé toute sa vie en Galilée. Les lieux qu'il fréquentait étaient des bourgades rurales, comme Capharnaüm, Chorazin, Bethsaïda, et d'autres du même genre, où il n'y avait que des ploucs. Les deux plus grandes villes de Galilée, Sepphoris et Tibériade, ne sont même pas mentionnées dans le Nouveau Testament !

— J'ai compris, continuez…

— Si bien que, lorsqu'il découvrit devant les portes du Temple le système de change et la vente des animaux destinés au sacrifice, Jésus cria au scandale. Il estima qu'on faisait des affaires aux dépend de Dieu. (La voix de l'historien changea de ton, comme s'il faisait un aparté.) Ce qui, d'ailleurs, était vrai, même s'il s'agissait d'un système bien plus pratique que de contraindre les gens à parcourir des centaines de kilomètres accompagnés de leurs animaux. Mais de nombreux juifs n'appréciaient pas ce négoce. Les manuscrits de la mer Morte révèlent que les esséniens, une autre communauté juive de l'époque, considéraient que le Temple était corrompu. Critiquer ce système était donc une pratique courante chez les juifs. (Tomás reprit sa voix normale.) En découvrant ce commerce dans l'une des cours du Temple, qu'a fait Jésus ? Il a protesté, en renversant les tables des changeurs et les sièges des marchands de colombes, destinées également aux offrandes, et il a proféré quelques menaces. L'un de ses disciples a peut-être déclaré qu'il était le roi des juifs afin de donner plus de poids à son geste de protestation. Il est aussi possible que Jésus lui-même ait prophétisé que ces pratiques vénales conduiraient un jour Dieu à détruire le Temple. Tout cela n'était pas très grave, bien entendu, mais cet esclandre a suffi pour attirer l'attention des autorités. Jérusalem était plein de monde et n'importe quelle altercation pouvait dégénérer en émeute générale, chose que le grand prêtre et les Romains voulaient à tout prix éviter, évidemment.

— C'est pourquoi ils l'ont arrêté.

— Ils ont sûrement posé quelques questions et en ont conclu qu'il devait s'agir d'un de ces prédicateurs illuminés qui pouvaient engendrer des problèmes. Dans un contexte aussi sensible que celui de la Pâque juive, mieux valait, à titre préventif, neutraliser ce fauteur de troubles potentiel. Ils procédèrent à son arrestation et le traduisirent devant le tribunal, ainsi que la loi le prescrivait.

— Et c'est là que les choses ont mal tourné, observa l'Italienne. Jésus a dit qu'il était le Fils de Dieu, ce qui était un blasphème passible de la peine de mort. C'est pour cette raison qu'il a été exécuté.

L'historien fit une grimace.

— Pas tout à fait, corrigea-t-il. Il est vrai que c'est

là la version des Évangiles. Marc évoque ce dialogue crucial entre le grand prêtre et Jésus au cours du procès, au chapitre 14, versets 61 à 64 : « De nouveau le Grand Prêtre l'interrogeait ; il lui dit : "Es-tu le Messie, le Fils du Dieu béni ?" Jésus dit : "Je le suis, et vous verrez *le Fils de l'homme siégeant à la droite du Tout-Puissant et venant avec les nuées du ciel.*" Le Grand Prêtre déchira ses habits et dit : "Qu'avons-nous encore besoin de témoins ! Vous avez entendu le blasphème. Qu'en pensez-vous ?" Et tous le condamnèrent comme méritant la mort. »

— Exactement, reprit Valentina. C'est ce blasphème qui l'a condamné à mort.

Tomás secoua la tête.

— C'est impossible, dit-il. D'abord, aucun des apôtres n'a assisté au procès. Tout ce qu'ils ont pu en savoir, c'est par ouï-dire. Ensuite, le fait qu'une personne affirme qu'elle était le Messie ne constituait pas un blasphème passible de mort. Enfin, beaucoup plus important, la punition pour blasphème était infligée par lapidation. Or, Jésus a-t-il été lapidé ?

L'inspecteur prit entre les mains la croix qu'elle portait autour du cou.

— Il a été crucifié, vous le savez bien.

— C'est précisément là le cœur du problème : Jésus a été crucifié. Il se trouve que la crucifixion était une forme romaine d'exécution, pas une forme judaïque. Et elle était exclusivement réservée aux ennemis des Romains. (Il pointa la petite croix de son interlocutrice.) Si Jésus a été crucifié, cela signifie qu'il n'a pas été condamné pour blasphème, mais parce que les Romains le considéraient comme une menace. Chapitre 15, versets 25 et 26, Marc nous fournit une piste : « Il était neuf heures quand ils le crucifièrent. L'inscription portant le motif de sa condamnation était ainsi libellée : "Le roi des juifs". » Autrement dit, ils ont jugé que le titre de *roi des juifs* constituait un défi à l'autorité de César, le seul ayant le pouvoir de désigner le monarque de Judée. C'est donc pour cette raison que Jésus a été exécuté. Parce que les Romains ont estimé qu'il défiait César !

— Je vois...

Ils se remirent à marcher vers les chambres. Tomás feuilleta sa bible et se plaça sous un lampadaire afin de pouvoir lire le texte.

— Maintenant, écoutez comment Marc décrit la mort de Jésus, chapitre 15, versets 37 et 38, dit-il en repérant le passage. « Mais, poussant un grand cri, Jésus expira. Et le voile du sanctuaire se déchira en deux du haut en bas. » (Il leva les yeux vers son interlocutrice.) Le voile du sanctuaire se déchira ? À quel voile Marc fait-il allusion ?

— Au rideau qui fermait l'entrée du Saint des saints, je suppose.

— Et vous supposez bien. À présent voici la question la plus importante : pour quelle raison Marc relie-t-il la mort de Jésus à l'instant où ce rideau s'est déchiré ?

Valentina plissa les lèvres, dans une expression de complète ignorance.

— Je n'en sais rien.

— La réponse nous est donnée dans l'Évangile selon saint Jean. Chapitre 1, verset 29, l'évangéliste évoque ainsi la rencontre entre Jean-Baptiste et Jésus : « Le lendemain, il voit Jésus qui vient vers lui et lui dit : "Voici l'agneau de Dieu qui enlève le péché du monde." » (L'historien leva les yeux et regarda fixement l'Italienne.) Vous avez compris ?

— ... Non.

Tomás soupira, presque découragé. Au regard de

tout ce qu'il venait d'expliquer, il ne s'agissait plus que de relier tous les points entre eux.

— Le grand prêtre sacrifiait un agneau lors de Yom Kippour pour expier ses péchés et ceux de tous les juifs, afin qu'ils fussent tous sauvés. Jésus est mort au court de la Pâque, au moment où les juifs sacrifiaient l'agneau pascal. Jean nomme Jésus « l'agneau de Dieu qui enlève le péché du monde ».

L'inspecteur italien écarquilla les yeux et ouvrit la bouche.

— Ah, j'ai compris !

— Ce que les évangélistes veulent nous dire, c'est que Jésus était l'agneau de l'humanité ! En mourant, il a expié les péchés de tous les hommes, de même que le sacrifice des agneaux expiait les péchés des juifs. C'est dans ce sens, et seulement dans celui-là, que sa mort signifie le salut de nous tous. L'interprétation de cette mort ne peut se concevoir que dans le cadre de la religion judaïque. Si nous quittons le judaïsme, comme nous l'avons fait, cette mort en tant qu'acte de salut perd tout son sens. Il faut intégrer le Grand Pardon, la Pâque et la religion judaïque pour comprendre pourquoi les disciples de Jésus, tous juifs, ont interprété la mort de leur maître comme un acte de rachat.

— Oui, tout me semble clair à présent ! s'exclama Valentina. (Elle hésita.) Et le rideau fermant l'entrée du Saint des saints ? Quel rôle joue-t-il dans cette histoire ?

— C'est une autre référence théologique très importante qui n'a également de sens que dans le cadre du judaïsme, expliqua l'historien. Ce rideau séparait le Saint des saints du reste du Temple. En d'autres termes, il séparait Dieu de Ses enfants. Et le pardon de Dieu ne s'obtenait qu'au cours de Yom Kippour, lorsque le grand prêtre écartait le rideau et pénétrait dans la salle pour y sacrifier l'agneau. Mais, en mourant lors de la Pâque, Jésus est devenu l'agneau de Dieu. Quand Marc affirme que le rideau s'est déchiré à l'instant où Jésus est mort, il veut dire qu'à ce moment-là il n'y a plus eu de séparation entre Dieu et Ses enfants. La déchirure du rideau signifie que Dieu est devenu directement accessible, et plus seulement à travers les sacrifices dans le Temple durant le Yom Kippour. La mort de Jésus a apporté l'expiation à toute l'humanité.

Tomás et Valentina n'étaient plus qu'à quelques mètres de leurs chambres.

— Mais tout ce que vous dites est de la pure théologie ?

— Bien sûr que oui, répondit-il. Il n'y a pas de trace historique d'une telle chose. Les évangélistes ont seulement voulu conférer un sens judaïque à la mort inattendue de la personne en qui ils voyaient le Messie. Ce qui importe, c'est que la mort de Jésus n'est concevable que dans le contexte judaïque. Et c'est l'interprétation que ses disciples vont faire de cette mort qui va créer la première rupture entre le judaïsme et le christianisme. Voilà pourquoi je disais que la vie et les enseignements de Jésus n'ont pas fondé le christianisme. Il ne lui est probablement jamais venu à l'esprit de créer une nouvelle religion. Il était juif jusqu'au plus profond de son être.

— Ainsi donc, récapitula-t-elle, le christianisme ne repose ni sur la vie ni sur les enseignements de Jésus.

— Aucunement. Il repose sur sa mort.

Ils arrivèrent devant la porte de Valentina. L'Italienne sortit le passe de son sac. Avant d'entrer, elle tourna la tête.

— Tout cela est vraiment très intéressant, dit-elle. On se retrouve dans un quart d'heure au restaurant ?

— Oui, confirma l'historien. Notre ami de la police israélienne nous attend à l'Arabesque, si je me souviens bien.

Tomás appuya son bras sur le montant de la porte avec un air coquin.

— Vous ne m'invitez pas à entrer ?

L'Italienne allait refermer la porte, mais elle suspendit son geste et réprima un sourire.

— Vous voyez ma chambre ? demanda-t-elle, indiquant du pouce l'intérieur de la pièce. C'est le Saint des saints. (Elle caressa la porte.) Ceci est le rideau. (Elle pointa du doigt la poitrine de Tomás.) Et je ne crois pas que vous soyez le grand prêtre ? Alors ne soyez pas stupide !

Le Portugais prit un air de chien battu et se retourna, non sans lui lancer un dernier regard.

— Mettez quelque chose de joli, suggéra-t-il avec un sourire entendu… Et de sexy.

Valentina prit un ton faussement offensé.

— Non mais, quel idiot !

Et elle claqua la porte.

XXXIX

La chambre était plongée dans le noir et Tomás tâtonna sur le mur pour trouver l'interrupteur. Il y eut un clic, mais la lumière ne s'alluma pas.

— Merde !

Il avait oublié d'insérer la carte dans l'interrupteur principal. Toujours dans l'obscurité, l'historien repéra le boîtier et y glissa la carte.

Un homme. La première chose que Tomás vit fut un homme immobile juste devant lui. Il sursauta et recula d'un pas, s'adossant à la porte. Alors seulement il vit son visage. C'était bien lui. Ou plutôt, son reflet dans le miroir.

— Ouf ! lâcha-t-il.

Son cœur battait la chamade. Quelle trouille ! Il regarda à nouveau le miroir et rit en voyant sa tête, le corps ratatiné contre la porte d'entrée comme un animal aux abois. Bon sang, je suis à cran...

Il se redressa, entra dans la salle de bains, et se dirigea vers les toilettes sans allumer la lumière. Il le regretta, car la petite pièce était plongée dans l'ombre la plus complète. Il n'eut pas la force de revenir en arrière, d'autant qu'il était pressé, et préféra chercher la cuvette à tâtons. Il tira la chasse et, toujours dans le noir, plongea ses mains sous l'eau fraîche.

Ce fut à cet instant qu'il sentit une présence derrière lui.

— Qu'est-ce que c'est ? demanda-t-il en se retournant brusquement. Qui est là ?

Personne ne répondit.

Le cœur battant, Tomás bondit vers la porte et appuya enfin sur l'interrupteur. La salle de bains était déserte.

L'historien respira profondément.

— Qu'est-ce qui m'arrive ? murmura-t-il, aussi agacé que soulagé. Je réagis comme un gosse, bon sang ! (Il secoua la tête.) Cette enquête me tape vraiment sur les nerfs…

Il alla dans la chambre et choisit ses vêtements pour le dîner. Il se dirigea vers l'armoire et l'ouvrit d'un geste vif. Celle-ci était noyée dans l'ombre, mais il n'y prêta pas attention. Il y avait trois habits pendus aux cintres et il opta pour un blazer bleu marine.

Il voulait impressionner Valentina. L'Italienne ne lui résisterait pas. Bien sûr, il lui faudrait adoucir son analyse un peu crue du Nouveau Testament. Mais, en toute bonne foi, que pouvait-il faire ? Mentir ? Aller dans son sens pour lui faire plaisir ? Il n'avait pas la fibre diplomatique et considérait que la vérité devait être prise comme une femme qui se livre. Nue.

Il sortit le blazer de l'armoire, puis passa ses chemises en revue. Il en choisit une blanche, mais constata que les boutons de manchettes manquaient. Il déposa les vêtements sur le dos du canapé, prenant soin de ne pas les froisser, et se dirigea vers la table de chevet. Il lui semblait avoir rangé là les boutons que M. Castro, vieil ami de la boutique qu'il fréquentait sur l'avenida da Liberdade, lui avait offerts pour Noël. Il avança la main vers le tiroir, mais son attention fut détournée par un papier posé au pied de la lampe de chevet.

— Qu'est-ce que c'est que ça ?

Il ne se souvenait pas d'avoir laissé là un papier. Était-ce une note déposée par la réception durant son absence ? Il prit le papier ; ce qu'il lut le saisit.

— *Veritaten dies aperit ?* s'interrogea-t-il. Mais qu'est-ce que ça veut dire ?

Il scruta longuement le message, cherchant à lui donner un sens. Il sentait qu'il y avait quelque chose d'étrangement familier et de troublant. Mais quoi ? Le temps de sa réflexion fut à la fois lent et rapide, lent parce qu'il dura deux longues secondes, et rapide parce que en moins de deux secondes il comprit ce qu'il tenait entre les mains. C'était un message chiffré semblable à ceux qu'il avait décryptés ces derniers jours pour la police.

Les énigmes des sicaires.

Soudain, le lit sembla se dresser devant lui. Une silhouette sombre s'éleva brusquement des draps, et bondit, les bras écartés, sur Tomás.

— Impie !

L'historien fut percuté de plein fouet par l'inconnu. Il perdit l'équilibre, son dos heurta le mur, et il s'écroula par terre en renversant un meuble. Un vase tomba et se fracassa contre le carrelage de la chambre.

Étalé sur le sol dur et froid, il sentit le poids et l'agilité de son assaillant. L'inconnu enserra sa victime. Tomás tenta de se dégager, mais l'homme était d'une souplesse étonnante et parvint à bloquer ses mouvements. Comme s'il avait été pris dans une camisole de force, l'historien réalisa qu'il ne pouvait plus bouger.

— Écoutez, dit-il, s'efforçant malgré les circonstances de paraître le plus calme possible. Nous allons discuter.

L'assaillant le tenait fermement, le visage plaqué contre le carreau glacé. Tomás ne pouvait pas le voir, mais il sentait la chaleur de sa respiration contre sa nuque.

— As-tu déjà rêvé du sourire de la mort ? demanda l'homme, d'une voix grave et rauque. Ou préfères-tu discuter dans l'antichambre de l'enfer ?

Le ton était farouche, presque fanatique, mais le fait que l'inconnu se mît à parler, même si ses propos étaient étranges, lui parut vaguement encourageant. Qui sait, peut-être réussirait-il à le convaincre de le lâcher ? Cela semblait peu probable, vu les trois cadavres que cet assassin avait déjà semés derrière lui, mais cela valait le coup d'essayer. Qu'avait-il à perdre ?

— La violence ne mène à rien, murmura Tomás, d'une voix si calme qu'il en fut lui-même surpris. Dites-moi ce que vous voulez et je suis sûr que nous pourrons trouver un accord.

Il entendit un ricanement derrière lui.

— Dis-moi, lui souffla à l'oreille l'inconnu, quelles tentations pourraient séduire mon âme ?

— Je ne sais pas. (Tomás se força à rire pour dissimuler la peur qui lui glaçait le sang et lui étranglait la voix.) Certainement pas de l'argent…

Un nouveau ricanement lui parvint à l'oreille.

— Je veux un agneau.

Tomás sentit son cœur se serrer.

— Un… agneau ?

— Oui, un agneau, confirma la voix grave et rauque. J'ai péché et je dois expier mes péchés. Le sacrifice d'un agneau me réconciliera avec le Seigneur. (L'inconnu approcha à nouveau ses lèvres de l'oreille droite de sa victime.) On m'a dit que ta chair était aussi tendre que celle d'un agneau…

La situation s'aggravait.

— Écoutez, du calme, implora l'historien, commençant à s'affoler. Le sacrifice des agneaux, c'est de l'histoire ancienne qui ne…

— De l'histoire ancienne ? rugit l'agresseur. Comment oses-tu ?

— Du calme !

L'historien perçut un rapide mouvement de l'homme au-dessus de lui et, aussitôt après, il vit une lame courbe devant ses yeux.

— Et ça ? Tu trouves que c'est de l'histoire ancienne ?

La lame était énorme et brillait sous l'éclairage de la chambre.

— Posez ça, demanda-t-il. C'est dangereux !

L'agresseur ricana, cette fois haut et fort, et approcha la lame des yeux de Tomás.

— Tu vois cette dague ?

— Beaucoup trop. Vous ne pourriez pas l'éloigner un peu ? Juste un peu…

— Elle a deux mille ans, chuchota-t-il, menaçant. Elle a été utilisée par mes ancêtres pour les sacrifices de Yom Kippour. Puis elle a été utilisée contre les légionnaires païens. (Il fit une pause.) Je l'utilise aujourd'hui pour racheter à nouveau mon peuple. Et toi, pauvre créature égarée, tu n'es qu'un agneau.

L'agneau que Dieu m'a remis pour expier les péchés de mon peuple.

Aussitôt après, l'assaillant leva la dague sur Tomás, qui comprit qu'il ne disposait plus que de quelques secondes pour réagir.

— Au secours ! hurla-t-il, s'agitant de toutes ses forces.

L'inconnu perdit un moment l'équilibre, laissant à Tomás une certaine liberté de mouvement. Celui-ci tenta d'en profiter pour se dégager totalement, mais l'agresseur reprit le dessus et le neutralisa à nouveau avec fermeté.

— Tu vas mourir, l'agneau !

Il plaça la dague sur le cou de sa victime et fit pression. Tomás sentit la lame lui piquer la peau et la panique le gagna. Il fit un effort titanesque et parvint à dégager sa main droite. Il empoigna la lame qui commençait déjà à lui déchirer la peau.

— Lâchez-moi !

L'assaillant sembla pris au dépourvu. Tomás réussit à éloigner la dague de sa gorge, mais sentit une désagréable sensation de froid dans la paume de sa main. Du coin de l'œil, il aperçut du sang qui s'écoulait le long de son bras et comprit que la lame lui lacérait la main droite. Il éprouva une envie irrésistible de lâcher la dague pour se protéger la main, mais son instinct était plus fort.

L'agresseur réagit à nouveau. Il parvint à arracher la dague et, par un mouvement du corps, bloqua le bras droit de Tomás. Sa victime enfin maîtrisée, il replaça la pointe de la lame sur le cou et fit pression. Pas trop fort, pour ne pas précipiter la perforation, mais suffisamment pour que la lame transperçât la peau et que Tomás prît conscience qu'il était perdu.

Celui-ci se contorsionna dans un ultime soubresaut,

pivota et allongea un coup de coude dans le bras gauche de l'agresseur. L'inconnu gémit, mais maintint sa puissante étreinte.

— Embrasse Belzébuth !

Et il fit pression.

XL

Le premier coup ébranla la porte, mais ne la fit pas céder. Le deuxième fut suivi d'une secousse encore plus forte. Mais la porte resta close, résistant à la violence des chocs.

— Ouvrez ! cria une voix de l'autre côté. Police !

Sicarius maintenait Tomás entre ses bras, mais relâcha la pression sur la dague. La lame était ensanglantée et de sa pointe tombaient d'épaisses gouttes d'un rouge vif. Sans hésiter, comme s'il avait déjà exécuté mille fois ce geste, il l'essuya rapidement sur le pantalon de Tomás, le maculant de sang. Comprenant qu'à tout moment la porte allait céder, il bondit. Un coup de feu éclata.

L'assaillant traversa la chambre et courut vers le balcon. Il entendit un deuxième coup de feu derrière lui, puis un sourd fracas et comprit que la porte venait d'être enfoncée.

— Halte ! cria la voix féminine derrière lui. Restez où vous êtes !

Sicarius, qui était déjà sur le balcon, sauta parmi les arbustes. Le sifflement d'une nouvelle balle coupa l'air au-dessus de sa tête, mais il s'était déjà fondu dans l'ombre du jardin et se savait en sécurité.

Le revolver à la main, Valentina vit Tomás étendu

sur le sol, et hésita une seconde. Devait-elle poursuivre l'assaillant ou secourir son coéquipier ?

— Tomás ? appela-t-elle. Tomás !

Il ne répondit pas et Valentina se sentit défaillir. Était-elle arrivée trop tard ? La bouche desséchée par l'angoisse, elle se précipita vers lui et se pencha. Il y avait du sang partout.

— Ah, mon Dieu ! s'exclama-t-elle, affolée. Tomás ? (Elle aperçut la blessure sur le cou et son cœur se serra.) Oh, non ! (Elle le secoua, tâchant de le réanimer.) Tomás ? Pour l'amour du ciel, répondez !

Elle saisit la main droite de la victime pour prendre son pouls, mais, voyant sa paume ensanglantée, elle tituba. Son travail l'avait pourtant habituée à faire face à ce genre de situation, mais jamais avec une personne qu'elle connaissait, et surtout qu'elle commençait à apprécier.

— Tomás !

La tête de l'historien remua et sa bouche émit un gémissement.

— Ha…

L'Italienne enlaça Tomás, son visage pâle et délicat baigné de larmes.

— Ah, Tomás… murmura-t-elle, sentant son corps trembler. Dieu merci ! J'ai eu tellement peur !

Le Portugais se tourna avec peine, prenant soin de ne pas se blesser ni d'éloigner la femme qui l'étreignait ; il la regarda enfin.

— J'ai toujours su que vous finiriez par me tomber dans les bras, dit-il en s'efforçant de sourire. Mais je ne pensais pas que ce serait si rapide.

— Quel idiot ! J'étais morte de peur. J'ai cru que j'étais arrivée trop tard !

Tomás écarta légèrement la tête et contempla Valentina. Elle était à moitié nue, portant seulement une culotte et un soutien-gorge. Tout le reste n'était que peau blanche et formes sculpturales.

— Eh bien ! s'étonna Tomás. Je vous avais demandé de mettre quelque chose de sexy, mais là vous avez fait fort...

L'Italienne, qui lui caressait affectueusement les cheveux, rougit et plaça les mains devant son soutien-gorge pour se couvrir les seins.

— Ne vous moquez pas ! Comment vous sentez-vous ?

Le Portugais fit une grimace de douleur.

— J'ai la main en feu et cette blessure au cou n'arrange rien, mais je crois que le type n'a pas réussi à m'égorger. (Il promena le regard sur le corps de l'Italienne.) Expliquez-moi donc la raison de cette tenue...

Elle se leva et, gênée, recula pour disparaître dans la salle de bains.

— J'étais en train de me changer lorsque j'ai reçu un appel de Grossman, expliqua-t-elle. Il m'a dit que quelqu'un avait téléphoné à la police israélienne pour prévenir que vous étiez en danger de mort. (Valentina parlait depuis la salle de bains et sa voix s'entendait à peine.) Grossman m'a appelée et... bref, je n'ai pas eu le temps de m'habiller.

— Quelqu'un a appelé la police ? Mais qui ?

L'Italienne réapparut, enveloppée dans une serviette de l'hôtel, avec une autre dans la main, qu'elle venait de mouiller.

— Je n'en sais rien, dit-elle en s'approchant. Comme vous pouvez l'imaginer, dans la précipitation, je n'ai pas eu le temps de poser des questions. (Elle s'agenouilla près de lui et se mit à nettoyer sa blessure.) Je suis venue ici en courant.

— Toute seule ?

Elle indiqua le revolver posé sur le lit.

— J'ai apporté mon Berreta.

Tomás allongea le cou pour l'aider à soigner sa plaie.

— Quel dommage que vous n'ayez pas reçu cet appel au moment où vous preniez votre douche…

Valentina lava la blessure le long du cou et passa ensuite à la main droite, où, malgré le sang, plusieurs entailles étaient visibles.

— Ne soyez pas si bête ! gronda-t-elle avec douceur. Je suis morte d'inquiétude pour vous et vous ne pensez qu'à ça…

Des sirènes retentirent au-dehors et, au même moment, l'énorme silhouette d'Arnie Grossman surgit à l'entrée de la chambre. Il avait un revolver à la main et était suivi d'un policier en uniforme, un Uzi au poing, prêt à tirer.

— Alors ? questionna le policier israélien. Tout va bien ?

Valentina ne se retourna pas, préférant rester près de Tomás, et continua à lui nettoyer ses blessures.

— Pourquoi avez-vous été si long ? s'enquit-elle.

Grossman s'approcha tandis que son subordonné inspectait la chambre.

— J'ai appelé des renforts et, le temps qu'ils arrivent, j'étais derrière le jardin pour intercepter le suspect, répondit-il. Mais je suis arrivé trop tard. Il était déjà loin. (L'inspecteur considéra la blessure au cou de Tomás.) Ce n'est pas beau à voir. Ça vous fait mal ?

Le Portugais esquissa une expression de souffrance.

— Non, c'est très agréable, ironisa-t-il. Évidemment que ça me fait mal ! Vous avez déjà essayé de vous planter un couteau dans la gorge ? Sachez que c'est une chose qui peut vous gâcher la soirée…

Grossman garda les yeux fixés sur la blessure.

— On dirait bien que l'alerte a été donnée juste à temps. Une minute de plus et...

— Qui a donné l'alerte ?

— Le commissariat central a reçu un appel anonyme. Il a prévenu ma brigade, qui m'a prévenu à son tour.

— Et pourquoi n'êtes-vous pas venu immédiatement ?

Grossman rougit et détourna le regard, visiblement embarrassé.

— Parce ce qu'à ce moment-là j'étais... occupé. (Il désigna d'un geste Valentina.) Comme je savais que Mlle Ferro se trouvait dans une chambre juste à côté de la vôtre, je l'ai aussitôt appelée.

L'Italienne leva les yeux vers son collègue israélien.

— J'étais aussi occupée, dit-elle en montrant sa serviette. Sauf que, contrairement à vous, ça ne m'a pas arrêtée. Je suis venue comme j'étais.

Elle aida Tomás à se lever, ce qu'il fit avec difficulté. Toujours enveloppée dans sa serviette de bain, l'Italienne s'assura qu'il allait bien, puis elle ramassa le revolver qu'elle avait posé sur le lit avant de faire demi-tour et de se diriger d'un pas décidé vers la sortie.

— Je retourne dans ma chambre, annonça-t-elle en s'éloignant. Je vais enfiler une tenue plus présentable.

Elle disparut derrière la porte enfoncée et Tomás resta seul avec les deux policiers israéliens.

— Quel dispositif avez-vous mis en place pour arrêter ce type ?

L'inspecteur principal fit un geste vers la fenêtre.

— Tout le quartier est cerné et nous le passons au peigne fin, expliqua-t-il. Mais, si vous voulez mon avis, je ne crois pas qu'on lui mettra la main dessus. Notre homme a eu largement le temps de prendre la fuite. À cette heure-ci, il doit déjà être à l'autre bout de la ville, voire s'être enfui à Ramallah ou à Tel-Aviv.

— C'est aussi mon avis.

Grossman pointa la blessure au cou de Tomás.

— Mais, vous, vous avez été tout près de lui. À quoi ressemblait-il ?

Tomás leva la main à hauteur de son front.

— Il doit être à peu près de cette taille, dit-il. Il est agile, mince et musclé. Il a dû suivre un entraînement militaire. Il m'a neutralisé d'une manière incroyable, j'avais l'impression d'être dans un carcan. Ses bras étaient durs comme de l'acier.

— Et son visage ?

— Je l'ai à peine aperçu. Le type m'a pris par surprise et m'a plaqué la tête contre le sol, si bien que je ne pouvais pas le voir. J'ai seulement vu qu'il était tout en noir et qu'il avait les cheveux en brosse, comme un soldat. (Tomás tressaillit.) Un type sinistre.

— Il vous a dit quelque chose ?

— Il m'a dit que j'étais un agneau destiné à un sacrifice d'expiation. (L'historien repassa les images gravées dans sa mémoire.) Un détail m'a frappé. Il avait une dague rituelle. Il m'a dit que ses ancêtres l'avaient utilisée lors des sacrifices de Yom Kippour et pour tuer des légionnaires païens.

— Des légionnaires ? s'étonna l'inspecteur israélien. C'est une référence évidente à la grande révolte qui a eu lieu voilà deux mille ans, et qui a conduit à la destruction de Jérusalem et à l'expulsion des juifs de la Terre sainte.

— Oui, effectivement. Et savez-vous quel a été l'un des groupes juifs les plus actifs dans cette révolte ?

Grossman plissa les paupières.

— Les sicaires.

Un silence soudain envahit la chambre, tandis qu'ils

mesuraient les conséquences de leur raisonnement. Deux hommes en blouse blanche entrèrent alors dans la pièce avec une civière et l'air affairé de ceux qui ont une lourde mission à accomplir.

— Où est le cadavre ? s'enquirent-ils.

Grossman sourit et pointa du doigt Tomás.

— Il est ici, dit-il. Mais comme il est chrétien et que nous sommes à Jérusalem, le mort est déjà ressuscité.

Les ambulanciers avisèrent les blessures au cou et à la main du Portugais. Ils ne s'étaient pas déplacés pour rien.

— Il faut examiner ça, dit aussitôt le secouriste qui semblait être le chef. Nous allons vous emmener à l'hôpital pour soigner ces blessures.

L'homme à la blouse blanche tira Tomás par le bras, mais le blessé se dégagea d'un geste brusque.

— Un moment, s'il vous plaît.

— Où allez-vous ? demanda le secouriste. L'ambulance vous attend dehors...

L'historien s'avança jusqu'à la table de chevet et prit le papier posé au pied de la lampe. Il vérifia qu'il s'agissait bien du document en question et revint vers Arnie Grossman.

— Notre homme nous a laissé un nouveau message.

Veritaten dies aperit

I:XV

L'Israélien prit le papier et lut la formule inscrite à l'encre noire.

— *Veritatem dies aperit ?* s'étonna-t-il en levant les yeux vers son interlocuteur. Qu'est-ce que c'est ?

— C'est du latin.

— J'avais compris que c'était du latin ! Mais qu'est-ce que ça signifie ?

Les secouristes tirèrent à nouveau Tomás par le bras, qui, cette fois, n'opposa pas de résistance. Il se laissa entraîner jusqu'à la porte, mais, avant d'en franchir le seuil, il jeta un dernier regard à Grossman, qui attendait toujours la réponse à sa question.

— Le temps révèle la vérité.

XLI

Les actrices avaient un accent exotique ; c'était une série brésilienne retransmise par la télévision israélienne. Tomás était allongé sur le lit de l'hôpital Bikur Holim, un grand pansement sur le cou et la main bandée, mais il suivait avec une curiosité amusée le dialogue, sous-titré en hébreu, entre deux beautés tropicales sur la plage d'Ipanema.

Valentina et Grossman le surprirent.

— Alors, comment va notre agneau ? plaisanta l'Italienne en entrant dans la chambre, la bible à la main. Prêt à être tondu ?

Il saisit aussitôt la perche qu'elle lui tendait.

— Je suis peut-être prêt à être *tondu*, rétorqua-t-il avec un air espiègle, mais celle qui est venue toute *nue* dans ma chambre, c'est bien vous !

Valentina fit la moue.

— Oh, si on ne peut plus plaisanter !

L'inspecteur israélien toussa pour leur rappeler sa présence.

— Comme je m'y attendais, nous n'avons pas retrouvé l'homme, annonça-t-il. Nous avons fouillé tout le quartier, et nous n'avons trouvé aucune trace. (L'inspecteur consulta son calepin.) Mais nous avons localisé l'appel anonyme. Il provenait d'une cabine publique. (Il fouilla dans sa poche et en sortit le papier trouvé sur la table de chevet de la chambre.) La seule chose qui nous reste est le message chiffré.

Il tendit le papier à Tomás, qui le prit avec sa main valide.

— Vous voulez que je le déchiffre ?

Grossman se força à sourire.

— C'est votre spécialité, je crois.

Le cryptologue respira profondément, posa les yeux sur le message et l'examina longuement.

Veritaten dies aperit

I:XV

— La première chose à noter, c'est que ce message est différent de ceux qu'on a trouvés au Vatican, à Dublin et à Plovdiv.

— Différent ? s'étonna Valentina. Comment ça, différent ?

Tomás indiqua la phrase en latin.

— C'est une citation de Sénèque, dit-il. Elle renvoie à la notion de vérité.

— Et alors ?

— Les autres messages, souvenez-vous, ne renvoyaient pas à la vérité, expliqua-t-il. Ils faisaient allusion aux falsifications commises au cours des siècles dans le Nouveau Testament.

— Ah, oui ! s'exclama Grossman. Ce qui nous ramène à la question que je vous ai posée et à laquelle

318

vous n'avez toujours pas répondu : pourquoi les sicaires voudraient-ils attirer l'attention sur ces fraudes ?

— J'ai passé mon temps à essayer de vous l'expliquer, répliqua l'historien. Les sicaires sont, comme vous le savez, un mouvement judaïque zélote. Avec les messages précédents, ils voulaient de toute évidence montrer que le Nouveau Testament, loin de révéler le « vrai » Jésus, le dissimulait. Il faut retrancher les fraudes, les falsifications et la rhétorique des évangélistes pour comprendre qui était véritablement Jésus. Le Messie des chrétiens n'était rien d'autre qu'un juif conservateur. (L'universitaire portugais leva un doigt pour souligner l'idée qu'il allait exposer.) Un juif aussi juif que les sicaires.

— C'était donc là l'objectif des trois premiers messages ?

Tomás hocha la tête.

— D'après moi, oui.

Valentina indiqua le nouveau message chiffré qu'il tenait dans la main.

— Et celui-ci ?

— Celui-ci est différent, affirma l'historien. Les sicaires ne cherchent plus à signaler les falsifications présentes dans le Nouveau Testament. (Il agita la petite feuille de papier.) Ce qui est remis en question ici, ce n'est plus le mensonge, mais la vérité.

— La vérité ? Quelle vérité ?

— La vérité sur le personnage de Jésus. Qui était-il réellement ? (Tomás baissa les yeux vers le nouveau message.) C'est d'ailleurs ce que suggère cette phrase de Sénèque. *Veritatem dies aperit*, autrement dit : « Le temps révèle la vérité. » C'est bien de la vérité que traite cette formule.

Grossman désigna le dessin.

— Et ce lion ? Que signifie-t-il ?

— Ce n'est pas un lion quelconque, observa Tomás. Avez-vous remarqué ses ailes ?

Grossman rit.

— C'est un ange-lion, alors.

L'historien secoua la tête, les yeux toujours rivés sur le dessin.

— Non, c'est Marc.

— Pardon ?

Valentina, qui avait anticipé la discussion, tendit la bible à Tomás.

— L'Évangile selon saint Marc commence, chapitre 1, verset 3, en disant qu'une « voix crie dans le désert ». Cette voix, qui est celle de Jean-Baptiste, a été comparée au rugissement d'un lion. C'est pourquoi on a décrété que le lion ailé était le symbole de Marc.

Les yeux des deux inspecteurs restèrent fixés sur le dessin.

— Ce lion symbolise Marc ?

— Exact. (L'historien indiqua les caractères figurant sous le lion.) Et ce I : XV correspond évidemment à des chiffres romains. Ils renvoient à un certain verset qui se trouve dans l'Évangile de Marc. Un verset qui perdure dans le temps. (Tomás arqua les sourcils.) Le même temps qui révèle la vérité.

Valentina et Grossman contemplaient, fascinés, le message entre les mains du Portugais.

— Ainsi, observa l'Italienne, d'une voix exaltée, ce que l'assassin cherche à nous dire, c'est que la vérité sur Jésus est contenue dans ce verset ?

— Bingo ! s'écria Tomás. Le chapitre 1, verset 15.

— Eh bien, lisez-nous ce verset ! ordonna l'Israélien.

Tomás avait le livre ouvert à la première page de l'Évangile selon saint Marc, où il venait de lire le chapitre 1, verset 3 à propos de la voix criant dans le désert, si bien qu'il n'eut qu'à parcourir quelques lignes pour localiser le chapitre 1, verset 15, un peu plus bas.

— Il s'agit d'une parole de Jésus, dit-il en s'apprêtant à lire. « Le temps est accompli, et le Règne de Dieu s'est approché : convertissez-vous et croyez à la bonne nouvelle. »

Les deux inspecteurs restèrent un moment à attendre la suite, mais le Portugais leva la tête et les regarda comme s'il n'y avait plus rien à lire.

— Et la suite ? s'enquit l'Italienne. Où est la suite ?

Tomás sourit, l'air sournois.

— Il n'y a pas de suite, dit-il. Le chapitre 1, verset 15 s'arrête là.

Valentina jeta un œil méfiant sur la bible.

— C'est tout ? s'étonna-t-elle. C'est là la grande vérité sur Jésus ?

L'historien opina.

— Toute la vérité.

— Mais qu'est-ce que ce verset a de particulier ? Quelle grande vérité cette phrase anodine révèle-t-elle ?

Tomás prit la bible et montra la page aux deux inspecteurs, comme un avocat présentant au tribunal une preuve cruciale.

— Ceci, mes chers amis, est un verset que beaucoup de théologiens souhaiteraient voir effacé pour toujours du Nouveau Testament !

Valentina afficha une mine incrédule.

— Vous plaisantez...

— Ma chère, dit-il d'une voix solennelle. C'est ce court verset qui renferme l'étrange vérité sur Jésus-Christ.

— Vraiment ? Et qu'est-ce que c'est ?

Le cryptologue posa le livre sur le lit et croisa les bras, en regardant fixement Valentina puis Grossman, tel un torero se demandant quelle bête affronter.

— L'ultime secret du Christ.

XLII

Le sang était déjà sec lorsque Sicarius plongea la dague dans l'eau pour la laver. Il procéda avec minutie, savonnant le métal avec des gestes délicats et méthodiques. L'eau qui s'écoulait dans l'évier devint rougeâtre et son visage s'éclaira d'une étrange lueur ; il avait l'impression d'être Moïse et de s'être purifié avec l'une des dix plaies d'Égypte.

— « Ainsi parle le Seigneur : À ceci tu connaîtras que c'est moi le Seigneur : je vais frapper les eaux du Fleuve avec le bâton que j'ai en main et elles se changeront en sang », murmura-t-il, récitant de mémoire les Saintes Écritures en une litanie ininterrompue. « Aaron leva le bâton et frappa les eaux du Fleuve sous les yeux du Pharaon et de ses serviteurs. Toutes les eaux du Fleuve se changèrent en sang. Les poissons du Fleuve moururent, le Fleuve devint puant et les Égyptiens ne purent boire les eaux du Fleuve. Il y eut du sang dans tout le pays d'Égypte. Mais les... »

L'eau qui s'écoulait dans l'évier s'éclaircit et Sicarius se tut. La dague sacrée était purifiée. Il la retira de l'eau et l'essuya avec son *tallit* pour en assurer la pureté rituelle. Puis, avec précaution, il alla déposer la *sica* dans sa mallette, qu'il rangea dans le coffre.

Sicarius prit alors son téléphone. Il composa le

numéro et attendit. Une voix de femme au ton monocorde répondit.

— *Le numéro que vous demandez n'est pas disponible*, dit la voix. *Veuillez laisser un message après le signal sonore.*

Sicarius regarda l'appareil avec agacement.

— Malédiction ! vociféra-t-il. Où est-il ?

Il était sur le point de raccrocher, comme il l'avait déjà fait lors des trois tentatives précédentes, mais il se ravisa au dernier moment. Le maître, il le savait, agissait parfois ainsi. Il lui arrivait de disparaître durant un temps indéterminé, sans laisser de trace ni donner signe de vie. Le mieux, pensa-t-il, était donc de lui laisser un message.

— Maître, dit-il en hésitant. (Il détestait parler à un répondeur !) L'opération a été menée avec succès. (Il marqua une nouvelle pause, cherchant les mots justes ; il était difficile pour lui de tenir un discours fluide lorsque personne ne réagissait.) Conformément aux ordres que vous m'aviez envoyés, je ne l'ai pas tué. Je l'ai seulement blessé. (Il hésita une fois encore. Devait-il blâmer le maître pour son retard ? Oui, puisque au bout du compte la seule chose qui avait cloché relevait de sa responsabilité. Pourquoi ne pas lui en faire le reproche ?) La police a un peu tardé à intervenir et il a fallu que je temporise. (Il soupira.) Mais enfin, c'est fait. (Il fit une dernière pause.) J'attends vos instructions.

Et il raccrocha.

XLIII

Couché sur son lit, Tomás promena le regard sur sa chambre d'hôpital, puis croisa les yeux clairs d'Arnie Grossman. Les inspecteurs voulaient comprendre le message chiffré que l'agresseur avait laissé dans sa chambre d'hôtel ? Eh bien, il ne les décevrait pas.

— Dites-moi une chose, demanda-t-il sans préambule. Quelle est la nature de l'alliance établie entre Dieu et le peuple juif ?

Pris au dépourvu par la question, l'inspecteur israélien cligna des yeux.

— Eh bien... Dieu nous a donné les tables de la Loi, avança-t-il. Il nous a élus comme son peuple et nous a accordé sa protection, en échange de notre respect envers sa Loi.

— S'il en est ainsi, comment expliquez-vous la destruction du Temple en l'an 70 et les multiples persécutions subies par les juifs, comme l'esclavage à Babylone, l'expulsion de la Terre sainte et l'holocauste ? Dieu ne vous a-t-il pas promis sa protection ? Comment se fait-il que tant de malheurs vous aient frappés au cours de l'histoire alors que vous bénéficiiez de son assistance ?

Placé devant ce paradoxe, Grossman se gratta la tête tandis qu'il réfléchissait à la réponse adaptée.

— Nos anciens prophètes disent que les malheurs subis par Israël résultent de la désobéissance des juifs envers le Seigneur, rétorqua-t-il enfin. Ce sont nos péchés qui incitent Dieu à nous punir. Selon les prophètes, si nous devenons pieux, si nous observons fidèlement la loi de Moïse et suivons la voie du Seigneur, Israël renaîtra dans toute sa splendeur.

— Donc, ces souffrances sont le châtiment divin pour les fautes commises par les juifs.

— C'est du moins ce que disent nos prophètes.

Tomás observa par la fenêtre les lampadaires qui éclairaient la rue et les bâtiments longeant l'hôpital, puis regarda à nouveau les deux inspecteurs.

— C'est là l'explication traditionnelle des souffrances du peuple juif, confirma-t-il. Mais il se trouve que, au moment de la guerre sainte des Maccabées, la répression s'intensifia et les oppresseurs grecs interdirent aux juifs de respecter la loi de Moïse. La fidélité à la Loi devint alors un acte de rébellion politique, passible de mort. Cette interdiction entraîna la conviction chez de nombreux juifs que leurs souffrances ne pouvaient plus être considérées comme une punition de Dieu pour leurs péchés. Puisqu'on ne leur permettait même plus d'observer la Loi ! D'autre part, si pieux et zélés que pussent se montrer les fidèles irréductibles, les malheurs n'en continuaient pas moins de s'abattre sur eux. À quoi cela était-il dû ? Une nouvelle explication apparut alors : ce n'était pas Dieu qui faisait souffrir son peuple, mais le diable. L'exil à Babylone avait introduit dans la culture hébraïque la figure de Béelzéboul, ou Belzébuth, le Maître des mouches, à laquelle furent attribués, au fil du temps, tous les malheurs du monde. Le diable s'était rendu maître de la terre et c'était lui le responsable de toutes les souffrances.

— Et Dieu, alors ?

— Il était au ciel, expliqua l'historien en pointant le doigt vers le haut. Dieu détournait son regard des hommes à mesure que ceux-ci se détournaient de Lui. Si bien que Dieu permit à Belzébuth de régner sur le monde et de faire le mal que chaque être humain éprouvait dans sa chair ou constatait autour de lui. Et ainsi de nombreux juifs, mais pas tous, adoptèrent une vision manichéenne de la vie, fondée sur un dualisme entre le bien et le mal. Dieu dirigeait les forces du bien, il disposait de la vertu et de la vie, du bien-être et de la vérité, de la lumière et des anges. Belzébuth commandait les forces du mal, il régissait le péché et la mort, la souffrance et le mensonge, les ténèbres et les démons. Ces deux grandes forces cosmiques soumettaient les êtres humains à leur volonté et c'était à eux de choisir leur camp. Ou bien ils étaient avec Dieu, ou bien avec le diable. Il n'y avait pas de juste milieu, pas de terrain neutre. (Tomás marqua une pause et écarquilla les yeux.) Mais, attention, cela ne devait pas durer éternellement. Un jour arriverait où Dieu descendrait sur Terre, détruirait les forces du mal et imposerait son règne. De quel règne s'agissait-il ?

Les yeux de Grossman se plissèrent lorsqu'il comprit l'allusion.

— Le royaume de Dieu.

— Exactement, confirma l'universitaire portugais. Quelques sectes judaïques ont commencé à croire que ce dualisme entre le bien et le mal s'appliquait également au temps. Le dualisme est ainsi devenu apocalyptique. En ce temps-là, Belzébuth régnait en maître et cela expliquait la présence du mal et des souffrances sur la terre. Le monde vivait sous l'emprise du diable et le pouvoir était détenu par les pécheurs et les corrompus, les suppôts de Belzébuth. Mais, au terme de ce règne du mal, un grand cataclysme devait se produire. Certains pensaient que Dieu enverrait un messie pour mener la bataille contre le mal, d'autres croyaient qu'il s'agirait de quelqu'un d'autre, que les Écritures appelaient le Fils de l'homme. Daniel évoquait, chapitre 17, versets 13 et 14, cette vision prophétique : « Je regardais dans les visions de la nuit, et voici qu'avec les nuées du ciel venait comme un Fils de l'Homme ; il arriva jusqu'au Vieillard, et on le fit approcher en sa présence. Et il lui fut donné souveraineté, gloire et royauté : les gens de tous peuples, nations et langues le servaient. Sa souveraineté est une souveraineté éternelle qui ne passera pas, et sa royauté ne sera jamais détruite. » Autrement dit, dans la prophétie de Daniel, l'envoyé de Dieu chargé d'établir Son règne éternel est ce Fils de l'homme. Il vient sur terre pour apporter un nouveau et terrible pouvoir, plus grand que celui de n'importe quel Alexandre. Et quand sa louange est célébrée, c'est pour lui imputer le pouvoir, la richesse, la sagesse, la force, l'honneur, la gloire et la grâce – tous attributs des grands rois et pharaons de la terre, mais convenant mal à un Jésus crucifié. Mais, que ce soit par l'intermédiaire du Messie ou du Fils de l'homme, Dieu interviendrait en ce monde, détruirait les forces du mal et s'installerait sur la terre. Les morts seraient ressuscités et tous les êtres humains seraient jugés.

L'inspecteur israélien reconnut ici l'une des plus importantes prophéties des Écritures.

— Le jour du Jugement dernier.

— Tout à fait. Après ce grand jugement commencerait une nouvelle ère, où il n'y aurait ni douleur ni souffrance, ni faim ni guerre, ni haine ni désespoir, et où le Seigneur régnerait. Le royaume de Dieu.

Valentina écoutait en silence, mais elle commençait

à s'impatienter. Elle tenait en main la feuille avec le message chiffré et, profitant du silence, la montra à l'historien.

— Tout cela est bien joli, dit-elle. Mais en quoi cela peut-il nous permettre de comprendre ce message ?

Veritaten dies aperit

I:XV

Tomás ouvrit la bible qu'il avait posée sur le lit.

— N'est-ce pas évident ? demanda-t-il. Ce message nous renvoie à l'Évangile selon saint Marc, chapitre 1, verset 15. Permettez-moi seulement de relire la phrase de Jésus qui est citée dans ce verset. (Il s'éclaircit la voix.) « Le temps est accompli, et le Règne de Dieu s'est approché : convertissez-vous et croyez à la bonne nouvelle. »

Un nouveau silence se fit dans la chambre. Les deux inspecteurs s'efforçaient de mesurer toutes les implications de cette phrase prononcée par Jésus.

— Le temps est accompli et le règne de Dieu s'est approché ? répéta Valentina, cherchant à donner un sens à ce qu'elle venait d'entendre. Voulez-vous insinuer que Jésus a dit que le temps de Belzébuth était accompli et que Dieu allait établir son royaume ?

Tomás pointa du doigt le verset.

— C'est bien ce qui est dit dans cette phrase, non ?

— Mais… qu'est-ce que ça veut dire ?

L'historien fixa ses yeux sur l'Italienne.

— C'est pourtant clair, dit-il posément. Jésus était un prédicateur apocalyptique. (Il fit un geste vers la fenêtre.) N'avez-vous jamais croisé dans la rue un de ces fanatiques affublés d'une grande barbe et d'une pancarte disant « Repentez-vous ! La fin est proche ! » et autres slogans du même genre ? Ça vous est déjà arrivé, non ? (Il indiqua la petite croix en argent autour du cou de l'Italienne.) Eh bien, Jésus était un de ces prédicateurs, assez proche des animateurs de sectes d'aujourd'hui !

— Juste ciel ! s'écria-t-elle, scandalisée. Comment pouvez-vous affirmer une chose pareille ?

— Mais c'est la vérité ! insista Tomás. D'ailleurs, la propre famille de Jésus jugeait qu'il ne tournait pas rond.

C'était comme s'il avait planté un nouveau poignard dans la poitrine de Valentina.

— Oh, gémit-elle. Comment osez-vous ? La Vierge… la très sainte Marie n'a jamais pensé une telle chose de son fils ! Elle savait qu'il était… particulier. Elle lui a toujours été très dévouée !

— Ah, oui ? répliqua-t-il. Alors regardez ce qui est écrit ici, dans l'Évangile de Marc. (Il chercha le passage.) Chapitre 3, verset 21 : « À cette nouvelle les gens de sa parenté vinrent pour s'emparer de lui. Car ils disaient : "Il a perdu la tête." » L'historien leva les yeux. Jésus avait *perdu la tête* ? Sa propre famille était partie pour se saisir de lui ? Elle jugeait donc que Jésus était devenu fou ?

Valentina se pencha sur le texte et lut le verset de ses propres yeux.

— Eh bien… c'est-à-dire que… je n'avais jamais remarqué ce passage.

— Et il n'y a pas que sa famille qui trouvait qu'il avait *perdu la tête*. Les habitants de Nazareth pensaient la même chose. (L'historien tourna quelques pages.) Écoutez ce que dit Marc, chapitre 6, verset 4, lorsque Jésus revint à Nazareth et qu'il fit face aux villageois dans la synagogue : « Jésus leur disait : "Un prophète n'est méprisé que dans sa patrie, parmi ses parents et dans sa maison." » Jésus admet ici ouvertement que ses parents le méprisaient. Et les gens du pays aussi ! Et pas seulement à Nazareth. Partout où il allait en Galilée, les gens se moquaient de ce qu'il disait. À tel point que Jésus se mit à les invectiver. Cité par Matthieu, chapitre 11, versets 21 à 23, Jésus dit avec colère : « Malheureuse es-tu, Chorazin ! Malheureuse es-tu, Bethsaïda ! Car si les miracles qui ont eu lieu chez vous avaient eu lieu à Tyr et à Sidon, il y a longtemps que, sous le sac et la cendre, elles se seraient converties. Oui, je vous le déclare, au jour du jugement, Tyr et Sidon seront traités avec moins de rigueur que vous. Et toi, Capharnaüm, *seras-tu élevé jusqu'au ciel ? Tu descendras jusqu'au séjour des morts !* » (L'universitaire portugais observa ses interlocuteurs.) Est-ce suffisamment clair ?

L'Italienne lut à son tour le passage de l'Évangile, pour s'assurer des propos de Tomás.

— Dieu du ciel ! s'exclama-t-elle en portant la main à la bouche. Mais pourquoi ne m'en a-t-on jamais parlé ?

Tomás ne répondit pas, il feuilleta à nouveau l'Évangile selon saint Marc.

— L'avènement du royaume de Dieu constitue sans aucun doute l'essentiel du message de Jésus, dit-il. Ce n'est d'ailleurs pas un hasard si Marc commence justement par celui-ci. L'Évangile selon saint Marc débute par la rencontre de Jésus avec Jean-Baptiste au cours de l'épisode du baptême dans le Jourdain. Il est important de se rappeler qu'à l'époque Jean criait sur tous les toits que le royaume de Dieu allait venir et que les gens devaient se repentir et laver leurs péchés dans l'eau pour entrer dans ce royaume. Si Jésus est allé à la rencontre de Jean-Baptiste, c'est parce qu'il croyait à ce message. Selon Marc, aussitôt après que Jésus fut baptisé, et donc purifié de ses péchés comme le recommandait Jean, une voix venant des cieux lui annonça : « Tu es mon Fils bien-aimé » et ensuite il se retira dans le désert pendant quarante jours. Puis il est revenu en Galilée et Marc lui fait dire la phrase fatidique du chapitre 1, verset 15, qui n'est en fait qu'un simple écho du message apocalyptique de Jean-Baptiste : « Le temps est accompli, et le Règne de Dieu s'est approché : convertissez-vous et croyez à la bonne nouvelle. » (L'historien indiqua du doigt cette dernière expression.) Or, savez-vous comment se dit *bonne nouvelle* en grec ?

Les deux inspecteurs haussèrent les épaules.

— Mon grec est un peu rouillé, plaisanta Grossman.

— *Evangelion*, révéla Tomás. *Bonne nouvelle* signifie *« Évangile »* en grec. (Il indiqua le texte de la bible.) Autrement dit, le sens profond et caché des Évangiles, c'est la bonne nouvelle de l'apocalypse, à savoir l'annonce de l'avènement du royaume de Dieu ! (L'universitaire leva les mains au ciel et prit un air halluciné, imitant un prédicateur apocalyptique :) « Repentez-vous ! Repentez-vous et croyez à la bonne nouvelle ! La fin du monde est proche et Dieu va imposer Son royaume ! » (Il reprit sa voix normale et regarda ses interlocuteurs.) Tel est, que vous le vouliez ou non, le message central des Évangiles.

Valentina secoua la tête, refusant d'y croire.

— C'est impossible ! murmura-t-elle. C'est impossible !

— Vous ne le croyez pas ? Alors dites-moi : quelle est la principale prière des chrétiens ?

— Le « Notre Père », évidemment.

— Pouvez-vous me la réciter ?

— Le « Notre Père » ? s'étonna Valentina. (Elle s'éclaircit la voix et se mit à psalmodier la prière comme elle le faisait chaque dimanche à la messe.) « Notre Père qui es aux cieux, que ton nom soit sanctifié, que ton règne vienne et que ta volonté soit faite sur la terre comme au ciel. »

— Avez-vous remarqué ce que vous venez de dire ?

— Ma foi, je n'ai fait que réciter le « Notre Père »…

— Oui, mais avez-vous fait attention au sens des mots ? « Notre Père qui es aux cieux » ? Il n'est donc pas sur terre ? Dans ce cas, qui s'y trouve ? Le diable, bien sûr. « Que ton règne vienne » ? De quel règne s'agit-il ? Du royaume de Dieu, évidemment. La prière implore que ce règne vienne à nous. « Que ta volonté soit faite sur la terre comme au ciel » ? Que la volonté de Dieu soit faite sur la terre ? Cela signifie donc qu'elle n'est pas encore effective sur la terre, mais seulement au ciel ?

Valentina eut l'air troublée.

— C'est curieux, je n'y avais jamais prêté attention.

— Le « Notre Père », prière centrale du christianisme, est en vérité une prière apocalyptique ! Celle des juifs implorant Dieu de descendre sur terre afin d'imposer « Sa volonté » ! Volonté qui ne règne pas encore sur terre, puisque le monde, ne l'oublions pas, est entre les mains de Belzébuth.

— Mon Dieu !

— Jésus décrit même en détail le jour où aura lieu l'événement apocalyptique qui annoncera la venue d'une nouvelle ère, que Marc et Luc appellent le royaume de Dieu et Matthieu le royaume des cieux, ajouta Tomás. Jamais auparavant les hommes n'avaient voulu connaître la fin de la création : il leur suffisait que les choses soient créées et qu'elles durent ainsi jusqu'à la fin des temps. Mais le Christ, lui, devait avoir la vision de la fin. Écoutez ce que dit Jésus, cité par Marc, chapitre 13, versets 24 à 27 : « Mais en ces jours-là, après cette détresse, *le soleil s'obscurcira, la lune ne brillera plus, les étoiles se mettront à tomber du ciel et les puissances qui sont dans les cieux* seront ébranlées. Alors on verra le *Fils de l'homme venir, entouré de nuées*, dans la plénitude de la puissance et dans la gloire. Alors il enverra les anges et, *des quatre vents, de l'extrémité* de la terre à *l'extrémité du ciel*, il *rassemblera* ses élus. » (L'historien regarda ses interlocuteurs.) Ici, Jésus ne fait rien d'autre que d'élaborer une petite apocalypse juive inspirée de la prophétie de Daniel dans les Écritures.

Arnie Grossman, étant un juif familiarisé avec l'Ancien Testament, confirma.

— C'est évident.

— Dieu établira Son règne sur la Terre. Mais quelles seront les conséquences sociales de ce grand avènement ?

— Les inégalités cesseront, répondit Valentina. Il n'y aura plus ni riches ni pauvres, ni puissants ni opprimés, ni forts ni faibles.

Tomás secoua la tête.

— Non.

Cette réponse négative surprit l'Italienne.

— Non ?

L'historien marqua une pause, pour ménager le suspens.

— Il se produira une inversion des rôles !

— Comment ça, une inversion ? Qu'entendez-vous par là ?

— Belzébuth règne aujourd'hui sur le monde. Et qui sont ses suppôts ? Ceux qui détiennent le pouvoir en ce monde : les puissants, les riches, les corrompus. Puisque le diable règne sur terre, quiconque a du pouvoir est forcément, par définition, l'un de ses serviteurs. Et où se trouvent les serviteurs de Dieu ? Ils sont à la botte des suppôts de Belzébuth. Qui sont-ils ? Ce sont les pauvres, les opprimés, les démunis. Et que va-t-il donc se passer lorsque le royaume de Dieu sera établi sur terre ? Les rôles seront inversés !

— Mais qu'entendez-vous par inversion des rôles ? demanda à nouveau Valentina. Les faibles deviendront forts ?

— Et les forts deviendront faibles et seront soumis et humiliés.

— Mais le message chrétien est un message égalitaire ! protesta-t-elle. Personne n'est soumis à personne…

Tomás reprit son exemplaire de la bible.

— Ce n'est pas moi qui répondrai à votre observation, mais Jésus lui-même, rétorqua-t-il. Cité par Marc, chapitre 10, verset 31, Jésus dit : « Beaucoup de premiers seront derniers et les derniers seront premiers. » Cité par Luc, chapitre 6, versets 24 et 25, Jésus dit : « Mais malheureux, vous les riches : vous tenez votre consolation. Malheureux, vous qui êtes repus maintenant : vous aurez faim. » Cité par Marc, chapitre 9, verset 35, Jésus dit encore : « Si quelqu'un veut être le premier, qu'il soit le dernier de tous et le serviteur de tous. » Matthieu écrit, chapitre 19, versets 23 et 24 : « Et Jésus dit à ses disciples : "En vérité, je vous le déclare, un riche entrera difficilement dans le Royaume des cieux. Je vous le répète, il est plus facile à un chameau de passer par un trou d'aiguille qu'à un riche d'entrer dans le Royaume de Dieu." » Et concernant le jour du jugement, lorsque le Fils de l'homme descendra du ciel et siégera sur son trône pour juger l'humanité et placer les puissants à sa gauche, Matthieu écrit, chapitre 25, versets 41 à 43 : « Alors il dira à ceux qui seront à sa gauche : "Allez-vous-en loin de moi, maudits, au feu éternel qui a été préparé pour le diable et pour ses anges. Car j'ai eu faim et vous ne m'avez pas donné à manger ; j'ai eu soif et vous ne m'avez pas donné à boire, j'étais un étranger et vous ne m'avez pas recueilli ; nu, et vous ne m'avez pas vêtu ; malade et en prison, et vous ne m'avez pas visité." » Enfin, Matthieu écrit, chapitre 13, versets 40 à 43, citant Jésus : « De même que l'on ramasse l'ivraie pour la brûler au feu, ainsi en sera-t-il à la fin du monde : le Fils de l'homme enverra ses anges ; ils ramasseront pour les mettre hors de son Royaume toutes les causes de chute et tous ceux qui commettent l'iniquité, et ils les jetteront dans la fournaise de feu : là seront les pleurs et les grincements de dents. »

— Mon Dieu !

L'historien regarda l'Italienne.

— Comprenez-vous à présent le vrai message de Jésus ? Aux puissants, il dit : « Vous aurez faim » ! Il renchérit en disant qu'il est « plus facile à un chameau de passer par un trou d'aiguille qu'à un riche d'entrer dans le Royaume de Dieu ». Il les appelle « maudits » et leur annonce qu'ils seront voués « au feu éternel qui a été préparé pour le diable ». Et, comme si cela ne suffisait pas, il ajoute qu'ils seront jetés dans « la fournaise de feu », où sont « les pleurs et les grince-ments de dents » ! (Tomás plissa les paupières.) Ces paroles traduisent une étrange haine mystique pour le monde, le pouvoir terrestre, et pour toute chose et tout être qui ne se soumet pas sans restriction au Messie. Au fond, Jésus espère voir l'univers exterminé de fond en comble, ne laissant place qu'à une cité céleste et à un infernal lac de soufre. Voilà qui ne me paraît guère un message très chrétien, compatissant et égalitaire…

Stupéfiée par ces versets, Valentina restait bouche bée.

— Mais…, balbutia-t-elle, déconcertée. Jésus nous a dit de tendre l'autre joue ! Il nous a dit d'aimer nos ennemis ! L'a-t-il dit, oui ou non ? N'est-ce pas là un message égalitaire ?

— Non, ma chère, répondit Tomás. N'oubliez pas que « Beaucoup de premiers seront derniers et les derniers seront premiers. » Qui sont les derniers ? Ce sont ceux qui se trouvent au bas de l'échelle. Les pauvres, les opprimés. Cité par Matthieu, chapitre 5, versets 3 à 10, Jésus dit dans le fameux Sermon sur la montagne : « Heureux les pauvres de cœur, le Royaume des cieux est à eux. Heureux les doux : ils auront la terre en partage. Heureux ceux qui pleurent : ils seront consolés. Heureux ceux qui ont faim et soif de la justice : ils seront rassasiés. Heureux les miséricordieux : il leur sera fait miséricorde. Heureux les cœurs purs : ils verront Dieu. Heureux ceux qui font œuvre de paix : ils seront appelés fils de Dieu. Heureux ceux qui sont persécutés pour la justice : le Royaume des Cieux est à eux. »

— Mais, alors, les puissants ne peuvent rien faire pour accéder au royaume de Dieu…

— Bien sûr que si. Ils peuvent même faire beaucoup.

— Quoi donc ?

— Pour commencer, ils doivent se repentir de leurs péchés. Tel est le message de Jean-Baptiste auquel Jésus a adhéré, faisant de la repentance des fautes la principale pénitence, car le vrai repentir nous lave et nous délie. Cité par Luc, chapitre 15, verset 7, Jésus dit : « Je vous le déclare, c'est ainsi qu'il y aura de la joie dans le ciel pour un seul pécheur qui se convertit, plus que pour quatre-vingt-dix-neuf justes qui n'ont pas besoin de conversion. » Autrement dit, Jésus place les pécheurs convertis au-dessus de ceux qui ne pèchent pas ! Ce qui, une fois de plus, renvoie à la logique de l'inversion des rôles, où les premiers deviennent derniers et les derniers premiers.

— Cela signifie donc que la conversion est le plus sûr moyen pour gagner le royaume de Dieu ?

— Aux yeux de Jésus, oui. Mais les puissants peuvent aussi se dépouiller et devenir faibles dans le but d'aider les faibles. N'oubliez pas, je le répète, qu'il se produira une inversion des rôles. Cité par Luc, chapitre 18, verset 14, Jésus dit, au sujet d'un collecteur d'impôts et d'un pharisien : « Je vous le déclare : celui-ci redescendit chez lui justifié, et non l'autre, car tout homme qui s'élève sera abaissé, mais celui qui s'abaisse sera élevé. » Si bien que les faibles deviendront forts. Comment un puissant peut-il le rester dans le royaume de Dieu ? En se dépouillant, en devenant faible et en s'humiliant dans le royaume de Belzébuth. Cité par Marc, chapitre 8, verset 34, Jésus dit encore : « Si quelqu'un veut venir à ma suite, qu'il se renie lui-même et prenne sa croix, et qu'il me suive. En effet, qui veut sauver sa vie, la perdra ; mais qui perdra sa vie à cause de moi et de l'Évangile, la sauvera. » Voilà pourquoi Jésus insiste sur la nécessité pour ses disciples de se dépouiller, de devenir l'esclave des autres et de consacrer sa vie aux faibles. L'humiliation va jusqu'au point où l'humilié doit aimer son ennemi.

— Mais c'est plutôt de l'humilité…

L'historien pointa la bible.

— Non ! s'exclama-t-il. Ce qui est écrit ici nous apparaît, aujourd'hui, comme une apologie de l'humilité. Cependant, dans le contexte où Jésus a proféré ces paroles, il ne recommandait pas l'humilité dans la seule intention de faire le bien. Contrairement à ce que l'on croit aujourd'hui, il ne s'agissait pas d'un acte purement altruiste, généreux, désintéressé et innocent. La conduite qu'il recommandait relevait clairement d'une volonté de pouvoir. L'humilité pratiquée aujourd'hui n'était pour les faibles qu'un moyen de se rendre puissants plus tard et de soumettre ceux qui étaient alors puissants et qui plus tard seraient faibles. Quand, plus tard ? Au moment où viendrait le règne de Dieu, bien sûr.

— Excusez-moi, mais je ne le crois pas, répliqua Valentina, qui refusait d'admettre une telle lecture. Le projet était altruiste, généreux et désintéressé, car il s'agissait d'une vision à long terme. Les gens devaient aider les autres pendant un temps très, très long, d'autant que le royaume de Dieu ne viendrait pas du jour au lendemain. Cela prendrait énormément de temps pour…

— Demain.

L'Italienne cligna des yeux.

— Pardon ?

Tomás la regarda avec intensité, pour souligner le sens de ses paroles.

— Le royaume de Dieu, c'est pour demain.

XLIV

La nuit, éclairée de mille points lumineux, Jérusalem était presque une ville comme les autres. La Coupole dorée du Rocher, érigée par les musulmans sur le mont du Temple, brillant comme un gigantesque phare, rappelait à ceux qui la contemplaient que cette ville n'était justement pas comme les autres.

Sicarius le savait mieux que personne. Assis devant sa fenêtre, en attendant des nouvelles du maître, il songeait à la signification profonde de cette coupole qui semblait le narguer. Cela ne faisait aucun doute : ce monument bâti sur l'ordre du calife Abd al-Malik était une insulte à la mémoire de ses ancêtres !

Comment ignorer l'affront ? C'est précisément là, au sommet de ce mont et sous cette coupole usurpatrice, qu'Abraham avait offert son fils en sacrifice ; c'est aussi là que Salomon avait érigé son Temple, cœur du premier monothéisme, et qu'Hérode l'avait reconstruit ; et c'est là encore que s'était dressé le Saint des saints, à l'endroit même de la coupole, le lieu du sacrifice d'Abraham, la salle où le Dieu béni, Lui-même, était présent sur terre. Mais les coups du sort sont imprévisibles. Les Romains détruisirent le Temple et les musulmans y bâtirent leur coupole. Deux outrages infligés aux juifs.

Mais l'heure était proche. Œil pour œil, dent pour dent. La justice de Dieu était inexorable. Ah, le monde allait enfin comprendre la vérité ! Et lui, Sicarius, avait l'honneur suprême d'être le glaive de Dieu, l'instrument de sa volonté, la *sica* que les enfants avaient remise entre les mains du Père.

Soudain, il se leva et tourna le dos à la fenêtre, exaspéré par l'image provocatrice de la coupole dorée. L'avoir là, sous les yeux, c'était plus qu'il n'en pouvait supporter. Brûlant d'impatience, il prit à nouveau son téléphone et se remit à composer le numéro du maître. Il y eut deux sonneries et aussitôt après la messagerie vocale.

— *Le numéro que vous demandez n'est pas disponible*, répéta la voix féminine. *Veuillez laisser un messa…*

Il raccrocha avant la fin de l'annonce et, frustré, jeta son appareil sur le tapis.

— Où est-il ? rugit-il. Pourquoi fait-il le mort à un moment pareil ? Serait-il devenu fou ?

Cela n'avait aucun sens. Il inspira profondément et, plus calme, ramassa son téléphone ; il vérifia qu'il n'était pas cassé. Puis il fit deux allers-retours devant la fenêtre, évitant la coupole du regard.

Soudain, lui vint une idée.

Et Internet ? Il se frappa le front. Comment diable avait-il pu oublier Internet ? Il alla chercher son ordinateur portable et l'alluma. Il attendit patiemment que les connexions s'établissent. Puis il consulta sa messagerie.

Sicarius,
Tout s'est bien passé.
Il y a seulement eu un léger retard pour donner l'alerte, car l'opérateur de la police a été un peu long à convaincre.

Je serai injoignable pendant quelque temps, mais je veux que tu surveilles la fondation. Lorsque tu verras la cible en mouvement, suis-la discrètement jusqu'à l'endroit où elle te conduira.

L'heure est proche.

Je veux que tu surveilles la fondation ? Lorsque tu verras la cible en mouvement, suis-la discrètement ?

Sicarius éteignit son ordinateur et alla au coffre chercher sa mallette. Une nouvelle mission l'attendait.

XLV

— Demain ? s'interrogea Valentina. Que voulez-vous dire par demain ?

— Quand je dis que le royaume de Dieu, c'est pour demain, ce n'est pas dans la perspective d'aujourd'hui, clarifia Tomás. Mais dans celle du temps de Jésus. Il croyait fermement que l'avènement du royaume de Dieu était sur le point de se réaliser, et qu'il aurait lieu de son vivant.

— Mais qu'est-ce que vous racontez ! Il n'a jamais dit une chose pareille !

L'historien ouvrit à nouveau la bible à la première page de l'Évangile selon saint Marc.

— Ah, non ? Relisez le chapitre 1, verset 15 de Marc, que mon agresseur a noté sur le message, suggéra-t-il en baissant les yeux vers le texte. « Le temps est accompli, et le Règne de Dieu approche : convertissez-vous et croyez à la bonne nouvelle. » (Tomás regarda son interlocutrice.) Jésus dit ici que le temps est accompli ! Et il dit aussi que le royaume de Dieu est proche ! Telle est la bonne nouvelle ! Vous comprenez ?

L'Italienne fit un geste de la main.

— Proche, proche… c'est-à-dire… *Proche* est une notion très vague ! Tout dépend de la perspective,

345

non ? Un million d'années, du point de vue humain, c'est beaucoup, mais, à l'échelle de l'univers, ce n'est rien…

— *Proche* veut dire « imminent », précisa l'universitaire. Jésus pensait que l'établissement du royaume de Dieu allait se réaliser d'un moment à l'autre. Demain, le mois prochain, dans un an ou deux. Cité par Marc, chapitre 9, verset 1, Jésus dit à ses disciples : « En vérité, je vous le déclare : parmi ceux qui sont ici, certains ne mourront pas avant de voir le Règne de Dieu venu avec puissance. » (Tomás regarda ses interlocuteurs.) En d'autres termes, Jésus dit à ses disciples que parmi eux certains seront encore vivants lorsque le royaume de Dieu sera établi ! (Il tourna trois pages.) Cette annonce est renforcée un peu plus loin par Jésus, cité par Marc, chapitre 13, verset 30 : « En vérité, je vous le déclare, cette génération ne passera pas que tout cela n'arrive. » La venue du royaume de Dieu était imminente. Jésus va jusqu'à suggérer que la terre est la maison de Dieu, le maître des lieux absent qui est sur le point de revenir. Cité par Marc, chapitre 13, versets 35 à 37, Jésus dit : « Veillez donc, car vous ne savez pas quand le maître de la maison va venir, le soir ou au milieu de la nuit, au chant du coq ou le matin, de peur qu'il n'arrive à l'improviste et ne vous trouve en train de dormir. Ce que je vous dis, je le dis à tous : veillez. »

Valentina semblait déconcertée.

— Il a vraiment dit ça ?

Tomás indiqua sa bible.

— C'est ce qui est écrit là ! s'exclama-t-il. Lisez vous-même, si vous en doutez ! Lorsque Jésus a été jugé par le Sanhédrin qui l'a condamné à mort, pour l'exemple, Marc le cite, chapitre 14, verset 62, prédisant au grand prêtre ceci : « […] vous verrez *le Fils*

de l'homme siégeant à droite du Tout-Puissant [...]. »
(L'historien fit une grimace.) « Vous verrez » ? Jésus
considérait que la venue du royaume de Dieu était
si imminente qu'il a prophétisé que le grand prêtre
lui-même, qui avait déjà un certain âge, serait encore
vivant lorsque cela arriverait !

— Mais qu'est-ce qui portait Jésus à croire que
le royaume de Dieu était sur le point de se réaliser ?

— Selon lui, il y avait des indices qui allaient dans
ce sens. Cité par Marc, chapitre 4, verset 11, Jésus
dit à ses disciples : « À vous, le mystère du Règne
de Dieu est donné ; mais pour ceux du dehors tout
devient énigme, pour que *tout en regardant, ils ne
voient pas*, et que *tout en entendant, ils ne comprennent
pas, de peur qu'ils ne se convertissent et qu'il leur soit
pardonné.* » (Tomás plissa les yeux et baissa la voix,
comme en aparté.) Intéressant, n'est-ce pas ? Jésus, le
prophète du pardon, craignait que les gens du dehors
ne comprissent son message et ne se convertissent,
obtenant par là même le pardon. Pour l'éviter, il choisit de s'exprimer en paraboles. Dans l'une d'elles, il
compare Dieu à un paysan qui sème des graines dans
un champ. Quelques-unes de ces graines avaient déjà
donné des fruits. Ces fruits étaient les premiers signes
annonçant la venue du royaume de Dieu.

— Mais quels étaient ces signes ?

— Eh bien, les guérisons miraculeuses. Les juifs
apocalyptiques croyaient que les maladies étaient
l'œuvre de Belzébuth. Mais comme Jésus était un guérisseur et un exorciste qui avait le don de soigner les
gens, il pensait que ses pouvoirs constituaient un premier signe de l'intervention de Dieu, dans le royaume
duquel les maladies n'existaient pas. D'où l'importance de cet épisode évoqué par Matthieu, chapitre 11,
verset 2, à propos de Jean-Baptiste : « Or Jean, dans

sa prison, avait entendu parler des œuvres du Christ. Il lui envoya demander par ses disciples : "Es-tu, 'Celui qui doit venir' ou devons-nous en attendre un autre ?" Jésus leur répondit : "Allez rapporter à Jean ce que vous entendez et voyez : *les aveugles retrouvent la vue et les boiteux marchent droit*, les lépreux sont purifiés et *les sourds entendent*, les morts ressuscitent et *la Bonne Nouvelle est annoncée aux pauvres*." » Autrement dit, Jésus interprète ces guérisons miraculeuses comme un signe de la venue du royaume de Dieu. Malgré Belzébuth, responsable des maladies répandues dans le monde, les aveugles recouvraient la vue et les sourds l'ouïe. N'était-ce pas la preuve que Dieu commençait à intervenir sur terre ?

Valentina secoua la tête.

— Je ne peux pas y croire ! s'exclama-t-elle. J'ai toujours pensé que Jésus était non seulement le Messie et le Fils de Dieu, mais aussi un grand sage qui nous enseignait une manière de vivre juste et pacifique, fondée sur la libération dans l'amour fraternel exempt d'égoïsme. Ce que vous dites là est pour moi totalement nouveau.

— Jésus enseignait une éthique, admit Tomás. Mais ce n'était pas une éthique à long terme. Il n'y avait pas de long terme, car il pensait que le monde était sur le point de changer radicalement. L'éthique qu'il enseignait avait pour but de permettre aux gens de mieux s'adapter au monde nouveau qui allait surgir d'un moment à l'autre, le paradisiaque royaume de Dieu, où les injustices, la faim, la maladie et la souffrance des faibles cesseraient, et où les forts qui ne se seraient pas repentis seraient punis. À partir du moment où une inversion des rôles allait se produire, il demandait aux gens de se dépouiller de leurs biens matériels et de venir en aide aux autres, pour être ensuite récompensés dans le nouveau royaume. Marc raconte qu'un homme riche se rendit auprès de Jésus et lui assura qu'il respectait tous les commandements, n'ayant jamais tué, ni volé, ni commis l'adultère, ni quoi que ce soit de répréhensible. Dès lors, quelle attitude devait-il adopter ? L'historien feuilleta la bible. La réponse de Jésus est donnée chapitre 10, verset 21 : « Une seule chose te manque : va, ce que tu as, vends-le, donne-le aux pauvres et tu auras un trésor dans le ciel, puis viens et suis-moi. » Comme le riche refusa de se défaire de sa fortune, Jésus dit à ses disciples : « Qu'il sera difficile à ceux qui ont les richesses d'entrer dans le Royaume de Dieu ! » (L'universitaire portugais regarda les deux inspecteurs.) Autrement dit, l'objectif principal de l'éthique de Jésus était de préparer les gens à entrer dans le royaume de Dieu. Cette éthique impliquait le repentir et le dépouillement. Et cette exigence du dépouillement était telle que les gens devaient même abandonner leur famille !

— Ah ça, non ! protesta l'Italienne. Jamais de la vie ! Jésus défendait la famille…

— Vous en êtes sûre ?

— Tout le monde sait ça, voyons !

Tomás indiqua à nouveau sa bible.

— Alors regardez ce qui est écrit ici, suggéra-t-il. Cité par Luc, chapitre 12, verset 51, Jésus dit : « Pensez-vous que ce soit la paix que je suis venu mettre sur la terre ? Non, je vous le dis, mais plutôt la division. Car désormais, s'il y a cinq personnes dans une maison, elles seront divisées : trois contre deux et deux contre trois. On se divisera père contre fils et fils contre père, mère contre fille et fille contre mère, belle-mère contre belle-fille et belle-fille contre belle-mère. » (L'historien regarda fixement Valentina.) Jésus pouvait-il être plus clair ? En réalité, il incite les gens à abandonner leur famille ! Cité par Matthieu, chapitre 10, versets 34 à 37, Jésus dit : « N'allez pas croire que je sois venu apporter la paix sur la terre ; je ne suis pas venu apporter la paix, mais bien le glaive. Oui, je suis venu séparer l'homme *de son père, la fille de sa mère, la belle-fille de sa belle-mère : on aura pour ennemis les gens de la maison.* Qui aime son père ou sa mère plus que moi n'est pas digne de moi ; qui aime son fils ou sa fille plus que moi n'est pas digne de moi. » Et cité par Marc, chapitre 10, verset 29, Jésus dit : « En vérité, je vous le déclare, personne n'aura laissé maison, frère, sœurs, mère, père, enfants ou champs à cause de moi et à cause de l'Évangile, sans recevoir au centuple maintenant, en ce temps-ci, maison, frères, sœurs, mères, enfants, et champs, avec des persécutions, et dans le monde à venir la vie éternelle. Beaucoup de premiers seront derniers et les derniers seront premiers. »

En tant que juif, Arnie Grossman avait gardé jusque-là le silence. Mais cette fois, il ne put réprimer un sourire.

— On dirait un homme politique en pleine campagne électorale, plaisanta-t-il. (Il écarta les mains comme s'il s'adressait à une foule d'électeurs durant un meeting.) Suivez-moi ! Votez pour moi ! Je vous promets le paradis !

La facétie amusa Tomás, mais le Portugais préféra ne pas la commenter pour éviter d'attiser la susceptibilité de Valentina.

— Aux yeux de Jésus, la famille et l'ordre social de l'époque n'avaient aucun intérêt, reprit l'historien. La fin du règne de Belzébuth était proche et bientôt tout serait remis en cause. L'important, c'était que les gens fussent prêts pour le nouveau monde, le royaume de Dieu qui était imminent. Tout devait être renversé, d'où son appel à la subversion générale. Cité par Marc, chapitre 2, verset 22, Jésus dit : « Personne ne met du vin nouveau dans de vieilles outres ; sinon, le vin fera éclater les outres, et l'on perd à la fois le vin et les outres ; mais à vin nouveau, outres neuves. »

L'Italienne leva le bras, comme pour le freiner.

— Pas si vite ! Attendez un peu ! ordonna-t-elle. Vous mélangez les torchons et les serviettes. Lorsque Jésus parlait du royaume de Dieu, tout cela était métaphorique et symbolique !

— Vous vous trompez ! répondit Tomás. Ça, c'est le discours qu'on a tenu plus tard pour tenter d'expliquer le fait que le royaume prévu par Jésus n'est jamais apparu. Mais le royaume dont il parlait n'était pas symbolique ni métaphorique. C'était un lieu réel. C'était la terre transformée en paradis du fait que son maître, Dieu, revenait enfin pour mettre un terme aux iniquités de Belzébuth. Le royaume de Dieu était un royaume physique, avec des lois appliquées par des gens en chair et en os.

— Ah, oui ? s'étonna Valentina. Où est donc écrite une chose pareille ?

Sans perdre contenance, Tomás se remit à feuilleter sa bible.

— Combien d'apôtres y avait-il ? demanda l'historien.

— C'est facile. Douze, tout le monde sait ça.

— Nous allons les énumérer, suggéra-t-il en pointant du doigt chaque nom. Simon Pierre, André, Jacques et Jean, fils de Zébédée, Philippe, Barthélemy, Thomas, Matthieu, Jacques, fils d'Alphée, Thaddée, Simon, Nathanaël, Jude frère de Jacques, Jude fils de Jacques et Judas Iscarioth. Cela fait quinze noms.

— Quinze ? Mais on les appelait les Douze...

— En effet. Pourtant, lorsqu'on additionne tous

les noms donnés par les divers évangélistes, cela en fait quinze. Sans compter que Luc écrit, chapitre 10, verset 1 : « Après cela, le Seigneur désigna soixante-douze autres disciples et les envoya deux par deux devant lui dans toute ville et localité où il devait aller lui-même. » Donc, cela en fait encore soixante-douze de plus ! Ce qui pose une question : puisque les apôtres ne se réduisaient pas à douze, pour quelle raison les appelait-on les Douze ?

L'Italienne haussa les épaules.

— Je ne sais pas.

L'historien se tourna vers Arnie Grossman, silencieux.

— Quelle signification a le nombre douze pour les juifs ?

— Ce sont les douze tribus d'Israël, répondit sans hésiter l'inspecteur israélien. Après la conquête du royaume du Nord par l'Assyrie, Israël perdit dix de ses tribus. Il n'en resta que deux. Notre rêve est de reconstituer Israël, en adjoignant les dix tribus perdues aux deux restantes.

— Comprenez-vous maintenant à quoi renvoient les douze apôtres ? Étant juif, Jésus voulait reconstituer Israël. Il pensait que le vieux rêve judaïque d'un grand empire juif primitif se réaliserait dans le royaume de Dieu !

Valentina restait dubitative.

— C'est de la pure spéculation ! Une telle foutaise n'est écrite nulle part !

Tomás se replongea dans sa bible.

— Vous vous trompez, dit-il. L'Évangile selon saint Matthieu évoque un curieux épisode. Il s'agit d'une conversation entre Jésus et ses disciples, décrite chapitre 19, versets 27 et 28 : « Alors, prenant la parole, Pierre lui dit : "Eh bien ! nous, nous avons tout laissé et nous t'avons suivi. Qu'en sera-t-il donc pour nous ?" Jésus leur dit : "En vérité, je vous le déclare : lors du renouvellement de toutes choses, quand le Fils de l'homme siégera sur son trône de gloire, vous qui m'avez suivi, vous siégerez vous aussi sur douze trônes pour juger les douze tribus d'Israël." » Autrement dit, chaque disciple gouvernerait l'une des douze tribus d'Israël. Ils étaient douze apôtres pour douze tribus. En parlant des douze tribus, Jésus pensait clairement que la nouvelle ère qui s'approchait permettrait de récupérer les dix tribus perdues et de recréer Israël dans son intégralité. Cela est corroboré par les Actes des Apôtres, chapitre 1, verset 6, quand, après un passage sur le royaume de Dieu, les disciples demandent à Jésus : « Seigneur, est-ce maintenant le temps où tu vas rétablir le Royaume pour Israël ? » Cela confirme que la restauration d'Israël faisait partie de la vision de Jésus. Le royaume de Dieu n'était pas, en effet, un simple concept métaphorique, mais une réalité politique palpable ! Il ne faut pas oublier que, après la seconde destruction du Temple, les juifs avaient perdu l'espoir, consciemment ou non, d'un triomphe terrestre du peuple élu. Dès lors, ils avaient préparé opiniâtrement un triomphe céleste. Telle fut la tâche entreprise par Jésus : donner à voir le triomphe céleste des élus.

Les épaules de Valentina se relâchèrent, elle soupira.

— C'est bon, d'accord, murmura-t-elle, résignée. J'ai compris.

Grossman leva en l'air le papier où figurait le message codé et l'agita.

— Attendez un peu ! Où cela nous mène-t-il ? Que voulait nous dire notre homme avec ce message ?

— Il souhaite attirer notre attention sur le chapitre 1, verset 15 de l'Évangile selon saint Matthieu, dit Tomás. L'assassin envoyé par les sicaires veut souligner qui était le vrai Jésus : un rabbin doté d'un pouvoir de guérisseur et d'exorciste qui pensait que le monde allait changer d'un jour à l'autre et que Dieu allait établir son règne sur la terre et restaurer la souveraineté d'Israël.

— C'est tout ?

Le Portugais se mordit la lèvre inférieure, se demandant s'il devait tout dire ou non.

— Il y a peut-être davantage.

— Quoi donc ?

Tomás regarda sa main bandée, comme s'il voulait s'assurer que les soins avaient été bien administrés. Ses doigts étaient encore sales ; il restait du sang séché sous les ongles qui dépassaient du bandage.

— Jésus n'a pas fondé le christianisme. (L'historien caressa la couverture de sa bible et évita le regard de l'Italienne.) Son message n'était même pas destiné à l'humanité entière.

Valentina le regarda d'un air incrédule.

— Qu'est-ce que vous dites ?

Alors seulement il eut le courage de la regarder en face.

— Jésus faisait de la discrimination.

XLVI

Un rugissement fit trembler les murs de pierres du quartier juif. Une moto noire s'engouffra dans la petite rue. L'homme qui la conduisait était également vêtu de noir, une silhouette inquiétante chevauchant la machine d'acier.

La moto ralentit et parcourut lentement la rue sombre, ronronnant comme une panthère à l'affût. L'engin s'immobilisa au coin de la rue, le pilote coupa le moteur et en descendit. Le silence retomba alors dans la ruelle, plongée dans le sommeil profond de la nuit.

Le motard ouvrit le petit sac qu'il portait sur le dos et en sortit une longue tunique, usée et trouée, d'une étoffe rêche, comme de la toile de jute. Il enfila le vêtement et, tel un moine, la face cachée sous l'ombre de la capuche, il avança de quelques pas.

Il choisit une vieille maison, dans un recoin discret, et s'assura qu'il pouvait surveiller l'entrée du bâtiment de l'autre côté de la rue. La fondation Arkan.

L'emplacement lui semblait parfait. Il s'assit sur une marche devant la porte de la vieille maison. L'homme parcourut longuement la rue du regard, s'attardant sur tous les détails, même les plus insignifiants. Certains disaient même que Dieu se cachait en eux, mais selon lui c'était plutôt Belzébuth. En attendant, la rue était tranquille, les maisons étaient plongées dans le sommeil, les trottoirs déserts.

L'homme se détendit enfin. Il glissa la main dans son sac et en sortit son vieil exemplaire des Saintes Écritures. Il avait sans doute beaucoup de temps devant lui. Mieux valait l'occuper avec Dieu. Il ouvrit le livre et le feuilleta lentement jusqu'à atteindre les Psaumes.

— « Seigneur, écoute ma prière, que mon cri parvienne jusqu'à toi ! psalmodia-t-il dans un murmure presque inaudible. Ne me cache pas ton visage au jour de ma détresse. Tends vers moi l'oreille. Le jour où j'appelle, vite, réponds-moi. Car mes jours sont partis en fumée, mes os ont brûlé comme un brasier. »

Il se tut et leva les yeux vers l'entrée de la fondation. Tout semblait calme. Il inspecta à nouveau la rue. Rien à signaler. Il respira profondément, s'armant de patience. Un soldat de Dieu devait être prêt à tout, mais l'heure n'avait pas encore sonné. Il se pencha à nouveau sur le texte et, les lèvres remuant à peine, il reprit sa lecture des versets sacrés à la lumière des lampadaires.

XLVII

— Jésus faisait de la discrimination ?

Arnie Grossman s'était approché de la fenêtre de la chambre de l'hôpital et regardait Jérusalem la nuit. Il était tard, mais le déchiffrage du dernier message n'était toujours pas terminé.

— Bien entendu, répondit Tomás, toujours allongé sur son lit. N'oubliez pas qu'il est né juif, qu'il a vécu en juif, et qu'il est mort en juif. Il pensait appartenir au peuple élu.

L'inspecteur israélien se retourna et le regarda.

— Ça, vous nous l'avez déjà expliqué, dit-il. Mais soyons raisonnables. Le christianisme s'est répandu dans le monde entier. D'où tenez-vous que Jésus faisait de la discrimination ? Le christianisme n'est-il pas une religion universaliste ?

Tomás indiqua de la tête le papier qui se trouvait entre les mains de Grossman.

— Voyez-vous, les conséquences ultimes du message laissé par mon agresseur nous renvoient directement à la fondation du christianisme.

— Dans quel sens ? Je ne saisis pas.

L'historien soupira, reprenant son souffle pour une dernière explication.

— Je vous propose de faire un voyage dans le

357

temps. Remontons deux mille ans en arrière. Nous sommes à Jérusalem quelque part entre l'an 30 et l'an 33. C'est la semaine de la Pâque juive, *Pessah*, célébrée le 15 du mois de *nissan*, au printemps. La ville se remplit de juifs venus de toutes parts pour accomplir un sacrifice au Temple afin d'expier leurs péchés, comme le requièrent les Écritures. Les Romains renforcent leur garnison, car ils savent que le risque d'une émeute est élevé. Les grands prêtres du Temple se montrent également vigilants, conscients que la concentration d'une telle foule produit toujours une atmosphère électrique. Parmi les pèlerins se trouve un groupe qui vient d'arriver de Galilée.

— Jésus et ses apôtres.

— Autrement dit, une bande de provinciaux. Ils croient, comme le croyaient d'autres juifs à cette époque, que la fin du monde est proche et que Dieu interviendra bientôt pour imposer Sa loi et en finir avec la souffrance des plus faibles. Jusque-là, ce groupe n'a eu pour tribune que des bourgades de Galilée où il a été rejeté par les péquenauds qui y vivaient. Mais ils étaient complètement aveugles ! Au moment de la Pâque juive, Jérusalem représente donc pour ce groupe une grande opportunité. La ville grouille de monde. Il y a plus de deux millions de juifs originaires de toute la Judée. Pouvait-il espérer meilleure tribune pour annoncer à tous la nécessité de se repentir de leurs péchés et de se préparer au nouvel âge d'or ?

Valentina, qui avait gardé le silence après avoir entendu les dernières révélations de l'historien, intervint. L'histoire de la dernière semaine de Jésus était l'une de ses préférées.

— Il est entré dans Jérusalem assis sur le dos d'un âne, c'est bien ça ?

— C'est ce que racontent les Évangiles, confirma

Tomás. Le prophète Zacharie a écrit dans l'Ancien Testament, chapitre 9, verset 9 : « Tressaille d'allégresse, fille de Sion ! Pousse des acclamations, fille de Jérusalem ! Voici que ton roi s'avance vers toi : il est juste et victorieux, humble, monté sur un âne – sur un ânon tout jeune. » Ainsi, ou bien Jésus est entré dans Jérusalem monté sur un ânon, l'ancienne monture des princes, pour insinuer qu'il était le roi prophétisé dans les Écritures, ou bien les évangélistes ont inventé ce détail pour convaincre leurs contemporains que Jésus remplissait les conditions de la prophétie. On ne saura jamais avec exactitude quelle est la vérité, bien qu'on soit sûr que ce détail renvoie au texte de Zacharie.

— Je vois, dit l'Italienne. Mais ensuite vient l'épisode du Temple.

— Oui, Jésus provoque un incident dans le Temple et se met à prophétiser sa destruction, attirant ainsi les regards des autorités. Après quoi, il est arrêté, jugé, condamné à mort et crucifié. Toute cette histoire est archiconnue.

— Et alors ?

— Le plus important, ce n'est pas ce qui arrive à Jésus, mais la manière dont ses apôtres interprètent les événements.

Valentina secoua la tête.

— Je ne vois pas ce que vous voulez dire...

— Mettez-vous un instant à la place des apôtres. Nous avons affaire à des pêcheurs et à des artisans analphabètes de Galilée, qui ont tout abandonné pour suivre ce rabbin qui les effrayait avec son annonce de la fin du monde et leur promettait le salut s'ils le suivaient en faisant tout ce qu'il disait. Le rabbin leur assurait même que chacun d'entre eux deviendrait le chef de l'une des douze tribus d'Israël, lorsque le royaume de Dieu serait instauré et où les derniers, c'est-à-dire eux-mêmes, seraient les premiers. C'étaient des gens pauvres, incultes et crédules. Ils croyaient sincèrement que ce rabbin, dont ils connaissaient les guérisons miraculeuses, jouissait de la protection divine et disait la vérité. Il se pouvait vraiment qu'il fût l'envoyé de Dieu ! Et c'est pourquoi ils l'ont suivi. Ils ont peiné à travers toute la Galilée et ont fini par monter à Jérusalem pour annoncer la bonne nouvelle à tous les juifs. Ce voyage allait être leur consécration. Israël se rendrait au rabbin Jésus et le reconnaîtrait comme roi. Dieu descendrait alors sur la terre et établirait Son royaume ! Autrement dit, les attentes des apôtres étaient démesurées. Mais, au lieu de cette consécration suprême, qu'est-il arrivé en réalité ?

— Jésus a été arrêté et exécuté.

— Or, cela n'était pas dans le programme ! Au lieu d'être couronné, le rabbin est arrêté, humilié et tué. Que font les apôtres ? Ils s'enfuient ! Ils craignent pour leur vie et se fondent dans la masse des deux millions de juifs qui remplissent Jérusalem au moment de la Pâque juive. Ce qui prouve que Jésus ne leur avait jamais parlé de ce dénouement et que les paroles que lui attribuent les évangélistes concernant la prophétie de sa propre mort sont des rétroactions insérées par les rédacteurs évangéliques. Que se passe-t-il donc dans la tête des apôtres lorsque Jésus est crucifié ? Outre la peur, ils sont en proie à la désillusion. Finalement, le rabbin n'était pas le Messie, le *machia* ! Ils s'étaient trompés. Ils avaient suivi un faux prophète ! Leur déception est totale. Mais, trois jours après la mort du rabbin, surgissent des femmes poussant des cris hystériques. « Il est ressuscité ! clament-elles. Il est ressuscité ! » Les apôtres reprennent espoir. Comment ? Serait-ce donc possible ? Ils se rendent au tombeau et constatent qu'il est vide. (L'historien leva les bras en l'air, dans un geste théâtral.) Alléluia ! Finalement, ce n'était pas un faux prophète ! C'est le *machia* ! C'est le Messie ! L'excitation est à son comble. Le rabbin est ressuscité ! (Tomás fit une pause et regarda l'Italienne.) Comprenez-vous le sens profond que revêt la résurrection pour la mentalité judaïque ?

Valentina hésita.

— Pour la mentalité judaïque ?

— Vous ne devez jamais oublier que nous parlons de juifs, insista l'universitaire portugais. Ils croyaient que le monde allait finir et qu'il y aurait un grand jugement. Cependant, peu avant ce jugement, une chose devait se produire : les morts ressusciteraient. Cela était fondamental pour qu'ils pussent être jugés. Or, que venait-il de se passer ? Jésus était ressuscité. C'était le premier mort revenu à la vie ! Qu'est-ce que cela signifiait ? Que bientôt les autres morts ressusciteraient également et que le jour du Jugement dernier était proche ! Finalement Jésus avait raison, la fin du monde était sur le point de s'accomplir. Les morts commençaient à revenir à la vie et il y aurait sous peu un grand jugement. Une fois les impies séparés des purs, Dieu instituerait son royaume sur terre ! Il fallait donc répandre la bonne nouvelle. Le royaume de Dieu était vraiment tout près de devenir réalité !

Les deux inspecteurs suivaient l'explication bouche bée, prenant conscience du contexte judaïque dans lequel les disciples avaient interprété la mort du Christ.

— Attendez un peu, dit Valentina. Jésus est donc réellement apparu aux apôtres après sa mort.

Tomás se pinça les lèvres avant de répondre.

— Écoutez, ça c'est de la théologie, dit-il. En tant qu'historien, je ne m'occupe que de faits historiques. Le surnaturel ne relève pas de l'histoire, mais de la croyance. En tant qu'historien, je ne peux ni affirmer, ni démentir un événement surnaturel. C'est du ressort de la foi. Je n'ai aucun moyen pour déterminer si Jésus est apparu ou non aux apôtres après sa mort. Je peux seulement établir que les apôtres ont affirmé l'avoir vu. (L'universitaire fit une pause.) N'oubliez pas que nous parlons de gens crédules et incultes, prédisposés à croire au surnaturel. Concernant cette question, je n'en dirai pas plus.

— Vous pensez donc que les apôtres se sont mis à avoir des hallucinations…

— Je ne pense rien du tout. Tout ce que je sais, c'est que les apôtres ont juré avoir vu Jésus ressuscité. Est-ce vrai ? Ont-ils eu une hallucination ? Ont-ils voulu tromper les gens ? Matthieu va jusqu'à mentionner dans son Évangile, chapitre 28, verset 13, un bruit qui courait : « Ses disciples sont venus de nuit et l'ont dérobé pendant que nous dormions. » Nous ignorons quelle est la vérité, nous ne la connaîtrons jamais. Tout ce que nous savons, c'est que les apôtres se sont mis à répandre la bonne nouvelle : les morts commencent à ressusciter, le Jugement dernier approche et le royaume de Dieu va enfin venir. Certains juifs adhérèrent à ce message.

— Comme Paul…

— Curieusement, Paul ne fut pas l'un d'eux. Il a même commencé par combattre les disciples de Jésus. Mais, après avoir eu une vision, il s'est converti.

— Il est donc devenu chrétien.

— Il n'y avait pas encore de chrétiens à ce moment-là, corrigea Tomás. Tous étaient juifs. Seulement, il existait diverses sectes parmi ces juifs, comme les pharisiens, les esséniens, les sadducéens et d'autres. Ceux qui croyaient que Jésus était le *machia* prédit dans les Écritures formaient l'une de ces sectes, celle des nazaréens. Mais attention, ceux-ci continuaient à observer les lois judaïques et à se rendre au Temple. Ce qui les différenciait, c'était leur croyance en la bonne nouvelle annonçant que le royaume de Dieu était sur le point d'arriver ; ils considéraient que la mort de Jésus représentait le sacrifice rituel pour expier les péchés de l'humanité, et que sa résurrection constituait la première phase du processus qui aboutirait au Jugement dernier. Dans la première épître aux Corinthiens, Paul écrit, chapitre 15, verset 20 : « [...] Le Christ est ressuscité des morts, prémices de ceux qui sont morts. »

— Prémices ? Qu'est-ce que ça veut dire ?

— Le dictionnaire donne diverses acceptions : premiers fruits de la terre, prélude, commencement. Dans l'Ancien Testament, les prémices représentaient les premiers produits d'une récolte ; on les offrait à Dieu en reconnaissance pour la totalité de cette récolte. Le Nouveau Testament emploie ce terme au sens figuré pour exprimer l'idée qu'une partie est donnée ou acquise à l'avance comme garantie de la totalité. Autrement dit, dans ce verset, Paul affirme explicitement que la résurrection de Jésus était le prélude à la résurrection des morts. Ce qui veut dire qu'il croyait pieusement que le monde était sur le point de finir et que le Jugement dernier approchait. Dans la première épître aux Thessaloniciens, Paul décrit à quoi ressemblera ce jour, chapitre 4, versets 16 et 17 : « Car lui-même, le Seigneur, au signal donné, à la voix de l'archange et au son de la trompette de Dieu, descendra du ciel : alors les morts en Christ ressusciteront d'abord ; ensuite nous, les vivants, qui serons restés, nous serons enlevés avec eux sur les nuées, à la rencontre du Seigneur, dans les airs, et ainsi nous serons toujours avec le Seigneur. » En d'autres termes, les morts seront les premiers à ressusciter, puis ce sera au tour des vivants. Ce message est renforcé par

Paul dans la première épître aux Corinthiens, chapitre 15, verset 51 : « Je vais vous faire connaître un mystère. Nous ne mourrons pas tous, mais tous nous serons transformés, en un instant, en un clin d'œil, au son de la trompette finale. Car la trompette sonnera, les morts ressusciteront incorruptibles, et nous, nous serons transformés. » Telle est la bonne nouvelle que Paul s'est mis à répandre. Sauf qu'il s'est heurté à un grand problème.

Tomás se tut pour ménager le suspens.

— Que s'est-il passé ? s'enquit l'Italienne.

— Les juifs ont ricané. Ils ont jugé ridicule l'idée que ce pauvre hère, venu de son bled perdu et que les Romains avaient humilié et crucifié, fût le *machia*. Par exemple, dans les Actes des Apôtres, il est dit, chapitre 17, versets 2 à 5, que Paul est allé s'entretenir avec les juifs à la synagogue de Thessalonique « et, trois sabbats de suite, il leur adressa la parole ; à partir des Écritures, il expliquait et établissait que le Messie devait souffrir, ressusciter des morts et "le Messie, disait-il, c'est ce Jésus que je vous annonce" ». Certains des juifs se laissèrent convaincre, mais non la majorité, qui « ameutèrent la foule et semèrent le désordre dans la ville ». Face à ce rejet, qu'a fait Paul ? Il a apporté le message aux païens. Il leur a dit que le Jugement dernier surviendrait bientôt et que ceux qui se convertiraient à la parole de Jésus seraient sauvés. De nombreux païens, craignant la fin du monde, acceptèrent d'y adhérer. Naturellement, à ce moment-là, surgit un problème absolument nouveau : les païens devaient-ils observer toutes les coutumes judaïques ? Ils refusaient d'être circoncis, souhaitaient continuer à manger de la viande de porc et à travailler librement le samedi. Si ces coutumes judaïques se maintenaient, ils renonceraient à se convertir. Que faire ? Les disciples de Jésus, comme Simon Pierre, Jacques et d'autres, se cabrèrent à l'idée d'abandonner ces règles. Elles étaient prescrites par la Loi et devaient être respectées. Cité par Matthieu, Jésus lui-même disait, chapitre 5, verset 17 : « N'allez pas croire que je sois venu abroger la Loi ou les Prophètes : je ne suis pas venu abroger, mais accomplir. » Et il renchérissait, verset 19 : « Dès lors celui qui transgressera un seul de ces plus petits commandements et enseignera aux hommes à faire de même sera déclaré le plus petit dans le Royaume des cieux. »

L'âme judaïque d'Arnie Grossman se manifesta.

— C'est bien la preuve que Jésus respectait effectivement la Loi.

— Encore une fois, Jésus l'affirme dans Matthieu, chapitre 5, verset 18 : « [...] pas un i, pas un point sur l'i ne passera de la loi, que tout ne soit arrivé. » Cependant, Paul n'avait pas connu personnellement Jésus et, comme il était beaucoup plus cultivé que les disciples, il décida de modifier les règles théologiques de manière à prendre en compte les objections des païens, pour les rallier à sa cause. Le salut, décréta-t-il, ne s'obtenait plus par le respect de la Loi ni par le sacrifice dans le Temple. Paul écrit dans l'épître aux Galates, chapitre 2, verset 16 : « [...] l'homme n'est pas justifié par les œuvres de la loi mais, seulement par la foi de Jésus-Christ. » Ce message est renforcé par le chapitre 5, verset 4 : « Vous avez rompu avec Christ, si vous placez votre justice dans la loi ; vous êtes déchus de la grâce. » Ainsi, et contrairement à ce que prêchait Jésus, la loi judaïque ne sauvait plus personne. Il suffisait à présent de croire à la mort du Christ comme sacrifice expiatoire et à sa résurrection comme « prémices » ou prélude au retour à la vie de tous les morts avant le Jugement dernier. Dans ces nouvelles conditions, comment les païens ont-ils réagi, selon vous ?

— Ils ont été enchantés, bien sûr, s'exclama l'inspecteur israélien. Ils n'étaient plus obligés de se faire circoncire et pouvaient manger de la viande de porc à volonté.

— Évidemment. De sorte qu'un grand nombre de païens adhérèrent au message. Les disciples de Jésus, tous juifs, protestèrent. Comment pouvait-on transgresser les commandements de la Loi ? Paul se rendit à Jérusalem pour s'entretenir avec eux et il leur dit que tel était le bon chemin. Les juifs rejetèrent le message, mais pas les païens. Non sans réticence, les disciples finirent par rallier la cause. En revanche, Simon Pierre, ainsi que Paul le signale, continua d'éviter de manger avec des païens, preuve qu'il n'arrivait pas à s'y faire. Et d'autres nazaréens continuèrent d'affirmer que Jésus n'avait aucunement enseigné de telles choses et que la Loi devait être suivie. À l'intérieur de la secte des nazaréens surgirent des sous-sectes, les unes projudaïques, les autres formées par des païens. Lorsque les trois premiers Évangiles furent écrits, ceux de Marc, de Matthieu et de Luc, ce débat était à son point culminant et s'étendit hors de la Judée. C'est pourquoi les évangélistes s'efforcèrent d'introduire des épisodes de la vie de Jésus où celui-ci contestait le sabbat et la loi de la pureté alimentaire : ils ne cherchaient pas à exprimer la vérité des faits et des paroles de Jésus, mais à invoquer son autorité pour résoudre les problèmes des temps nouveaux.

Valentina leva la main.

— Halte ! s'exclama-t-elle. Il faudrait d'abord éclaircir un point important. Les apôtres manifestaient sans doute de la réserve à l'égard des païens, je vous l'accorde. Mais pas Jésus ! Malgré votre discours affirmant qu'il n'était pas chrétien, la vérité est que Jésus était ouvert au monde et n'excluait personne. Sur ce point, Paul avait raison.

L'historien la regarda avec intensité.

— Écoutez-moi bien, demanda-t-il. Jésus était juif jusqu'à la moelle ! (Tomás indiqua la fenêtre.) Vous voyez ces juifs ultra-orthodoxes qui déambulent dans les rues de Jérusalem, portant une barbe et vêtus de noir ? S'il était encore en vie, Jésus serait l'un d'eux ! C'était un ultra-orthodoxe qui exigeait le respect de la Loi avec davantage de zèle encore que les autres juifs. Cité par Matthieu, Jésus déclare, chapitre 5, verset 20 : « Car je vous le dis : si votre justice ne surpasse pas celle des scribes et des Pharisiens, non, vous n'entrerez pas dans le Royaume des cieux. » C'était un juif fervent, radical ! Or, les juifs considéraient que les païens étaient impurs. C'est pourquoi Jésus ne se mêlait pas à eux ! En réalité, il les tenait à l'écart.

L'Italienne écarquilla les yeux, horrifiée.

— Mais mon Dieu ! Comment pouvez-vous affirmer que Jésus excluait les païens ? Il n'aurait jamais fait une chose pareille !

Tomás se replongea dans sa bible.

— Si vous lisez attentivement le Nouveau Testament, vous remarquerez que Jésus n'a pratiquement pas été en contact avec les païens. À la demande de quelques juifs, il s'est brièvement entretenu avec un centurion romain, mais aussitôt après il s'est senti obligé d'expliquer à la foule pourquoi il avait accepté de le faire. (L'historien tourna les pages.) Jésus a même ordonné aux apôtres d'éviter les païens lorsqu'ils propageaient la bonne nouvelle. Cité par Matthieu, Jésus leur dit, chapitre 10, versets 5 à 7 : « Ne prenez pas le chemin des païens et n'entrez pas dans une ville de Samaritains ; allez plutôt vers les brebis perdues de la maison d'Israël. En chemin, proclamez que le Règne des cieux s'est approché. » Autrement dit, et comme n'importe quel juif pieux, Jésus faisait en sorte de réduire au minimum le contact avec les païens. (Tomás tourna la page suivante.) Une païenne se rendit auprès de Jésus et lui demanda d'exorciser sa fille, possédée par le démon. Savez-vous quelle fut la première réaction de Jésus ? Selon Matthieu, chapitre 15, verset 23, « il ne lui répondit pas un mot ». Les apôtres intercédèrent alors en faveur de la païenne. Savez-vous ce que leur rétorqua Jésus ? Encore Matthieu, verset 24 : « Je n'ai été envoyé qu'aux brebis perdues de la maison d'Israël. » Pouvait-il être plus clair ? Ce n'est qu'au bout de la troisième imploration que Jésus daigna l'écouter ! (Tomás tourna un certain nombre de pages.) Paul lui-même, apôtre pour les païens, a écrit dans l'épître aux Romains, chapitre 15, verset 8, que « Christ s'est fait serviteur des circoncis », reconnaissant ainsi que Jésus prêchait uniquement pour les juifs. (Tomás tourna la bible vers son interlocutrice.) Son message ne s'adressait donc pas à toute l'humanité ; il n'était destiné qu'aux seuls juifs. Même lorsque Marc lui fait dire dans le temple de Jérusalem que sa « maison sera appelée maison de prière pour toutes les nations », un message apparemment universaliste, Jésus précise, chapitre 11, verset 17, qu'il ne fait que citer ce qui est écrit, allusion aux prophéties d'Ésaïe qui, chapitre 56, verset 7, emploie justement l'expression « Maison de prière pour tous les peuples ».

Incrédule, Valentina lut de ses propres yeux les versets de Matthieu et de Marc, ainsi que la phrase de Paul dans son épître aux Romains.

— C'est incroyable…, murmura-t-elle, atterrée. Je n'ai jamais entendu ça ! Jamais !

— Un événement catastrophique s'est alors produit,

reprit Tomás. La révolte juive et la destruction de Jérusalem par les Romains, en l'an 70.

Arnie Grossman hocha la tête.

— Ce fut un traumatisme pour notre peuple, c'est certain.

— Et aussi un événement d'une haute importance pour les nazaréens, souligna Tomás. Les juifs étaient tombés en disgrâce auprès des Romains et l'alliance avec la religion judaïque n'était plus aussi recommandable. D'autre part, la majorité des juifs n'admettait pas que Jésus fût le Messie et les nazaréens les accusaient d'avoir tué le Fils de Dieu. Par ailleurs, le fameux royaume de Dieu tardait à s'accomplir ! Jésus avait promis aux apôtres qu'ils seraient encore en vie lorsque Dieu établirait son règne sur terre, mais cela ne s'était pas réalisé. Les apôtres commençaient à mourir et il n'y avait toujours aucun Jugement dernier. Les questions embarrassantes se multipliaient dans la communauté. Quand donc tous les morts ressusciteront-ils ? À quand le Jugement dernier ? Et le royaume de Dieu, c'est pour aujourd'hui ou pour demain ?

— Qu'ont fait les meneurs de la communauté ?

— Il leur a fallu tout réinterpréter. Finalement, ils décrétèrent que le royaume de Dieu ne serait pas pour tout de suite.

— Mais comment ont-ils étayé théologiquement cette idée ? demanda Grossman. Jésus disait pourtant très clairement que la venue du royaume de Dieu était imminente.

— C'est vrai, reconnut l'historien, mais, confrontés au fait que la prophétie ne se réalisait pas, les chefs des nazaréens se sont ingéniés à faire de la gymnastique verbale. L'auteur de la deuxième épître de Pierre s'est vu forcé de trancher la question, chapitre 3, versets 8 et 9 : « [...] pour le Seigneur un seul jour est comme mille ans et mille ans comme un jour. Le Seigneur ne tarde pas à tenir sa promesse, alors que certains prétendent qu'il a du retard, mais il fait preuve de patience envers vous, ne voulant pas que quelques-uns périssent mais que tous parviennent à la conversion. » Ce passage est inspiré des Psaumes, où il est dit, chapitre 90, verset 4 : « Oui, mille ans, à tes yeux, sont comme hier, un jour qui s'en va, comme une heure de la nuit. » Autrement dit, les têtes pensantes ont fouillé dans les Écritures jusqu'à trouver quelque chose qui leur permettrait d'affirmer que Dieu, au bout du compte, avait une conception différente du temps. Bien que très présent dans les premiers textes des nazaréens – comme les épîtres de Paul, l'Évangile selon Marc et les sources de Luc et de Matthieu, appelées Q, L et M –, le message apocalyptique s'effacera peu à peu jusqu'à disparaître complètement dans le quatrième Évangile, celui de Jean, rédigé aux environs de l'an 95. À quoi bon insister sur la venue du royaume de Dieu, puisqu'il n'y avait pas moyen qu'il arrivât ?

— Mais ce message apocalyptique fut maintenu dans les premiers textes, observa l'Israélien. Et ces textes restaient disponibles. Comment a-t-on justifié cela ?

— Le problème, c'est que la partie la plus importante du message de Jésus, l'annonce de la fin des temps et la venue du royaume de Dieu, était fausse. Mais personne n'osait admettre que Jésus pouvait s'être trompé. C'eût été un grave blasphème. Alors que faire ? Les chefs de file de la communauté ont fini par dire que tout cela était métaphorique, qu'il ne fallait pas le prendre à la lettre, etc. Dès lors, le royaume de Dieu cessa d'être un règne physique pour devenir une métaphore spirituelle. Il n'était plus question de deux ères successives, celle de Belzébuth et celle de Dieu, mais de deux sphères simultanées, l'Enfer et le Ciel. Et la notion de résurrection du corps se transforma en dogme de l'immortalité de l'âme. Bref, les nazaréens trouvèrent des moyens ingénieux pour esquiver ce fâcheux problème.

— Autrement dit, ils adaptèrent progressivement le discours de Jésus à la réalité.

— Exactement. Et, en même temps qu'il devint moins apocalyptique, le message des nazaréens divinisa toujours plus Jésus. Tandis que le premier Évangile canonique, celui de Marc, le présentait comme un homme de chair et d'os, qui parfois se mettait en colère, le quatrième Évangile, celui de Jean, en faisait un dieu. « Et le Verbe s'est fait chair et il a habité parmi nous », écrit Jean, chapitre 1, verset 14. D'autre part, et c'est tout aussi important, la secte des nazaréens s'est peu à peu éloignée des juifs, jusqu'à former une religion distincte, celle des chrétiens.

— En d'autres termes, le christianisme est né de la négation du judaïsme.

— Tout à fait. Pour les chrétiens, la question était très simple : puisque les juifs rejetaient Jésus, Dieu rejetait les juifs. Donc, aux yeux des chrétiens, les juifs n'étaient plus le peuple élu. On constate d'ailleurs que la culpabilité des juifs dans la mort de Jésus augmente à mesure que les Évangiles se succèdent, tandis que la responsabilité du Romain Ponce Pilate diminue. Dans le premier Évangile, celui de Marc, Pilate ne déclare jamais Jésus innocent. Dans les deux Évangiles suivants, les choses commencent à changer. Dans Matthieu, Pilate affirme, chapitre 27, verset 24 : « Je suis innocent de ce sang. » Et, dans Luc, il déclare trois fois l'innocence de Jésus. De même chez Jean, le dernier évangéliste, Pilate proclame trois fois l'innocence de Jésus et le remet pour l'exécution non pas aux légionnaires, mais aux juifs. Dans un passage, chapitre 8, verset 44, Jean en vient même à mettre dans la bouche de Jésus l'affirmation que le père des juifs « c'est le diable ». La rupture avec le judaïsme est consommée. Les juifs chrétiens traitèrent les autres chrétiens d'hérétiques, mais la dénonciation finit par avoir un effet boomerang. Les païens chrétiens devinrent majoritaires et finirent par supplanter les juifs chrétiens. Les ébionites, une secte qui soutenait que Jésus était un juif de chair et d'os, furent déclarés hérétiques et réduits au silence, et les juifs devinrent l'objet de la haine des chrétiens. Des auteurs chrétiens du IIe siècle écrivirent que la circoncision existait pour signaler ceux qu'il fallait combattre. Lorsque Constantin s'est converti au christianisme, au IVe siècle, les chrétiens acquirent enfin le pouvoir dont ils avaient besoin pour punir les juifs. Le reste, c'est de l'histoire.

Arnie Grossman croisa les bras.

— Et c'est ainsi qu'on en est arrivé aux pogroms et à l'Holocauste, observa-t-il. Mais, si j'ai bien saisi le sens de vos paroles, la religion chrétienne qui existe aujourd'hui n'était pas celle de Jésus.

Tomás indiqua le papier que l'Israélien tenait entre les doigts.

— C'est exactement ce que l'assassin a voulu dire au fil des messages qu'il nous a laissés, conclut-il. Jésus-Christ n'était pas chrétien.

Le silence retomba dans la chambre de l'hôpital. Le Portugais posa sa bible et se cala contre son oreiller.

— Tout cela est bien joli, observa Valentina d'un air contrarié, pensant de toute évidence le contraire.

372

Mais que fait-on maintenant ? Comment devons-nous orienter notre enquête ?

Grossman la regarda fixement.

— Dites-moi une chose, chère collègue. Comment le « sicaire » a-t-il pu découvrir la présence de M. Noronha et son implication dans l'enquête ici, à Jérusalem ?

L'Italienne haussa les épaules.

— Je n'en ai pas la moindre idée.

— Qui était au courant de votre présence dans la ville ?

— Vous, bien sûr. (Elle s'arrêta un instant.) Et... la fondation Arkan !

Grossman sourit.

— Curieux, n'est-ce pas ? Quelques heures après votre visite à cette fondation et votre entretien chaleureux avec son président, un assassin pénètre dans la chambre du professeur Noronha. Troublante coïncidence, vous ne trouvez pas ?

Valentina garda les yeux rivés sur son collègue israélien.

— Mon Dieu ! Comment n'y ai-je pas pensé ? s'exclama-t-elle, un peu vexée. Plus qu'une coïncidence, c'est un indice révélateur !

L'Israélien plongea la main dans la poche de sa veste.

— Peut-être, admit-il. Mais les documents que j'ai reçus tout à l'heure et dont je ne vous ai pas encore parlé sont encore plus révélateurs.

Il leur montra des feuilles pliées.

— Qu'est-ce que c'est ?

— Nous avons fait des recherches concernant le papier sur lequel l'assassin a noté son message et nous avons eu de la chance, informa-t-il, tout en dépliant les feuilles. Nous avons découvert qu'il s'agit d'un type de papier assez rare, produit par une usine à Tel-Aviv.

(Il agita les deux feuilles.) Voici la liste des clients à qui l'usine a envoyé des rames de ce papier spécial. Ils ne sont que quinze. Et devinez qui se trouve en douzième position…

Arnie Grossman posa le doigt sur la ligne en question : fondation Arkan.

XLVIII

La nuit avait été froide et désagréable, mais rien n'avait le pouvoir d'écarter Sicarius de sa mission. N'avait-il pas déjà supporté d'innombrables nuits à la belle étoile, au sommet du promontoire de Massada, exposé au gel nocturne du désert ? Comparé à cela, une nuit dans le quartier juif de la vieille ville pouvait-elle être un sacrifice ? Non. Il avait cela en lui et l'attente ne lui paraissait en rien pénible. Au contraire.

Il avait passé une partie de la nuit à réciter les Psaumes, tout en surveillant la rue. La nuit avait été calme. Mais, à présent que le jour se levait, le quartier juif se réveillait ; on entendait des portes claquer, des pas résonner sur les trottoirs, la sonnette d'une bicyclette qui passait dans la rue. La vieille ville de Jérusalem s'étirait sous la lumière du matin, s'apprêtant à vivre un jour nouveau. Le soleil baignait les toits des bâtiments millénaires.

Un vrombissement lointain, d'abord mêlé à la rumeur de la circulation, se transforma en un ronflement distinct. Sicarius regarda au bout de la rue et aperçut trois motos et deux voitures s'avancer en cortège. Les véhicules de police s'immobilisèrent juste devant les marches où Sicarius avait passé la nuit, l'obligeant à rajuster sa capuche pour mieux dissimuler son visage. Les motards restèrent en faction, jetant des regards inquisiteurs de tous côtés, y compris sur le moine qui semblait sommeiller sur les marches d'en face. Puis les passagers sortirent de leurs voitures avec précipitation. Absorbés par leur discussion, ils ne prêtèrent aucune attention au moine.

Le groupe se dirigea ensuite vers la porte de la fondation. Ils étaient six et Sicarius les reconnut immédiatement. L'inspecteur principal, Arnie Grossman, trois agents en civil et les deux étrangers, l'inspecteur italien Valentina Ferro et l'historien portugais Tomás Noronha. Le visage tapis dans l'ombre de sa capuche, Sicarius esquissa un sourire en voyant la main bandée et le pansement au cou de l'homme qu'il avait attaqué la veille.

Il avait fait du bon travail.

Le groupe demeura un long moment devant la porte. Alors que Grossman pressait avec insistance la sonnette, ses trois hommes commencèrent à inspecter l'extérieur du bâtiment. L'historien consultait sa montre et échangeait quelques paroles avec l'Italienne. Une belle femme, constata Sicarius. La porte s'ouvrit.

XLIX

— Police !

L'inspecteur plaça sa plaque sous les yeux de la réceptionniste. La jeune fille aux cheveux noirs cligna des yeux, intimidée, et recula d'un pas.

— En quoi puis-je vous aider ?

Arnie Grossman franchit le seuil de la porte avec l'air de celui qui domine la situation.

— Nous voudrions parler à Arpad Arkan, annonça-t-il. Est-il là ?

— Un moment, s'il vous plaît.

La réceptionniste se dirigea vers le téléphone et composa un numéro. Elle se mit à parler très vite, puis elle marqua une pause, acquiesça et raccrocha. Elle revint dans le hall et fit signe aux visiteurs.

— Veuillez me suivre.

Ils montèrent au premier étage et avisèrent la silhouette imposante du président qui les attendait, en haut de l'escalier, les mains sur les hanches. Ils se saluèrent avec froideur. Arkan serra à peine la main de Grossman et se contenta d'adresser un signe de tête aux autres. Lorsqu'il aperçut Valentina, il émit un grognement hostile. Manifestement, l'Italienne n'était pas la bienvenue, mais cela ne sembla pas la déranger.

Le président les conduisit dans son bureau. La réceptionniste se retira pour chercher des chaises. Pendant ce temps-là, Tomás se mit à parcourir d'un regard appréciateur les papyrus et les parchemins encadrés qui ornaient les murs, cherchant à deviner l'époque de chacun d'eux. Il lut des lignes en hébreu et en grec qui lui semblèrent extraites de l'Ancien et du Nouveau Testament. La rigueur et le soin avec lesquels le texte de l'un des parchemins avait été retranscrit lui paraissaient témoigner du professionnalisme de l'école alexandrine, signe qu'il s'agissait d'un précieux spécimen. Un autre manuscrit, vraisemblablement byzantin, lui sembla plus tardif et d'un moindre intérêt.

Tous les visiteurs prirent place.

— Eh bien, qu'est-ce qui me vaut le plaisir de cette nouvelle visite ? demanda Arkan, assis dans son fauteuil. Je suppose que cela concerne les trois universitaires assassinés...

Grossman s'éclaircit la voix.

— Vous supposez bien, répondit-il. (Il indiqua d'un geste Valentina.) Nous avons récemment reçu une demande des polices italienne, irlandaise et bulgare pour apporter notre aide à l'enquête internationale qui est conduite par l'inspecteur Ferro, de la police judiciaire italienne, avec la collaboration du professeur Noronha, historien à l'université nouvelle de Lisbonne.

— Je les connais déjà, murmura le président de la fondation sur un ton agacé. Ils sont venus ici il y a deux jours.

— Vous êtes donc informé, dit le policier israélien. Et vous reconnaissez que les trois victimes se sont rencontrées précisément dans ce bureau, au cours d'une réunion organisée par vous.

— En effet, c'est exact.

Grossman se tut et jaugea son interlocuteur.

— Trois mois après, les trois universitaires ont été

assassinés, ajouta-t-il avec assurance. (Il plissa les paupières.) Étrange coïncidence…

Arkan s'agita dans son fauteuil, clairement agacé par cette dernière observation.

— Je n'ai que faire de vos insinuations perfides, maugréa-t-il en s'efforçant de maîtriser sa voix. Je ne suis pour rien dans ce qui est arrivé. Je suis désolé pour ces victimes et, si je pouvais remonter le temps, j'éviterais de les inviter.

— Peut-être bien, dit Grossman. Le problème, c'est que les coïncidences ne s'arrêtent pas là. (Il désigna Valentina et Tomás.) Mes collègues se sont entretenus avec vous et vous les avez jetés dehors ; quelques heures plus tard, le professeur Noronha a été agressé dans sa chambre d'hôtel.

Le président écarquilla les yeux et regarda Tomás ; sa surprise était soit sincère, soit simulée à merveille.

— Qu'est-ce que vous dites ?

Le Portugais leva sa main bandée et étira le cou pour montrer son pansement, s'efforçant de sourire.

— Les preuves sont là.

L'inspecteur israélien ne quitta pas Arkan du regard, scrutant ses réactions.

— Encore une coïncidence, insinua-t-il. Vous vous emportez, vous les expulsez de la fondation, et, quelques heures plus tard, un inconnu les agresse.

Arkan bondit de son fauteuil, le visage empourpré.

— Comment osez-vous ? vociféra-t-il, déjà hors de lui. Vous insinuez que… j'ai quelque chose à voir avec ça ? dit-il en pointant Tomás du doigt. Mais qu'est-ce qui se passe ? Êtes-vous tous devenus fous ? Comment pouvez-vous croire une chose pareille ? Me voilà à présent coupable de tous les actes malveillants qui sont commis en ce bas monde ?

Grossman n'était pas intimidé. Il demeura tranquillement sur sa chaise, jambes croisées, et attendit que la tempête s'apaisât.

— Du calme, conseilla-t-il. Personne ne vous accuse de quoi que ce soit. (Il décroisa les jambes et se pencha vers son interlocuteur.) Pas encore, dit-il très satisfait de lui-même. Le problème, c'est qu'il y a une nouvelle coïncidence. (Il fit signe au policier assis près de lui, qui lui remit une chemise. L'inspecteur l'ouvrit et en sortit une feuille de papier.) Reconnaissez-vous ceci ?

Il s'agissait du dernier message codé déchiffré par Tomás.

Arkan se pencha au-dessus de son bureau pour mieux en examiner le contenu et afficha un air d'ignorance.

— Cela ne me dit absolument rien.

— C'est un message chiffré que l'agresseur du professeur Noronha a laissé sur les lieux de l'agression, expliqua-t-il. Un message ressemblant d'ailleurs beaucoup à ceux qui ont été retrouvés près des victimes à Rome, à Dublin et à Plovdiv.

— Et alors ?

— Et alors, j'ai fait analyser le papier. Nous avons localisé le fournisseur à Tel-Aviv, lequel nous a informés qu'il s'agissait d'un type de papier assez rare, uniquement fourni à quinze clients. Votre fondation est l'un d'eux.

Arkan ouvrit la bouche, stupéfait.

— Qu'est-ce que vous dites ?

Grossman agita la feuille sur laquelle était inscrit le message codé.

— Ce papier vient probablement de votre fondation, dit-il lentement, presque en détachant les mots. Comment l'expliquez-vous ?

Les yeux du président se fixèrent tour à tour sur le papier et sur le visage de l'inspecteur principal.

— Je… je ne sais pas…, balbutia-t-il. C'est… impossible. C'est absolument impossible !

— En attendant, c'est ce que l'usine affirme. (Il garda les yeux fixés sur Arkan.) À présent, considérez l'enchaînement des événements. Vous avez eu une altercation avec l'inspecteur Ferro et le professeur Noronha. Quelques heures plus tard, le professeur Noronha a été agressé. L'agresseur a laissé un message codé sur un papier utilisé par votre fondation. Je répète : comment l'expliquez-vous ?

Arkan semblait atterré, presque incapable de tenir un discours cohérent.

— Il doit y avoir une erreur ! s'exclama-t-il. Une telle chose implique que… (Il secoua à nouveau la tête.) Non, c'est impossible ! Il doit y avoir une explication !

— Bien sûr qu'il y en a une, concéda Grossman, toujours très calme. Et la première explication concerne les trois universitaires que vous avez reçus ici dans votre fondation et qui ont fini assassinés. Personne n'a encore vraiment compris la nature des recherches qui les reliait.

— Je les ai engagés pour réaliser des expertises, affirma le président. Il n'y a rien d'autre à expliquer !

L'inspecteur principal fit à nouveau signe au policier assis près de lui, qui lui remit une deuxième chemise. Il retira une lettre dont l'en-tête affichait les symboles administratifs d'Israël.

— Si vous vous obstinez à garder le silence, je crains de devoir vous inviter à nous suivre pour éclaircir cette affaire, dit-il en lui tendant la lettre. Veuillez vérifier que tout est conforme.

Arkan prit la lettre, perplexe.

— Qu'est-ce que c'est ?

— Un mandat de dépôt, l'informa le policier israélien. À votre nom.

— Comment ça ?

— Compte tenu des coïncidences successives qui impliquent votre fondation dans cette sombre affaire, le juge nous autorise à vous maintenir en détention le temps que l'enquête aboutisse. (Il arbora un sourire.) Ce qui fait deux ans, au minimum, le temps que tout soit éclairci dans les moindres détails.

Le président de la fondation était si abattu qu'il ne parvint même pas à lire le texte du mandat.

— Deux ans ?

Grossman opina.

— Au minimum. Le délai peut être prolongé d'un an.

Arkan se laissa tomber en arrière et s'affala dans son fauteuil, l'air anéanti, le mandat toujours serré entre les doigts.

— Mon Dieu !

— À moins que vous ne préfériez vous épargner tous ces désagréments en nous expliquant la vraie raison pour laquelle vous avez convoqué les professeurs Escalona, Schwarz et Vartolomeev. Je veux connaître la vraie raison.

Arpad Arkan était devenu livide, des gouttes de sueur ruisselaient sur ses tempes. Tandis qu'il évaluait les rares options qui s'offraient à lui, il regarda les six enquêteurs assis face à lui. Seul l'historien portugais, moins à l'aise dans ce genre de situation, semblait témoigner d'une lueur de sympathie. Que faire ?

Il entendit un cliquetis métallique et remarqua qu'un des policiers préparait déjà les menottes. Le temps se dérobait, réalisa-t-il, abasourdi. Le président de la fondation parvint à la conclusion qu'au point où en étaient arrivées les choses il devait mettre son intérêt personnel avant tout le reste.

— Tout cela va trop loin, conclut-il. Je vais tout vous raconter. Mais pas ici.

— Où, alors ?

— Là où sont menés nos travaux.

— Quels travaux ? De quoi parlez-vous ?

Arkan inspira profondément et se leva de son fauteuil.

— Du plus extraordinaire projet de l'humanité.

L

La porte de la fondation s'ouvrit et tout alla très vite. Sicarius vit Arpad Arkan quitter le bâtiment escorté des policiers israéliens, de l'Italienne et du Portugais. Tous montèrent dans les voitures et, dans un ronflement soudain, les motards démarrèrent leurs engins.

Dans son habit de moine, Sicarius se leva sans précipitation, pour ne pas attirer l'attention. Il jeta un regard ensommeillé sur les véhicules et s'étira. Puis il se mit à marcher d'un air insouciant vers la moto noire, garée à quelques mètres de là.

Les véhicules se mirent en route. Deux motos roulaient en tête, précédant les deux voitures, et derrière suivait la troisième moto. Sicarius les laissa passer et, seulement après, ôta sa tunique. Il la glissa dans son sac à dos et démarra sa moto.

Au bout de la rue, le cortège de la police entrait déjà dans le virage.

— Ils se croient en sécurité, murmura Sicarius, les yeux rivés sur l'arrière des véhicules.

La moto partit en trombe. En quelques secondes, Sicarius retrouva le contact visuel ; il devait rester discret.

Le cortège zigzagua à travers la vieille ville et sortit par la porte des Immondices, près du mont du Temple, avant de s'enfoncer dans l'effervescence nerveuse de la Jérusalem moderne. Le trafic était dense et, malgré les motards qui ouvraient le chemin, le cortège avançait avec une relative lenteur. Sicarius parvint à se faufiler et le rejoignit.

— Ça ne roule pas ! grommela-t-il.

La progression des véhicules de police était trop lente, il décida de s'arrêter quelques secondes pour laisser le cortège prendre un peu d'avance.

Le trafic devint nettement plus fluide à la sortie de la ville. L'escorte se dirigea vers l'ouest, en direction de Tel-Aviv. Sicarius poursuivit sa filature, avec une distance prudente.

Le trajet dura encore deux heures. Juste avant Tel-Aviv, le cortège bifurqua vers le nord pour s'engager sur la route Trans-Israël. Sicarius redoubla de vigilance lorsque l'escorte s'approcha de la sortie pour Netanya, mais celle-ci resta sur la route principale, en direction du nord.

— Mais où vont-ils ? s'interrogea Sicarius. À Haïfa ? À Acre ?

Il eut la réponse peu après, lorsque le cortège quitta la route principale et prit la sortie pour la plus célèbre ville de la Galilée. Comment n'y avait-il pas pensé plus tôt ? À l'entrée de la ville, le panneau indiquait Nazareth.

LI

Avant la montagne qui annonçait la zone urbaine de Nazareth, la voiture de tête, où se trouvait Arpad Arkan, vira à droite pour s'engager sur une route secondaire. Les motos et la deuxième voiture la suivirent ; à l'évidence, le président de la fondation avait pris la tête des opérations.

Un ensemble de bâtiments modernes, tout en verre et en métal, surgit sur la gauche, se dressant parmi les arbres. Le cortège franchit le portail du complexe et se dirigea vers l'entrée principale, ornée de deux arcs d'acier entrecroisés comme deux colonnes pliées par une force colossale.

Les voitures et les motos s'arrêtèrent devant la porte et l'attention de l'historien fut attirée par un grand panneau qui affichait le nom du complexe : Advanced Molecular Research Center.

Les portières s'ouvrirent et tout le monde descendit.

— Bienvenue dans le sanctuaire de ma fondation ! dit Arkan avec une fierté manifeste. Ce bâtiment se nomme le Temple. (Il désigna les deux énormes arcs qui ornaient l'entrée et se tourna vers Tomás.) Professeur, vous devez savoir de quoi il s'agit ?

L'historien acquiesça.

— Les portes du temple de Jérusalem étaient flanquées de deux grandes colonnes, répondit-il. Si ce bâtiment se nomme le Temple, je suppose que ces arcs représentent les colonnes.

— Tout à fait. (Il indiqua l'entrée.) En franchissant cette porte, vous pénétrez dans un nouveau monde. (Il fit un geste solennel.) Le monde du Temple.

Arnie Grossman interpella ses hommes.

— Allons-y !

Les policiers se dirigèrent vers l'entrée, mais Arkan leur barra l'accès.

— Monsieur l'inspecteur, dit-il, je suis très heureux d'inviter la police à visiter nos installations, mais… sans armes. Je regrette, mais ce sont les règles en vigueur dans le Temple.

L'inspecteur principal israélien s'arrêta, surpris par l'objection.

— Vous plaisantez ?

Arkan le regarda fixement.

— Avez-vous un mandat pour pénétrer dans ce bâtiment ?

— J'ai un mandat pour vous arrêter si cela se révèle nécessaire.

— Pour m'arrêter, mais où ?

— Eh bien… au siège de votre fondation ou sur la voie publique.

Le président de la fondation jeta un regard circulaire.

— Constatez par vous-même, dit-il. Nous ne sommes ni au siège de ma fondation ni sur la voie publique…

La voix de Grossman se fit glaciale.

— Vous voulez que j'aille voir le juge pour obtenir le mandat ? Sachez que…

Arkan secoua la tête.

— Vous êtes les bienvenus au Temple, s'empressa-t-il de rectifier. La seule chose que je voudrais éviter, c'est l'introduction d'armes dans ce bâtiment. Notre règlement l'interdit formellement.

L'inspecteur israélien regarda ses hommes d'un air hésitant et considéra la demande. Sa décision prise, il se tourna vers son interlocuteur.

— Personne ne désarme la police israélienne, asséna-t-il. Mais, dans un geste de bonne volonté, je suis prêt à vous proposer un compromis qui me paraît raisonnable. Mes hommes restent dehors et j'entre seul. (Il écarta un pan de sa veste, découvrant un revolver.) Armé.

Le président réfléchit un moment.

— Ne pourriez-vous pas laisser votre arme à vos hommes ?

— Ce n'est pas négociable, murmura Grossman. Ne m'obligez pas à revenir sur ma décision…

Arkan se frotta le menton, indécis. Soit il acceptait le compromis, soit la police irait chercher un nouveau mandat et l'arrêterait. Le règlement qu'il avait établi dans son Temple interdisait la présence d'armes, mais certaines situations requéraient de la souplesse. Celle-ci en était une.

— D'accord, concéda-t-il, avec un geste de résignation. Vous entrez armé. Vos hommes restent dehors.

L'inspecteur principal de la police donna des instructions à ses subordonnés. Puis, il fit signe à Arkan. Le président de la fondation entra enfin dans le bâtiment, suivi de Grossman, Tomás et Valentina. Après s'être identifiés à la réception, les visiteurs passèrent par un détecteur de métaux. Les deux vigiles qui contrôlaient l'entrée n'apprécièrent pas de voir l'arme du policier, mais le président leur fit signe que tout était en ordre.

L'intérieur du bâtiment laissait place à une grande cour éclairée par la lumière du jour. De longs couloirs jalonnés de portes entouraient cet espace comme des tentacules.

— Où sommes-nous ? s'enquit Grossman.

Arkan prit un air sournois.

— Dans le Temple, je vous l'ai déjà dit.

— Ce n'est pas ce qui est affiché dehors, intervint Tomás, en désignant l'entrée du pouce. Le panneau indique Advanced Molecular Research Center. Cette appellation ne me paraît guère connotée religieusement...

L'hôte émit un éclat de rire ; l'irritation avec laquelle il les avait accueillis dans sa fondation semblait faire place à une cordiale bonhomie.

— Vous avez raison, professeur ! s'exclama Arkan. Le Temple désigne le bâtiment où nous nous trouvons. Mais le complexe porte un nom scientifique, qui révèle ses véritables objectifs. En réalité, nous nous trouvons dans le Centre de recherche moléculaire avancée, le projet le plus ambitieux et le plus ingénieux de ma fondation.

— Oui, mais de quoi s'agit-il ?

— C'est un secret.

L'inspecteur israélien brandit son mandat d'amener et se contenta de sourire, sachant que la vue de ce document serait suffisamment éloquente.

— Si c'est le cas, je crains que vous ne deviez tout nous raconter. Quel est ce secret ?

Arkan inspira profondément, s'apprêtant à révéler ce qu'il avait toujours caché aux yeux du monde.

— C'est l'ultime espoir de l'humanité.

LII

Un souffle chaud et humide accueillit les visiteurs lorsqu'ils pénétrèrent dans la grande galerie. Telle une forêt bien ordonnée, celle-ci abritait des parterres de plantes, quadrillés par des allées. Le toit de la galerie était recouvert d'une verrière en verre dépoli, laissant la lumière du soleil baigner la verdure qui envahissait tout le périmètre.

Une serre, constata Tomás. Ils venaient d'entrer dans une serre géante.

— Éden, annonça Arpad Arkan avec un grand sourire. Ce secteur du complexe s'appelle Éden. (Il balaya d'un geste les plantes alentour.) Il est facile de comprendre pourquoi, n'est-ce pas ?

— J'ai bien compris, dit Grossman. Mais quelle est l'utilité d'une serre dans un centre de recherche scientifique comme celui-ci ?

L'hôte ne répondit pas immédiatement. Il se dirigea vers un homme en blouse blanche, petit et maigre, qui examinait les feuilles d'une plante, et le salua avec effusion. Puis le scientifique se tourna vers les trois visiteurs tandis qu'il écoutait son patron lui expliquer la situation. Il finit par hocher la tête et suivit le président.

— Voici le professeur Peter Hammans, dit Arkan. C'est le directeur du département de biotechnologie

391

de notre centre. (Il lui asséna une tape dans le dos qui faillit le flanquer par terre.) Nous l'avons piqué à l'université de Frankfort.

Le professeur Hammans, un homme au visage émacié et sillonné de rides, avec une barbe grise qui lui allongeait le menton, se redressa et, avec un sourire penaud, tendit la main aux inconnus.

— Enchanté.

Ils se présentèrent. Après une brève explication sur l'enquête des trois homicides, le directeur du département de biotechnologie les conduisit dans un coin de la serre et les invita à s'asseoir.

— J'aimerais vous offrir quelque chose à manger, dit-il avec un sourire malicieux. Voulez-vous goûter un chou génétiquement modifié ou bien un chou absolument naturel ?

— Un chou génétiquement modifié ? interrogea Grossman. Jamais de la vie !

Le professeur Hammans se dirigea vers le réfrigérateur et distribua à chacun des trois visiteurs une assiette contenant une feuille de chou.

— Alors goûtez ce chou à son état naturel.

Valentina fit une grimace.

— Je n'ai pas faim…

Le scientifique pointa du doigt les feuilles de chou.

— Mangez ! insista-t-il. C'est important pour la démonstration que je veux vous faire.

Les trois visiteurs regardèrent d'un œil méfiant la feuille de chou dans leur assiette. Elle était cuite, mais présentait un aspect inhabituel. Tomás planta sa fourchette dans la sienne et la porta à la bouche. Il recracha aussitôt.

— Pouah ! Quelle horreur !

Le professeur Hammans prit un air faussement surpris.

— Eh bien ? Que se passe-t-il ?

L'historien fit la grimace.

— Ce chou est immangeable, dit-il. Il a un goût... comment dire, très amer !

Les deux inspecteurs prirent un petit morceau, qu'ils goûtèrent du bout des lèvres, et confirmèrent le verdict de Tomás.

— C'est franchement mauvais ! s'exclama Grossman. Qu'est-ce que c'est que ce chou ?

Le scientifique se dirigea à nouveau vers le réfrigérateur et apporta d'autres feuilles de chou cuit qu'il déposa dans les assiettes.

— Goûtez maintenant ce chou-là et dites-moi ce que vous en pensez...

Cette fois Tomás hésita. Étant donné ce qu'il venait d'avaler, il se demandait s'il devait se soumettre à une expérience. Il examina la feuille qui lui semblait parfaitement normale. Un chou cabus. Avec précaution, il planta sa fourchette dans la feuille et la porta à la bouche. Il croqua une première fois et s'arrêta, s'attendant à une sensation désagréable. Tout lui parut normal. Il croqua une seconde fois et mangea la feuille.

— Alors ? s'enquit le professeur Hammans, l'œil impatient. C'était bon ?

— Normal, confirma l'historien en mâchant encore. Froid, mais normal.

Les deux inspecteurs, après avoir attendu prudemment la réaction de Tomás, croquèrent à leur tour et acquiescèrent.

— Savez-vous ce qui manque pour que ce soit vraiment bon ? demanda Valentina tandis qu'elle dégustait sa feuille de chou. Des spaghettis, de l'huile d'olive et de l'ail !

Hammans échangea un bref regard avec Arkan et sourit aux trois visiteurs.

— Vous voyez ce premier chou ? demanda-t-il. Il est absolument naturel et vous n'avez pourtant pas pu le manger. Le deuxième chou est génétiquement modifié et vous l'avez néanmoins trouvé délicieux !

Grossman s'arrêta de mâcher.

— Qu'est-ce que vous dites ? s'indigna-t-il. Vous m'avez fait manger du chou génétiquement modifié ?

— Et vous avez aimé !

L'inspecteur israélien détourna la tête et cracha par terre.

— Quelle horreur ! s'exclama-t-il. Je ne mange pas de ces saloperies !

Le professeur prit un air faussement étonné.

— Comment ça ? Vous n'avez donc jamais mangé de chou de votre vie ?

— Bien sûr que oui ! Mais je n'ai jamais mangé de chou génétiquement modifié ! Je suis contre !

Le scientifique croisa les bras et le regarda fixement, comme un professeur attendant que l'élève corrige de lui-même sa mauvaise réponse. Puis il tourna son regard vers la feuille de chou que personne n'avait réussi à avaler.

— Le seul chou au monde qui n'ait jamais été génétiquement modifié est celui-ci, dit-il. Et vous n'avez pas pu le manger. Tous les autres, et en particulier ces choux qui sont en vente dans les supermarchés, ont été génétiquement manipulés.

— Comment ça ?

— C'est ainsi et pas autrement, insista le professeur Hammans. Les choux naturels sont trop amers pour être consommés, c'est un mécanisme de défense qu'ils ont développé pour empêcher les animaux de les manger. Qu'ont fait les êtres humains pour les rendre comestibles ? Ils se sont mis à les modifier génétiquement.

— Comment ça, les modifier génétiquement ? questionna Grossman. Insinuez-vous que les choux en vente dans les supermarchés aient été conçus en laboratoire ?

— Pas dans un laboratoire conventionnel, avec des bactéries, des éprouvettes, des lamelles, des microscopes et autres instruments. Mais il n'empêche que les choux que nous consommons sont en quelque sorte des produits de laboratoire. Ou du moins de manipulation génétique. Depuis que l'homme a inventé l'agriculture, voilà plus de dix mille ans, il n'a rien fait d'autre que de la manipulation génétique. Les agriculteurs, depuis des milliers d'années, croisent les plantes de manière à produire de nouveaux végétaux, plus savoureux et plus faciles à faire pousser.

— Oh, mais ça c'est tout à fait différent…

— Non, pas du tout ! Le croisement de plantes est une forme élémentaire de manipulation génétique. Les choux que nous mangeons n'existaient pas à l'état naturel. Ils ont été élaborés au fil du temps par croisements successifs. Les agriculteurs ont fait de nombreuses expériences et, à force de tentatives et d'échecs, ils ont créé des produits qui n'existaient pas. Beaucoup de ces fruits et légumes sont en vente dans les supermarchés et nous les mangeons quotidiennement.

Arnie Grossman regarda Valentina et Tomás en quête d'un appui, mais ne l'obtint pas. Qui oserait démentir un spécialiste en biotechnologie sur un tel sujet ? Se voyant à court d'arguments, l'inspecteur israélien fit un geste rapide de la main, comme s'il chassait une mouche.

— Très bien, et après ? demanda-t-il sur un ton quelque peu agacé. Que voulez-vous nous prouver avec tout ça ?

Le professeur Hammans sourit.

— Je voulais simplement vous démontrer que la biotechnologie est utilisée par les êtres humains depuis des milliers d'années et qu'il n'y a rien de mal. Les agriculteurs sont habitués à croiser différentes variétés de plantes afin d'obtenir de nouvelles espèces. (Hammans leva un doigt.) Il est d'ailleurs intéressant de noter que la nature elle-même pratique la biotechnologie. Et même le clonage ! Les fraisiers, par exemple, produisent des rejetons qui se transforment ensuite en fraisiers. Ces nouveaux fraisiers sont des clones de l'original. Les semences de pomme de terre ne sont pas, en réalité, des semences, mais des clones de pommes de terre dont la semence a été coupée. Et lorsqu'on arrache une feuille pour la planter, et que celle-ci se transforme en une nouvelle plante, cette dernière est un clone de la plante originale.

— Ah, bon…

— La question qui se pose, c'est comment fonctionne ce croisement. Si l'on croise une plante longue avec une plante courte, quel type de plante résultera de cette expérience ?

— Une plante de taille moyenne je suppose, répondit Grossman.

— C'est effectivement ce qu'on a toujours pensé. Mais sans doute avez-vous entendu parler de Mendel, qui a fait l'expérience avec des plantes qui produisaient des petits pois. Savez-vous ce qui est arrivé ? Toutes les plantes qui sont nées de ce croisement étaient hautes ! Mendel en fut surpris. Il a alors décidé de croiser une cosse verte avec une jaune. Toutes les plantes issues de ce croisement sont nées vertes. Mendel en a conclu qu'il y avait des caractéristiques dominantes et des caractéristiques récessives. La plante longue était dominante, la courte récessive. La cosse verte était dominante, la jaune récessive. À chaque croisement, la caractéristique récessive disparaissait. (Le professeur tira la langue et l'incurva.) C'est comme pour incurver la langue. Qui parmi vous peut en faire autant ?

Soucieux de préserver sa dignité d'inspecteur, Grossman refusa de participer à l'expérience, mais Valentina et Tomás s'y prêtèrent. Le Portugais incurva la langue, l'Italienne, non.

— Je n'y arrive pas ! se plaignit-elle. Comment faites-vous ça ?

— C'est une aptitude innée, expliqua le professeur Hammans. (Il désigna les deux participants.) Cependant, si vous tombiez enceinte de ce monsieur, vos enfants auraient tous la capacité d'incurver la langue. Autrement dit, cette caractéristique est dominante.

Tomás et Valentina échangèrent un regard embarrassé.

— Je vois…

— C'est la même chose pour les yeux. Les yeux marron sont dominants, les bleus sont récessifs. La vision en couleurs est dominante, la vision en noir et blanc est récessive. (Il caressa sa barbe de la main.) Ayant fait ces découvertes, Mendel n'en resta pas là. Il prit les plantes hautes issues des croisements et les croisa entre elles. Que pensez-vous qu'il arrivât ?

L'Italienne répondit pour changer de sujet.

— Les hautes ne sont-elles pas dominantes ? demanda-t-elle. Elles ont donc donné de nouvelles plantes hautes.

Le scientifique secoua la tête.

— Un quart des plantes sont nées courtes. Lors de la première génération, les longues ont dominé et les courtes ont complètement disparu. Néanmoins, lors de la seconde génération les courtes ont réapparu. Elles étaient restées cachées pendant la première génération pour ensuite ressurgir. Mendel a conclu qu'il y avait quelque chose de particulier qui déterminait leur taille. Le *gène*.

— Gène, de *génétique* ?

Le visage émacié du professeur Hammans, avec ses joues saillantes et sa barbe grise qui effilait son menton, s'éclaira d'un nouveau sourire.

— Et de *genèse*, dit-il.

LIII

Cela faisait un moment que Sicarius observait les bâtiments à distance. Il avait vu le cortège franchir le portail, mais il n'avait pas pris le risque de s'en approcher. Peut-être qu'un des policiers l'avait repéré depuis Jérusalem ? S'il l'apercevait ici, cela éveillerait forcément des soupçons.

Sicarius laissa sa moto à l'écart de la route, à l'ombre d'un olivier. Il glissa son casque dans son sac à dos, qu'il déposa dans le coffre. Puis il s'éloigna et se mit à marcher tranquillement le long du mur, en direction du portail.

Arrivé près des grilles, il put enfin observer l'intérieur du complexe. Il vit les trois motos de police et les deux voitures stationnées près de l'entrée du bâtiment principal. Là, plusieurs hommes bavardaient et il les compta. Trois en uniforme et trois en civil. Les six policiers étaient restés dehors.

— Le maître est brillantissime, murmura Sicarius. Un vrai génie !

Son mentor avait trouvé le moyen de laisser les policiers aux portes du complexe, conclut-il. C'était très bien vu, car cela faciliterait énormément l'opération.

— Vous cherchez quelque chose ?

La voix surprit Sicarius qui se retourna. Il n'avait

pas remarqué le vigile ! Occupé à observer les policiers, il avait négligé ce détail. Comment avait-il pu être si inattentif ?

— Je suis un touriste, s'excusa-t-il. Est-ce ici que se trouve la grotte où l'ange Gabriel a annoncé à Marie qu'elle enfanterait Jésus ?

Le vigile rit.

— La grotte de l'Annonciation se trouve dans la basilique, expliqua-t-il, en indiquant au loin la route conduisant au centre de Nazareth. Il vous faut aller jusqu'à la vieille ville.

— Ah, merci. (Sicarius le salua de la main.) Dieu vous bénisse !

Il s'éloigna d'un air décontracté, mais, du coin de l'œil, inspecta le mur qui protégeait le lieu. Il était haut, mais pas trop. Le plus gros problème semblait être le fil barbelé enroulé au sommet en bandeau continu. Il lui fallait maintenant choisir le point idéal pour escalader le mur. Le mieux était d'en faire le tour et de choisir l'endroit le plus discret. Le complexe était protégé par un dispositif de sécurité, mais celui-ci n'avait rien d'extraordinaire. Tout compte fait, il ne s'agissait pas de pénétrer dans une banque ni dans une prison de haute sécurité. Les mesures de protection semblaient seulement un peu plus renforcées que celles d'un bâtiment normal. Rien d'infranchissable. Il avait déjà opéré dans des conditions bien plus périlleuses.

Il jeta un nouveau regard sur le mur et sur les barbelés. La tâche s'annonçait pénible, mais la pince coupante qu'il avait laissée dans le coffre viendrait à bout de ce problème. Il disposait également d'une corde qui lui permettrait d'escalader le mur. Et, bien sûr, il avait sa dague.

LIV

Le bâtiment était assurément le plus grand du complexe. Dès que le groupe sortit d'Éden, la serre, Arkan et Hammans conduisirent les visiteurs vers une gigantesque structure concave. Vue de loin, entre les arbres, elle ne semblait pas si vaste. Mais, de près, le bâtiment prenait toute son ampleur.

— Qu'est-ce que c'est ? s'enquit Arnie Grossman, impressionné par la taille de la construction. On dirait un bateau.

— Nous l'appelons l'Arche.

— Comme celle de Noé ?

— Tout à fait, confirma le président de la fondation. C'est le principal bâtiment de notre centre de recherches. Une cathédrale de la science, si vous préférez.

Les deux hôtes entraînèrent le groupe à l'intérieur de l'Arche. Une vague odeur d'alcool et de formol flottait dans l'air. Les visiteurs traversèrent le hall et s'engagèrent dans un long couloir aux parois de verre derrière lesquelles se succédaient une myriade de laboratoires. Une légion de techniciens en blouse blanche s'affairaient autour de microscopes, de tubes à essais, de pipettes et d'appareils divers.

Après une centaine de mètres, les parois de verre

firent place à des cloisons en béton. Le groupe tourna au bout du couloir et le professeur Hammans ouvrit une porte puis invita les visiteurs à entrer. Valentina, Tomás et Grossman s'arrêtèrent, effrayés, dès qu'ils aperçurent ce qu'il y avait derrière la porte. Un musée des horreurs.

La salle était remplie de bocaux de toutes tailles rangés sur des étagères. L'odeur d'alcool et de formol était encore plus forte, laissant deviner les monstruosités enfermées dans les bocaux. Des cadavres. Des centaines et des centaines de corps confinés baignant dans une solution liquide. On voyait des lapins, des oiseaux, des souris, des chiens, des chevreaux et des singes, les yeux vitreux et les membres recroquevillés, comme en suspens.

— Quelle horreur ! s'exclama l'Italienne. Qu'est-ce que c'est ?

Arpad Arkan contempla les rangées de bocaux, tel un artiste appréciant son œuvre.

— Ce sont nos expériences, dit-il. N'oubliez pas que nous sommes dans un Centre de recherche moléculaire avancée.

— Vous tuez des animaux pour les mettre en bocaux ? s'inquiéta-t-elle. Est-ce là votre travail ?

Les deux hôtes se mirent à rire.

— Notre travail ne consiste pas à tuer des bêtes, corrigea le professeur Hammans. Mais à créer des animaux. Et lorsque je dis *créer*, c'est dans le sens biblique du terme.

— Biblique ? Que voulez-vous dire par là ?

Le directeur du département de biotechnologie écarta les bras.

— Ce bâtiment, rappelez-vous, se nomme l'Arche. Il est ainsi désigné parce qu'il concerne l'acte de création. (Il pointa du doigt les bocaux rangés sur les étagères.) Ces animaux sont des expériences ratées. Mais nous sommes en train d'affiner notre technique et nous obtenons un nombre croissant de réussites.

Tomás fit une moue d'incompréhension ; tout cela lui semblait dépourvu de sens.

— Des expériences de quel genre ? Des réussites concernant quoi ?

Se tournant vers ses invités, Arkan arbora un large sourire.

— Le clonage.

— Comment ça ?

— C'est ce dont s'occupe notre centre, précisa le président de la fondation. De clonage.

L'historien et les deux inspecteurs se regardèrent.

— Mais... dans quel but ?

Arpad Arkan garda son sourire, comme un gosse qui montre ses jouets aux enfants des voisins.

— Expliquez-leur, Peter.

— Tout ?

— Presque tout. Je me réserve la partie finale.

Le professeur Hammans sourit à son tour.

— Alors mieux vaut commencer par le début. (Il regarda les trois visiteurs.) Que savez-vous sur la manière dont les gènes fonctionnent ?

L'historien et les inspecteurs hésitèrent. Qui oserait faire état de ses maigres connaissances à un spécialiste du sujet ?

— Eh bien, bredouilla Tomás, ce sont les gènes qui déterminent chacune de nos caractéristiques. Nos yeux, nos cheveux, notre taille... et jusqu'à notre caractère, si nous sommes patients ou colériques, si nous avons une propension pour telle ou telle maladie. Enfin, tout.

— Exact, approuva le professeur. Mais comment fonctionnent-ils ?

Le Portugais fit une mine d'impuissance.

403

— Voyez-vous, ma spécialité c'est l'histoire...

Les deux policiers gardèrent le silence et détournèrent le regard, tout cela ne faisait visiblement pas partie de leur domaine de compétence.

Le professeur Hammans s'attendait à cette réaction, si bien qu'il se dirigea vers un bureau situé dans un coin de la pièce. Derrière celui-ci se trouvait un tableau blanc, comme à l'école. Le scientifique prit un feutre foncé et dessina au tableau quelque chose ressemblant à un œuf sur le plat.

— Les cellules qui constituent les plantes et les animaux, y compris les êtres humains, ont la structure d'un œuf, expliqua-t-il. Une membrane extérieure entoure toute la cellule et assure son unité et sa protection. L'intérieur est formé par le blanc, ou cytoplasme, un fluide qui exerce diverses fonctions, et par le jaune, ou noyau. (Le professeur frappa la pointe de son feutre sur le « jaune » de l'œuf et regarda les invités.) À quoi sert le noyau ?

— Le noyau est le centre de contrôle, répondit Tomás. C'est lui qui commande la cellule.

— Le noyau ne commande pas seulement la cellule. (Le scientifique fit un large geste comme s'il voulait englober l'univers.) C'est lui qui contrôle *tout*. La cellule, le tissu, l'organe, le corps... mais aussi l'espèce ! Le noyau de la cellule contrôle même la vie de notre planète !

Arnie Grossman leva un sourcil sceptique.

— N'exagérez-vous pas un peu ?

Pour toute réponse, le professeur Hammans se tourna vers le tableau et, à partir de la structure schématique de la cellule, traça de nouveaux dessins, chacun étant un agrandissement d'une partie du dessin précédent. Puis, il inscrivit des mots identifiant les points clés du schéma.

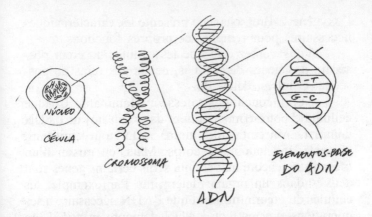

NÚCLEO

CÉLULA

CROMOSSOMA

ADN

ELEMENTOS-BASE
DO ADN

A-T
G-C

— Voyons ce qui se passe dans le noyau d'une cellule, proposa-t-il. Si nous agrandissons une section, nous découvrons que le noyau est formé par des filaments entortillés, appelés chromosomes. Si nous agrandissons à nouveau une section, nous constatons que le chromosome est constitué par deux fils entrelacés en une longue spirale ou structure en double hélice. On appelle ces deux fils « acide désoxyribonucléique », ou ADN. Et en agrandissant une section de l'ADN, on s'aperçoit que les deux fils sont liés l'un à l'autre par quatre constituants-bases : adénine, thymine, guanine et cytosine, ou A, T, G et C. (Il inscrivit les quatre lettres au tableau.) Telles sont les lettres qui composent le livre de la vie.

— C'est donc ça, un gène ?

— Un gène est un segment d'ADN. Une combinaison déterminée de paires A-T et G-C constitue un gène. Et que fait le gène lorsqu'il est activé ? Il produit des protéines qui transmettent les ordres des gènes, mettant les cellules en activité de telle ou telle façon. Les protéines produites par les cellules des yeux sont sensibles à la lumière, celles du sang transportent l'oxygène… Bref, chacune présente les caractéristiques nécessaires pour remplir ses propres fonctions.

— Vous voulez dire que les cellules du cœur possèdent des gènes déterminés, celles des reins en possèdent d'autres, celles de…

— Non ! coupa le professeur Hammans. Chaque cellule de notre corps contient dans son noyau l'ADN complet. Autrement dit, notre ADN tout entier est présent dans tout notre corps. Mais, en raison d'un mécanisme encore mal connu, seuls certains gènes sont activés dans un organe déterminé. Par exemple, les cellules du cœur n'utilisent que l'ADN nécessaire à ses opérations. Le reste de l'ADN demeure inactif. L'un des grands mystères encore non élucidés est justement celui de comprendre comment chaque cellule sait quel gène doit être activé. Mais c'est un fait que la cellule le *sait*. Et, autre fait également significatif, on a découvert qu'un gène déterminé produit une enzyme spécifique indépendamment de l'animal ou de la plante qui en est porteur. Si j'introduis dans un animal le gène humain qui produit de l'insuline, cet animal se mettra à produire de grandes quantités d'insuline dans son lait. (Le professeur arqua les sourcils.) Vous imaginez les avantages ?

— *Mamma mia !* s'exclama Valentina, comprenant les perspectives qu'ouvrait cette innovation. On pourrait faire produire par les animaux l'insuline pour les diabétiques !

— Absolument, et bien plus encore ! Vous rappelez-vous ces plantes que vous avez vues dans l'Éden ? Certaines étaient des plants de riz dans lesquels nous avons introduit un gène qui produit des vitamines. Les habitants des pays sous-développés qui mangeront ce riz auront ainsi un repas plus riche. Nous avons également inséré un gène dans du maïs qui réduit son besoin en eau. Ce maïs sera ainsi parfait pour la culture dans les zones désertiques et, tout comme le riz riche en vitamines, il aidera à combattre la malnutrition dans le Tiers Monde.

— Incroyable !

Impatient, Arnie Grossman consulta ostensiblement sa montre.

— Tout cela est bien beau, dit-il. Mais, comme vous le savez, nous menons une enquête sur trois homicides et une tentative de meurtre. En quoi tous ces détails peuvent-ils faire avancer notre enquête ?

Arpad Arkan intervint.

— À cause de l'absence de sexe.

— Pardon ?

Le professeur Hammans comprit alors la nécessité d'écarter de son exposé les détails trop techniques, passionnants pour lui, mais susceptibles d'ennuyer le profane.

— Notre président fait allusion à une deuxième fonction des gènes : la reproduction, dit le scientifique. Outre qu'ils génèrent des enzymes, les gènes se reproduisent. Cela s'opère non pas par le sexe, mais par la division de la cellule. Lorsqu'une nouvelle cellule est créée, ce qui se produit dans notre corps environ cent mille fois par seconde, les chromosomes de la cellule originale se dédoublent. C'est très important, car cela signifie que, lorsque nous créons un être vivant à partir du matériel génétique d'un autre, l'ADN du nouvel être est exactement le même que celui qui a fourni les gènes.

— Comme les jumeaux ?

— Très bon exemple ! Les vrais jumeaux partagent le même ADN. (Le professeur ouvrit les mains, comme un illusionniste montrant son dernier tour.) Par conséquent, ce sont des clones l'un de l'autre.

Valentina se mordit la lèvre.

— Et c'est ainsi qu'on en arrive au clonage.

— Tout à fait ! acquiesça le professeur Hammans. À partir du moment où nous clonons une plante ou un animal, nous réalisons une copie à partir du même ADN.

— Mais comment fait-on cela ?

— Le processus est simple pour une plante, comme tout agriculteur le sait. Pour les animaux, c'est déjà plus complexe. (Le directeur du département de bio-technologie revint à son schéma.) On prend la cellule d'un œuf venant d'ovuler et, à l'aide d'une pipette, on prélève le noyau. Puis on prend une cellule de l'individu qu'on souhaite cloner et on la place à côté de la cellule de l'œuf sans noyau. On en retire les nutriments, de manière à les placer dans une sorte d'état flottant, et on leur applique une décharge électrique. Les deux cellules se fondent en une seule. Ensuite, on applique une nouvelle décharge électrique, imitant le flux d'énergie qui accompagne la fertilisation d'un œuf par le sperme. N'oubliez pas qu'un œuf, indépendamment de sa taille, est une cellule. Croyant avoir été fertilisée par le sperme, la cellule commence à se diviser, en produisant un nouveau noyau pour chaque nouvelle cellule. Et voilà ! L'animal cloné se met à croître !

— C'est ainsi qu'on clone les animaux ?

— Absolument, confirma le scientifique allemand. La première expérience a été réalisée en 1902 par un de mes contemporains, Hans Spemann, qui a réussi à cloner une salamandre. En 1952, un crapaud a été cloné et, en 1996, on a produit pour la première fois un mammifère : la brebis Dolly. Ce fut la découverte d'un nouveau monde, comme vous pouvez l'imaginer. Puisqu'il était possible de cloner des mammifères, songez aux nouvelles perspectives qui s'ouvraient ! Depuis, on a cloné des souris, des cochons, des chats… et que sais-je encore !

Les visiteurs parcoururent à nouveau du regard les animaux enfermés dans les bocaux, et les observèrent non plus avec horreur, mais avec stupéfaction.

— S'il est possible de cloner des mammifères, murmura Tomás, effrayé par ce qu'il s'apprêtait à demander, pourquoi pas des êtres humains ?

Le professeur Hammans échangea un regard avec Arpad Arkan, comme s'il lui demandait ce qu'il devait répondre. Le président de la fondation fit un signe de la tête, l'autorisant ainsi à aller plus loin. Le scientifique indiqua de la main les bocaux macabres qui peuplaient la salle, avant de regarder l'historien.

— D'après vous, que faisons-nous ici ?

LV

Le pin penchait naturellement vers le mur, sans doute courbé par le vent au long des années. Quelques-unes de ses branches s'enchevêtraient même dans les barbelés au sommet. Les mains sur les hanches, considérant l'arbre et sa position privilégiée, Sicarius ne put s'empêcher de sourire.

— Des incompétents…, murmura-t-il avec satisfaction. Ils élèvent un mur d'enceinte et oublient de couper les arbres qui permettent de l'escalader !

Il lui avait suffi de parcourir quatre cents mètres autour du périmètre du complexe pour repérer cette faille dans le dispositif de sécurité. Sicarius ne doutait pas que, continuant son inspection, il localiserait aisément d'autres points faibles. Mais le temps pressait.

Il prit la corde et la lança. Sa première tentative échoua, mais, la seconde fois, il parvint à enlacer une branche suffisamment haute. Pour s'assurer de sa résistance, il tira sur la corde, qui fit ployer légèrement le tronc ; la branche était solide. L'homme attacha un bout de la corde à sa taille et jeta un regard circulaire pour vérifier que personne ne l'observait. Le lieu était abrité par divers arbustes, ce qui lui offrait des conditions idéales pour opérer en plein jour.

Il attrapa la corde avec fermeté et commença à se

hisser. Grâce à l'entraînement rigoureux auquel il se soumettait quotidiennement, Sicarius était agile, et il atteignit la cime de l'arbre en quelques secondes. Il se posta sur une branche robuste et observa le complexe. Comme il le soupçonnait, il n'y avait pas de vigiles dans les parages ; ceux-ci se bornaient à surveiller l'entrée. Mais peut-être faisaient-ils des rondes ? Sicarius aurait eu besoin de davantage de temps pour déterminer leurs habitudes ; or, le temps était un luxe qu'il ne pouvait se permettre. De toute façon, conclut-il, il était peu probable qu'une ronde fût effectuée au moment précis où il pénétrerait dans le périmètre.

Il chercha également à repérer des caméras de surveillance. Il n'en aperçut aucune. Mais il y en aurait sans doute à l'intérieur des bâtiments.

Après un dernier examen des alentours, il testa la solidité de la branche. Celle-ci ploya un peu sous son poids, mais résista. Sicarius s'avança avec mille précautions pour atteindre le mur. La branche s'était légèrement courbée, mais la bordure supérieure du mur se trouvait à portée de main. Il sortit la pince et commença à s'attaquer au barbelé. Les clacs secs de la pince se succédèrent, comme si un jardinier taillait une haie au sécateur ; en deux minutes un passage fut ouvert. Une fois l'opération terminée, il regarda à nouveau autour de lui, pour s'assurer qu'il n'avait pas été repéré. Tout était calme.

Satisfait, Sicarius ne perdit pas de temps et se hissa. Il récupéra la corde et la jeta au pied du mur. Puis il sauta. Une chute de trois mètres, amortie par l'herbe touffue. Il roula sur l'herbe avec agilité, ramassa la corde, et courut vers l'arbuste le plus proche.

LVI

Les trois visiteurs étaient bouche bée. Tomás, en particulier, avait peine à le croire.

— Vous clonez des êtres humains ?

Percevant le choc causé par leur révélation, les deux hôtes furent pris d'un rire nerveux.

— Pas encore, répondit Arpad Arkan. Nous n'en sommes pas là. (Son sourire s'effaça et son visage devint sérieux.) Mais c'est bien là le but de nos recherches. Nous voudrions pouvoir cloner des êtres humains.

— Que voulez-vous dire par *nous voudrions* ? questionna Arnie Grossman. Puisqu'on clone déjà des moutons, des souris et je ne sais quoi encore, qu'est-ce qui vous empêche de cloner des êtres humains ?

Le professeur Hammans, qui avait gardé momentanément le silence, fit un geste en direction des bocaux alignés.

— Ça, dit-il. Vous voyez tous ces animaux que nous gardons ici ? C'est le résultat d'innombrables expériences manquées. La vérité, c'est que la technique du clonage exige encore d'être très affinée.

— Très affinée ? s'étonna le policier israélien. Si des animaux ont déjà été clonés, c'est que la technique est au point…

413

Le professeur secoua la tête.

— Pour créer la brebis Dolly, il y a eu plus de 200 expériences ratées, révéla-t-il. (Il prit son stylo-feutre et nota un nombre au tableau.) Le clonage de Dolly n'a réussi qu'au bout de 277 tentatives. Les expériences montrent qu'environ 1 % seulement des embryons clonés ont pu naître. Bien entendu, nous développons de nouvelles techniques et nous sommes convaincus que, dans un avenir plus ou moins proche, le pourcentage de réussite sera beaucoup plus élevé.

— Suffisamment élevé pour cloner des êtres humains ?

Le professeur Hammans se dirigea vers une étagère et s'accroupit près d'un bocal. À l'intérieur, on distinguait quelque chose qui ressemblait à un singe miniature flottant dans le formol.

— Il y a encore plusieurs problèmes à résoudre, indiqua-t-il. Avant d'en arriver aux hommes, nous avons tenté de cloner d'autres primates mais… nous avons échoué. Rien qu'ici nous avons effectué plus de mille tentatives au cours des trois derniers mois. (Il fit un geste de découragement.) Pas une seule n'a fonctionné. De ces mille expériences, cinquante seulement ont produit un œuf cloné qui a commencé à se diviser, mais aucun n'a atteint le stade qui permet la naissance. (Il désigna le singe minuscule à l'intérieur du bocal.) Voici l'embryon qui s'est le plus développé.

— Mais pourquoi ? voulut savoir Tomás. Quel est le problème ?

Le scientifique se releva, fit une grimace de douleur en se redressant, et regarda le groupe.

— Les analyses que nous avons faites sur les embryons avortés montrent que très peu de cellules de ces clones manqués contenaient des noyaux avec les chromosomes. Au lieu de se trouver dans le jaune de l'œuf, ces chromosomes clonés étaient dispersés dans le blanc. Dans de nombreux cas, les cellules n'avaient même pas le nombre adéquat de chromosomes et c'est pourquoi ces embryons ont avorté. Curieusement, et malgré tous ces problèmes, quelques-unes de ces cellules défectueuses ont continué à se diviser.

— Ce problème des chromosomes qui ne se trouvent pas dans le noyau... il se présentait aussi avec les autres animaux ?

Le professeur Hammans indiqua le bocal où baignait le singe minuscule.

— Seulement avec les primates, précisa-t-il. Comme vous pouvez l'imaginer, nous avons creusé le problème et nous avons réussi à comprendre sa raison d'être. (Le scientifique retourna devant son tableau et désigna l'œuf qu'il avait dessiné.) Voyez-vous, lorsqu'une cellule se divise en deux, normalement ses chromosomes se divisent également en deux. Un groupe rejoint en ordre une cellule et l'autre groupe est poussé vers l'autre cellule, de manière à composer deux noyaux semblables. Mais, dans le cas des primates, les choses ne se passent pas ainsi. Lorsque arrive le moment où les deux groupes de chromosomes rejoignent chacun leur cellule, ils ne parviennent pas à s'aligner d'une façon ordonnée. Au lieu de ça, ils se positionnent d'une manière chaotique et se retrouvent à de mauvais endroits dans les cellules.

— Pourquoi ?

— Nos analyses révèlent qu'il manque deux protéines dans l'embryon cloné. Ce sont ces deux protéines qui organisent les chromosomes. Chez les animaux, ces protéines sont généralement dispersées dans le blanc de l'œuf, mais, dans le cas des primates, nous avons constaté qu'elles étaient concentrées près des chromosomes des œufs à fertiliser. Or, lorsqu'on pratique

415

un clonage, la première chose à faire est justement de retirer ces chromosomes. Le problème, c'est qu'en procédant à cette opération sur la cellule des primates on finit aussi par ôter accidentellement les protéines, parce qu'elles sont trop près des chromosomes. Comme elles disparaissent, les chromosomes ne parviennent plus à s'aligner harmonieusement au moment de la division des cellules. (Le professeur frappa la pointe de son marqueur sur l'œuf dessiné.) C'est précisément ce problème que nous cherchons à résoudre dans nos laboratoires.

Cette explication technique provoqua un bâillement d'ennui chez Arnie Grossman. L'inspecteur israélien s'appuya sur une jambe, pressé d'en venir à ce qui l'intéressait vraiment.

— S'il vous plaît, éclairez-moi ! demanda-t-il. En quoi cela peut-il concerner les homicides sur lesquels nous enquêtons ?

La question laissa le professeur Hammans sans réponse ; ce sujet ne relevait pas de sa compétence. Ce fut à son supérieur hiérarchique de répondre.

— Du calme, nous y arrivons ! dit Arkan. Notre directeur du département de biotechnologie vous a seulement exposé le plus gros problème concernant le clonage des primates, problème que nous tentons de résoudre ici au Centre de recherche moléculaire avancée. Pour pouvoir répondre à votre question, il est important que vous compreniez qu'il existe un deuxième problème technique pour lequel nous n'avons pas encore de solution. Comme nous sommes très impliqués dans la résolution du premier problème et que nous souhaitons hâter la recherche, nous avons décidé de recourir à l'*outsourcing* pour résoudre le deuxième problème. Nous avons recherché sur le marché un partenaire susceptible de nous aider à surmonter cette seconde difficulté, et nous avons découvert une institution qui pouvait répondre à nos besoins. Il s'agissait de l'université de Plovdiv, en Bulgarie, dont la recherche avancée en matière de…

— Le professeur Vartolomeev ! s'exclama Valentina, l'interrompant soudainement. C'est pour cette raison que vous avez fait appel au professeur Vartolomeev !

Arpad Arkan acquiesça.

— En effet, telle est la raison pour laquelle j'ai engagé le professeur Vartolomeev. Il dirigeait le département de biotechnologie de l'université de Plovdiv, et ses recherches dans ce domaine étaient si novatrices que tout le monde pensait qu'il décrocherait un jour le prix Nobel de médecine. Grâce à mes relations, j'ai fait en sorte que l'université hébraïque de Jérusalem l'invite à donner une conférence. Lorsque le professeur est arrivé en Israël, je l'ai discrètement convié à la fondation et, après lui avoir expliqué en détail notre projet, il a accepté de mettre en relation les recherches de son département de l'université de Plovdiv avec notre travail au Centre de recherche moléculaire avancée. (Arkan sourit.) En échange, évidemment, je versai une généreuse donation à son université.

Tomás avait suivi l'explication avec attention. Mais il restait un point que l'historien voulut éclaircir.

— Vous parliez d'un second problème, dont vous avez confié la résolution au professeur Vartolomeev. De quel problème s'agit-il ?

Le président de la fondation regarda le professeur Hammans, lui laissant le soin de répondre à cette question technique.

— Il y a un grave problème avec les animaux clonés, révéla le scientifique allemand. Ils sont en général malades et ont une espérance de vie plus courte que la moyenne. La brebis Dolly, par exemple, n'a vécu que six ans. Bien que jeune pour son espèce, elle souffrait d'arthrite et d'obésité, et il a fallu l'abattre à la suite d'une infection pulmonaire galopante. Le principal problème, c'est qu'elle a vieilli prématurément. C'est d'ailleurs l'une des caractéristiques des animaux clonés. Tant que cette question ne sera pas résolue, nous ne pourrons pas cloner des êtres humains.

— C'est justement la tâche que nous avons confiée au professeur Vartolomeev, reprit Arkan. Nous aurions pu bien sûr nous consacrer nous-mêmes à cette question. Seulement, toutes nos équipes étaient focalisées sur le problème des protéines collées aux chromosomes, qui empêche le clonage des primates. Comme l'université de Plovdiv était à la pointe de la recherche sur le vieillissement prématuré des clones, j'ai jugé préférable de lui confier ce travail. Une simple gestion des ressources.

— Attendez un peu, intervint Tomás, habitué à éclaircir un sujet jusqu'au moindre détail. Pour quelle raison les animaux clonés vieillissent-ils prématurément ?

Le professeur Hammans se tourna vers le tableau et écrivit un mot. *Télomères*.

— Avez-vous déjà entendu parler de ceci ?

L'historien se concentra sur le mot. Séparant les syllabes, il chercha les racines étymologiques qui lui permettraient de découvrir un sens, mais n'y parvint pas.

— Télomères ? s'interrogea Tomás. (Il secoua la tête.) Je n'en ai pas la moindre idée…

Le scientifique indiqua l'extrémité du chromosome qu'il avait dessiné au tableau, au début de son explication.

— Vous voyez ici ? L'extrémité est protégée par des

structures d'ADN appelées télomères. Chaque fois que les chromosomes se divisent, les télomères deviennent plus petits. Je vous ai dit tout à l'heure qu'environ cent mille divisions de cellules par seconde se produisaient dans notre corps, vous vous rappelez ? Cela fait beaucoup de divisions. Si à chaque division d'une cellule, et donc d'un chromosome, les télomères se réduisent, imaginez ce que ça peut donner au bout d'un certain temps ! Les télomères deviennent si infimes qu'ils cessent de protéger les chromosomes. Et c'est à ce moment-là que la cellule meurt.

— Vous voulez dire, résuma le Portugais, que ces télomères fonctionnent comme une sorte d'horloge biologique avant la mort...

— Exactement ! s'exclama le professeur, satisfait de s'être fait comprendre si vite. Mais, plutôt qu'une horloge, imaginez un sablier qui perd peu à peu ses grains de sable. Lorsque le dernier grain tombe, la cellule meurt.

Tomás opina.

— Je vois.

Hammans désigna à nouveau les bocaux.

— Quel est le problème des animaux clonés ? questionna-t-il. C'est que les chromosomes que nous utilisons pour le clonage proviennent de cellules qui se sont déjà divisées des millions de fois. C'est pourquoi leurs télomères, à la naissance, sont déjà très réduits. Pourvus de télomères plus courts, les animaux clonés commencent leur vie en étant plus vieux que les autres animaux. C'est précisément la raison pour laquelle ils vivent moins longtemps.

— Et c'est aussi pour ça que vous ne prenez pas le risque de cloner un être humain.

— Bien entendu ! Nous sommes confrontés non seulement à ce problème technique de maintenir dans la cellule clonée les deux protéines qui assurent la séparation ordonnée des chromosomes, mais aussi au problème éthique relatif à la création d'un être humain qui sera malade et vivra peu de temps. Ce sont là les deux difficultés qui nous empêchent de cloner les hommes. Il nous faut donc les résoudre pour pouvoir passer à l'étape suivante du processus.

Arnie Grossman profita de cette réponse pour faire avancer l'enquête.

— Cela explique pourquoi votre fondation a engagé le professeur Vartolomeev, observa l'inspecteur. Mais les deux autres victimes ? Quel était leur rôle dans cette affaire ?

À ces questions liées aux homicides, c'est invariablement le président de la fondation qui répondait.

— Commençons par le professeur Alexander Schwarz, proposa Arkan. Comme vous le savez, il était professeur d'archéologie à l'université d'Amsterdam. Il se trouve que l'un des domaines que nous explorons activement est justement celui de l'ADN fossile.

— L'ADN fossile ? s'étonna Tomás. Je pensais que cela relevait de la fiction scientifique !

Le professeur Hammans s'arrêta près d'un bocal. À l'intérieur flottait une sorte de minuscule morceau de chair.

— Vous voyez ce fœtus ? demanda-t-il. Savez-vous ce que c'est ?

Le Portugais pinça la lèvre inférieure.

— Un muscle ?

Le scientifique secoua la tête.

— C'est le résultat d'un nouveau type de recherche génétique que nous sommes en train de développer et pour lequel nous avions besoin de la collaboration du professeur Schwarz, et en particulier de ses compétences dans le domaine de l'archéologie, dit-il. L'ADN ancien.

— Comment ça, ancien ?

— Ancien comme celui d'espèces éteintes, par exemple.

Le front plissé, le cryptologue regarda à nouveau le bocal indiqué par Hammans.

— Ceci est un fœtus d'une espèce disparue ?

— Absolument.

Tomás s'approcha du bocal et examina avec attention le minuscule morceau de chair qui baignait à l'intérieur. Il tenta d'en deviner les formes, mais il comprit que c'était impossible avec un spécimen aussi prématuré.

— De quelle espèce s'agit-il ?

Le professeur Hammans sourit malicieusement, l'œil brillant d'une lueur de satisfaction.

— Un néandertalien.

LVII

Les mouvements de Sicarius étaient précis et furtifs, comme ceux d'un félin à l'affût de sa proie. Caché par les feuilles de l'arbuste où il s'était embusqué, il tira de sa poche un petit GPS spécialement réglé pour l'opération et consulta l'écran. Le signal indiquait un point clignotant au nord-ouest. Il regarda dans cette direction et repéra le plus grand bâtiment du complexe, aux structures courbes et ouvertes, comme celles d'un immense navire.

— C'est donc là-bas que se trouve le maître..., murmura-t-il.

Il balaya l'horizon du regard pour s'assurer que la voie était libre. Il évalua ensuite la distance qu'il lui fallait parcourir. Plus de trois cents mètres s'étendaient devant lui. Cela représentait une course d'environ quarante secondes ; trop long, lui semblait-il, et il jugea plus prudent de ne pas tout faire en une fois. Il chercha alors des étapes et choisit un arbre et une haie qui lui parurent appropriés. Il couvrirait alors la distance en trois fois, trois fois cent mètres. Autrement dit, chaque course ne l'exposerait qu'une douzaine de secondes. Un risque raisonnable, estima-t-il.

Comme un sprinter, Sicarius jaillit de l'arbuste et courut aussi vite qu'il le put en direction de son premier objectif. Arrivé à l'olivier, il attendit quelques secondes avant de regarder autour de lui, pour s'assurer qu'il n'avait pas été repéré et vérifier que la voie était toujours libre.

Il répéta l'opération jusqu'à la haie. Celle-ci était très basse, l'obligeant à se plaquer contre le sol. Il resta ainsi quelques secondes à récupérer son souffle. Puis, il jeta un nouveau regard circulaire avant de se lancer dans la dernière course. Il aperçut alors deux hommes en blouse blanche qui traversaient le jardin en bavardant, à moins de quarante mètres de distance.

Il attendit que les voix s'éloignent et se remit à inspecter le périmètre. Le champ était enfin libre. Il se redressa d'un bond et s'élança vers le bâtiment. Il s'abrita dans un recoin discret et consulta à nouveau l'écran de son GPS. Le signal semblait venir de l'autre côté.

— J'y suis presque.

Il fit le tour de l'édifice, mais cette fois en évitant les mouvements précipités. Il s'efforça de marcher lentement et de rester à l'ombre, les yeux rivés sur le gazon comme s'il cherchait des mauvaises herbes. Si quelqu'un l'apercevait de loin, il ne noterait rien de suspect ; il pourrait penser qu'il était jardinier et n'y prêterait pas attention.

Il avança ainsi avec un certain naturel. De loin en loin, il jetait un œil sur son GPS, orientant ainsi sa progression. L'intensité du signal augmenta puis se mit à diminuer. Sicarius s'arrêta et revint sur ses pas, cherchant la position où le signal était le plus intense.

— C'est ici.

Il s'agissait d'un point du bâtiment où il n'y avait pas de fenêtres, juste un grand mur de ciment. Il calcula la distance en fonction de l'intensité du signal et conclut que le maître se trouvait à une dizaine de mètres de là.

Dix mètres.

Il regarda autour de lui et repéra le point le plus proche de l'entrée du bâtiment. C'était une porte de service située à une soixantaine de mètres de distance. Si le maître restait là et lui envoyait les deux bips convenus, c'est par cette porte qu'il entrerait.

— Hé ! Toi !

Sicarius s'immobilisa, les membres figés, le cœur battant.

On l'avait repéré.

LVIII

— Qui a vu *Jurassic Park* ?

Le professeur Hammans posa cette question en connaissance de cause, parfaitement conscient que ce film pouvait l'aider à expliquer certaines choses à des profanes.

Les deux inspecteurs levèrent la main, mais Tomás ne joua pas le jeu.

— La science-fiction est une chose, dit le Portugais agacé par la légèreté de la question. La science et la réalité en sont une autre.

— Mais, mon cher professeur, argumenta l'Allemand, *Jurassic Park* aborde une question scientifique bien réelle.

L'historien croisa les bras et prit un air sceptique.

— Cloner des dinosaures ? interrogea-t-il. Vous appelez ça une question scientifique réelle ?

Le professeur Hammans hésita.

— Je n'irais pas jusqu'à parler de cloner des dinosaures, admit-il. Mais savez-vous que depuis les années 1990 les scientifiques tentent d'extraire de l'ADN de dinosaure ?

— C'est donc vraiment possible ?

— Certains pensent que oui, répondit le scientifique. Même s'il faut d'abord surmonter le problème

427

de la fossilisation. La recherche s'est consacrée à l'ADN qui se trouve dans les os des dinosaures, mais, comme vous le savez, la fossilisation implique que les composants organiques naturels des os soient remplacés par des matières inorganiques, comme le calcium ou le silicium. Ce qui veut dire que, chimiquement parlant, nous n'avons plus affaire à la même chose. Comme la majeure partie des os des dinosaures est fossilisée jusqu'au noyau, l'ADN original s'est dissous. Notre espoir, c'est de repérer des os dont le noyau ne serait pas fossilisé. En 1994, une équipe de l'université d'Utah crut découvrir de l'ADN dans les os d'un dinosaure vieux de quatre-vingts millions d'années, et l'année suivante deux autres études parurent révélant qu'on avait détecté de l'ADN extrait d'un œuf du crétacé. Malheureusement, on a fini par conclure que l'ADN découvert n'était pas celui d'un dinosaure, mais un ADN moderne qui avait contaminé les échantillons. (Le professeur Hammans prit un air résigné.) Peut-être qu'un jour nous aurons plus de chance.

Tomás lui lança un regard narquois, laissant entendre qu'il n'était nullement surpris par cette réponse.

— Donc, il est pour ainsi dire impossible de cloner des dinosaures.

Bien qu'à contrecœur, le scientifique allemand finit par hocher la tête.

— C'est exact, en effet...

— J'ai déjà entendu parler de ce problème au cours d'expertises auxquelles j'ai participé pour la fondation Gulbenkian, révéla l'historien. On m'a dit que l'ADN perd ses propriétés au fil du temps.

— Pas seulement, expliqua le scientifique. Le problème de la préservation de l'ADN est également lié à la température et à l'humidité du lieu où est conservé le spécimen dont on extrait les échantillons. Le matériel génétique présente souvent des ruptures et des hiatus, car des morceaux d'ADN ont disparu de la séquence. La structure chimique de l'ADN elle-même peut subir des altérations.

— Mais, alors, quel est l'environnement le plus adéquat pour trouver du matériel génétique de qualité ?

— L'environnement des êtres vivants, bien sûr. Les cellules vivantes sont forcément intactes. S'agissant de tissus morts, la situation est différente. Dans ce cas, on peut établir comme règle que plus l'environnement de l'échantillon sur lequel on travaille est froid et sec, plus la qualité de conservation de l'ADN est grande. Alors que les environnements chauds et humides sont, hélas, très nocifs.

— Avez-vous une idée des normes de conservation de l'ADN dans les tissus morts ?

— Je dirais, en étant réaliste, qu'on peut aller jusqu'à 100 000 ans en situation de *permafrost* et 80 000 ans pour les spécimens préservés dans des conditions de froid au fond d'une caverne ou en haute montagne. Lorsque les échantillons sont conservés dans des lieux chauds… la situation est très différente. L'espérance de conservation se réduit alors à 15 000 ans et, sous une grande chaleur, à moins de 5 000 ans.

— Autrement dit, adieu les dinosaures ! déclara Tomás.

Le scientifique ne capitula pas pour autant et indiqua le bocal où flottait l'embryon conservé dans le formol.

— Quoi qu'il en soit, ce n'est pas de dinosaure que je vous parle. Ce que j'ai là, c'est un embryon de néandertalien.

— Et alors ?

— Mon cher, nous avons travaillé sur des os de Neandertal préservés depuis 30 000 ans dans des environnements froids. Ces conditions correspondent parfaitement aux normes de conservation propices au matériel génétique.

— Mais suffit-il de trouver quelques traces d'ADN pour cloner un homme de Neandertal ?

— Non, bien sûr, quelques traces ne suffisent pas, reconnut le professeur Hammans. Il nous faut le génome entier de l'espèce. Mais n'oubliez pas que chaque cellule dans le corps d'un être vivant, plante ou animal, contient tout son code génétique, y compris son génome. Par conséquent, ce qu'il nous faut, c'est trouver un noyau complet ou, s'il ne l'est pas, possédant au moins un génome qui puisse être reconstitué. Outre les os, nos recherches portent aussi sur les dents. Elles présentent l'avantage de conserver la pulpe dentaire scellée qui, se dégradant lentement, préserve mieux l'ADN. Et puis, naturellement, nous prenons aussi en compte le matériel génétique des cheveux.

L'historien s'accroupit devant le bocal contenant l'embryon et l'examina de près ; on eût dit un amalgame de chair.

— Et dans le cas du néandertalien ?

— Comme vous le voyez, nous travaillons dessus. Nous n'avons pas encore réussi, comme en témoigne cet embryon qui n'a pas survécu, mais je suis foncièrement convaincu que c'est une simple question de temps. (Le scientifique s'approcha aussi du bocal, posant la main sur le verre comme s'il voulait le caresser.) Cet embryon vient d'un spécimen de néandertalien découvert à Mezmaiskaya, dans le Caucase russe. L'ADN a été partiellement séquencé, mais l'expérience a échoué. Nous concentrons à présent nos efforts sur des spécimens exhumés dans la grotte Vindija, en Croatie, en recourant aux séquences du projet Génome Neandertal.

Tomás se redressa.

— Mais l'homme de Neandertal n'est-il pas un primate ? Si j'ai bonne mémoire, vous disiez tout à l'heure qu'il existe, concernant le clonage des primates, des problèmes techniques qui ne sont pas résolus...

L'Allemand leva un doigt.

— Pas encore, souligna-t-il. Ils ne sont pas *encore* résolus. Comme je vous l'ai expliqué, nous travaillons à la résolution de ces difficultés. Notre idée, c'est de développer des recherches parallèles sur le clonage des primates, pour nous préparer à l'étape suivante, celle du clonage des êtres humains. Mais, évidemment, nous ne passerons à cette étape qu'après avoir solutionné les problèmes techniques concernant les protéines qui organisent les chromosomes au moment de la séparation des noyaux et le problème des télomères qui affectent la qualité et l'espérance de vie des animaux clonés.

Tomás croisa les bras et dévisagea le scientifique.

— Donc, l'objectif final de votre centre de recherche est de cloner des êtres humains.

Le professeur Hammans faillit répondre, mais hésita, indécis. Il se tourna vers son supérieur hiérarchique.

— Pas seulement, dit Arpad Arkan, se chargeant de répondre. Pas seulement.

— Comment ça, pas seulement ? s'étonna l'historien. C'est pourtant bien ce que vous cherchez à faire ici, non ?

— Tout à fait ! Cloner des êtres humains est l'un des objectifs de notre fondation.

— *L'un* des objectifs ? Que voulez-vous dire ? Parce qu'elle en a d'autres ?

— Naturellement ! dit Arkan en balayant des bras tout l'espace alentour. Notre champ d'applications est très vaste et nous avons plusieurs projets en cours. Le plus grand de ces projets est bien plus important que le simple clonage d'êtres humains.

Tomás demeura abasourdi.

— Quel projet peut être plus grand que celui-ci ?

Arkan sourit et se dirigea vers la porte, faisant signe au groupe de le suivre.

— Allons, venez, les invita-t-il. Je vais vous conduire au cœur de notre centre.

Les trois visiteurs se regardèrent, puis le suivirent. Le professeur Hammans les quitta pour retourner à son laboratoire, et le groupe s'enfonça dans le bâtiment. Il parcourut de longs couloirs, passant devant d'autres laboratoires. Dans deux d'entre eux, des scientifiques travaillaient sous des scaphandres blancs.

— C'est pour éviter la contamination, expliqua Arkan. Ces laborantins manipulent des spécimens anciens dans un environnement totalement stérilisé.

Jusqu'à présent, ils n'avaient aperçu la lumière du jour qu'à travers une cour intérieure occupée par des petites tables. Des techniciens en blouse blanche y buvaient du café ou des boissons fraîches, grignotaient des salades ou des sandwichs, bavardant tranquillement.

Ils débouchèrent finalement sur un petit hall donnant sur un mur cylindrique en béton. Au centre se trouvait une porte blindée, pourvue d'une fenêtre circulaire, et gardée par un vigile armé.

— Nous voici arrivés au cœur de l'Arche, annonça fièrement Arkan. En réalité, c'est bien plus encore que le cœur du bâtiment. (Il posa sa main sur la porte blindée.) Ce qui se trouve derrière cette porte est le cœur de tout le complexe. Il s'agit, si vous préférez, de la raison d'être du projet qui anime le Centre de recherche moléculaire avancée.

— De quoi voulez-vous parler ?

Le président plissa les yeux d'un air mystérieux.

— De notre secret le mieux gardé.

LIX

Sicarius se retourna lentement, conscient d'avoir été repéré. Il vit un homme en blouse blanche près de l'entrée de service qui regardait dans sa direction.

— C'est à moi que vous parlez ?

— Oui. J'aurais besoin que tu m'aides à transporter un sac de fertilisant à l'Éden.

Sicarius resta un court moment sans agir. Il devait suivre la position du maître sur l'écran, pour ne pas perdre sa piste. S'il refusait d'apporter son aide, comment réagirait cet homme ? D'un autre côté, s'il acceptait de rendre ce service, les choses pouvaient mal tourner. Il tergiversa quelques instants, mais son expérience reprit le dessus et il se décida.

— Où est le sac ?

— Dans l'entrepôt du jardin.

— Donnez-moi un quart d'heure et je vous rejoins. Je cherche une souris qui saccage les plates-bandes !

L'homme en blouse blanche resta figé un instant, considérant la réponse. Sicarius sentit son cœur s'emballer et retint sa respiration. Il finit par hocher la tête et ouvrit la porte de service pour s'en aller.

— Bon, d'accord, dit-il. Mais ne tarde pas trop. Ehud est furieux qu'on ne lui ait pas encore apporté son fertilisant !

435

L'homme disparut et Sicarius inspira profondément. Il consulta son GPS et vit le signal clignotant se déplacer.

— Et merde !

Il hésita sur la direction à prendre. S'efforçant de rester lucide, il fixa son regard sur l'écran et attendit que la nouvelle situation se clarifiât. Le signal faiblissait, indice certain que l'émetteur s'éloignait.

— Où vas-tu, maître ? murmura-t-il avec fébrilité.

Il fit quelques pas vers la gauche et constata que le signal faiblissait à nouveau. Il pivota et s'avança rapidement vers la droite. L'intensité du signal augmenta aussitôt, ce qui le rassura. Sicarius continua, marchant parallèlement au mur du bâtiment, l'œil toujours fixé sur le signal qui clignotait sur l'écran du GPS.

Ayant trouvé la position de sa cible, il se remit à faire des calculs. L'émetteur devait se trouver à quinze mètres à l'intérieur du bâtiment. Sicarius regarda autour de lui, cherchant l'accès le plus proche. Il remarqua une ouverture dans le gazon, à une dizaine de mètres de là, et alla l'inspecter. Il découvrit un escalier qui descendait aux sous-sols du bâtiment, vers une issue de secours.

— Parfait.

Il s'accroupit, imitant un jardinier arrachant les mauvaises herbes, et il posa son GPS sur le gazon, conscient de devoir passer à l'acte à tout moment.

C'est le bip du maître qui lui en donnerait l'ordre.

LX

La porte blindée qui barrait l'accès à la grande salle semblait d'une incroyable épaisseur. Le groupe s'en approcha et Tomás remarqua que, sous la fenêtre circulaire, était fixée une plaque argentée mentionnant des caractères hébreux.

קֹדֶשׁ הַקֳּדָשִׁים

Piqué par sa curiosité, l'historien lut la formule gravée sur la plaque et écarquilla les yeux. Comme un automate, il articula les deux mots en détachant presque chaque syllabe.

— *Kodesh Hakodashim.*

Valentina remarqua le regard ébahi du Portugais et se tourna vers Arnie Grossman. L'inspecteur israélien sembla également stupéfié par l'information indiquée sur la plaque.

— Qu'est-ce que c'est ? s'enquit-elle, soudain inquiète. Qu'est-ce que ça veut dire ?

Tous deux étaient trop surpris pour répondre immédiatement, si bien que ce fut Arkan qui, tout fier, lui traduisit l'expression hébraïque.

— Saint des saints, répondit-il avec emphase. Le cœur du Temple.

— Quel temple ? Celui de Jérusalem ?

— Évidemment. Lequel voulez-vous que ce soit ?

L'Italienne secoua la tête.

— Je ne comprends pas, avoua-t-elle. Le Temple se trouve bien à Jérusalem, n'est-ce pas ? Comment cet endroit pourrait-il être le Saint des saints ?

Ce fut Tomás, remis de sa stupéfaction, qui lui répondit.

— Le *Kodesh Hakodashim*, ou Saint des saints, était une salle située dans la partie ouest du temple de Salomon, près de l'actuel mur des Lamentations, expliqua l'historien. D'où l'importance de ce mur pour les juifs. Le Saint des saints était fermé par un voile et abritait l'Arche d'alliance, c'était là qu'on sentait le plus intensément la présence de Dieu sur terre. Le temple de Salomon fut détruit et l'Arche d'alliance disparut. Lorsque le deuxième Temple fut construit par Hérode, après l'exil des juifs à Babylone, on plaça un plateau surélevé à l'endroit qu'avait occupé l'arche, pour symboliser sa présence. D'ailleurs, les juifs affirmaient que la présence de Dieu dans cette salle était toujours aussi intense, si bien qu'elle demeura sacrée.

Valentina suivait l'explication, les yeux rivés sur la porte blindée.

— Je vois, dit-elle. Cette expression gravée là est à prendre au sens métaphorique. Elle veut dire que la chose la plus importante de ce complexe est conservée derrière cette porte.

— Oui, aussi, acquiesça Arkan. Mais pas seulement.

— Que voulez-vous dire ?

Le président de la fondation, les mains sur les hanches, contempla la fenêtre ronde au milieu de la porte.

— Cette porte est le voile, dit-il, sur un ton soudainement grave. Derrière se trouve le *Kodesh Hakodashim*. (Il marqua une courte pause pour ménager le suspens.) Au sens littéral du mot.

Tomás tiqua aussitôt.

— Ne vous moquez pas d'elle, observa-t-il. Au sens littéral, cela voudrait dire que Dieu est présent derrière cette porte. Or, c'est évidemment impossible.

— Je vous dis que la salle devant vous est le *Kodesh Hakodashim*, répéta Arkan, toujours sur un ton solennel. Au sens littéral. Soyez-en sûr.

L'historien ricana et pointa du doigt le hublot de la porte.

— Alors comme ça, Dieu est là, derrière cette porte ? demanda-t-il, goguenard. Et le père Noël aussi peut-être ?

Le président ne répondit pas. Il fit signe au vigile qui ouvrit une porte. Le groupe se pencha et découvrit un vestiaire et une salle de douches.

— Tout le monde à la douche !

L'ordre prit les visiteurs au dépourvu.

— Pourquoi ? Que se passe-t-il ?

Le président de la fondation désigna la porte blindée.

— Cela fait partie du protocole pour pouvoir accéder au Saint des saints, justifia-t-il. Quiconque entre ici doit être totalement stérilisé, afin de ne pas contaminer la salle.

Valentina fut la première à y passer, suivie des trois hommes. Tomás se retrouva sous la douche et fut savonné de la tête aux pieds avec une solution spéciale. À la sortie, on lui tendit une serviette blanche, dont il se couvrit.

Lorsqu'il revint dans l'antichambre, il vit Arkan ouvrir un placard. Celui-ci était rempli de longs scaphandres blancs accrochés sur des cintres enveloppés dans de grands plastiques transparents. Le président en décrocha quatre, déchira l'enveloppe protectrice, et en remit trois à ses invités.

— Mettez ça !

Tomás déplia le sien et l'examina de haut en bas.

— Que se passe-t-il ? plaisanta-t-il. C'est carnaval aujourd'hui ?

— Mettez ça ! insista l'hôte, en indiquant du menton la porte blindée. Ça fait également partie du protocole pour entrer là.

Le groupe obéit et se dirigea vers les vestiaires. Tomás eut le plus grand mal à se glisser dans le scaphandre, car sa main droite bandée refusait d'entrer dans le gant, si bien que celui-ci pendait comme une loque au bout du bras.

Après avoir enfilé leur combinaison, les trois visiteurs rejoignirent l'antichambre. Légèrement claustrophobe, Tomás eut l'impression d'être un astronaute ; il respirait avec deux bouteilles fixées sur son dos.

Après s'être assuré que tout le monde était prêt, Arkan s'approcha de l'entrée et ouvrit une petite trappe. Posté juste derrière, le Portugais jeta un œil et aperçut dans la cavité un petit clavier dont chaque touche correspondait à une lettre ou à un chiffre.

— Qu'est-ce que c'est ?

— Il faut un code secret pour débloquer la porte, rétorqua le président de la fondation. N'oubliez pas que nous allons pénétrer dans le Saint des saints. Cela veut dire que nous serons en présence de Dieu. Un tel lieu exige d'être soigneusement protégé, vous ne croyez pas ?

La manière assurée dont Arkan parlait donnait vraiment l'impression qu'il croyait à tout ce qu'il disait, ce qui troubla Tomás. L'historien commença à douter. Mais comment cette salle pouvait-elle être le Saint des saints ? Allait-il ressentir physiquement la présence de Dieu ? Comment pareille chose était-elle possible ?

L'historien jeta à nouveau un regard circulaire. Toutes ces installations, ces équipements, ces scientifiques et tout le personnel qui travaillaient là, devaient sans doute coûter très cher. Il était clair que personne n'aurait suivi Arkan si tout ceci s'était réduit au délire d'un fou. Or, il était bien là, cet énorme centre de recherche, et en pleine activité. Il fallait donc qu'il y eût quelque fondement. Mais, si cela ne relevait pas de la folie, de quoi s'agissait-il alors ? Arkan parlait-il vraiment sérieusement ?

Brûlant de curiosité, Tomás s'approcha du hublot pour tenter de voir ce qui se trouvait à l'intérieur. Il remarqua alors, gravées sur la vitre, quelques lignes en caractères gothiques, difficiles à lire.

Über allen Gipfeln ist Ruh,
in allen Wipfeln spürest du kaum einen Hauch;
Die Vögelein schweigen im Walde.
Warte nur, balde. Ruhest du auch.

Il s'efforça de déchiffrer cette calligraphie et de comprendre le sens des mots ; il s'agissait de vers allemands et l'historien s'aperçut que ce court texte lui était familier.

— « Sur tous les sommets règne la paix », se remémora-t-il avec un plaisir soudain.

Arkan tourna la tête et sourit.

— C'est beau, n'est-ce pas ? demanda-t-il. C'est la devise de ma fondation.

Séduit par la musicalité des mots, Tomás hocha la tête.

— Oui, c'est vraiment un beau poème, approuva-t-il. Mais que fait-il donc ici ?

Le président se tourna vers la porte et glissa sa main gantée dans la cavité où se trouvait le clavier.

— Il renvoie au code secret qui déverrouille cette porte, avoua-t-il. J'ai fait graver ce poème sur cette vitre pour ne jamais l'oublier.

Arkan pivota sur lui-même, de manière à cacher le clavier aux regards des visiteurs, et composa le code. Tomás écouta les sons produits par les touches.

L'historien compta six bips successifs et devina aussitôt le code. Arkan avait dit que celui-ci renvoyait à la devise de la fondation ? La réponse était d'une simplicité enfantine. *Goethe*.

Le mécanisme d'ouverture réagit aussitôt et, en moins d'une seconde, la porte s'ouvrit dans un léger bourdonnement.

LXI

Le signal envoyé par le GPS était faible, mais il résonna dans l'esprit de Sicarius avec une force militaire. La phase finale de l'opération était lancée.

— Deux minutes, maître, murmura Sicarius. Je serai là dans deux minutes !

Animé par la montée d'adrénaline que ce signal avait provoquée, il se dirigea d'un pas rapide vers l'ouverture creusée dans le gazon et descendit l'escalier jusqu'à l'issue de secours. Il ouvrit discrètement la porte et pénétra dans un étroit couloir. Des lumières blanches et diffuses éclairaient le passage ; on entendait dans l'air un bourdonnement indéfini. Un bruit de fond était ponctué par des coups violents : les battements du cœur de Sicarius.

Il entrait dans la phase cruciale de sa mission. Il avait travaillé dur et couru beaucoup de risques pour en arriver là. Hors de question de relâcher à présent sa concentration. Il porta la main à sa ceinture pour sentir la présence froide de la *sica*, telle une protection divine, qui le rassura.

— Dieu l'a voulu ainsi !

À partir de ce moment, tout comme au Vatican, à Dublin, à Plovdiv et dans la chambre de l'American Colony, Sicarius cessa d'être un homme pour devenir un automate, une machine programmée pour accomplir sa mission, à n'importe quel prix. Il s'avança avec souplesse le long du couloir, les sens en alerte, l'attention focalisée sur les détails, les yeux brillants, avide de conclure l'opération.

Il déboucha sur un large couloir et s'arrêta. Il repéra une caméra de surveillance, tout près du plafond, et hésita, vérifiant la position du signal sur l'écran de son GPS. Il devait tourner à droite, où un nouveau couloir se prolongeait. Il examina l'espace en détail et aperçut un plan du bâtiment sur le mur.

Il inspira profondément, à présent maître de ses émotions, et se mit à marcher tranquillement. Il s'engagea dans le couloir d'un pas normal, comme s'il faisait partie de l'équipe qui travaillait dans le complexe, et se dirigea vers le plan pour le consulter. Totalement exposé à l'œil froid et silencieux de la caméra de surveillance, il s'approcha du mur où était fixé le plan. Celui-ci mentionnait le nom du bâtiment, Arche, et indiquait les différents chemins vers les laboratoires, les halls, les entrepôts et les salles, en affichant leurs emplacements respectifs.

Il examina son GPS et constata que le signal avait faibli. Il calcula la distance à vol d'oiseau et la compara aux positions annoncées sur le plan, pour trouver la direction.

Il localisa l'émetteur sur le plan du bâtiment et lut le nom de la salle où il se trouvait.

— *Kodesh Hakodashim*, murmura-t-il. Le Saint des saints.

Il hésita, surpris. Comment ce lieu pouvait-il être le Temple ?

Mais il n'obtiendrait aucune réponse pour l'instant. Il se concentra à nouveau sur sa mission, repéra la position du Saint des saints et partit immédiatement.

Il parcourut le couloir à grands pas et s'arrêta devant une porte. Il consulta une nouvelle fois son écran pour s'assurer qu'il était au bon endroit. Le signal redoublait d'intensité. Il y était.

Il ouvrit doucement la porte et perçut des voix. Il hésita. Devait-il entrer ou bien attendre ? Le maître lui avait donné pour instruction de ne passer à l'attaque qu'après avoir reçu le second message. Le premier signal n'était que l'ordre de se mettre en position.

Avec mille précautions, il glissa la tête derrière la porte. Il découvrit une antichambre devant un mur en béton cylindrique avec une porte en acier massif percée d'un hublot. Il aperçut quelques personnes de dos, en scaphandres blancs, qui y pénétraient et comprit que le maître était parmi elles.

La porte blindée se referma derrière le groupe dans un léger bourdonnement, faisant apparaître une plaque argentée qui mentionnait « *Kodesh Hakodashim* » en caractères hébraïques. Si l'intrus nourrissait encore un doute, celui-ci se dissipa.

C'était bien là.

LXII

La porte blindée s'était refermée. Les trois visiteurs regardaient autour d'eux, avec un mélange de curiosité et de respect. Ils venaient d'entrer dans une vaste salle sans fenêtres, emplie d'équipements ultramodernes et de tables de travail. Les murs étaient couverts d'une série de portes blanches et lisses, semblables à celles des réfrigérateurs. La pression de l'air était légèrement supérieure à la normale, afin d'empêcher l'invasion de micro-organismes et autres poussières indésirables ; un thermomètre sur le mur affichait la température. Elle était visiblement froide, mais les scaphandres maintenaient les visiteurs au chaud.

— Voilà donc le *Kodesh Hakodashim* ? s'enquit Tomás en examinant la salle avec attention. Est-ce vraiment le Saint des saints ?

Arpad Arkan hocha la tête.

— Je vous ai déjà dit que oui.

Le groupe garda le silence quelques instants, dans l'expectative. Mais rien ne se produisit, et Arnie Grossman, le plus impatient, intervint.

— Puisque nous sommes dans le *Kodesh Hakodashim*, où est donc Dieu ? Ne devrait-on pas ressentir sa présence ?

— Il est ici, confirma le président de la fondation. Il se trouve dans cette salle. En personne.

Les yeux des visiteurs se remirent en quête de la présence divine, comme si elle avait été un corps matériel. Mais ils ne virent rien d'extraordinaire en dehors des innombrables équipements qui faisaient de cette salle un véritable labyrinthe. Peut-être qu'en explorant toutes les allées…

— Où ?

Arkan s'engagea dans l'une des allées et fit signe aux trois invités de le suivre. Des armoires et des équipements formaient une paroi le long du couloir qui, au bout d'une centaine de mètres, déboucha sur un espace dégagé. Au milieu de celui-ci se dressaient une table avec un microscope, des ampoules, des tubes à essai et, juste en face, un énorme congélateur. Un réseau de lumières rouges le quadrillait. Un dispositif de sécurité si complexe indiquait à l'évidence que son contenu était des plus précieux.

Avant de prendre la parole, le président de la fondation attendit que ses visiteurs fussent devant lui.

— L'un d'entre vous a-t-il déjà entendu parler d'Armon Hanatziv ?

— Bien sûr, rétorqua aussitôt Grossman, se prévalant de ses galons d'inspecteur. C'est un quartier à environ cinq kilomètres au sud de la vieille ville de Jérusalem, juste au pied du mont Moriah. Qu'a-t-il de particulier ?

— Savez-vous comment il s'appelait autrefois ?

L'inspecteur israélien courba les lèvres en signe d'ignorance.

— Je ne savais pas qu'Armon Hanatziv avait eu un autre nom…

Arkad se tourna vers Tomás ; il voulait observer le visage de l'historien lorsqu'il prononcerait l'ancien nom du quartier.

— Talpiot.

L'universitaire portugais prit un air songeur, comme si ce nom lui était vaguement familier.

— Talpiot…, murmura-t-il, en faisant un effort de mémoire. Cela me dit effectivement quelque chose…

Le président sourit.

— Je vais vous donner un indice, dit-il. Par un matin de printemps en 1980, dans le quartier d'Armon Hanatziv, un bulldozer déblaye un terrain destiné à la construction d'un nouveau projet immobilier. Au cours des travaux, le bulldozer heurte inopinément un bloc enfoui dans le sol. Les ouvriers découvrent alors une pierre de façade appartenant à une ancienne construction. Elle est percée d'une ouverture au-dessus de laquelle figure un étrange signe sculpté. Il s'agit d'un V inversé au-dessus d'un petit cercle. (Arkan prit un stylo et fit un dessin sur un papier.) Comme ça.

Tomás contempla le dessin d'un œil expert.

— On dirait le symbole fixé sur la porte de Nicanor, l'une des entrées du Temple, observa-t-il. On le connaît parce qu'on l'a retrouvé sur des pièces de monnaie de l'époque.

— Et que signifie-t-il ?

Le cryptologue prit le temps de réfléchir.

— La porte de Nicanor signalait le point final du pèlerinage à Jérusalem, indiqua-t-il. Ce symbole représentait l'œil de la pureté, appelé également « œil de l'ascension ». D'ailleurs, le cercle à l'intérieur d'un triangle est un symbole paléohébraïque. Au sens littéral, c'est un œil qui épie par une porte.

— Pensez-vous qu'il s'agisse d'une découverte intéressante ?

Tomás hocha ostensiblement la tête.

— Très !

— Eh bien, les ouvriers de l'époque la jugèrent également curieuse, dit Arkan. Mais ils avaient un travail à faire et oublièrent vite la découverte. Les bulldozers se remirent à déblayer et on fit sauter des roches à la dynamite.

— Pas si vite ! interrompit Grossman. D'après la loi, lorsqu'une telle découverte est faite, les travaux doivent être interrompus. Ils ne peuvent être repris sans l'autorisation des archéologues.

— La loi, c'est bien beau, monsieur l'inspecteur, répliqua le président avec ironie. Mais, comme vous le savez sans doute, chaque mois, des dizaines de découvertes semblables sont faites à Jérusalem ; or, s'il y a une chose que les constructeurs détestent, c'est arrêter les travaux dès qu'une vieillerie surgit au cours d'un déblaiement de terrain destiné à la construction de nouveaux immeubles. Il faut dire que personne ne leur rembourse les préjudices causés par cette suspension des travaux durant des semaines, voire des mois.

L'Israélien acquiesça. Le problème était hélas courant dans son pays.

— Effectivement, personne ne respecte la loi.

— Mais il se trouve que, après la reprise des travaux, des gosses du voisinage se sont glissés dans l'ouverture de la façade et ont trouvé quelques crânes à l'intérieur de la construction enfouie dans le sol. Ils les ont ramassés pour jouer au foot. Parmi ces enfants se trouvait le fils d'une archéologue, qui savait que tout le secteur autour du mont Moriah était riche de vestiges archéologiques d'une grande importance.

— Ce n'est pas étonnant ! dit Tomás. Le mont

Moriah est le lieu où se dressait le Temple. Tout ce qu'il peut contenir a par conséquent de la valeur.

— Tout à fait. Si bien que le gamin est allé prévenir sa mère. L'archéologue et son mari se sont rendus sur place. Ils ont surpris les gosses qui jouaient avec les boîtes crâniennes, et les ont chassés à grands cris. Une fois les enfants partis, ils ont inspecté les os épars sur le sol. C'étaient les restes d'au moins deux crânes, réduits en fragments par les coups de pied juvéniles. L'archéologue et son mari recueillirent ces vestiges dans un sac en plastique. Une fois rentrée chez elle, l'archéologue a téléphoné à l'Office israélien des antiquités, qui a aussitôt envoyé une équipe de techniciens examiner la découverte. Trois archéologues se sont faufilés dans l'étroite entrée de la construction souterraine pour en inspecter l'intérieur. Ils ont rampé quelques mètres jusqu'à un espace dégagé où ils purent se tenir debout. Ils étaient dans une salle inférieure, qui sentait une odeur de craie humide et de terre moisie. Ils ont dirigé leur lampe-torche vers le sol et ont constaté que la terre était rouge. Il s'agissait de la fameuse *terra rossa*.

— Je la connais très bien, assura Grossman. Elle est typique de Jérusalem.

— Les archéologues ont alors éclairé les murs et ont été ébahis par ce qu'ils ont vu. Ayant compris ce qui se trouvait là, le chef d'équipe est aussitôt sorti de la construction souterraine et a ordonné l'arrêt de tous les travaux. (Arkan fit une pause et regarda les trois personnes qui l'écoutaient avec attention.) Savez-vous ce qu'on venait de découvrir ?

— L'Arche d'alliance ? plaisanta l'inspecteur israélien. Les tables de la Loi ?

Le président de la fondation fusilla Grossman du regard.

— Un important monument funéraire, autrement dit un mausolée, révéla-t-il. Il y avait six alvéoles creusées dans trois des quatre murs de la chambre inférieure, et chacune des alvéoles, appelées *kokhim* en hébreu et *loculi* en latin, contenait un ou plusieurs tombeaux. En tout, l'équipe a comptabilisé dix tombeaux couverts de *terra rossa*. On les a sortis un à un et remis à l'Office israélien des antiquités, mais l'un d'eux semble avoir disparu en chemin, sans doute vendu à quelque antiquaire. Quoi qu'il en soit, les archéologues retournèrent à l'intérieur du mausolée et inspectèrent en détail la chambre inférieure. Ils y découvrirent trois crânes disposés en triangle sur le sol, une disposition indiquant un certain type de cérémonial.

Impatient, Arnie Grossman consulta sa montre.

— En quoi cela nous intéresse-t-il ? demanda-t-il, au bord de l'éruption. Nous menons une enquête criminelle et votre histoire d'archéologues n'apporte rien ! Pourquoi ne pas nous dire tout de suite, et sans détours, ce que nous voulons savoir ?

— C'est justement ce que je m'efforce de faire ! rétorqua Arkan avec irritation. Pour comprendre ce que j'ai à vous révéler et à vous montrer, il vous faut d'abord connaître ces détails. Sans eux, le reste n'a pas de sens.

L'inspecteur israélien fit un geste vague désignant ce qui l'entourait.

— Vous avez commencé par nous dire que ce lieu était le Saint des saints et je ne sais trop quoi ! s'exclama-t-il. Vous avez même affirmé, blasphème des blasphèmes, que Dieu se trouvait physiquement dans cette salle ! Et voilà que vous nous servez à présent une histoire de tombeaux…

— Du calme, conseilla Valentina en posant la main sur son épaule. Écoutons d'abord tout ce qu'il a à nous dire et ensuite nous déciderons de la marche à suivre. S'il s'agit d'une manœuvre dilatoire, nous ferons usage du mandat délivré par le juge.

Calmé par les arguments de sa collègue italienne, Arnie Grossman inspira profondément et essaya de prendre sur lui.

— Continuez.

Au grand étonnement de Tomás, Arpad Arkan ne paraissait pas soucieux. Soit il était certain d'avoir effectivement une grande révélation à faire, soit il gardait une carte dans sa manche pour se dérober au dernier moment.

— Après avoir été transportés à l'Office israélien des antiquités, les neuf tombeaux de Talpiot ont été mesurés, photographiés et catalogués sous les références IAA 80/500 à 509, reprit le président de la fondation sur un ton imperturbable. Les lettres IAA renvoient aux initiales du nom anglais de l'institution, Israel Antiquities Authority, 80 indique l'année de la découverte, 1980, et 500 à 509 correspond aux numéros d'entrée des tombeaux dans la liste des artefacts catalogués au cours de l'année.

— Ce sont là des informations techniques secondaires, l'interrompit Tomás. Qu'avaient donc ces tombeaux de si particulier ?

— Je vous répondrai par une autre question, répliqua Arkan. Savez-vous s'il est courant de trouver des tombeaux juifs portant un nom ?

L'historien secoua la tête.

— À ma connaissance, seuls vingt pour cent des tombeaux découverts à Jérusalem sont identifiés.

Le président confirma.

— En effet. Il se trouve que, dans le cas de Talpiot, six des neuf tombeaux avaient leurs noms gravés sur la pierre. Rien que cela les rendait remarquables. Mais ce qui en a fait une découverte vraiment exceptionnelle, ce sont les noms mêmes qu'ils portaient. (Arkan fit une nouvelle pause pour interroger l'historien.) Avez-vous une idée de ces noms ?

Tomás haussa les épaules.

— Non.

— Le tombeau IAA 80/500, le plus grand, était orné de rosettes et couvert de terre séchée. Les archéologues ont retiré la terre jusqu'à faire apparaître une inscription en grec disant *Mariamn-u eta Mara*. Le tombeau 80/501 était également décoré de rosettes et portait une inscription en hébreu disant *Yehuda bar Yehoshua*. Le 80/502 portait, aussi en hébreu, le nom *Matya*. Le 80/504 disait *Yose* et le 80/505 *Marya*, toujours en hébreu.

— Vous affirmiez que six tombeaux portaient des inscriptions, observa Tomás. Mais vous n'en avez mentionné que cinq.

Arkan sourit.

— Je vois que vous êtes attentif, constata-t-il. Effectivement, j'ai sauté le 80/503 volontairement. Sur celui-là, l'inscription n'était ni en grec ni en hébreu. C'était de l'araméen. Les caractères en étaient obscurcis par d'épaisses couches de patine.

— Il s'agit de vert-de-gris, précisa l'historien. Un processus de minéralisation bien connu des archéologues.

Le président de la fondation inclina la tête.

— Je suis sûr que vous avez déjà trouvé le nom inscrit sur le sixième tombeau de Talpiot...

Tomás se mit à réfléchir puis fut frappé de plein fouet par ce qu'il venait de comprendre.

— Attendez un peu ! s'exclama-t-il d'une voix troublée. Je me souviens d'avoir entendu parler de Talpiot ! N'est-ce pas l'endroit où l'on a découvert le tombeau portant le nom de...

Arpad Arkan croisa les bras et fixa son regard sur Tomás, conscient qu'il était le seul de ses interlocuteurs qui saisirait la véritable portée de ce que signifiait le nom inscrit sur le dernier tombeau.

— *Yehoshua bar Yehosef.*

Le cryptologue ouvrit la bouche, stupéfait.

— C'est impossible !

— Je vous assure.

— Vous parlez sérieusement ?

Les deux inspecteurs voyaient la stupéfaction sur le visage de Tomás et comprirent que quelque chose leur échappait.

— Qu'y a-t-il ? demanda Valentina. Que voulez-vous dire ?

L'historien mit quelques secondes à se remettre. Encore abasourdi, il se tourna lentement vers l'Italienne et la regarda comme s'il avait le cerveau en ébullition.

— Hein ?

— Le nom inscrit sur le tombeau, insista-t-elle. Qu'a-t-il de particulier ?

Tomás secoua la tête et, comme s'il revenait au présent, posa ses yeux sur elle.

— *Yehoshua bar Yehosef* ? interrogea-t-il. Vous ne savez pas ce que ça veut dire ?

— Bien sûr que non !

— Joshua, fils de Joseph.

Valentina fit une grimace d'impuissance ; manifestement, ce nom ne lui disait rien.

— Joshua ? Et alors ?

— *Yehoshua* est une forme ancienne de *Joshua.* Mais les hébreux employaient souvent des diminutifs. Au lieu de dire *Yehoshua*, ils disaient *Yeshu.*

L'Italienne ne saisissait toujours pas.

— Mais encore ?

455

Le Portugais regarda à nouveau Arkan, pour s'assurer qu'il avait bien entendu. La mine fière du président le lui confirma. Il fixa une nouvelle fois son regard sur Valentina et lui donna enfin la réponse.

— *Yeshu* signifie *Jésus*, précisa-t-il. Vous comprenez ?

Valentina écarquilla les yeux.

— Pardon ?

— Jésus, fils de Joseph.

LXIII

Aussitôt après la fermeture de la porte blindée, le vigile qui gardait l'antichambre du *Kodesh Hakodashim* aperçut Sicarius.

— Vous cherchez quelque chose ?

— C'est le service d'entretien qui m'envoie, dit-il en s'avançant avec assurance dans l'antichambre. On leur a signalé des problèmes techniques.

Il regarda attentivement autour de lui. Il donnait l'impression de chercher l'origine d'une panne, alors qu'il inspectait l'endroit pour savoir comment opérer avec efficacité. Il y avait une caméra de surveillance au plafond, dirigée sur la porte blindée.

— Des problèmes ? s'étonna le vigile. Quels problèmes ? Le poste de sécurité ne m'a rien signalé.

— Des problèmes électriques, affirma Sicarius en jetant des regards dans tous les coins afin d'évaluer les risques de l'opération. Un court-circuit, ou quelque chose dans le genre. Une ampoule grillée peut-être…

Le vigile prit le talkie-walkie qui pendait sur sa poitrine.

— J'appelle la sécurité pour vérifier ça, dit-il, surpris par la situation. J'aurais dû en être informé.

Il fallait l'éviter à tout prix.

— C'est bien l'Éden, ici ? s'enquit Sicarius, se

rappelant le nom prononcé par l'homme qui l'avait interpellé dans le jardin. Vous n'avez constaté aucune panne ?

Le vigile leva les sourcils.

— Ici, c'est l'Arche ! annonça-t-il. Il y a une panne à l'Éden ?

— C'est ce qu'on m'a dit.

— Alors vous n'êtes pas au bon endroit.

Sicarius afficha un air contrarié.

— Ah, quelle journée ! s'exclama-t-il. J'ai une boutique de matériel électrique à Nazareth et on m'a appelé pour que je vienne d'urgence chez vous. Je me suis perdu… C'est immense ici !

Visiblement convaincu, l'homme armé sourit et rangea son talkie-walkie.

— Je vous comprends, dit-il en tirant de sa poche un plan du complexe. (Il le déplia et l'étala sur le sol pour mieux le considérer.) Vous voyez ce bâtiment ici ? (Il indiqua un point signalé sur le plan.) C'est l'Arche, où nous nous trouvons actuellement. (Il fit glisser son doigt vers un point à proximité.) Le bâtiment Éden est ici.

Sicarius posa la main sur le cœur, dans un geste de profonde gratitude.

— Ah, merci beaucoup !

Le vigile le raccompagna jusqu'à la sortie et le salua. Il le regarda s'éloigner, puis revint tranquillement à son poste de surveillance. Mais Sicarius avait fait demi-tour et se trouvait adossé à la porte donnant sur l'antichambre. Il se préparait à l'attaque.

LXIV

Les trois visiteurs étaient sidérés. Arpad Arkan leur souriait, satisfait de l'effet produit par sa révélation.

— Nos archéologues ont découvert le tombeau de Jésus ? questionna Arnie Grossman. (Il secoua la tête, comme pour se réveiller.) Est-ce bien de *Jésus-Christ* que nous parlons ?

Arkan gardait son large sourire.

— Vous connaissez d'autres Jésus, fils de Joseph ?

L'Israélien échangea un regard avec sa collègue italienne, implorant son aide.

— Excusez-moi, mais je ne suis pas sûre d'avoir tout compris, dit Valentina, également troublée par ce qu'elle avait entendu. Si cette tombe était celle de Jésus, de *notre* Jésus, le nom de *Jésus-Christ* devrait être inscrit dessus, non ?

Le président de la fondation laissa à Tomás le soin de répondre à cette question.

— Jadis les gens ne portaient pas de nom de famille, expliqua l'historien. Ils avaient un prénom qui était généralement suivi de celui de leur père ou du nom de leur village ou de la profession qu'ils exerçaient. On disait, par exemple, Jean, fils de Pierre. Ou Jean le Tailleur. Dans le cas de Jésus, il était appelé par le nom de son village, Jésus de Nazareth, ou bien par le nom de son père, Jésus, fils de Joseph. Dans ce contexte, Christ n'était pas un nom propre. Ses parents ne s'appelaient pas « Joseph Christ » ni « Maria Christ ». *Christ* était un nom commun. Le mot « messie » se disait *machia* en hébreu et en araméen, et *christus* en grec. Comme la secte des nazaréens s'étendit rapidement parmi les païens, grâce à Paul, et comme la majeure partie de ces païens parlaient grec, on en vint à dire *Jésus*, le *Messie*, ou *Jésus*, le *Christ*, expression que Paul lui-même contracta en *Jésus Christ*. Mais Jésus lui-même n'a sans doute jamais entendu le mot « christ » de sa vie.

— Autrement dit, conclut Valentina, il n'est guère possible que le nom de *Jésus-Christ* figure sur un tombeau juif.

— Tout à fait.

— Et croyez-vous que ce tombeau soit vraiment celui de notre Jésus-Christ ?

Tomás considéra un moment la question. L'inspecteur italien lui demandait une appréciation technique et il lui sembla préférable de rester prudent.

— C'est un autre problème, dit-il. J'ai besoin d'en savoir un peu plus pour pouvoir vous donner un avis.

Cette remarque provoqua une vive réaction chez le président.

— Allons donc ! s'indigna Arkan en élevant la voix. Comment pouvez-vous douter de ce que je viens de vous dire ? Vous pensez peut-être que je vous mens ? Me prendriez-vous pour un escroc ?

Quelques jours auparavant, dans le bureau de la fondation à Jérusalem, Tomás avait déjà eu l'occasion d'observer le caractère colérique du président. S'il y avait une chose que l'historien voulait éviter à présent, c'était d'entrer dans une discussion passionnelle du même genre.

— Je ne vous accuse pas d'être un escroc, s'empressa-t-il de préciser, en espérant apaiser Arkan. Je considère seulement que tout le monde peut se tromper.

Le visage du président était écarlate.

— Comment osez-vous ? protesta-t-il. Vous croyez que je suis un dilettante qui passe son temps à s'amuser ? Vous pensez que je ne fais pas de la science rigoureuse ? Vous me prenez pour un amateur ?

L'apaisement n'était pas la bonne tactique, comprit trop tard Tomás. Mais la confrontation non plus, comme il l'avait constaté quelques jours plus tôt, quand Arkan et Valentina s'était violemment emportés à Jérusalem. Peut-être que le juste milieu parviendrait à neutraliser son bouillonnant interlocuteur.

— Je pense que j'ai besoin de preuves, dit-il d'une voix détachée, comme s'il participait à un banal entretien. Une telle découverte exige de soigneuses vérifications, vous ne croyez pas ?

— Des preuves ? Vous voulez des preuves ?

— Si vous les avez.

Le président hésita, puis s'apaisa aussi vite qu'il s'était enflammé.

— Que voulez-vous savoir exactement ?

— Tout, indiqua l'historien. Pour commencer, qu'est-ce qui vous permet d'être si sûr que la découverte de Talpiot concerne vraiment Jésus de Nazareth ?

Arkan le regarda d'un air songeur.

— Voilà ce que je vous propose, finit-il par dire. Je vais vous poser une série de questions clés et c'est vous-même, avec vos connaissances en la matière, qui tirerez les conclusions qui s'imposent. Cela vous convient-il ?

La suggestion surprit le Portugais, mais il considéra l'idée et ne vit aucun inconvénient à jouer le jeu.

— Très bien, accepta-t-il. Je vous écoute.

Le président garda son air songeur, cherchant comment organiser son questionnaire.

— Allons-y, dit-il. Malgré leurs inscriptions, les tombeaux ne sont pas datés. Dans ce cas, comment peut-on savoir qu'ils correspondent à la période de Jésus ?

— Votre première question est simple, rétorqua Tomás. La loi judaïque stipule que les morts doivent être enterrés avant le coucher du soleil. Vers 430 avant Jésus-Christ, le fait de déposer des corps dans une cave, une grotte ou un tunnel creusé dans le roc était devenu à Jérusalem une coutume considérée comme un enterrement. Cependant, l'usage du tombeau n'est devenu courant que peu avant la naissance de Jésus et s'est achevé en 70, lorsque les Romains ont détruit la ville et le deuxième Temple. Donc, par définition, tout tombeau découvert à Jérusalem date obligatoirement de la période où a vécu Jésus. C'est à cette époque qu'on a commencé à envelopper les corps dans des suaires de lin ou de laine, avant de les déposer dans des caves, comme premier enterrement. Plus tard, après complète décomposition des corps, on récupérait les os séchés pour les mettre dans un caveau familial. Ce second enterrement était définitif.

Arkan acquiesça, satisfait de la réponse.

— Mais l'usage du tombeau était-il une pratique funéraire pour tous les juifs ? demanda-t-il en connaissant parfaitement la réponse.

— Oh, non. Juste pour une minorité. La plupart des juifs continuaient à ensevelir leurs morts dans la terre, comme le prescrivait la Loi. (En y pensant, l'historien se mit à faire le lien.) Du reste, reprit-il, l'usage des tombeaux était une pratique surtout suivie par les juifs apocalyptiques, qui pensaient que la fin du monde approchait. Ils croyaient que Dieu descendrait bientôt sur terre pour imposer son règne, et qu'alors tous ressusciteraient pour le jour du Jugement dernier. En déposant leurs morts dans des tombeaux, les juifs apocalyptiques pensaient faciliter le processus de résurrection. Ce n'est d'ailleurs pas un hasard si ces tombeaux ont été érigés près du mont Moriah, là où se dressait le Temple. Ils pensaient en effet que Dieu régnerait depuis le Temple, si bien qu'ils déposaient leurs morts non loin du lieu où tout devait arriver.

— Pensez-vous que Jésus et ses disciples étaient des juifs apocalyptiques ?

La question tombait à point.

— Bien sûr que oui, reconnut Tomás, voyant parfaitement où voulait en venir le président. Il est fort probable qu'ils pratiquaient ce type d'enterrement. (L'historien hésita.) D'ailleurs, tout indique que les disciples ont justement procédé ainsi avec le cadavre de Jésus. (L'universitaire jeta un regard circulaire, comme s'il cherchait quelque chose.) Auriez-vous une bible ici ?

Le président de la fondation ouvrit un tiroir et en sortit un livre volumineux, qu'il déposa sur la table.

— Mon cher, nous sommes dans le Saint des saints, plaisanta-t-il. On y trouve toujours une bible.

L'historien feuilleta le volume.

— Écoutez ce que dit Marc, chapitre 15, verset 43, au sujet de l'enterrement de Jésus, dit-il en se mettant à lire le passage. « [...] un membre éminent du conseil, Joseph d'Arimathée, arriva. Il attendait lui aussi le Règne de Dieu. Il eut le courage d'entrer chez Pilate pour demander le corps de Jésus. » (Tomás leva la tête.) Autrement dit, en signalant que Joseph « attendait lui aussi le Règne de Dieu », Marc révèle qu'il était également un juif apocalyptique. Naturellement, Joseph d'Arimathée décida d'enterrer Jésus à la manière des juifs apocalyp-

463

tiques, comme le raconte Marc, chapitre 15, verset 46. (L'historien reprit sa lecture.) « Après avoir acheté un linceul, Joseph descendit Jésus de la croix et l'enroula dans le linceul. Il le déposa dans une tombe qui était creusée dans le rocher et il roula une pierre à l'entrée du tombeau. » (Tomás frappa le texte du doigt.) Marc décrit ici le premier enterrement. Jésus n'a pas été enterré au sens propre, mais placé dans une alvéole taillée dans le roc. Ce qui signifie qu'on prévoyait de récupérer les os plus tard pour les transférer dans un lieu définitif, un tombeau d'os, où ceux-ci demeureraient jusqu'à ce que la personne ressuscite pour le jour du Jugement dernier.

— Dans le cas de Jésus, y a-t-il eu un second enterrement ? Ses os ont-ils été transférés dans un tombeau ?

Tomás fit une grimace.

— Eh bien… si on en croit les Évangiles, non. Il ressuscita avant que cela fût possible.

Arkan garda les yeux fixés sur son interlocuteur.

— Vous êtes sûr ? demanda-t-il. Lisez-nous donc ce qu'écrit Matthieu, chapitre 28, verset 13.

L'historien rechercha le passage dans la bible.

— « Ses disciples sont venus de nuit et l'ont dérobé pendant que nous dormions », lut-il. (Il regarda le président.) Matthieu précise que c'est une rumeur que les juifs ont colportée pour expliquer la disparition du cadavre de Jésus.

— L'existence de cette rumeur est intéressante, vous ne trouvez pas ? questionna Arkan. Si intéressante que Matthieu s'est senti obligé de dire que les Romains avaient posté un garde pour surveiller le tombeau toute la nuit, un détail que Marc ne mentionne pas et qui trahit à l'évidence une tentative de démentir la rumeur qui enflait.

Tomás relut en silence les versets de Matthieu concernant les événements après la crucifixion.

— Je dois admettre que vous avez raison, finit-il par concéder. La résurrection de Jésus n'est pas une question de science historique, mais de foi. Elle relève du surnaturel. Si on la considère comme une chimère forgée par des esprits superstitieux, ce qui me semble être le cas, il est alors évident que le corps de Jésus a été transféré dans un autre lieu. Dès lors, il s'agit bien d'un second enterrement.

— Et dans quel lieu a-t-il pu être transféré ?

— À partir du moment où nous avons affaire à des juifs apocalyptiques, il est vraisemblable que ce fût dans un tombeau près du mont Moriah, afin que le corps fût le plus près possible du Temple le jour de la résurrection et du Jugement dernier.

Les yeux toujours fixés sur son interlocuteur, Arkan tambourina des doigts contre la table, comme s'il attendait que Tomás tirât les conclusions logiques de ce qu'il venait de dire.

— Les tombeaux à os étaient utilisés au Ier siècle par les juifs apocalyptiques pour les secondes funérailles, rappela le président de la fondation. Jésus et ses disciples étaient des juifs apocalyptiques du Ier siècle et la description que font les Évangiles de ce qui s'est passé après sa mort coïncide avec la première phase d'un second enterrement. Il est donc hautement probable que les os de Jésus furent déposés dans un tombeau près du mont Moriah. Ce qui nous ramène naturellement à la découverte de Talpiot.

Tomás caressa sa visière des doigts, l'air songeur.

— C'est possible, reconnut-il. Je ne dis pas le contraire. (Il considéra l'hypothèse encore un instant.) Il reste cependant quelques problèmes à éclaircir pour admettre qu'il s'agit du tombeau de Jésus de Nazareth. Le premier réside dans le fait que ces tombeaux étaient réservés à des familles riches. Or, Jésus était un pauvre diable. À ma connaissance, sa famille ne possédait aucune fortune.

Arkan lui lança un curieux regard, comme s'il savait quelque chose.

— Ah, non ? Quelle était la profession de Joseph, le père de Jésus ?

— Charpentier, répondit l'historien automatiquement. Tout le monde sait ça.

— Où est-ce écrit ?

Tomás consulta à nouveau la bible.

— Dans l'Évangile selon saint Matthieu, chapitre 13, verset 55, répondit-il en le lisant. « N'est-ce pas le fils du charpentier ? »

— C'est là la traduction traditionnelle, observa Arkan. Or, quel est le mot grec original employé par l'auteur de Matthieu ?

— *Tekton.*

— Et que signifie exactement *tekton* ?

L'historien venait de comprendre l'objection de son interlocuteur.

— Au sens strict, « constructeur ». Le terme « charpentier » n'est effectivement pas la bonne traduction. *Tekton*, c'est un homme qualifié, travaillant dans la construction, pour son propre compte.

— Autrement dit, un artisan en maçonnerie, simplifia le président. Aujourd'hui, on dirait que Joseph était un entrepreneur. Est-ce là, selon vous, un métier de pauvres gens ?

Tomás n'y avait jamais songé auparavant.

— Eh bien… pas nécessairement, reconnut-il. *Tekton* désigne quelqu'un qui travaille de ses mains. Il était peut-être artisan maçon, mais dans un hameau comme Nazareth il ne devait pas être bien riche.

— N'oubliez pas que son fils, Jésus, avait de l'instruction. Il connaissait les Écritures sur le bout des doigts et il savait au moins lire, ce qui à l'époque était relativement rare. Ces indices ne témoignent pas d'une famille indigente vivant dans la misère...

— Très bien, concéda le Portugais. Admettons que sa famille avait de l'argent, bien qu'on ne puisse en être absolument sûr. Mais était-elle suffisamment fortunée pour s'offrir un caveau ? Rappelez-vous que tout laisse entendre que Joseph est mort jeune et qu'il ne pouvait donc plus pourvoir aux besoins de sa famille...

— L'éventuelle mort prématurée de Joseph n'est que pure spéculation, affirma Arkan. Rien dans les Évangiles ne l'indique explicitement. Nous savons seulement qu'il s'agit d'une famille instruite qui travaillait dans le bâtiment. Il est tout à fait vraisemblable que les gens d'une telle famille, croyant à la résurrection des morts au jour du jugement dernier, aient eu les moyens de s'offrir un caveau comme celui de Talpiot. Et, même s'ils n'avaient pas l'argent nécessaire, certains des disciples étaient en mesure de le trouver. Ce Joseph d'Arimathée, par exemple. Marc ne dit-il pas qu'il faisait partie du conseil qui siégeait dans le Temple, le Sanhédrin ? Si c'était le cas, il avait forcément des richesses. D'ailleurs, les Évangiles mentionnent clairement que c'est lui qui s'est chargé de l'enterrement de Jésus. (Le président de la fondation porta la main à la poitrine.) Mettons-nous à la place des nazaréens. Si je pensais que la venue du royaume de Dieu était imminente et que Jésus était bien le *machia* prévu par les Écritures, j'estimerais que la construction d'un tombeau pour Jésus serait un bon investissement, vous ne croyez pas ? Sans doute que, au jour de ma résurrection pour le Jugement dernier, Jésus glisserait à son Père un mot en ma faveur. Cela ne pourrait que faciliter mon entrée dans le royaume de Dieu, non ?

Tomás hocha la tête.

— Oui, vous avez raison, reconnut-il. Même si Jésus n'avait pas eu un sou, ses disciples en auraient trouvé pour lui bâtir un tombeau. Tous voulaient obtenir les grâces du Messie, d'autant plus que le grand jugement approchait.

— Alors répondez-moi, demanda Arkan en guise de conclusion. La résurrection physique de Jésus n'ayant pas eu lieu, est-il ou non probable que ses os aient été déposés dans un tombeau près du mont Moriah, avec une vue privilégiée sur le Temple ?

— Oui, c'est probable, admit Tomás. Le problème, c'est d'être sûr que la découverte de Talpiot concerne le bon tombeau.

— Et pourquoi ne serait-ce pas le cas ? Vous voulez une démonstration ?

— Je ne suis ici que pour ça.

En guise de réponse, Arkan tira un tiroir sous la table et en sortit une chemise contenant divers documents archivés. Il l'ouvrit et montra la première page où figuraient une référence et la photographie d'une incription gravée sur la pierre blanche d'un tombeau.

— Voici l'inscription du tombeau 80/503, dit-il. Rédigée en style cursif, elle est difficile à déchiffrer. Malgré tout, la plupart des calligraphes s'accordent à dire que l'inscription mentionne *Yehoshua bar Yehosef*, ou *Joshua fils de Joseph*. Comme vous l'observiez tout à l'heure, *Jésus*, alias *Yeshu*, est un diminutif de *Yehoshua*, l'une des formes du nom *Joshua*.

Les trois visiteurs se penchèrent sur la page et examinèrent l'inscription gravée sur le tombeau.

— D'accord, mais combien de *Joshua* existait-il à cette époque ?

Arkan leva un sourcil.

— Vous voulez dire des *Joshua* qui étaient juifs apocalyptiques et qui avaient les moyens, provenant de leur famille ou de leurs disciples, de s'offrir un tombeau avec vue sur le Temple ? (Il renifla.) Quelques-uns.

L'historien se frotta le menton du bout des doigts, évaluant les avantages d'une approche statistique. Celle-ci lui parut propice.

— Il me semble que *Yehoshua* était un nom relativement courant, observa-t-il. Avez-vous vérifié combien de fois il apparaît sur les tombeaux juifs du Ier siècle ?

Le président s'éclaircit la voix.

— Parmi les deux cents et quelques tombeaux catalogués par l'Office israélien des antiquités, le nom de *Yehoshua* apparaît 9 fois sur 100 et le nom *Yehosef* 14 fois sur 100. Par rapport aux 80 000 hommes qui ont vécu à Jérusalem durant cette période où l'on utilisait des tombeaux, cela signifie que 7 000 s'appelaient *Yehoshua* et 11 000 *Yehosef*.

— Vous devez donc admettre qu'il s'agit de deux noms très courants, conclut Tomás. Beaucoup trop courants pour que l'on puisse être sûr que le *Yehoshua bar Yehosef* du tombeau de Talpiot soit bien Jésus de Nazareth.

— Certes, mais il faut calculer combien parmi les 7 000 *Yehoshua* de Jérusalem pouvaient avoir un père nommé *Yehosef*, rappela Arkan. Or, si l'on multiplie les pourcentages, à savoir 0, 09 de *Yehoshua* fois 0, 14 de *Yehosef* fois les 80 000 personnes correspondant à la population masculine de Jérusalem, cela nous fait... 1 000. Autrement dit, au cours de cette période, il n'y a eu à Jérusalem qu'un millier de *Yehoshua* dont les pères se nommaient *Yehosef.*

— Voilà un nombre plus restreint, observa l'historien. Cela dit, mille hommes nommés Jésus dont les pères s'appelaient Joseph représentent un nombre encore trop élevé pour avoir quelque assurance que ce soit concernant les découvertes de Talpiot.

Le président prit un air songeur.

— Il y a d'autres statistiques importantes à prendre en considération, ajouta-t-il. Telles que la présence d'autres noms.

— Qu'ont-ils de particulier ?

— Ils nous en disent très long, souligna Arkan. Et, bien entendu, il reste la question de l'ADN.

Tomás sembla encore plus étonné.

— La question de l'ADN ? Quel ADN ?

Le président de la fondation sourit, sachant parfaitement qu'il s'apprêtait à jouer son plus gros atout.

— Vous l'ignoriez ? demanda-t-il d'un air faussement surpris. Nous avons détecté du matériel génétique dans le tombeau 80/503.

— Qu'est-ce que vous dites ?

La stupeur affichée sur le visage de l'universitaire portugais, mais aussi sur celui des deux inspecteurs qui suivaient la conversation, était si grande qu'elle emplit Arkan d'un immense sentiment de satisfaction.

— Nous avons retrouvé l'ADN de Jésus.

LXV

La silhouette sombre de Sicarius fit irruption dans l'antichambre du Saint des saints. Le vigile leva son arme et la pointa vers l'entrée, prêt à tirer. Le reconnaissant, il baissa le canon de l'arme et soupira.

— Vous m'avez fait peur ! Mais que faites-vous ici ? Ne me dites pas que vous vous êtes encore perdu !

Sicarius tenait dans la main une petite bombe aérosol. Il se mit dans un angle mort, leva le bras et visa la caméra de surveillance fixée au plafond.

— La panne vient d'ici, dit-il sur un ton calme, comme s'il faisait ça tous les jours. Je vais réparer ça tout de suite.

Sans vraiment comprendre ce qui se passait, le vigile le regarda recouvrir de peinture noire l'objectif de la caméra.

— Qu'est-ce que vous faites ? Vous nettoyez l'objectif ?

Sans même se rendre compte de ce qu'il lui arrivait, le gardien se sentit basculer, tout tourna autour de lui et, lorsqu'il voulut réagir, il était déjà étendu à terre avec son assaillant sur le dos. Il tenta de tourner son arme vers lui, mais elle lui fut aussitôt arrachée, ainsi que son talkie-walkie.

— Qu'est-ce qui vous prend ? s'exclama-t-il, ahuri.

471

Vous êtes devenu fou ? (Il essaya de rouler sur le sol, cherchant à se dégager.) Lâchez-moi !

Le vigile était complètement immobilisé par les bras de Sicarius.

— Arrête ! lui souffla à l'oreille Sicarius. Ne bouge pas !

Le vigile se dit que le poste de sécurité donnerait l'alerte, mais il se rappela aussitôt que son assaillant avait neutralisé la caméra de surveillance. La sécurité croirait d'abord à un simple incident technique. Il était livré à lui-même.

— Que voulez-vous ? demanda-t-il, effrayé. Pourquoi faites-vous ça ?

Sicarius gardait ses lèvres collées à l'oreille du vigile.

— Donne-moi le code de la porte, murmura-t-il sur un ton impassible. Il faut que j'entre là-dedans.

— Vous êtes fou ? Vous voulez entrer dans le *Kodesh Hakodashim* ?

— Le code.

Le vigile secoua furieusement la tête.

— Je ne l'ai pas ! s'écria-t-il. Seul le président le connaît.

Il sentit que son agresseur bougeait le bras et, quelques instants plus tard, il vit la pointe d'une longue lame briller devant ses yeux.

— Le code.

— Je vous dis que je ne l'ai pas ! cria-t-il à nouveau. Je ne suis que le vigile !

D'un mouvement brusque, Sicarius attrapa sa victime et la fit asseoir de force. Il prit la corde qu'il portait à sa ceinture et l'attacha.

Une fois le vigile neutralisé, il se releva et s'avança vers la porte. Il constata la présence d'une clé et verrouilla l'accès à l'antichambre. Puis il prit une chaise et la cala contre la poignée de la porte. Il recula de deux pas et considéra le résultat. Certes, la porte n'était pas blindée, mais ce dispositif lui assurerait la tranquillité dont il avait besoin.

Il revint vers son prisonnier en brandissant sa dague.

— Je te le demande pour la dernière fois, l'informa-t-il en désignant la porte blindée. Quel est le code ?

— Je vous répète que je ne l'ai pas, répondit le vigile sur un ton excédé. Je ne suis là que pour surveiller.

Sicarius sortit du ruban adhésif de sa poche et l'approcha du visage du prisonnier. Il le bâillonna.

Il tira brutalement sur son poignet et plaqua sa main sur le sol. Il approcha alors sa dague du petit doigt du vigile et appuya. L'homme se mit à gémir et à se débattre, mais il lui était impossible de se dégager et de crier. Sicarius commença à couper et le sang jaillit sur le sol.

Le vigile gémit, les yeux exorbités par la douleur.

En quelques secondes, le doigt fut sectionné. La victime geignait désespérément, les yeux injectés, la respiration haletante et le visage en sueur, mais ses cris étaient étouffés par le ruban. L'agresseur attendit quelques instants, laissant l'homme se calmer et reprendre son souffle, avant de le regarder froidement.

— Le code ?

L'homme fixa ses yeux sur lui et hésita. Sicarius n'attendit plus. Il replaça la main ensanglantée à plat sur le sol et posa la lame sur le pouce. La victime se remit à gémir et à se débattre.

— Ou bien tu me donnes le code, ou bien je te coupe tous les doigts de cette main, puis ceux de l'autre, puis ceux de tes pieds. Qu'est-ce que tu préfères ?

Le vigile fit signe qu'il était décidé à parler. Sicarius saisit un coin du ruban et l'arracha d'un geste brusque.

— Ah ! gémit l'homme. Il me faut… un médecin. (Il souffla.) S'il vous plaît !

— Le code ?

Acculé, l'homme soupira et, tordu de douleur, révéla le code d'accès au Saint des saints.

LXVI

Les visages figés des trois visiteurs trahissaient la stupéfaction qui les avait saisis en entendant la révélation faite par Arpad Arkan.

— On a retrouvé du matériel génétique dans les tombeaux de Talpiot ?

Le président de la fondation acquiesça avec enthousiasme, les yeux brillant d'une excitation enfantine.

— Extraordinaire, n'est-ce pas ?

Sous le choc, Tomás regarda Grossman et Valentina. Tout cela lui semblait totalement invraisemblable.

— Mais… c'est impossible !

Le sourire d'Arkan se mua en un rire joyeux.

— Et pourtant ! Nous avons réussi à extraire de l'ADN de spécimens de mammouths et d'hommes de Neandertal datant de 30 000 ans, alors pour quelle raison ne pourrions-nous pas prélever du matériel génétique sur un individu mort depuis seulement 2 000 ans ? Rappelez-vous ce que le professeur Hammans vous a dit tout à l'heure. Exposé aux températures les plus chaudes, l'ADN survit environ 5 000 ans. Or, les tombeaux de Talpiot sont bien plus récents que ça.

L'historien éprouva une étrange sensation. Tout cela lui semblait surréaliste. Il inspira profondément et fit un effort pour reprendre ses esprits.

— Très bien, vous avez découvert des traces d'ADN dans le tombeau 80/503, reprit-il. Et alors ? À quoi bon, puisqu'il n'existe aucune certitude sur l'identité de l'individu en question dont on a retrouvé les os ?

Mais Arkan ne semblait nourrir aucun doute à ce sujet.

— C'est Jésus de Nazareth.

— Comment pouvez-vous l'affirmer avec tant d'assurance ? contesta l'historien. Comme nous venons de le voir, la possibilité que le tombeau de ce *Yehoshua bar Yehosef* soit celui de *notre* Jésus, fils de Joseph, est d'une sur mille ! Reconnaissez que le degré de probabilité est bien faible !

Son interlocuteur leva la main.

— Ce serait le cas s'il n'y avait pas eu d'autres tombeaux dans le même caveau, souligna-t-il. Et ces tombeaux portent des noms de personnages que les Évangiles associent à Jésus de Nazareth. Et c'est là que le taux de probabilité change significativement.

— Que voulez-vous dire ?

Le président de la fondation feuilleta le dossier qu'il avait posé sur la table et s'arrêta sur la deuxième page. Tout comme la précédente, celle-ci présentait un numéro de référence et la photographie d'une inscription sur un tombeau.

סריח

— Commençons par le 80/505, suggéra Arkan. Ce tombeau porte le nom *Marya* en caractères hébraïques. Cela vous dit quelque chose ?

— Il ne s'agit pas forcément de la mère de Jésus, argumenta l'historien, en examinant l'inscription. Il me semble que *Marie* était également un nom très courant à l'époque…

— En effet, c'était le nom féminin le plus utilisé en ce temps-là. Sur 328 références, on a consigné 70 *Maryam*, nom hébreu qui, dans sa version latine, se prononçait *Maria* ou *Marya*.

Tomás effectua le calcul de tête.

— Ce qui donne… laissez-moi faire le calcul… environ 20 % de femmes nommées *Maria*. Vous voyez ? Cela fait beaucoup de *Marie* !

— C'est vrai. Plus de 20 % des femmes juives s'appelaient Maryam. Mais le Nouveau Testament nomme toujours la mère de Jésus *Maria*, et non *Maryam*. Or quel nom est gravé sur le tombeau ? *Marya*. C'est pour le moins troublant, reconnaissez-le.

— Effectivement…

Arkan passa à la troisième page du dossier, présentant également un numéro de référence et la photographie d'une autre inscription.

יוסה

— Passons à présent au tombeau 80/504, suggéra-t-il. Son inscription correspond au nom *Yose*. Comme vous le savez, il s'agit d'un diminutif de *Yehosef*, c'est-à-dire *Joseph*.

L'historien fit un signe négatif de la main.

— Ce ne peut pas être le père de Jésus ! asséna-t-il avec conviction. Les Évangiles ne mentionnent Joseph que dans l'enfance de Jésus, ce qui laisse entendre qu'il est mort jeune.

— Et alors ? rétorqua le président de la fondation. N'oubliez pas que Talpiot est un ossuaire. Rien n'empêchait les membres de la famille de transférer les os de Joseph vers le mausolée privé de la famille avec vue sur le Temple. Du reste, il est probable que ce fût le cas puisqu'ils pensaient vraiment que le jour du Jugement dernier était imminent ! Pourquoi serait-ce impossible, selon vous ?

Tomás considéra la possibilité.

— Vous avez raison, admit-il en s'inclinant devant la force de l'argument. Si la famille de Jésus a fait construire un caveau, il est logique qu'elle y ait déposé les os du patriarche, d'autant plus qu'elle devait penser que cela aiderait à maintenir unis les membres de la famille lorsque ceux-ci ressusciteraient pour le Jugement dernier.

— La seconde hypothèse est qu'il s'agisse d'une autre personne liée à Jésus, considéra Arkan. Lisez-moi, je vous prie, le chapitre 6, verset 3 de Marc.

Tomás ouvrit la bible qu'il avait entre les mains et repéra le passage.

— « N'est-ce pas le charpentier, le fils de Marie, le frère de Jacques, de Josès, de Jude et de Simon ? » (L'historien leva les yeux.) Insinuez-vous que le *Yose* de Talpiot puisse être Joseph, le frère de Jésus ?

— Pourquoi pas ? Même si *Yehosef*, ou *Yose*, était l'un des noms les plus courants de l'époque, il n'en demeure pas moins que l'inscription *Yose* est singulière. Aucun autre caveau de l'époque ne porte ce diminutif de *Yehosef*. (Le président leva deux doigts.) Ce qui nous donne deux membres de la famille de Jésus nommés Joseph. Le père et le frère. Le tombeau 80/504 pourrait parfaitement être celui de l'un d'eux.

— C'est une hypothèse. Et les autres tombeaux ?

Les doigts d'Arkan saisirent la quatrième page du dossier. Encore une référence accompagnant la photographie d'une nouvelle inscription.

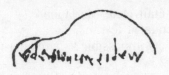

— Voici le tombeau 80/500, indiqua le président. L'inscription mentionne *Mariamn-u eta Mara*. (Il regarda fixement son interlocuteur.) Savez-vous ce que cela signifie ?

Tomás acquiesça et examina la photo.

— Voilà qui donne à réfléchir, reconnut-il. *Mariamn-u* est une forme de déclinaison de *Marianne*, version grecque de *Miriam*, ou *Marie*. *Mariamn-u eta Mara* signifie littéralement « de Marie, connue comme Madame ». *Madame*, au sens de *maîtresse de maison* ou de *patronne*.

Le président le regarda avec un sourire en coin, toujours comme quelqu'un qui connaît déjà la réponse à ses questions.

— Connaissez-vous dans les Écritures un personnage qui réponde à ce nom de *Marianne* ?

D'un air songeur, Tomás feuilleta la bible qu'il tenait entre les mains. Cet exemplaire volumineux contenait l'Ancien Testament, le Nouveau Testament, les écrits apocryphes et des centaines de pages d'annotations et de commentaires. Il consulta l'index et passa en revue les titres des différents textes.

— Il se trouve que oui, finit-il par dire. Mais pas dans les textes canoniques. (L'historien désigna l'un des titres signalés dans l'index.) Le nom de *Marianne* apparaît ici dans les Actes de Philippe, un texte apocryphe sur la vie de l'apôtre Philippe. (Il pointa un autre titre.) Et aussi dans des fragments grecs de l'Évangile selon Marie Madeleine. Sans parler d'anciens textes d'Origène ou d'Hippolyte, qui font référence à Marianne.

— Et qui était cette Marianne ?

Tomás secoua la tête.

— Non, c'est impossible ! s'exclama-t-il. Cette fois, vous divaguez !

— Allons, insista Arkan. Dites-le ! Qui est cette Marianne qui apparaît dans les apocryphes et dans les textes d'Origène et d'Hippolyte ?

L'universitaire portugais haussa les épaules en signe de reddition. Puisqu'on lui posait une question directe et pertinente, de quel droit évitait-il d'y répondre, si délirant que cela pût lui paraître ?

— Marie de Magdala, dit-il, non sans réticence. Également appelée Marie Madeleine.

Une lueur de triomphe brilla dans les yeux du président.

— Curieux, n'est-ce pas ?

— Ça ne veut rien dire ! coupa Tomás. Les manuscrits apocryphes n'ont pas été rédigés par des contemporains de Jésus. La majeure partie de ces textes datent du IIe ou du IIIe siècle. À l'exception peut-être de l'Évangile selon Thomas, les informations mentionnées dans les écrits apocryphes sont loin d'être fiables.

— C'est vrai, reconnut Arkan. Mais il est tout aussi vrai que ces textes puisent dans des traditions authentiques. L'emploi du nom *Marianne* pour désigner Marie Madeleine renvoie sans doute à l'une de ces traditions.

— Probablement. Et alors ?

En guise de réponse, le regard du président se posa sur la bible que les mains de son interlocuteur pressaient nerveusement.

— Si je ne me trompe, cet exemplaire contient les écrits apocryphes ? Pourriez-vous nous lire l'Évangile selon Philippe, verset 32 ?

Tomás tourna les pages jusqu'à localiser le passage.

— « Elles étaient trois qui marchaient toujours avec le Seigneur : Marie, sa mère et sa sœur, et Marie Madeleine, qu'on appelait sa compagne. En effet, sa sœur était une Marie, sa mère et sa compagne aussi. »

— Et maintenant le verset 55.

— « La compagne du Fils est Marie Madeleine. Le Seigneur l'aimait plus que tous les disciples et il l'embrassait souvent sur la bouche. »

— Pour finir, prenez l'Évangile selon Marie Madeleine, demanda Arkan. Lisez le chapitre 5, verset 5, qui cite les paroles de Pierre adressées à Marie Madeleine.

L'historien sauta quelques pages jusqu'au texte apocryphe indiqué.

— « Sœur, nous savons que le Seigneur t'a aimée différemment des autres femmes. »

Arkan jubilait.

— Curieux, non ?

Tomás haussa les épaules.

— La seule chose que cela prouve, c'est qu'il y avait des ragots qui couraient au sujet de la relation entre Jésus et Marie Madeleine, répliqua-t-il. Mais il n'y a là rien d'historiquement fiable. Il est vrai que Marc et Luc déclarent que des femmes accompagnaient Jésus lors de ses voyages. Parmi elles, certaines semblaient riches et lui apportaient leur aide, comme c'était le cas de Marie originaire de Magdala, un village de pêcheurs au bord de la mer de Galilée, d'où ce nom de Marie Magdala, ou Marie Madeleine. Luc dit, chapitre 8, verset 3, qu'elle aidait Jésus avec ses biens. Nulle part, d'ailleurs, elle n'est qualifiée de prostituée, réputation qu'elle n'a acquise qu'au IVe siècle par la bouche médisante du pape Grégoire. Les quatre

Évangiles canoniques indiquent que les femmes ont été les seuls disciples à assister à la crucifixion et qu'elles sont restées fidèles à Jésus jusqu'au bout, ayant même constaté l'absence de son corps dans le tombeau. Cependant, aucun des textes les plus anciens ne mentionne que Jésus a été marié ou qu'il avait une maîtresse.

— Dans la première épître aux Corinthiens, Paul dit que les frères de Jésus et les apôtres étaient mariés, argumenta Arkan. D'autre part, lorsqu'il recommande le célibat aux fidèles, il donne son propre exemple, et non celui de Jésus. Si le Messie avait été célibataire, Paul aurait sans doute invoqué le cas de ce dernier, qui faisait plus autorité que le sien. Pourquoi ne l'a-t-il pas fait ? Peut-être savait-il que Jésus n'était pas célibataire…

— C'est de la pure spéculation, rétorqua l'historien. Nulle part il n'est écrit que Jésus était marié.

— Pourtant, le caveau de Talpiot contient le tombeau de Marianne, que les Actes de Philippe, l'Évangile selon Marie Madeleine et les textes d'Origène et d'Hippolyte identifient comme étant Marie Madeleine.

Tomás fit une grimace.

— Simple coïncidence.

— Mieux encore, ce tombeau qui portait le nom de *Marianne* se trouvait juste à côté du tombeau où figurait le nom de *Jésus, fils de Joseph*, comme on le fait dans un cimetière en mettant côte à côte le mari et la femme.

— Encore une coïncidence.

Arkan sourit, le regard chargé d'ironie.

— Cela commence à faire beaucoup de coïncidences, observa-t-il en cherchant la photographie suivante dans le dossier. Une nouvelle coïncidence concerne le tombeau 80/501, appartenant à *Yehuda bar Yehoshua*. Pouvez-vous me traduire ce nom, s'il vous plaît ?

Tomás examina l'inscription qui figurait sur le cliché.

יהודהבישע

— *Judas, fils de Jésus*.

— Curieux, n'est-ce pas ?

— Aucun des Évangiles canoniques ne mentionne que Jésus ait eu un fils, rappela Tomás. Pas un seul.

— Les Évangiles sont des textes théologiques et missionnaires, comme vous le savez très bien, répliqua le président de la fondation. Ils ne disent pas tout. Ils révèlent seulement ce qui pouvait permettre aux auteurs de convaincre les disciples de Jésus de garder la foi.

— C'est vrai, concéda l'historien. Le fait que les Évangiles ne fassent aucune référence à un fils de Jésus ne signifie nullement qu'il n'y en ait pas eu. Mais cela ne prouve pas non plus qu'il y en ait eu un. La vérité, c'est que nous n'en savons rien.

— Tout à fait, acquiesça Arkan. Enfin, le tombeau 80/502 porte le nom de *Matya*, ou *Matthieu*.

Il montra la photographie.

Tomás examina l'inscription qui figurait sur le cliché.

מתיא

— Insinuez-vous qu'il s'agisse du tombeau de l'apôtre ?

— Je n'insinue rien du tout, souligna le président. Ce nom se trouvait dans le caveau de Talpiot. Existait-il un Matthieu dans la famille de Jésus ? Tout comme au sujet d'un éventuel fils, les Évangiles n'en disent rien. Je suggère donc de ne pas prendre en compte ces deux noms, *Judas* et *Matthieu*. Que nous reste-t-il ?

— Un caveau rempli de noms qui étaient très courants à l'époque, constata Tomás, relativisant la valeur de la découverte. Si l'on exclut *Judas* et *Matthieu*, il nous reste quatre tombeaux, deux au nom de *Marie*, dont une version hellénisée de *Marianne*, un *Joseph* et un *Jésus, fils de Joseph*. Seulement voilà, la Palestine du Ier siècle était peuplée de gens prénommés Jésus, Joseph et Marie.

— C'est vrai, admit le président. Mais il y a un autre nom à prendre en compte.

— Lequel ?

— Je vous ai dit qu'on avait découvert dix tombeaux à Talpiot, mais que l'un d'eux avait disparu, vous vous souvenez ? Quelques années après on a retrouvé un tombeau qui a fait sensation en raison de son inscription en araméen qui mentionnait : *Ya'akov bar Yehosef akhui di Yeshua*. (Le président fronça ses sourcils broussailleux.) Je vous laisse le soin de traduire.

— *Jacob, fils de Joseph, frère de Jésus.*

— *Jacob* était le nom original. Au fil du temps, il s'est latinisé en Europe et s'est transformé en *Jacques*.

Tomás fit un effort de mémoire.

— Cela me dit quelque chose, avoua-t-il. Mais il me semble que cette découverte a été considérée comme une fraude, non ?

— C'est effectivement l'accusation qu'a portée l'Office des antiquités israéliennes, mais elle a été rejetée par le tribunal, dit Arkan. Contrairement aux tombeaux de Talpiot, qui sont d'une authenticité incontestable, le tombeau de Jacques ne présentait aucune origine archéologique certifiée. Son propriétaire disait que le tombeau avait été découvert à Silwan, dans la banlieue de Jérusalem, mais il n'a fourni aucune preuve. L'Office des antiquités israéliennes a nommé une équipe de quinze experts pour examiner la découverte. Ceux-ci ont conclu que le tombeau était authentique et qu'une partie de l'inscription, celle qui dit *Jacques, fils de Joseph*, était également authentique, mais que l'autre partie, *frère de Jésus*, était probablement une falsification, car la patine ne semblait pas d'origine. Le propriétaire a été arrêté pour fraude.

— Ah ! L'origine de ce tombeau n'est donc pas fiable…

— Pas si vite, reprit le président, en laissant entendre que l'histoire ne s'arrêtait pas là. Il se trouve que plus tard, au cours du jugement, le propriétaire a avoué qu'il avait volé le tombeau à Talpiot. D'ailleurs, les analyses ont montré que les résidus de *terra rossa* retrouvés sur le tombeau de Jacques correspondaient à ceux qui étaient présents sur les autres tombeaux de Talpiot et que la texture des patines montrait également des ressemblances troublantes. D'autre part, les dimensions du tombeau de Jacques correspondent sensiblement aux mesures relevées par les archéologues avant qu'il disparaisse, bien que personne ne se souvienne d'y avoir vu quelque inscription que ce soit. Le jugement dura cinq ans. Après avoir entendu plus de 130 témoins, au cours d'une centaine de séances, un expert de l'université de Tel-Aviv a admis que la patine sur le nom de Jésus n'avait pas été falsifiée, et le verdict fut prononcé. La sentence, lue en octobre 2010, a réhabilité

485

le possesseur du tombeau, reconnaissant qu'il n'avait pas trafiqué l'inscription.

Tomás croisa les bras et émit un sifflement appréciateur.

— Ça alors ! s'étonna-t-il. Ce qui veut dire que le dixième tombeau de Talpiot est vraiment celui de Jacques, fils de Joseph et frère de Jésus. Le nom *Ya'akov* était-il fréquent parmi les juifs du Ier siècle ?

— Pas tellement, indiqua Arkan, avec une lueur dans les yeux. Autour de un pour cent. (Il referma le dossier et le rangea dans le tiroir.) Nous avons demandé l'avis d'experts en statistiques et ils nous ont dit que, contrairement à ce que l'on pourrait croire de prime abord, la conjonction de tous ces noms en un seul caveau était extrêmement rare.

L'universitaire portugais eut l'air surpris.

— Comment ça, rare ? Puisque la plupart sont des noms courants !

— La rareté réside, d'une part, dans la réunion de tous ces noms au sein d'un même caveau et, d'autre part, dans le fait qu'ils renvoient tous à des personnages centraux du Nouveau Testament. Je vous rappelle que nous avons ici *Jésus*, *Joseph*, *Marie*, *Marianne* et *Jacques*. Mieux encore, *Jésus* et *Jacques* sont tous deux présentés comme *fils de Joseph*, et *Jacques* est également identifié comme *frère de Jésus*. Tout cela coïncide avec les différentes sources écrites du Ier siècle, comme les Évangiles, les épîtres de Paul et les textes de Josèphe. D'ailleurs, il est très rare qu'un tombeau présente un individu comme le frère d'un autre. Il n'existe à ce jour qu'un seul cas similaire. Le fait que ce tombeau mentionne Jacques comme frère de Jésus n'est possible que si ce frère jouissait d'une grande notoriété. Cela étant, nous avons demandé à des statisticiens de calculer le nombre total des possibilités de nous trouver, concernant le caveau de Talpiot, devant les restes de Jésus et de sa famille. En prenant pour base l'ensemble de la population masculine de Jérusalem au cours du Ier siècle et, d'autre part, le degré de fréquence de chacun de ces noms parmi la totalité des tombeaux découverts, ainsi que leurs liens de parentés, les mathématiciens sont parvenus à un nombre qu'ils ont appelé *P factor*, ou facteur de probabilité. Un sur trente mille.

Ce taux n'impressionna pas Tomás.

— Une possibilité sur trente mille qu'il s'agisse de Jésus de Nazareth ? Cela ne me paraît guère encourageant…

Arkan pouffa de rire et secoua la tête.

— Non, corrigea-t-il, toujours en riant. Une possibilité sur trente mille qu'il ne s'agisse *pas* de Jésus de Nazareth. Ou, si vous préférez, 29 999 probabilités sur 30 000 que ce soit *notre* Jésus !

L'historien écarquilla les yeux.

— Qu'est-ce que vous dites ?

— Le tombeau de Talpiot *est* celui de Jésus.

Le président de la fondation parlait avec une absolue conviction. Ne sachant plus quels arguments opposer à cette conclusion, Tomás regarda les deux inspecteurs, qui suivaient toute la conversation en silence, et comprit qu'aucune aide ne pourrait venir de leur part.

De toute façon, tout avait été dit. Le caveau de Talpiot avait été inspecté par d'éminents archéologues peu d'heures après sa découverte, en 1980. Neuf de ces tombeaux avaient été remis directement à l'Office des antiquités israéliennes et n'en étaient plus sortis depuis. Cela garantissait l'authenticité du caveau qui, par ailleurs, n'a jamais été remis en question.

L'ultime question était de savoir si le caveau portant les noms de *Jésus, fils de Joseph*, de *Joseph* et de *Jacques, fils de Joseph, frère de Jésus*, et enfin de

Marie et de *Marianne*, était ou non celui de Jésus et de sa famille. Les mathématiciens, en prenant en compte les divers paramètres, avaient conclu que oui, avec un fort degré de probabilité. Que connaissait-il aux statistiques ? De quel droit pouvait-il contester cette démonstration mathématique ? Et si Jésus n'était pas physiquement ressuscité, il était fort possible que son corps fût enterré dans ces parages. Que sa famille ou ses disciples aient fait construire un caveau avec vue sur le Temple, là où Dieu ne tarderait pas, selon eux, à s'installer afin d'établir Son royaume, lui semblait une chose parfaitement possible. Vraisemblable même. Dans ces conditions, où était le doute ?

— L'ADN, dit-il soudain au président. Vous ne nous avez toujours pas expliqué cette histoire d'ADN.

— Que voulez-vous savoir ?

— Tout ! s'exclama-t-il. À commencer par l'essentiel, bien sûr. Où se trouvent ces échantillons ?

— Ici.

— Ici, où ? En Israël ?

Arpad Arkan indiqua l'espace qui les entourait.

— Ici même, insista-t-il. Dans cette salle.

Les trois visiteurs furent frappés par la révélation.

— Comment ça ?

Arkan se tourna vers le grand congélateur protégé par un réseau de petites lampes rouges et composa un code. Les petites lampes s'éteignirent aussitôt, débloquant le dispositif extérieur de sécurité.

Le président tourna la poignée du congélateur et l'ouvrit. Un nuage de vapeur glacée s'en dégagea, laissant découvrir une petite boîte en verre qui contenait une éprouvette. La fermeture de la boîte était munie d'un clavier miniature à dix chiffres.

— Nous sommes dans le Saint des saints, rappela Arkan. Ne vous avais-je pas dit que Dieu se trouvait physiquement dans ce lieu ? Qui est Jésus, dans la théologie chrétienne, sinon Dieu en chair et en os ? Si Jésus est Dieu, et si nous avons ici conservé l'ADN de Jésus, cela signifie que Dieu est physiquement présent dans cette salle.

Le président de la fondation composa le code et, aussitôt, la boîte de verre s'ouvrit.

LXVII

Le message apparut enfin sur l'écran du GPS. Le maître lui donnait l'ordre de passer à l'attaque.

Sicarius composa le code qu'il avait soutiré du vigile. La fermeture se débloqua et la porte blindée qui donnait accès au *Kodesh Hakodashim* s'ouvrit enfin. L'air glacé de la salle frappa le visage de Sicarius et saisit tout son corps. Il frissonnait.

Apercevant par la porte entrebâillée d'un placard les scaphandres accrochés aux cintres, il fut tenté d'en mettre un pour affronter le froid, mais il renonça. Il n'avait pas de temps à perdre. Il lui fallait entrer, localiser la cible et l'exécuter. Rien d'autre n'importait. Il avait une mission à remplir et il la remplirait jusqu'au bout.

Il retira la dague de sa ceinture et avança d'un pas, la main posée sur la surface glacée de la porte blindée. Avec une prudence de félin, il observa l'intérieur de la salle. Il n'aperçut personne. Tout semblait silencieux et cette partie de la salle était déserte, ce qui le rassura.

— Parfait..., murmura-t-il. C'est vraiment un génie ! Il a pensé à tout !

La mise en scène du maître lui parut ingénieuse. Sans doute avait-il entraîné tout le monde vers un autre coin de la salle, de manière à lui laisser le champ libre. Toutes les conditions étaient réunies pour lui permettre d'explorer prudemment les lieux et de trouver la meilleure position pour surprendre sa cible.

Confiant, il fit deux pas en avant et laissa la porte blindée se refermer automatiquement derrière lui.

Le produit contenu dans l'éprouvette était jaunâtre et semblait liquide. Manipulant le tube avec respect, Tomás le leva vers la lumière d'une lampe et l'inclina lentement. La substance ne bougeait pas, signe qu'elle s'était solidifiée dans le congélateur.

— Il y a donc du matériel génétique dans ce tube ? demanda Tomás dans un murmure fasciné. Et c'est l'ADN de... Jésus ?

Subjugués, tous fixaient les yeux sur l'éprouvette.

— Exact.

— C'est incroyable !

Les deux inspecteurs tendirent leurs mains vers l'éprouvette, mais Arpad Arkan les devança et la reprit.

— Attention ! s'écria-t-il. L'ADN est délicat.

— Comment avez-vous fait ? interrogea Tomás. Comment êtes-vous parvenus à extraire de l'ADN de ce caveau ?

Le président leva pour la première fois les yeux de l'éprouvette et sourit ; c'était là une histoire qu'il aimait raconter.

— Je vous ai dit qu'on avait découvert de la patine dans les tombeaux, vous vous souvenez ?

— Bien sûr, acquiesça l'historien. La patine est un composé chimique auquel les archéologues ont souvent affaire. On l'appelle vert-de-gris et elle protège les métaux de la corrosion. Et alors ?

— La patine croît par couches successives et agit effectivement comme une coquille protectrice. Et lorsqu'elle devient suffisamment épaisse, elle peut même conserver des traces d'os et de sang séché.

— C'est là que vous avez trouvé l'ADN ?

Le regard d'Arkan étincelait.

— Exactement ! s'exclama-t-il. Les premiers chercheurs ont détecté des vestiges de tissu de suaire dans les patines accumulées au fond des tombeaux portant les noms *Yehoshua bar Yehosef* et *Mariamn-u eta Mara*. Le suaire présentait des traces de fluides corporels internes et des débris d'os, pas plus gros qu'un ongle. Ce matériel a été envoyé à un laboratoire au Canada spécialisé dans l'ADN ancien, sans en révéler l'origine pour ne pas influer sur les résultats. Les techniciens du laboratoire ont analysé les vestiges et les ont jugés trop petits et très desséchés. Ils ont examiné les échantillons dans une chambre froide semblable à celle-ci, où l'on ne peut travailler qu'avec un scaphandre, et ils ont conclu que l'ADN était très endommagé. Comme ils ne pouvaient extraire du matériel génétique du noyau des cellules, les experts se sont concentrés sur l'ADN mitochondrial, qui est transmis par la mère aux enfants. Le laboratoire canadien est parvenu avec succès à extraire ce type d'ADN, bien que celui-ci soit très fragmenté. En comparant divers critères, les techniciens ont relevé des différences significatives entre les deux échantillons concernant les séquences A-T et G-C, ou adénine-thymine et guanine-cytosine, signe certain de polymorphisme.

— Qu'est-ce que ça veut dire ? questionna Tomás, agacé.

— Variation génétique, clarifia Arkan. Les paires A-T et G-C étaient différentes.

— Et alors ?

— Les deux individus soumis à l'analyse génétique ne partageaient pas la même mère. Autrement dit, ils n'avaient pas de lien de sang, du moins du côté maternel. Or, comme ils occupaient le même caveau et que leurs tombeaux étaient côte à côte, ils devaient être mari et femme.

Le front du Portugais se plissa en signe d'incrédulité.

— Comment ça ? s'étonna-t-il. L'ADN mitochondrial prouve qu'ils étaient mari et femme ?

— Non, l'analyse génétique prouve seulement qu'ils n'avaient pas la même origine maternelle, précisa le président. Qu'ils fussent mari et femme n'est qu'une simple déduction, reposant sur la disposition des tombeaux dans le caveau de Talpiot.

— Je vois… Quoi d'autre encore ?

— On a déterminé que l'ADN mitochondrial de Jésus correspondait à celui des populations du Moyen-Orient.

Les trois visiteurs suivaient l'explication d'un air ébahi, leur regard se fixant tour à tour sur le tube à essai et sur Arkan.

— Mon Dieu ! s'exclama Valentina, brisant un long silence. Michel-Ange et tous les autres se sont plantés. Jésus n'était pas blond aux yeux bleus !

— Loin de là, en effet.

— Et… a-t-on vraiment effectué ces analyses de l'ADN ?

Le président de la fondation se mit à rire.

— Vous pensez que j'invente ? demanda-t-il. Elles ont été effectuées en 2005 au laboratoire de Paléo-ADN de l'université de Lakehead, en Ontario.

Les yeux de Tomás restaient rivés sur l'éprouvette.

— C'est de là que vient cet échantillon ?

Arkan inspira profondément, exhalant un léger nuage de vapeur qui embua un moment la visière de son scaphandre.

— Après les premières analyses faites au Canada, l'Office des antiquités israéliennes conserva les tombeaux enfermés dans son entrepôt à Bet Shemesh, expliqua-t-il. Tandis que moi, à ce moment-là, je m'occupais de projets concernant la paix au Moyen-Orient. La devise de ma fondation, comme vous le savez, est un poème de Goethe sur la paix. Seulement, les choses dans ce domaine ne se passaient pas bien. Le processus de paix israélo-palestinien était sans cesse entravé pour diverses raisons et la guerre continuait de sévir sur la planète, avec les fondamentalistes islamiques qui semaient partout la terreur et les Américains qui ripostaient à l'aveuglette. J'ai alors compris que seul un événement ou une action de grande envergure pourrait permettre de débloquer cette effroyable situation. Mais quoi ? Rien ne semblait donner de résultat et l'espérance s'évanouissait. Jusqu'à ce qu'un jour, devant ma télévision, je vois un documentaire sur les tombeaux de Talpiot.

— C'est alors que l'idée vous est venue ?

— Pas tout de suite. Ces découvertes m'avaient intrigué, naturellement, et le matin suivant, à la fin d'une réunion avec mes collaborateurs à la fondation, nous avons évoqué le sujet. C'est alors que l'un d'eux, un chrétien, a fait une observation qui a déclenché un déclic. Et pourquoi pas ? ai-je pensé. Et c'est ainsi que m'est venue l'idée.

— Quelle idée ?

— Je vais y venir. D'abord, nous nous sommes demandé ce que nous pourrions faire avec ces tombeaux. D'après ce que j'avais vu dans le documentaire, la méthode de prélèvement des échantillons pour en extraire l'ADN laissait beaucoup à désirer. Nous, nous avions déjà ici, à Nazareth, ce Centre de recherche moléculaire avancée. À ce moment-là, le seul bâtiment existant était l'Éden, où nous menions déjà des recherches dans le domaine transgénique. Nous voulions développer du maïs, du blé et d'autres plantes génétiquement modifiées qui pourraient pousser sans avoir besoin de beaucoup d'eau. J'ai toujours pensé que la violence dans notre monde était en partie liée à la pauvreté et à la faim, si bien que la production de ces céréales transgéniques pouvait constituer une contribution importante de ma fondation à la paix dans le monde.

Arnie Grossman trépigna.

— Excusez-moi, mais en quoi cette entreprise caritative concerne-t-elle la découverte de Talpiot ?

— En tout ! déclara Arkan. À la tête du département de biotechnologie du centre, nous avions déjà le professeur Peter Hammans, que vous avez rencontré tout à l'heure. Je lui ai demandé si le nouveau projet de la fondation était viable. Il m'a énuméré les difficultés, mais il m'a aussi donné des pistes pour trouver des solutions. Grâce à mes relations avec le gouvernement israélien, j'ai obtenu l'autorisation de visiter l'entrepôt de l'Office des antiquités israéliennes à Bet Shemesh. J'ai pris contact avec le professeur Alexander Schwarz, de l'université d'Amsterdam, qui m'a été indiqué comme l'un des meilleurs experts en archéologie biblique, et il s'est joint à moi et au professeur Hammans pour aller visiter l'entrepôt. En arrivant là-bas, nous sommes restés bouche bée. C'était un gigantesque dépôt, rempli d'étagères chargées de plus de mille tombeaux, tous numérotés, datés et empilés du sol au plafond. Impressionnant !

Tomás brûlait de curiosité.

— Vous avez trouvé les tombeaux de Talpiot ?

— Nous les avons découverts dans un coin reculé de l'entrepôt, rangés sur trois étagères. Les conditions de préservation n'étaient pas, hélas, idéales, mais le professeur Hammans s'est aperçu qu'il restait des fragments d'os conservés sous des couches de patine. Ce fut une excellente nouvelle, car cela signifiait que ces échantillons étaient protégés. L'ADN, qui devient instable au contact de l'air, n'avait pas été contaminé. Nous avons pris le tombeau 80/503 et l'avons transporté ici, à Nazareth, en promettant de le rapporter dans un délai d'une semaine.

— Le 80/503 est le tombeau mentionnant *Jésus, fils de Joseph...*

— Exact. Nous l'avons placé dans un laboratoire stérilisé de l'Éden et nous avons commencé à extraire les fragments protégés par la patine. Ils étaient très secs et, tout comme cela avait été le cas dans le laboratoire canadien, l'extraction de l'ADN du noyau des cellules s'est révélée très difficile. Nous avons passé des mois autour du problème, jusqu'à ce qu'une chance incroyable nous sourie. Un débris d'os pris dans une couche particulièrement dense de patine renfermait deux cellules intactes. C'était un véritable miracle. Avec beaucoup de précautions, nous sommes parvenus à extirper l'ADN des noyaux de ces cellules. Il était fragmenté et présentait quelques lacunes, à notre grande déception.

— Il était donc impossible de reconstituer l'ADN complet.

— C'était effectivement le problème. Mais il se trouve que le professeur Hammans a comparé les marqueurs présents dans les deux noyaux et il a constaté que les ruptures et les lacunes se trouvaient en des

498

points différents. Ce qui manquait dans un noyau, l'autre l'avait. Tout espoir n'était pas perdu. Le professeur Hammans m'a alors dit qu'il nous faudrait une technique de pointe pour, après avoir combiné les deux noyaux, reconstituer tout l'ADN contenu à l'intérieur. Ce serait long et difficile, mais pas impossible. J'ai réuni le conseil des sages de la fondation et je leur ai exposé le projet. Ils l'ont approuvé et nous avons décidé d'utiliser tous les moyens à notre disposition pour élargir la recherche au domaine animal. Nous avons fait construire l'Arche en un temps record et nous l'avons pourvue de l'équipement le plus perfectionné qui existait, avec des laboratoires ultramodernes. Nous avons commencé par faire du clonage d'animaux simples, comme les salamandres et les lézards. Puis nous sommes passés aux mammifères et ensuite aux primates, étape à laquelle nous nous consacrons en ce moment.

Valentina fronça le sourcil.

— Pourquoi ces recherches ?

— Comme je vous l'ai déjà expliqué, nous souhaitons cloner des êtres humains, dit-il. C'est l'étape suivante. Et nous avons engagé le professeur Vartolomeev pour nous aider à résoudre certaines difficultés techniques.

L'Italienne balaya d'un geste tout l'équipement autour d'elle.

— Dans ce cas, le but de ce complexe est de cloner des hommes…

Le président de la fondation secoua la tête.

— Non. Ce sera l'étape suivante.

— Mais alors que cherchez-vous à faire ? Quel est votre objectif final ?

La question laissa Arpad Arkan momentanément sans voix. Derrière sa visière, ses petits yeux noirs scrutaient chaque interlocuteur ; comment allaient-ils réagir à sa révélation ? Le président leva enfin l'éprouvette qu'il tenait dans la main, en la brandissant comme un trophée, et brisa le court silence.

— Nous allons cloner Jésus.

LXIX

Un bourdonnement. Tout ce qu'on entendait à l'intérieur du *Kodesh Hakodashim*, c'était le ronflement ininterrompu des chambres froides et de l'air conditionné qui fonctionnait à plein régime. Sicarius se déplaçait avec mille précautions, sans parvenir à localiser sa cible.

— Malédiction…, marmonna-t-il. Où sont-ils ?

Le bruit l'agaçait, mais il ne pouvait rien y faire. S'efforçant de maîtriser son irritation, Sicarius s'avança lentement dans la salle, le corps penché en avant, le regard balayant l'espace, prêt à attaquer.

Il faisait terriblement froid, le thermomètre indiquait 1 °C. Sans doute avait-il eu tort de ne pas mettre une combinaison. Maintenant, c'était trop tard. Seule sa mission comptait.

Il entendit des voix au loin et poussa un soupir de soulagement. Il avait enfin repéré la position de sa cible. Il ne lui restait plus qu'à choisir calmement le lieu de l'embuscade et le moment le plus propice pour attaquer.

Il s'engagea dans un couloir à pas lents, en jetant des regards circulaires. Plus il avançait, plus le bruit des voix augmentait. Enfin, il aperçut la première silhouette. Il s'immobilisa, fit prudemment un pas sur le côté et s'adossa à une armoire pleine d'éprouvettes, plongée dans la pénombre. Il l'observa attentivement ; le scaphandre blanc rendait l'identification difficile. Mais, dans le feu de la conversation, l'individu se tourna et Sicarius parvint à l'identifier. C'était le maître. Réconforté, le tueur s'avança de quelques pas et trouva une position qui offrait une meilleure visibilité.

Il aperçut une autre silhouette et comprit qu'il s'agissait de l'historien portugais. Puis il reconnut les deux dernières. Les cibles étaient toutes identifiées. Elles dialoguaient à environ six mètres devant lui, près d'une table et d'un énorme congélateur ouvert. Elles semblaient parler de l'éprouvette que l'une d'elles tenait entre les doigts. Sicarius se mit en position.

LXX

La révélation n'avait pas vraiment surpris Tomás. L'historien avait déjà assemblé les pièces du puzzle depuis que le professeur Hammans avait décrit les expériences effectuées au centre de recherche, et il avait discerné les contours du véritable projet auquel se consacrait le complexe scientifique. Il fut malgré tout frappé par la formulation précise de cette idée extraordinaire.

— Cloner Jésus ? s'exclama-t-il. C'est de la folie !

Près de lui, les deux inspecteurs ne tenaient pas en place, mais Arpad Arkan gardait son sourire innocent, comme s'il jouissait du trouble qu'il venait de causer.

— Je ne vois pas pourquoi.

L'historien se tourna vers Valentina et Grossman, en quête de soutien.

— C'est une chose… comment dire… délirante ! (Il afficha un air perplexe.) Jésus cloné ? Où diable voulez-vous en venir ?

Une sérénité béate éclairait le visage du président.

— Je vous ai dit qu'après avoir vu le documentaire sur les tombeaux de Talpiot, j'avais présidé une réunion à la fondation, vous vous souvenez ? À l'époque, nous étions tous très découragés par le climat orageux qui régnait sur les relations internationales. Le processus de paix israélo-palestinien stagnait, Al-Qaïda multipliait les attentats, l'Irak était en guerre, l'Afghanistan également... C'est dans ce contexte dépressif que l'un de mes collaborateurs a fait la remarque qui a été l'élément déclencheur.

— Vous en avez déjà parlé, observa Tomás, mais sans nous révéler la remarque en question.

— Je m'en souviens comme si c'était hier. L'homme nous a affirmé qu'au train où allaient les choses, seul Jésus pourrait rétablir la paix dans le monde. Il plaisantait, naturellement, mais...

Arkan laissa sa phrase en suspens.

— C'est alors que l'idée vous est venue.

— Oui, à ce moment précis ! J'ai aussitôt pensé à la découverte de Talpiot et à l'ADN qu'on avait retrouvé dans le tombeau de Jésus. Les pièces se sont rassemblées dans ma tête ! Serait-ce possible de récupérer l'ADN complet de Jésus ? Et si l'on parvenait à le cloner ? Et si Jésus revenait sur terre ? Quel changement cela apporterait-il ? L'humanité se montrerait-elle indifférente au retour de l'homme dont la pensée avait changé la face du monde ? Jésus pourrait-il répandre la paix sur les hommes ? C'était une idée... comment dire ? Unique. Explosive. Grandiose. Il s'agissait d'une résurrection d'autant plus extraordinaire et inspiratrice qu'elle renfermait en elle la possibilité de modifier le cours de l'Histoire. Puisque Jésus avait changé notre vision du monde en l'espace de seulement trente-trois ans d'existence, était-ce possible qu'il le fasse une nouvelle fois ? Pourquoi ne pas essayer ? Qu'avions-nous à perdre ?

Le raisonnement d'Arkan devenait transparent, ainsi que toute l'activité de sa fondation.

— Je comprends... murmura Tomás. C'est alors que vous avez convaincu votre conseil des sages de réaliser ce projet.

— D'abord, j'ai consulté le professeur Hammans en secret, pour déterminer la fiabilité technique de l'idée. Puis, nous nous sommes adressés au professeur Schwarz, recruté également en toute confidentialité. Ce n'est qu'après avoir rapporté de Bet Shemesh le tombeau 80/503 dans notre laboratoire pour l'analyser, et isolé deux noyaux contenant les chromosomes de Jésus, que j'ai réuni notre conseil des sages afin de leur exposer mon idée. Comme vous pouvez l'imaginer, leur première réaction a été la stupéfaction, mais ils ont fini par m'approuver sans réserve. Ainsi est né le projet *Yehoshua*.

— Mais pourquoi l'avoir tenu secret ? s'enquit l'historien portugais. Pourquoi n'avez-vous pas partagé cette découverte avec le reste du monde ?

— Pour attirer l'attention de tous les fanatiques qui existent ? Pour nous exposer à des actes de sabotages de la part d'extrémistes de tout poil ? Comment auraient réagi les intégristes islamiques, les juifs orthodoxes, les chrétiens radicaux ou je ne sais qui encore ? (Arkan secoua vigoureusement la tête.) Non ! Pour que le projet ait des chances d'aboutir, il nous fallait le garder secret. C'était essentiel. Et c'est ce que nous avons fait. Tout le travail s'est déroulé dans la plus stricte confidentialité, ce qui nous a procuré la tranquillité nécessaire pour progresser.

— Vous avez engagé le professeur Schwarz en tant qu'expert en archéologie biblique et le professeur Vartolomeev pour ses recherches dans le domaine génétique, dit Tomás. Et le professeur Escalona ? Elle était paléographe. Pourquoi aviez-vous besoin d'elle ?

— Vous devez comprendre que le projet *Yehoshua* était terriblement complexe et qu'il nous a fallu l'aborder sous différents angles, expliqua le président. La dimension scientifique était certes importante. C'est pourquoi nous avons construit l'Arche, où nous avons commencé à travailler sur le clonage animal. Mais le professeur Schwarz a attiré mon attention sur un fait incontournable. Imaginons que nous parvenions à résoudre le problème des télomères courts, responsables du vieillissement prématuré des animaux clonés, et la question des protéines collées aux chromosomes, qui empêche le clonage des primates. Imaginons que nous ayons réussi à cloner des êtres humains sains. Imaginons, une fois franchies toutes ces étapes, que nous soyons en mesure de cloner Jésus. (Arkan fit une courte pause, laissant les trois visiteurs s'imprégner de ce scénario.) Et si Jésus n'était nullement un Dieu ? Et si son message n'était pas en réalité celui que nous pensions ? (Le président regarda intensément Tomás, Valentina et enfin Grossman.) Qui était réellement Jésus ?

L'historien acquiesça.

— Vous aviez besoin du professeur Escalona pour répondre à cette question.

— Son nom m'a été suggéré par le professeur Schwarz, qui la tenait en haute estime. L'université hébraïque de Jérusalem organisait à ce moment-là une conférence sur les manuscrits de la mer Morte et j'ai convaincu les organisateurs de l'inviter. Le professeur Schwarz a délibérément programmé pour la même date une visite à l'Office des antiquités israéliennes destinée à l'examen d'autres tombeaux, prétendument pour un article commandé par la *Biblical Archaeology Review*, et nous nous sommes arrangés pour que l'Institut de science Weizmann invite le professeur Vartolomeev à un débat au même moment. Profitant de la présence simultanée des trois professeurs en Israël, je leur ai demandé de passer à la fondation Arkan et nous avons eu une longue conversation. Les professeurs Schwarz et Vartolomeev étaient bien sûr déjà au courant, mais pour le professeur Escalona ce fut une grande découverte. Nous lui avons dévoilé quelques aspects de notre projet et elle a accepté de se joindre à nous, en toute confidentialité. Mais, lorsque nous avons abordé la question de l'identité de Jésus, elle a ri avant de dire quelque chose qui… enfin, quelque chose que je n'oublierai pas de sitôt.

— Quoi donc ?

— Le professeur Escalona m'a expliqué que le groupe qui au départ suivait Jésus, les nazaréens, n'était que l'une des nombreuses sectes du judaïsme. Ce qui semble l'avoir distingué des autres sectes juives, c'est que l'un de ses chefs de file, Paul, ait décidé d'étendre le message aux païens. Contrairement à la plupart des juifs, les païens admettaient que Jésus fût le *machia* des Écritures ; ils étaient prêts à adhérer au mouvement, à condition de ne pas avoir à suivre un ensemble de règles judaïques, comme ne pas travailler le samedi, ne pas consommer de nourriture considérée comme impure, et surtout être circoncis. Le professeur Escalona a souligné que ces pratiques étaient observées et préconisées par Jésus lui-même. Mais il était mort et les nazaréens ne parvenaient pas à convaincre les autres juifs que leur maître crucifié par les Romains était le *machia*. Que faire ? Paul s'est rendu à Jérusalem vers l'an 50 et a convaincu Pierre et Jacques, le frère de Jésus, de se montrer plus souples. Après avoir beaucoup discuté du problème, ils sont convenus que les païens qui adhéreraient au mouvement pourraient être exemptés des obligations concernant le samedi, la nourriture impure et la circoncision. Ces obstacles levés, le message des nazaréens s'est répandu dans tout l'Empire romain. Le succès a été tel qu'en quelques décennies il y a eu davantage de conversions chez les païens que chez les juifs. Les nazaréens juifs se sont ainsi retrouvés minoritaires et, surtout après la destruction du Temple, en l'an 70, ils ont perdu leur pouvoir et n'ont plus constitué qu'une simple secte à l'intérieur du mouvement chrétien.

— Il s'agissait des ébionites, dit Tomás, qui connaissait bien cette histoire. Leur nom vient du mot hébreu *ebionim*, qui signifie « pauvres ».

— Exactement. Ils affirmaient que Jésus était un homme de chair et d'os, né d'une relation sexuelle conventionnelle, que Dieu avait choisi pour sa piété et sa connaissance de la Loi. Outre Jésus, les ébionites révéraient son frère, Jacques, et considéraient que Paul n'était qu'un apostat qui avait trahi les vrais enseignements. Pour finir, les ébionites ont connu un sort malheureux. Bien qu'héritiers des fondateurs du mouvement et manifestement porteurs du véritable message de Jésus, ils ont été marginalisés et déclarés hérétiques, avant de disparaître des annales de l'histoire !

— Oui, mais qu'est-ce que le professeur Escalona vous a dit de particulier ? Quelle est cette observation qui vous a tant marqué ?

Arkan sourit.

— Elle m'a dit que si le Christ revenait aujourd'hui sur terre, l'Église le déclarerait hérétique !

— Ça va pas ! protesta aussitôt Valentina. Comment pouvez-vous affirmer une chose pareille ? Jésus, hérétique ? Pour l'amour de Dieu !

— Je ne fais que citer les propos du professeur Escalona, rappela le président. Si le Christ revenait aujourd'hui sur la terre, l'Église le déclarerait hérétique. Ce sont là ses propres paroles. En outre, disait-elle, si quelqu'un comme Jésus réapparaissait sur terre, il serait interviewé, photographié et filmé par les médias, et ne resterait pas en vie plus d'un mois.

Il en viendrait fatalement à se dégoûter lui-même, utilisé jusqu'à l'insupportable. Il serait tué par son propre succès, moralement et physiquement. Quoi qu'il en soit, l'Église le déclarerait hérétique, car, selon le professeur Escalona, le message chrétien actuel est très différent du message original de Jésus. Le ton apocalyptique s'est perdu et le contexte judaïque également. Ce qui, d'après elle, n'était pas nécessairement un mal. En effet, Jésus était avant tout un juif ultra-orthodoxe qui n'acceptait même pas le divorce, il disait qu'une femme divorcée qui se remariait commettait l'adultère. Or, la loi judaïque prévoit la lapidation des adultères, punition que Jésus n'a jamais réprouvée. Naturellement, je lui ai aussitôt rappelé l'épisode de la femme adultère, où Jésus dit : « Que celui d'entre vous qui n'a jamais péché lui jette la première pierre. »

— Et elle vous a rétorqué que c'était une fraude, rappela Tomás. Il n'apparaît pas dans les textes les plus anciens du Nouveau Testament. C'est un ajout postérieur.

— Exactement. Autrement dit, le message de Jésus était strictement judaïque, pour le meilleur comme pour le pire. Bien entendu, la lapidation qui punissait l'adultère fut considérée par les païens comme quelque chose de particulièrement barbare. Comment Jésus n'avait-il pas pu la condamner ? D'où l'invention par un scribe de cet épisode de la femme adultère, où Jésus réprouve la lapidation. Le professeur Escalona m'a également révélé que le message universaliste ne venait pas de Jésus, un juif qui s'adressait exclusivement aux juifs, mais de l'Église. Et même l'amour, qui est aujourd'hui au centre de l'enseignement chrétien, ne fait l'objet que d'une seule allusion dans le premier Évangile. En d'autres termes, le christianisme s'est fait plus doux que ne l'était la religion prêchée par Jésus, ce que le

509

professeur Escalona jugeait positif. (Arkan soupira.) En somme, un sérieux problème s'opposait à notre projet, vous imaginez ?

L'historien s'esclaffa.

— J'imagine très bien, observa-t-il. Un Jésus cloné se révélant un radical orthodoxe !

Le ton goguenard offusqua Arkan.

— Ça vous fait rire ? demanda-t-il. Mais le problème était vraiment sérieux ! Nous voulions cloner Jésus pour apporter la paix dans le monde. L'intention était aussi bonne que possible. Et voilà qu'une historienne nous disait que le résultat risquait de se retourner contre nous. L'homme que nous souhaitions cloner ne raisonnait pas du tout comme nous le pensions ! Jésus était un prophète apocalyptique qui croyait fermement que le monde était proche de sa fin ! Jésus avait une vision ultra-orthodoxe du judaïsme, allant jusqu'à affirmer qu'il n'était pas venu pour révoquer les Écritures, mais pour les appliquer avec plus de rigueur encore que les pharisiens eux-mêmes ! Jésus allait jusqu'à exclure les païens…

— Je vois d'ici votre tête ! dit Tomás. Comment avez-vous réagi à toutes les révélations de Patricia ?

— Ça nous a abasourdis, évidemment. Imaginez notre stupéfaction ! Personne n'en croyait ses oreilles ! Et maintenant ? Qu'allions-nous faire ? Comment résoudre ce problème ? C'est alors que le professeur Schwarz a attiré notre attention sur le fait que Jésus était un produit de la culture judaïque imprégné du milieu où il était né et avait grandi. Si l'homme que nous voulions cloner était élevé dans un contexte différent, cela modèlerait autrement sa personnalité. Tout compte fait, notre identité est constituée par nos gènes, mais également par notre vécu.

— C'est vrai.

— Donc, le projet *Yehoshua* restait viable. Il nous faudrait être vigilant quant à notre manière d'élever le clone. Nous devions établir une stratégie éducative qui pourrait s'accorder avec sa personnalité. Mais quelle était au juste la personnalité de Jésus ? Pouvions-nous la déterminer au préalable avec un minimum de rigueur ? Le professeur Escalona, qui était l'un des paléographes les plus qualifiés au monde, nous a dit que c'était peut-être possible. Selon elle, le Nouveau Testament offrait des informations significatives et crédibles sur le Jésus historique, à condition de soumettre les textes à un regard critique implacable. Ce qui nous restait à faire, c'était consulter les manuscrits les plus anciens pour en extraire les informations les plus proches des événements, afin d'obtenir un portrait fidèle de Jésus. (Le président se tut un moment pour regarder ses trois interlocuteurs.) Vous me suivez ?

Tomás hocha la tête.

— Vous avez décidé de passer au peigne fin tous les manuscrits pour en tirer les données les plus objectives, conclut-il. Et c'est précisément ce travail qu'effectuaient Patricia à la Bibliothèque vaticane et le professeur Schwarz à la Chester Beatty Library.

Arpad Arkan inspira profondément, comme si le fait d'énoncer l'objet de cette mission le soulageait d'un lourd fardeau.

— Absolument ! s'exclama-t-il. Mais ensuite les choses ont très mal tourné. Le professeur Escalona a été assassinée à Rome et le professeur Schwarz à Dublin. Lorsque j'ai appris la nouvelle, le matin même, j'ai dû vieillir de dix ans. Et quand, le jour suivant, j'ai reçu l'information concernant la mort du professeur Vartolomeev à Plovdiv, ce fut comme si le ciel me tombait sur la tête ! Que se passait-il ? Voilà qu'on égorgeait les membres de l'équipe du projet *Yehoshua* ?

Mais qui ? Et pourquoi ? Ce fut la panique à la fondation. Notre projet subissait une violente attaque et nous n'avions aucun moyen de savoir qui la conduisait et pour quelles raisons. De toute évidence, des informations concernant nos activités avaient transpiré à l'extérieur. Jamais nous n'aurions imaginé que les choses en viendraient là. Nous étions au bord de l'abîme…

L'historien l'interrompit.

— Pourquoi ne pas avoir tout raconté à la police ?

— J'ai réuni le conseil des sages de la fondation et nous avons considéré cette hypothèse, admit le président. Nous avons fini par la rejeter car nous avons jugé que cela bloquerait définitivement le projet. La fondation Arkan est une organisation tournée vers la paix dont le projet *Yehoshua* est la pierre angulaire. En ramenant Jésus sur la terre, nous rendrions le meilleur et le plus inappréciable des services à l'humanité. Si nous avions communiqué ces informations à la police, le projet aurait cessé d'être secret et la mission aurait été irréversiblement compromise. Tel était notre dilemme. Fallait-il coopérer avec la police et jeter notre projet à l'eau ou bien garder le silence pour sauver ce projet crucial ? Quel était notre devoir prioritaire ?

— Je comprends la difficulté, observa Tomás. Le choix était en effet délicat…

— Très délicat ! souligna Arkan. Après une longue discussion, nous avons conclu que la paix passait avant tout le reste et c'est la raison pour laquelle nous avons décidé de garder le secret. (Le président désigna le Portugais et l'Italienne.) Voilà pourquoi, lorsque vous êtes venus à la fondation il y a quelques jours, j'avais décidé de ne rien vous dévoiler à ce sujet. Mais cette situation mettait mes nerfs à rude épreuve et… bref, je crains de m'être un peu emporté contre vous. J'espère que vous m'excusez à présent.

L'historien échangea un sourire complice avec Valentina.

— Aucun problème, rassurez-vous.

Le regard d'Arkan se tourna vers l'éprouvette qu'il tenait entre les doigts.

— Bien sûr, il reste maintenant une autre question qui...

Les paroles du président furent interrompues par un cri étrange, chargé d'un mélange de sauvagerie et de démence. Les quatre personnes se retournèrent et virent surgir un homme vêtu de noir, tenant un objet scintillant. La mort dans le regard.

LXXI

La lame traversa l'espace avec la précision d'une balle et se planta dans le bras d'Arkan. Le président de la fondation lâcha immédiatement l'éprouvette et poussa un cri de douleur effroyable.

Aussitôt, Sicarius s'abattit de tout son poids sur sa victime. Déséquilibré, Arkan s'écroula sur le congélateur ouvert. Sa tête heurta la glace, et il perdit connaissance.

L'éprouvette tomba et roula sur le sol. Voyant l'objet s'échapper, l'agresseur hésita une fraction de seconde. Ce fut suffisant pour que Tomás réagît. Il reconnut les gestes de l'attaquant ; c'était à n'en pas douter l'homme qui avait failli l'égorger. Tomás savait que celui-ci était capable de les tuer tous en moins de deux minutes. L'unique solution était de tirer parti du déséquilibre momentané de l'inconnu. Sans perdre un instant, l'historien lui flanqua un violent coup de pied dans le visage.

La tête de Sicarius partit en arrière et son corps fut propulsé à terre. Le coup eût été suffisant pour mettre n'importe qui hors de combat, mais pas lui. Il se releva d'un bond et palpa son visage endolori. Son nez était tordu, sans doute cassé, et du sang ruisselait abondamment de sa narine gauche. Il toucha la bles-

515

sure, sentit une douleur lancinante. Il regarda aussitôt celui qui venait de le frapper.

— Tu vas me le payer cher !

Tomás prit alors conscience qu'il avait perdu presque tout son avantage. Il avait frappé l'attaquant avec le maximum de force, mais sans le mettre hors de combat. Certes, le coup l'avait secoué, mais il était déjà debout et, malgré sa blessure au visage, il ne faisait aucun doute que sa force était infiniment supérieure à celle de n'importe quelle personne dans cette salle.

Mais le Portugais disposait peut-être encore d'un petit atout, l'éprouvette qui avait roulé sur le sol. À quel point l'ADN de Jésus était-il précieux pour l'agresseur ? Dans un mouvement rapide, Tomás se baissa et ramassa l'objet congelé. En se relevant, il vit l'assaillant faire un pas vers lui, le visage blafard.

Ramasser cette éprouvette n'était peut-être pas une aussi bonne idée qu'il l'avait cru. L'homme semblait convoiter son contenu plus que tout autre chose ; n'était-ce pas Arkan qui, la tenant dans la main, avait été attaqué en premier ?

L'historien sentit l'indécision qui figeait les deux inspecteurs, mais il savait qu'il n'y avait plus de temps à perdre. Grossman et Valentina n'avaient jamais vu l'agresseur en action et ne pouvaient donc pas mesurer la menace qu'il représentait. Tomás, lui, avait déjà éprouvé la force de cet homme dans sa chair et se faisait une idée très précise du danger qui les menaçait tous.

— Donnez-moi l'éprouvette ! ordonna l'Italienne, en lui tendant la main. Vite !

C'était hors de question, se dit le Portugais. L'Italienne n'aurait aucune chance si l'assaillant se jetait sur elle. Cherchant à éviter le combat, Tomás se retourna et se mit à courir, l'éprouvette bien serrée dans la main gauche. Il perçut l'agitation derrière lui et entendit une respiration haletante. L'inconnu était à ses trousses.

— Stop !

Le cri guttural de l'homme ne fit qu'effrayer davantage Tomás. L'historien s'engagea dans un couloir formé par des équipements et des congélateurs. Il était difficile de courir avec le corps engoncé dans un scaphandre. Mais l'adrénaline l'aida. Arrivé au bout de la première allée, il prit brusquement à gauche puis à droite, avant de s'engager dans un couloir parallèle.

Il s'efforça de localiser son poursuivant à travers la vision réduite que lui imposait sa visière, mais il ne l'aperçut pas. Il sentit qu'il devait saisir l'opportunité.

Dans un mouvement rapide, il s'arrêta près d'une étagère remplie d'instruments de laboratoire et glissa l'éprouvette dans un petit support métallique où pendaient d'autres tubes du même genre. Pouvait-il exister meilleur endroit pour cacher l'échantillon congelé qu'il avait eu la mauvaise idée de ramasser ?

Sans perdre plus de temps, il reprit sa course. Il réalisa alors qu'il avait besoin d'un plan. Courir n'était pas suffisant ; tôt ou tard, l'agresseur le rattraperait. Que faire ? L'idéal était de sortir de là, évidemment. Mais comment ? La salle était bloquée par la porte blindée.

Seul Arpad Arkan connaissait le code secret qui déverrouillait la porte, mais Tomás était convaincu de l'avoir deviné. Il lui fallait donc avoir suffisamment de temps pour entrer la combinaison. Ensuite, il s'enfuirait, laissant la porte ouverte, permettant ainsi à l'assaillant de le suivre. C'était là le meilleur moyen pour protéger Valentina.

En arrivant au fond du couloir, il vira à droite. À présent, il avait un plan ; il ne lui restait plus qu'à le mettre à exécution. Ce serait difficile, mais pas impossible.

Il remarqua alors qu'il avait perdu la trace de son poursuivant et demeura incertain. Comment expliquer la soudaine disparition de l'agresseur ? Une silhouette se matérialisa brusquement devant lui, lui barrant le chemin.

— Je commençais à te manquer ?

La voix rauque, presque rugueuse était bien celle de la chambre d'hôtel. Cette fois les paroles n'étaient pas murmurées, mais proférées avec l'arrogance hautaine d'un chasseur.

Tomás voulut rebrousser chemin, mais il dérapa et s'étala sur le carreau glacé. Il vit l'inconnu se jeter sur lui et comprit qu'il était perdu.

LXXII

Sicarius lui envoya un puissant coup de poing dans l'abdomen qui, bien qu'amorti par le scaphandre, atteignit Tomás et le laissa sur le carreau, le souffle coupé.

— Celui-là, c'était pour tout à l'heure.

L'historien sentit sa visière s'ouvrir. Une bouffée d'air glacé frappa son visage, suivie d'un coup brutal qui projeta sa tête contre le pied d'une armoire remplie de bidons en plastique.

Il comprit qu'il avait reçu un coup de pied dans la figure. Il se recroquevilla et couvrit sa tête de ses bras, prêt à parer de nouveaux coups de pied. Mais, au lieu de ça, Sicarius lui releva brutalement la tête.

— J'espère que t'as apprécié, dit-il en souriant froidement. Lévitique, 24, 20 : « Fracture pour fracture, œil pour œil, dent pour dent. » Où est l'éprouvette ?

Tomás balbutia.

— Je ne sais pas…

L'agresseur le frappa à nouveau, exactement au même endroit.

— Parle !

Le Portugais poussa un long cri de douleur.

— L'éprouvette ? redemanda Sicarius, prêt à l'abattre. Où est-elle ?

Tomás indiqua d'un léger mouvement de la tête le couloir d'où il était venu.

— Là-bas derrière, murmura-t-il haletant. Je l'ai cachée là-bas.

L'agresseur regarda fixement le fond du couloir.

— Debout ! Montre-moi où tu l'as cachée, grondat-il en attrapant sa victime et en l'obligeant à se relever.

L'historien tituba mais parvint à se tenir debout et, d'un pas mal assuré, se mit à marcher. Il voulut regarder le chemin devant lui, mais il s'aperçut que seul son œil droit fonctionnait normalement.

— Plus vite ! ordonna Sicarius, en le bousculant. Où est l'éprouvette ?

Tomás avait besoin d'un nouveau plan, et vite. Mais que pouvait-il faire ? Par quel moyen retourner la situation ? Si au moins il avait eu une arme !

Tandis qu'il considérait chaque option, ils arrivèrent à l'endroit où l'historien avait caché l'échantillon congelé. Il était là, sur une étagère.

— C'est ici, annonça-t-il à voix basse, en signe de reddition. (Il désigna le support métallique avec ses éprouvettes et soupira, manifestement vaincu.) C'est l'une d'elles.

Le regard de Sicarius se tourna vers la rangée d'éprouvettes.

— Laquelle ?

Feignant de désigner l'échantillon, Tomás flanqua un crochet du droit dans le nez déjà cassé de Sicarius. Sous le gant de la combinaison, la main droite de Tomás était enveloppée de bandages. L'impact du poing endurci se révéla donc particulièrement brutal. Sicarius bascula en arrière, s'écroula sur le sol, les mains plaquées sur son visage blessé, le corps tordu de douleur.

Il hurla et, dans un effort herculéen, se redressa, titubant et les yeux clos.

— Je vais te tuer, sale chien !

Tomás faillit détaler à toutes jambes, mais il comprit instinctivement que sa fuite ne ferait que retarder l'inévitable. Il fallait agir immédiatement. Il n'y aurait sûrement pas d'autre occasion.

L'historien prit une éprouvette vide et la brisa en deux morceaux. Conscient de jouer sa dernière carte, il se tourna vers l'agresseur et, de toutes ses forces, la lui planta dans la gorge.

Des giclées de sang jaillirent du cou de Sicarius, qui s'écroula à nouveau, en se contorsionnant dans un effort désespéré pour respirer, tandis que ses pieds cognaient frénétiquement les meubles qui bordaient le couloir. Au bout de quelques secondes, les soubresauts s'espacèrent et, après un dernier spasme, le sang cessa de ruisseler sur le sol glacé.

Tomás se laissa tomber sur les genoux. Il venait de tuer un homme. C'était la première fois et il chercha à comprendre ce qu'il ressentait. Rien. Il avait tué un homme et ne ressentait rien. C'était étrange, mais ce qu'il venait de faire ne le troublait pas. Peut-être était-ce à cause de la fatigue et de la douleur au visage. Ou peut-être parce qu'il savait qu'il venait de venger son amie Patricia. Ce maudit cauchemar était enfin terminé.

— Professeur Noronha ?

La voix de Grossman semblait venir du fond d'un tunnel. Tomás était toujours à genoux devant le cadavre de Sicarius, le cœur battant et le souffle court. Son corps se détendit et il sentit qu'il reprenait quelques forces.

— Tout va bien, dit-il. Il ne nous fera plus de mal.

— Où est l'éprouvette ?

L'historien se retourna lentement et aperçut le corps de Grossman découpé dans la lumière au bout du couloir. Sa main tenait un objet à canon court. Avec son œil droit, il lui fallut quelques instants pour comprendre qu'il s'agissait du revolver avec lequel l'inspecteur était entré dans le complexe.

— C'est un peu tard pour utiliser votre arme, non ? fit-il remarquer ironiquement. Il est déjà mort. (Tomás marqua une pause pour retrouver son souffle.) Elle aurait été plus utile tout à l'heure !

Au bout du couloir, Grossman attira une autre silhouette contre lui et colla le canon de son revolver contre sa tête. Tomás cligna de l'œil droit. Grossman avait bel et bien son arme pointée sur la tête d'une silhouette en scaphandre qui était, dans ces conditions, difficile à reconnaître.

— L'éprouvette ? demanda à nouveau Grossman. Soit vous me la donnez, soit vous aurez cet autre cadavre sur la conscience.

À son ton menaçant, l'historien comprit que l'Israélien ne plaisantait pas. Tomás s'efforça de distinguer le visage de la cible de Grossman cachée par la visière de son scaphandre.

— Faites ce qu'il vous dit, implora l'otage. Je vous en prie ! Il va me tuer !

Au son de la voix, Tomás sentit son cœur se serrer. C'était Valentina.

LXXIII

La colère et le désespoir envahirent Tomás lorsqu'il vit Grossman pointer son revolver sur la tête de Valentina.

— Qu'est-ce que vous faites ? demanda l'historien en s'efforçant de remettre de l'ordre dans ce chaos. Baissez cette arme !

L'inspecteur israélien secoua la tête.

— Donnez-moi d'abord l'éprouvette !

Le Portugais venait de vivre un véritable cauchemar et il avait cru que la mort de Sicarius y mettrait fin. Pourtant, le pire était peut-être encore à venir, face à un homme qui l'avait trahi.

Grossman n'était donc pas un allié, et l'historien manquait d'éléments pour situer son nouvel adversaire. Il devait l'obliger à parler, pensa-t-il, c'était le seul moyen d'obtenir les informations qui lui permettraient de sortir de ce pétrin.

— Comment puis-je être sûr que vous ne la tuerez pas, une fois que je vous aurais donné l'éprouvette ?

Grossman rapprocha son arme de la tête de l'Italienne.

— Ne jouez pas à ce petit jeu avec moi, ordonna-t-il.

Tomás regarda derrière lui le corps de Sicarius

étendu sur le sol, puis se tourna à nouveau vers l'inspecteur ; il y avait forcément un lien entre les deux.

— Vous aussi, vous êtes un sicaire ?

L'Israélien rit.

— Toujours aussi perspicace, observa-t-il. Malheureusement, cela ne vous sera plus d'aucune utilité. (Son visage se durcit à nouveau.) L'éprouvette ?

L'historien eut un rictus de souffrance et caressa sa blessure à l'œil pour évaluer la douleur.

— Pourquoi ? interrogea-t-il. Pourquoi tout ça ? Pourquoi avoir tué le professeur Escalona et les deux autres ? Pourquoi vous en prendre à Valentina et à moi ? Que voulez-vous ?

— Nous voulons notre histoire, répliqua Grossman d'une voix brusquement courroucée. Nous voulons notre culture ! Nous voulons notre dignité ! Nous voulons notre terre sacrée !

Tomás afficha un air d'incompréhension.

— Mais personne n'a remis ça en cause !

— Tous les jours ! Vous, les chrétiens, vous vous êtes emparés de nos Écritures, vous vous êtes emparés de notre passé, et maintenant vous voulez vous emparer de notre avenir. Jamais nous ne le permettrons. Les sicaires se sont organisés pour combattre la menace romaine. Une nouvelle menace plane sur Israël, mais nous nous battrons jusqu'au bout !

— De quoi parlez-vous ? Quelle menace représentaient les victimes de vos meurtres ? Et moi, quelle menace je représente ? Qu'est-ce que vous racontez ?

Grossman fit un geste pour indiquer l'espace qui les entourait.

— Tout ce projet est une menace ! s'exclama-t-il. S'il se réalisait, ce serait une offense pour les juifs et une menace pour la survie d'Israël. Notre gouvernement refuse de le reconnaître, mais nous, les sicaires, tout comme nos ancêtres il y a deux mille ans, nous ne laisserons personne s'emparer de cette terre que Dieu nous a donnée !

Tomás secoua la tête, incrédule.

— Comment un projet visant à cloner Jésus pourrait-il être une menace pour Israël ? J'avoue que je ne comprends pas…

— Vous, les chrétiens, il faudrait que vous saisissiez bien une chose, dit Grossman. Dieu a élu le peuple juif, avec lequel il a noué une alliance sacrée. Il y a deux mille ans est apparu un rabbin juif nommé Yehoshua, que vous appelez Jésus, qui prêchait l'observance scrupuleuse des Saintes Écritures et de la volonté souveraine de Dieu. Qu'ont fait les disciples de son enseignement ? Ils l'ont déformé, corrompu ! En son nom, ils ont décrété l'abrogation des Écritures, chose que le vrai Jésus n'aurait jamais permise. Ils ont même fini par le transformer en Dieu, l'adorant comme une idole païenne, et ils ont violé de la manière la plus éhontée le *Shema*, la déclaration affirmant qu'il n'y a qu'un seul Dieu, ce même Dieu que le vrai Jésus considérait comme unique et que vous avez transformé en une trinité. Et, comme si cet outrage ne suffisait pas, vous vous êtes emparés de nos Écritures et vous avez usurpé nos traditions. Et, à présent que voulez-vous faire avec ce projet aberrant ? Vous voulez tout recommencer ! Vous voulez recréer Jésus et l'éduquer pour qu'il ne dise et ne fasse que ce que vous estimez être juste. Seulement, ce qui est juste, ce n'est pas ce que vous pensez, mais ce que Dieu a ordonné et qui est consigné dans les Écritures. Avec ce projet ridicule, vous souhaitez effacer de la mémoire le fait que Jésus était juif et rien que juif, et vous espérez faire de lui le chrétien qu'il n'était pas. Ce projet n'est qu'une mascarade visant à réduire Jésus à une marionnette qui débitera ce qu'un groupe de chrétiens lui aura inculqué. Face à cette situation, qu'en sera-t-il d'Israël ? Le pays sera balayé par une tempête ! Vous voudriez que ce nouveau Jésus décrète la paix dans le monde, comme si la paix pouvait être imposée par décret et que les problèmes pouvaient être résolus en un claquement de doigts. En devenant fidèle à ce Jésus cloné et pacifiste, l'Occident cessera de nous appuyer et Israël se retrouvera à la merci de l'extrémisme islamique. Vos bonnes intentions dissimulent des objectifs qui nous mèneront droit à l'abîme.

— Si c'est ce que vous pensez, pourquoi n'avez-vous pas dénoncé ce projet ? Pourquoi ne pas avoir alerté l'opinion publique ou fait appel aux tribunaux, au lieu de commettre tous ces meurtres ?

Grossman ricana froidement.

— Vous vous fichez de moi ? Qui m'aurait écouté ? Comme vous devez le savoir, la plupart des gens se font une fausse idée de Jésus. Les chrétiens ignorent que le Christ n'était pas chrétien ! Si j'avais publiquement déclaré que quelqu'un essayait de cloner Jésus pour apporter la paix sur la terre, qui aurait protesté ? Un applaudissement généralisé de l'Occident aurait probablement accueilli ma déclaration ! Qui donc s'y serait opposé ? Les gens n'ont pas la moindre idée de qui était réellement Jésus ni de la menace que représente un tel projet. (L'inspecteur secoua la tête.) Non ! Cela n'aurait rien donné ! Il fallait extirper le mal à la racine. Il fallait agir comme les sicaires l'ont fait il y a deux mille ans !

— Mais c'est encore pire, rétorqua Tomás. Vous avez assassiné des gens !

— Lorsque j'ai appris que ce projet était lancé, j'ai communiqué l'information à mes supérieurs en essayant de les convaincre de faire arrêter cette folie.

Savez-vous ce qu'ils ont fait ? Ils ont ri. Ils m'ont ri au nez, les imbéciles ! Malgré tout, j'ai réussi à en informer le gouvernement. Savez-vous ce que m'a répondu le Premier ministre d'Israël ? Qu'il s'agissait d'une initiative positive ! Les gens sont fous ! Ils ne mesurent absolument pas ce que signifie vraiment ce projet. Si une telle chose se produisait, les conséquences seraient désastreuses ! (Il secoua la tête avec véhémence.) Non ! Je ne pouvais pas le permettre ! Puisque personne d'autre ne voulait le faire, nous le ferions ! Et nous l'avons fait !

— *Nous* qui ?

— Nous, les nouveaux sicaires.

Tomás indiqua le corps de Sicarius.

— Et lui ?

— Lev ? demanda Grossman. Le pauvre diable ! (Il regarda le cadavre avec mélancolie.) Je l'ai connu au Liban, au cours d'une opération dans les montagnes dirigée contre le Hezbollah. Il faisait partie d'une unité spéciale de Tsahal et c'était un as des armes blanches. Un jour, après s'être introduit seul dans une grotte, armé d'une simple machette, il a éliminé un peloton entier de moudjahidines. La guerre l'avait complètement déboussolé, le pauvre. Je l'ai pris sous ma protection et je lui ai donné une conviction religieuse, en en faisant un sicaire. (L'inspecteur leva les yeux vers Tomás.) J'ignore comment vous avez réussi à le tuer, et peu importe. Dieu l'a voulu ainsi. (Il balaya la salle du regard.) C'est à moi maintenant de mettre fin à ce projet insensé.

— Qu'allez-vous faire ?

— Ça me regarde. (Il étendit la main.) Donnez-moi l'éprouvette !

— Qu'est-ce qui me garantit qu'ensuite vous n'allez pas nous tuer ?

Le regard de l'Israélien se tourna vers l'Italienne puis se fixa à nouveau sur le Portugais.

— Voilà ce que nous allons faire, proposa-t-il. Je vais laisser votre amie s'éloigner. Mais vous, vous restez où vous êtes. Lorsqu'elle sera hors d'atteinte, vous me remettrez l'éprouvette.

— Vous appelez ça une garantie ?

L'Italienne, qui jusque-là se tenait immobile sous la menace du revolver, prit la parole.

— Ne vous inquiétez pas pour moi, Tomás, dit-elle d'une voix calme. N'oubliez pas que je suis entraînée au combat. Il m'a prise par surprise, mais je vous assure qu'il n'aura pas d'autre occasion.

L'historien ne put s'empêcher d'admirer le courage et le calme de cette femme.

— Vous êtes sûre ?

L'Italienne acquiesça.

— Absolument ! assura-t-elle. Cette salle est pleine de produits chimiques. J'ai déjà repéré de quoi fabriquer une arme. Laissez-moi trente secondes et je vous assure que cet énergumène ne pourra plus me menacer.

Tomás se mit à dresser un plan. Le problème était de convaincre Grossman. Avec ce qu'il venait d'entendre, comment pourrait-il laisser Valentina ?

— Très bien. Je vous remets l'éprouvette qui contient l'ADN. Mais vous laissez d'abord Valentina s'éloigner. Nous sommes bien d'accord ?

À sa grande surprise, l'Israélien accepta aussitôt.

— D'accord. (Grossman leva légèrement son arme et fit signe à l'Italienne de s'éloigner.) Vous pouvez partir !

Valentina avança de quelques pas et disparut.

— Tout va bien ? cria Tomás.

— Oui, répondit-elle. On se retrouve devant la sortie.

Le Portugais regarda Grossman, qui tenait son arme braquée sur lui. L'heure de vérité avait sonné. L'Israélien avait tenu parole. C'était maintenant à Tomás de tenir la sienne. Et de prier pour ne pas prendre une balle lorsqu'il ne serait plus utile.

— L'éprouvette ? tonna l'inspecteur. Maintenant !

Tomás balaya du regard l'étagère et repéra le support métallique où les éprouvettes étaient alignées. Deux d'entre elles étaient tombées au cours de la lutte avec Sicarius, mais l'éprouvette qui renfermait l'ADN de Jésus était intacte. Il la retira de son support en la montrant à Grossman.

— Elle est là, dit-il. Je vous la laisse ici.

Il la posa avec précaution sur l'étagère et recula de quelques pas. L'inspecteur s'avança, prit l'éprouvette et l'examina pour s'assurer qu'il s'agissait bien de celle qu'il avait vue entre les mains d'Arpad Arkan. Dans un mouvement vif et inattendu, il pointa son revolver sur Tomás.

— Adieu !

LXXIV

Après avoir posé l'éprouvette sur l'étagère, Tomás avait reculé jusqu'à une travée chargée de bidons remplis de produits chimiques.

Lorsque Grossman tendit le bras pour tirer, le Portugais plongea dans le passage et parvint à esquiver la balle, qui l'effleura.

— Malédiction ! vociféra l'Israélien lorsqu'il s'aperçut qu'il avait manqué sa cible. Tu ne m'échapperas pas !

L'historien se releva et se mit à courir. Mais ces longs couloirs formaient de véritables lignes de mire. Il priait pour que Valentina ait eu le temps de préparer son arme.

Deux nouvelles détonations éclatèrent dans la salle. Tomás se baissa instinctivement. Une soudaine explosion obligea le Portugais à se retourner. Une boule de feu grossissait comme un ballon dans le couloir où il venait de passer. Un instant, il pensa qu'il s'agissait de la contre-attaque de Valentina, mais il ne l'aperçut nulle part.

L'une des balles avait atteint un produit inflammable. De nouvelles explosions retentirent, presque en chaîne. L'air ondulait sous le choc des déflagrations successives.

— Mon Dieu !

Le *Kodesh Hakodashim* s'embrasait. L'incendie s'étendait à une vitesse folle, dévorant aveuglément un couloir après l'autre. Une course infernale était lancée. Il fallait fuir le plus vite possible.

Mais l'accès était bloqué par la porte blindée et seul Arpad Arkan connaissait le code. L'unique espoir de Tomás était de l'avoir peut-être deviné.

L'historien traversa le Saint des saints, se dirigeant vers la seule issue possible. La porte blindée. Tomás était lancé et il ne s'arrêta qu'au moment où ses mains heurtèrent le panneau en métal qui lui coupait la retraite.

— Vous allez bien ?

L'historien se retourna et vit Valentina qui fixait ses grands yeux bleus sur lui. L'Italienne avait ôté le casque de son scaphandre. Sans dire un mot, Tomás la serra contre lui et embrassa ses cheveux. Il eut envie de couvrir son visage de baisers, mais il se contint. La priorité était autre.

Il la regarda en la tenant par les épaules.

— Il nous faut sortir d'ici tout de suite, dit-il en la regardant fixement. Tout va brûler !

Pour la première fois, il remarqua la peur dans les yeux de l'Italienne. Après avoir subi l'attaque du sicaire et la trahison de Grossman, il lui fallait encore à présent échapper à cet incendie.

— Mais comment ? demanda Valentina. La porte est bloquée. Vous connaissez le code ?

Tomás regarda la porte blindée.

— Je n'en suis pas sûr, dit-il. Rappelez-vous, quand nous sommes entrés…

Il s'interrompit. Arnie Grossman lui faisait face, la tête découverte, son arme pointée sur lui. Tomás chercha une échappatoire, mais en vain.

— Le piège s'est refermé ! rugit le maître des sicaires, savourant sa victoire. Les rats comme vous finissent toujours par être attrapés.

Le Portugais leva les mains, les paumes tournées vers l'homme armé, dans un geste de reddition.

— Du calme ! dit-il. Nous sommes tous dans le même bateau !

Le visage de Grossman esquissa un sourire sardonique.

— Je ne partage pas mon navire avec des rats, grogna-t-il.

Il arma son revolver et visa.

La situation était désespérée. Toujours les mains en l'air, Tomás recula d'un pas et son dos heurta la porte métallique. Se sentant perdu, il tourna son regard vers Valentina. Ne lui avait-elle pas dit qu'elle ne se laisserait plus surprendre par l'Israélien ? Et si elle avait une arme, c'était le moment de s'en servir !

— Arnie, attendez !

L'Italienne s'était adressée à l'Israélien en des termes qui surprirent Tomás. Pensait-elle vraiment pouvoir le sauver de cette façon ? Où donc était l'arme qu'elle avait préparée ? Et pourquoi ne s'en servait-elle pas ?

— Qu'y a-t-il ? s'enquit Grossman, sans détourner le revolver de sa cible. Quelque chose ne va pas ?

— Vous avez l'ADN ? demanda Valentina.

— Bien sûr, répondit l'Israélien en sortant l'éprouvette de la poche intérieure de son scaphandre. Vous pensiez que je l'avais perdu ?

— Je voulais seulement en être sûre, expliqua-t-elle. (Elle fit un geste de la tête, désignant l'historien.) Ne le tuez pas tout de suite !

Grossman fronça les sourcils, intrigué.

— Allons donc ! Et pourquoi ?

Valentina indiqua la porte.

— Vous connaissez le code pour sortir d'ici ?

L'Israélien regarda le battant métallique et hésita.

L'inspecteur italien pointa Tomás du doigt.

— Lui, il le connaît.

Grossman regarda l'historien d'un œil nouveau. Il s'avança de deux pas et appliqua son arme contre le front du cryptologue.

— Le code ?

Tomás lui jeta un regard méprisant.

— Que ferez-vous si je ne vous le dis pas ? demanda-t-il sur un ton provocateur. Vous me tuerez ?

L'inspecteur israélien réfléchit. Il fallait recourir aux grands moyens. Grossman s'approcha de l'Italienne et lui tendit son revolver.

— Tenez-moi ça. Je vais le faire parler.

Le cœur de Tomás bondit lorsqu'il vit son ennemi remettre son arme à Valentina. Elle était absolument géniale ! pensa-t-il. Elle était parvenue à embrouiller l'Israélien au point de l'amener à lui remettre son arme ! Un pur chef-d'œuvre de manipulation mentale !

Valentina prit le revolver et, durant quelques secondes, examina le mécanisme ; c'était une arme israélienne, qu'elle n'avait pas l'habitude de manipuler. Mais elle comprit vite comment l'utiliser et la dirigea vers l'historien.

— Ne bougez pas ! ordonna-t-elle au Portugais. Si vous tentez quoi que ce soit, je vous tire une balle dans les genoux !

Bouleversé, Tomás prit conscience de la stupéfiante réalité. Valentina était l'ennemi.

LXXV

L'image de Valentina braquant une arme sur lui semblait irréelle. Valentina ne pouvait pas être du côté des sicaires. C'était absolument impossible !

— Que se passe-t-il ? lui demanda l'historien. Pourquoi n'arrêtez-vous pas ce type ? Qu'est-ce qui vous prend ?

L'Italienne esquissa un sourire malicieux et provocateur.

— Vous ne saviez donc pas que nous, les femmes, étions des simulatrices ?

— Qu'est-ce que vous dites ?

Valentina soupira, méprisante.

— Vous êtes vraiment stupide ! Vous pensiez peut-être que j'allais laisser un projet si grotesque se réaliser ? Vous imaginiez sans doute que vos yeux verts et votre charme latin allaient me séduire au point de me faire perdre tout discernement ? (Elle secoua encore la tête.) Ce que les hommes peuvent être idiots !

Abasourdi par le retournement de la situation, l'historien ne chercha même pas à comprendre ce que Grossman était occupé à chercher au fond de ses poches.

— Mais… que se passe-t-il ? Quelle est cette folie ? Depuis quand… êtes-vous…

— Depuis le début.

— Comment ça ?

Valentina regarda l'Israélien, qui commençait à aiguiser ce qui ressemblait à un couteau suisse.

— Arnie et moi, nous nous connaissons depuis un certain temps déjà, révéla-t-elle. Nous sommes tous deux inspecteurs et nous savons bien où s'arrête l'efficacité de la loi. C'est pourquoi nous sommes affiliés à des sociétés secrètes qui se consacrent à la résolution de problèmes qui n'ont pas de solutions par les voies légales. Lui a refondé à Jérusalem la secte des sicaires, et moi je fais partie du service opérationnel de sécurité d'une loge maçonnique nommée P2, peut-être en avez-vous déjà entendu parler...

Tomás était bouche bée ; cette femme n'était définitivement pas la personne qu'il croyait connaître.

— Quoi ?

— P2, répéta-t-elle. Un sigle qui signifie...

— *Propaganda Due*, dit le Portugais très lentement. Je sais très bien de quoi il s'agit. La loge P2 entretient des relations avec le Vatican, elle a été mêlée au scandale du blanchiment d'argent de la mafia par la banque Ambrosiano et on sait qu'elle n'est pas sans responsabilité dans la mort du pape Jean-Paul Ier, lequel se préparait à dénoncer ses manigances, juste avant de mourir.

Valentina sourit en entendant cette dernière accusation.

— Des ragots, rétorqua-t-elle avec dédain. Mais je vois que vous avez entendu parler de notre organisation.

— La triste renommée de la P2 la précède, répliqua l'historien. (Il continuait à la regarder d'un air incrédule.) Vous appartenez vraiment à ce groupe de malfaiteurs ?

Elle brandit son revolver.

— C'est bien moi qui ai une arme dans la main, non ?

Tomás se rendit à l'évidence. La manière dont elle l'avait recruté pour l'enquête, l'art avec lequel elle l'avait mené en bateau au fil de messages codés destinés à le conduire en Israël pour l'aider à s'infiltrer dans la fondation Arkan, et jusqu'à l'attaque qu'il avait subie dans sa chambre d'hôtel et la compassion qu'elle lui avait alors témoignée... tout n'était que simulation !

— Que vient donc faire la loge P2 dans cette histoire ?

Valentina indiqua la silhouette affairée de Grossman.

— Tout a commencé quand Arnie nous a secrètement contactés pour nous informer de ce projet de la fondation Arkan. Il nous a révélé que la fondation avait isolé des cellules contenant l'ADN de Jésus et qu'elle projetait de cloner ce dernier dès que ce serait techniquement possible. Au début, cette histoire nous a semblé assez extravagante et nous n'y avons pas cru, mais ensuite nous avons vérifié l'information et, à notre grande surprise, elle nous a été confirmée. L'idée du clonage humain, qui pose des problèmes éthiques majeurs touchant à l'identité de la personne humaine et au risque de son instrumentalisation, nous a paru complètement folle. Et concernant le Christ, une folie dangereuse.

— Dangereuse ? Pourquoi ?

Elle pencha la tête sur le côté.

— Franchement, Tomás ! Cloner Jésus ? Est-ce que vous saisissez bien les conséquences d'une telle chose ? Comment réagirait Jésus si un jour il débarquait au Vatican et découvrait toute cette opulence ? Et s'il faisait à Rome ce qu'il a fait lors de sa visite au temple de Jérusalem ? (L'Italienne esquissa un geste théâtral et cita les propos tenus par Jésus au cours de l'incident provoqué par sa colère dans le Temple.) « N'est-il pas écrit : *Ma maison sera appelée maison de prière pour toutes les nations ?* Mais vous, vous en avez fait une *caverne de bandits.* » (Valentina regarda Tomás.) Vous imaginez la scène ? Jésus blâmant le Vatican et lui ordonnant de tout vendre pour aider les pauvres ? (Elle inclina à nouveau la tête.) Vous pensez vraiment que nous allions tolérer une chose pareille ?

L'historien soupira.

— Je vois, dit-il. Le retour de Jésus pourrait remettre en cause les intérêts acquis...

— Il nous fallait arrêter cette folie ! s'exclama l'inspecteur italien. La loge P2 convoqua une réunion extraordinaire pour discuter du sujet et il fut décidé que nous agirions en collaboration avec les sicaires. Il était urgent de mettre un terme à cette mascarade. Mais la fondation Arkan menait cette entreprise dans le plus grand secret et nos tentatives pour nous y infiltrer ont échoué. Alors nous avons identifié quelques figures clés liées à ce projet et nous avons établi un plan qui impliquait le recrutement de l'un des historiens les plus renommés au monde. (Valentina sourit.) Vous.

La révélation laissa Tomás pantois.

— Moi ?

— Le plan était simple, indiqua-t-elle. Les sicaires exécuteraient trois des personnalités liées au projet et laisseraient quelques indices que seul un expert en cryptologie et en langues anciennes pourrait déchiffrer. Nous avons alors été informés que le professeur Escalona avait fait une demande pour consulter le *Codex Vaticanus* à la Bibliothèque vaticane et nous avons appris qu'elle était votre amie. Cela tombait très bien. Grâce à une relation au ministère italien de la culture, nous nous sommes arrangés pour que les autorités culturelles invitent la fondation Gulbenkian à vous désigner pour participer à la restauration des ruines du Forum et des marchés de Trajan, durant la période où l'historienne galicienne serait à Rome. Une fois tous ces éléments mis en place, il ne nous restait plus qu'à déclencher l'opération. Le professeur Escalona est arrivée à Rome à la date prévue et l'un de nos collaborateurs nous a signalé que vous étiez également dans la capitale. Ainsi que nous l'avions présagé, elle vous a aussitôt appelé.

— Salauds ! maugréa Tomás à voix basse en s'efforçant de maîtriser la colère qui le gagnait. Et si elle ne m'avait pas téléphoné ? Comment auriez-vous fait pour m'attirer dans votre traquenard ?

— L'homme de main d'Arnie aurait composé votre numéro avec son portable à elle. Mais cela n'a pas été nécessaire. Le professeur Escalona vous a appelée et s'est ensuite rendue à la Bibliothèque vaticane, où l'attendait le tueur à gages. Lorsque j'ai été appelée sur les lieux pour procéder à l'enquête sur l'homicide, je n'ai eu qu'à consulter la liste d'appels sur le portable de la victime et à vous convoquer au Vatican. C'était le prétexte idéal pour vous faire participer aux investigations.

— Mais pourquoi moi ?

— Parce que vous connaissiez une des victimes et que nous avions besoin de quelqu'un pour nous conduire au cœur de ce projet. (L'Italienne leva la main pour montrer l'éprouvette contenant l'ADN de Jésus.) Le fait que je sois à présent en possession de ce matériel génétique est une preuve suffisante que notre plan était le bon.

Elle leva les yeux, satisfaite.

De nouvelles explosions secouèrent la salle. L'incendie approchait. Comprenant qu'il leur restait peu de temps, Grossman interrompit la conversation.

— Pourquoi lui racontez-vous tout ça ?

— Parce que je suis une bonne chrétienne, rétorqua l'Italienne sur un ton ironique. Puisqu'il va mourir, il a au moins le droit de savoir pourquoi.

— Mais avant, il lui reste une chose à faire, dit l'Israélien en désignant la porte blindée. Il doit d'abord nous dire le code.

L'Israélien attrapa l'historien par les épaules et le plaqua à terre.

— Qu'est-ce qui vous prend ? cria Tomás, la face collée au sol. Que faites-vous ?

L'attaquant saisit le bras gauche de son prisonnier et l'obligea à le tendre, posant sa main à plat. Il bloqua son poignet et approcha son couteau suisse du petit doigt de l'historien.

— Vous allez subir une technique d'interrogatoire dont le taux de réussite avoisine les 100 %, annonça-t-il. Cette technique consiste à amputer les doigts des suspects jusqu'à ce qu'ils se mettent à parler. Très simple, n'est-ce pas ? Simple et efficace. Je vous assure que tous ceux à qui j'ai appliqué cette méthode se sont gentiment mis à table. Et c'est également ce que vous allez faire.

— Vous êtes cinglé !

— Je vous donne une dernière chance d'échapper à une grande souffrance inutile, à vous de décider, déclara-t-il. Quel est le code ?

Le Portugais sentit la lame posée sur son doigt et considéra la situation. Il avait l'œil gauche enflé, la main droite bandée, il se sentait épuisé et trahi, il était enfermé dans une salle où tout brûlait, une femme pointait sur lui un revolver et il était étendu sur le sol, écrasé sous le poids d'un fou qui menaçait de lui trancher un doigt. Le code qui permettait d'ouvrir cette porte, la voie du salut pour tous, était son unique atout. Que faire ?

— Pourquoi vous donnerais-je le code ? demanda-t-il en cherchant désespérément une issue qui pourrait le tirer de là. Pour que vous m'abattiez ensuite ?

— Tôt ou tard nous mourrons tous, répondit Grossman sur un ton presque paternaliste. La seule chose que nous ignorons, c'est comment. Soit nous mourrons vite et sans douleur, soit nous agoniserons dans d'atroces souffrances. À vous de choisir maintenant. (La voix de l'inspecteur se fit glaciale.) Le code ?

— Allez vous faire foutre !

L'Israélien inspira profondément ; sa patience était à bout.

— Vous l'aurez voulu !

Une douleur aiguë assaillit Tomás. L'historien poussa un cri déchirant. Grossman avait commencé à entailler le doigt et la souffrance provoquée par la lame était indescriptible. Tomás voulut implorer son bourreau de l'épargner, mais les mots furent étouffés par le hurlement de douleur qui sortait de sa gorge. Grossman lui amputait le doigt.

LXXVI

Au comble de la souffrance, alors que tout semblait perdu et qu'il était sur le point d'avouer, Tomás
sentit soudain la puissante étreinte de son agresseur
se relâcher.

Il se contorsionna sur le sol, en serrant sa main
blessée pour atténuer la douleur. Il n'avait aucune idée
de ce qui venait d'arriver. Il vit l'Israélien à genoux
devant lui, une expression étrange sur le visage, les
yeux exorbités, la langue pendante, et la pomme
d'Adam transpercée par la pointe d'une lame d'où
giclait du sang.

Deux coups de feu retentirent. Tomás aperçut le
mouvement d'une silhouette derrière Grossman. C'était
Arpad Arkan. Le président de la fondation tomba lourdement sur le sol. L'historien tourna la tête et vit Valentina en position de tir, le canon de son revolver encore
fumant. Au milieu de toute cette pagaille, il comprit.

Arkan avait repris connaissance et extirpé la lame de
son bras. Apercevant les flammes, il s'était précipité
vers la sortie et avait vu Tomás torturé par Grossman.
Il s'était alors rué sur l'inspecteur et lui avait planté la
dague des sicaires dans le cou. Mais l'Italienne venait
de l'abattre de deux balles dans le dos.

— Vous êtes devenue folle ? s'écria l'historien d'une

voix enrouée par la colère en rampant vers Arkan. Vous avez perdu la tête ?

Valentina pointa sur lui son arme.

— Ne bougez pas !

Tomás examina le visage du président de la fondation, dont l'état laissait peu d'espoir. Il tourna la tête vers l'inspecteur italien.

— Vous rendez-vous compte de ce que vous venez de faire ?

Valentina jeta un regard effrayé vers l'incendie qui se rapprochait ; les flammes n'étaient plus qu'à quelques mètres.

— Ouvrez la porte ! ordonna-t-elle en frappant de la main le panneau métallique qui leur barrait la sortie. Nous n'avons plus de temps à perdre avec des détails ! Ouvrez cette maudite porte !

Tomás traîna le corps d'Arkan jusqu'à l'entrée, en passant devant le cadavre de Grossman.

— C'est lui qui connaissait le code ! hurla l'historien. Vous voulez sortir d'ici ? Alors pourquoi l'avez-vous tué ?

L'Italienne eut l'air déconcertée, regardant tour à tour Tomás puis le corps inerte d'Arkan.

— Que voulez-vous dire ? Je croyais que vous connaissiez le code !

— Je le connais peut-être ! répliqua l'historien d'une voix furieuse. *Peut-être !* Mais… je n'en suis pas sûr.

Paniquée par la fournaise galopante, l'Italienne hurla, hors d'elle :

— Ouvrez la porte ! Ouvrez immédiatement cette porte !

L'historien jeta un regard sur les flammes qui se rapprochaient.

— Je vais l'ouvrir, dit-il. Mais, d'abord, jetez votre arme dans ce feu.

— Ouvrez la porte !

— Vous entendez ce que je vous dis ? (Il pointa du doigt l'incendie.) Jetez votre revolver par là et j'ouvrirai la porte ! Si vous refusez, ne comptez pas sur moi.

Valentina scruta son visage, cherchant à deviner s'il parlait sérieusement. À présent, elle était entièrement entre les mains de ce Portugais.

— Très bien ! accepta-t-elle. (Elle prit son revolver par le canon et le jeta au milieu des flammes.) C'est fait !

Puis l'Italienne prit l'éprouvette contenant le matériel génétique de Jésus, lui donna un baiser et la lança dans la même direction.

— Adieu, Seigneur !

— Que diable avez-vous fait ? demanda Tomás, scandalisé. Vous avez détruit l'ADN de Jésus ? !

Valentina soupira.

— C'était ma mission, lui rappela-t-elle. Maintenant, ouvrez cette maudite porte ! Et vite !

La chaleur devenait suffocante, il leur restait moins d'une minute avant que le feu ne les dévorât. Tomás se tourna vers la porte et leva le couvercle du boîtier. Puis il parcourut des yeux le poème gravé sur la vitre de la fenêtre circulaire qui se trouvait au milieu de la porte.

Über allen Gipfeln ist Ruh,
in allen Wipfeln spürest du kaum einen Hauch;
Die Vögelein schweigen im Walde.
Warte nur, balde. Ruhest du auch.

— Arkan a dit que le code qui déverrouillait la porte renvoyait à ce poème, qui sert de devise à la fondation…, murmura-t-il. Il l'a fait graver sur cette vitre pour ne jamais l'oublier. Lorsqu'il l'a tapé pour nous faire rentrer, j'ai compté le nombre de bips. Il y en a eu six. (Il regarda Valentina.) Quel mot de six lettres pourrait renvoyer à ce poème ?

Les yeux horrifiés de l'Italienne se fixaient sur les flammes qui n'étaient plus qu'à deux mètres, elle ne l'entendit même pas.

— Dépêchez-vous !

— Goethe, dit Tomás, répondant à sa propre question. Goethe est l'auteur du poème.

Il tapa les lettres sur le clavier. G-O-E-T-H-E.

Puis il attendit.

— Vite ! cria Valentina. Ouvrez la porte ! Pour l'amour de Dieu, ouvrez la porte !

Rien ne se passa. La porte ne s'ouvrit pas. Il essaya à nouveau, mais le résultat fut le même. Le découragement s'empara de Tomás. Il s'était trompé.

La chaleur était devenue infernale et Valentina se mit à pleurer.

— Ouvrez la porte !

Fais travailler tes méninges, Tomás… Quel mot de six lettres renvoie à ce poème ? L'historien ferma les yeux et fit un effort surhumain pour se concentrer. Revenons au point de départ, raisonna-t-il. Quel est le thème du poème ? « Sur tous les sommets règne la paix », récita-t-il à voix basse, « Aux cimes des arbres tu sens à peine passer un souffle ; Dans toute la forêt les oiseaux se taisent. Patience ! Toi aussi, bientôt, tu reposeras.. »

Paix.

Le cœur de Tomás bondit. *Peace* ! C'était *peace* ! Ce ne pouvait être que *peace* ! Il compta mentalement les lettres.

— Merde !

Cinq lettres ! Il manquait une lettre ! Une seule foutue lettre ! Il secoua la tête. Ce n'était pas *peace*.

Valentina pleurait toutes les larmes de son corps, tandis que les flammes commençaient à leur brûler la peau.

— Ouvrez ! implora-t-elle, les mains jointes en une attitude de prière. Pour l'amour de Dieu !

Si ce n'était pas *peace*, quel mot était-ce ? Tomás se reconcentra. La fondation Arkan était une organisation israélienne, dont le siège se trouvait à Jérusalem et le centre de recherche à Nazareth. Quelle langue utilisait-elle naturellement ? L'anglais ? Non, bien sûr que non. L'hébreu ! Comment dit-on « paix » en hébreu ?

C'était sa dernière chance. L'historien s'accrocha fébrilement au clavier et, d'une main tremblante, tapa le mot de six lettres. S-H-A-L-O-M. La porte s'ouvrit.

Épilogue

Les rayons du soleil filtraient par la fenêtre, lorsque la femme en blouse blanche entra dans la chambre et adressa un sourire professionnel au patient. Sur sa poitrine, où pendait un stéthoscope, se détachait un rectangle de tissu bleu brodé à son nom : *Lesley Koshet, M. D.*

— Bonjour ! salua-t-elle d'une voix joviale. Alors, comment va notre héros ce matin ?

La réponse de Tomás se réduisit à un sourd geignement.

— J'ai connu des jours meilleurs…

Le médecin israélien sourit.

— Voulez-vous un autre antalgique ou vous sentez-vous maintenant capable de supporter la douleur ?

Le patient fit une grimace.

— J'avoue qu'un petit cachet serait le bienvenu. C'est possible ?

Le docteur Koshet fit la moue à sa demande.

— Vous avez l'âge de supporter une petite douleur sans pleurnicher, non ?

Tomás se redressa et tenta de se regarder dans le miroir accroché au mur devant son lit.

— Regardez-moi cette tête, docteur, se lamenta-t-il. Vous ne trouvez pas que je mérite encore un anti-douleur ?

Sa tête était enveloppée de bandages blancs, la partie gauche de son visage était complètement recouverte par des gazes, sa main droite était entièrement immobilisée, tandis que la gauche avait le petit doigt bandé. Un pansement couvrait encore son cou.

— Vous avez l'air d'une momie, plaisanta-t-elle. Ramsès II !

— Ah, vous êtes cruelle !

— Allons, un peu de courage !

Elle prit la feuille de soin au pied du lit et la consulta.

— Moquez-vous, moquez-vous ! protesta Tomás en faisant la moue. Ça n'a rien de drôle ! Je vais être défiguré par toutes ces cicatrices, vous vous rendez compte ?

— Vous recommencez...

— Savez-vous quel surnom mes étudiants vont me donner ? « Scarface » ! Ou bien « Frankenstein » ! Oh, je les entends d'ici...

Le ton mélodramatique de l'universitaire portugais fit rire le médecin.

— Savez-vous comment on me surnomme à l'hôpital ? demanda-t-elle. « Doigts de Fée ! » Et vous savez pourquoi ? Parce que je fais des prodiges sur la table d'opération. Je vous garantis que vous sortirez d'ici avec un visage d'ange. Pas une seule égratignure ! Vous serez toujours aussi beau.

— Vous me le jurez ?

Le docteur Koshet posa la main sur le cœur et prit un air solennel.

— Je vous en fais le serment !

La promesse rassura Tomás. Il se cala contre l'oreiller et s'installa confortablement dans le lit. Il ignorait pourquoi, mais dès qu'il était alité, il avait tendance à devenir douillet. C'était déjà le cas dans son enfance et cela n'avait visiblement pas changé.

— Je vous préviens, dit-il, si je constate la moindre égratignure sur le visage, j'irai directement me plaindre à l'ordre des médecins !

— Mon Dieu, j'en tremble de peur !

— Et vous avez raison. Alors prenez bien soin de moi.

Le médecin termina de consulter la fiche du patient et la remit à sa place. Puis elle leva les yeux vers le Portugais et fit disparaître son sourire bienveillant, comme si elle abordait à présent les choses sérieuses.

— M. Arkan souhaiterait vous parler.

La nouvelle surprit Tomás.

— Comment va-t-il ?

— D'après vous ? répondit Lesley avec une pointe d'ironie. Il a reçu deux balles dans le dos et l'une d'elles est encore logée dans ses poumons. Je vais à nouveau l'opérer tout à l'heure pour extraire le projectile.

— Vous pensez qu'il s'en sortira ?

Le médecin acquiesça de la tête.

— Oh oui, dit-elle. Nous étions sur le point de l'anesthésier, mais il a demandé à vous parler. (Le médecin observa le corps de Tomás allongé sur le lit.) Vous sentez-vous capable de marcher jusqu'au bloc opératoire ou préférez-vous qu'une infirmière vienne vous chercher avec un fauteuil roulant ?

D'un geste brusque, Tomás écarta le drap et posa les pieds au sol. Le docteur Koshet se pencha pour l'aider, mais il refusa.

— Laissez-moi faire, dit-il. Je vais y arriver tout seul.

Assis sur le bord du lit, il s'arcbouta et prit appui sur ses jambes. Il se sentait faible et ses cuisses tremblaient, mais il tint le coup. Il lâcha lentement les montants du lit et se redressa.

— Bravo ! s'exclama le médecin. Vous voyez quand vous voulez !

Cette dernière phrase parut à Tomás quelque peu moqueuse, mais cela lui était égal. Il s'était mis debout par ses propres moyens et en était fier. Après tout ce qu'il avait enduré, sa convalescence s'annonçait courte. Encore quelques jours et il pourrait sortir de là.

— On y va ?

Le médecin sortit de la chambre pour lui indiquer le chemin.

— Par ici.

Toujours en pyjama, Tomás suivit le médecin le long du couloir de l'hôpital. Ses mouvements étaient gauches et les muscles de ses jambes flasques ; conséquence logique des deux jours qu'il venait de passer allongé dans ce lit. Malgré son évidente fragilité, il se sentait beaucoup mieux et suffisamment solide pour marcher. Du reste, un peu d'exercice ne pouvait lui faire que du bien.

Son téléphone sonna dans sa poche. Il regarda l'écran.

— Bonjour, maman ! salua-t-il. Comment ça va ?

— Ah, mon fils ! répondit-elle. J'étais morte d'inquiétude pour toi !

Le cœur de Tomás s'emballa. Il ne lui avait rien dit de ce qui s'était passé, mais visiblement quelqu'un l'avait déjà mise au courant.

— Je vais très bien, s'empressa-t-il de répondre. Il n'y a rien de grave.

— Rien de grave ? s'emporta-t-elle. On m'a dit que tu étais parti dans ces pays où il n'y a que des guerres et des fous qui posent des bombes et je ne sais quoi encore ! Dieu du ciel ! Tu n'imagines pas dans quel état ça m'a mise lorsque j'ai appelé l'université et qu'on m'a dit que tu étais allé là-bas. Je vais tous les jours à la messe. Ah, mon Dieu, me voilà devenue une grenouille de bénitier ! Je ne cesse de prier pour toi.

Ce n'était pas aussi dramatique qu'il l'imaginait, comprit l'historien. Sa mère avait été manifestement informée qu'il se trouvait au Moyen-Orient, mais personne ne lui avait raconté ce qui lui était arrivé ces derniers jours.

— Tout va bien…, murmura-t-il avec douceur pour la rassurer. Sais-tu où je me trouve en ce moment ? À Jérusalem !

— Jérusalem ? demanda-t-elle comme pour s'assurer d'avoir bien entendu. Tu es à Jérusalem ? En Terre sainte ?

— Exactement !

— Ah, mon chéri ! Quelle chance !

La voix de sa mère changea complètement. D'abord inquiète et plaintive, elle devint enthousiaste.

— C'est vrai. C'est un lieu très intéressant.

— Intéressant ? s'offusqua-t-elle. Tu es en Terre sainte, mon fils ! La terre du Seigneur ! Es-tu déjà passé par la via Dolorosa ? As-tu visité le Saint-Sépulcre ?

— J'irai demain… ou plus tard.

— Ah ! Lorsque tu iras au Saint-Sépulcre, allume un cierge pour moi ! D'accord ? N'oublie pas que Jésus est à la droite de Dieu, il regarde ce que nous faisons et veille sur nous.

— Oui, maman, répondit Tomás. Je… je brûlerai un cierge pour toi.

— Allumes-en un pour moi, un pour ton père et un autre pour toi, mon fils, s'empressa-t-elle de recommander. Toi aussi, tu es chrétien, ne l'oublie jamais ! Toi aussi, tu as droit au salut !

— Bien sûr. Je brûlerai trois cierges.

Sa mère soupira avec satisfaction.

— Ça me fait plaisir, Tomás. (Sa voix changea.) Écoute, c'est l'heure de la messe. Je vais en profiter pour aller à l'église São Bartolomeu et je dirai au curé Vicente où tu te trouves. Il va être très content d'apprendre que tu es en Terre sainte. Prends soin de toi, mon chéri ! N'oublie pas de brûler les cierges !

Tomás raccrocha. Il marchait dans les couloirs de l'hôpital, toujours derrière le médecin, qui le conduisait vers le bloc opératoire. Dans son esprit résonnaient encore les paroles de sa mère et il ne put s'empêcher de réfléchir à ce qu'elles signifiaient vraiment.

Sa mère avait la foi. Mais qu'est-ce que cela voulait dire avoir la foi ? Quel sens cela avait-il de croire au Christ lorsqu'on connaissait la véritable histoire de Jésus ? Tomás avait toujours pensé qu'il était absurde de croire en quoi que ce soit à partir de données insuffisantes. Seules la recherche, la science et la connaissance pouvaient conduire à la croyance, et non l'ignorance, les dogmes et la négation des doutes. La croyance ne pouvait être aveugle ; elle devait être informée. Aucune vérité ne pouvait être indiscutable. Les gens qui croyaient sans garanties, pensait-il, n'étaient que des simples d'esprit crédules et superstitieux. La croyance n'était valable que si elle reposait sur le savoir.

Cependant, Tomás était conscient qu'il existait des situations où la croyance sans certitude était inévitable. En matière d'amitié, par exemple. Pour être l'ami de quelqu'un, il faut croire en lui, croire qu'il est digne de notre confiance. Naturellement, cette foi se révèle parfois infondée. Il suffisait de prendre le cas de Valentina. N'était-ce pas là une preuve définitive que la croyance sans connaissance était dangereuse ?

Mais comment faire autrement ? Allait-il soumettre chaque ami potentiel à une rigoureuse enquête préalable ? Passer en revue toute son histoire personnelle ? Cela n'avait aucun sens ! Il y avait des situations dans la vie où il fallait croire sans garanties. Celles-ci viendraient ensuite, naturellement. Mais, d'abord, il fallait passer par la croyance. Ou, pour employer un autre mot, passer par cette foi.

S'il en était ainsi dans les rapports humains, pourquoi n'en serait-il pas de même dans les rapports avec le divin et le sacré ? Tomás avait parfaitement conscience que les hommes avaient besoin de croire en quelque chose de transcendant. Jésus n'était sans doute qu'un être humain, mais aux yeux de ceux qui croyaient en lui, comme sa mère, il était devenu un Dieu. Quel mal y avait-il à cela, si cette croyance l'aidait à affronter ses problèmes et à faire d'elle un être meilleur ? N'avons-nous pas besoin de foi pour avancer ? N'était-il pas cruel de dépouiller Jésus de sa divinité ? La vie est faite d'incertitudes, d'un rapport permanent avec l'inconnu…

— Professeur Noronha ?

… Combien de fois prenons-nous une décision sans avoir de certitude ? Combien de petits sauts dans l'inconnu devons-nous faire chaque jour ? Et ce qui…

— Professeur Noronha !

L'interpellation du docteur Koshet interrompit les divagations de Tomás, qui déambulait dans l'hôpital comme un automate, l'esprit ballotté entre les croyances de sa mère et tout ce qu'il savait sur l'histoire de Jésus.

— Oui ?

— Nous sommes arrivés dans la salle d'anesthésie, annonça le docteur Koshet, indiquant deux portes jointes sur la droite.

Les portes s'ouvrirent, comme celles des saloons. Tomás entra et vit un brancard au milieu de la salle, avec une poche de sérum suspendue à une perche. Deux infirmiers assis dans un coin bavardaient à voix basse.

L'historien s'approcha du brancard et découvrit le visage livide d'Arpad Arkan émergeant des draps. Les traits du patient s'animèrent quand il le vit s'avancer vers lui.

— *Shalom !* salua le président de la fondation en souriant faiblement. Heureux de vous voir en bonne santé !

— Ah, *Shalom* ! répondit Tomás, en prenant sa main affaiblie. Quel mot superbe ! Il nous a sauvé la vie au dernier moment, pas vrai ?

— Ce n'est pas le mot qui nous a sauvés, professeur Noronha. (Il pointa sa tête du doigt.) Mais votre perspicacité.

— Rien n'aurait été possible sans votre intervention au moment où l'autre fou allait m'amputer d'un doigt, rétorqua Tomás, en serrant fort la main d'Arkan. Vous avez fait preuve d'un grand courage !

— Dans les mêmes circonstances, n'importe qui aurait fait la même chose.

— J'en doute fort.

Le président de la fondation eut un rire inattendu, tellement sincère et joyeux qu'il en était contagieux.

— Trêve de congratulations. Nous avons l'air de deux vieilles gâteuses. Ce qui compte, c'est que nous soyons vivants...

— Absolument. Lorsque je vous ai vu inanimé après avoir reçu les deux balles, j'ai cru que vous étiez mort.

— Comme vous le voyez, je suis ressuscité !

— Oui, un véritable Christ.

Arkan jeta un regard vers la porte, où le docteur Koshet l'attendait. Il fit une courte pause et Tomás le regarda d'un air interrogatif.

— Je ne sais pas si le docteur Koshet vous l'a dit, mais je vais être opéré dans un moment, fit remarquer Arkan. C'est une opération délicate, car j'ai encore une balle logée dans le poumon. Le docteur Koshet affirme que l'extraction ne devrait poser aucun problème et que je n'ai donc aucune raison de m'inquiéter. Seulement voilà, je suis une vieille bourrique méfiante. Et je connais les médecins depuis belle lurette. Ils vous disent toujours que ce n'est pas bien grave, mais on s'aperçoit ensuite qu'il y a des complications. C'est pourquoi je préfère parer à toutes les éventualités. Raison pour laquelle j'ai demandé à vous voir.

Il se tut un instant, réfléchissant à la meilleure manière d'aborder la question.

— Que se passe-t-il ? s'enquit le Portugais.

Cette fois le patient poussa un soupir mélancolique.

— J'ignore si je sortirai vivant de la salle d'opération.

— Allons, ne dites pas de bêtises ! protesta l'historien. Vous allez vous en sortir. Vous avez survécu à deux balles dans le dos, pourquoi ne survivriez-vous pas à une petite opération ! Vous voulez que je vous dise ? D'ici à une semaine nous irons prendre un verre dans la vieille ville ! Ma mère veut que j'aille brûler quelques cierges au Saint-Sépulcre. Vous m'accompagnerez.

Arkan leva la main droite, faisant signe à Tomás de ne pas l'interrompre.

— Je pense également que tout se passera bien, assura-t-il. Mais je tenais à vous parler dans le cas... disons, où Dieu en déciderait autrement. J'ai bien réfléchi et j'en ai déjà parlé à quelques membres du conseil des sages de la fondation, qui m'ont rendu visite hier, ainsi qu'au professeur Hammans. Si les choses tournaient mal, j'aimerais que vous assumiez la direction du projet *Yehoshua*. Vous me semblez la personne la mieux indiquée pour accomplir jusqu'au bout cette mission de la plus haute importance. La paix dans le monde pourrait dépendre de son succès !

En entendant ces mots, le Portugais fit un effort pour garder contenance. Ignorant ce qui avait été révélé à Arkan, il leva les yeux vers la porte et croisa le regard inquisiteur du médecin. Le président était encore en état de choc ; il semblait donc évident qu'on ne lui avait pas raconté tout ce qui s'était passé dans le *Kodesh Hakodashim*.

— Je…, bredouilla Tomás, ne sachant que répondre. C'est un grand honneur et… bien sûr, j'aimerais accepter. Le problème, c'est que j'ignore si… ce projet est… comment dire ?… récupérable.

Le visage d'Arkan se plissa, l'air interrogatif.

— Comment ça ? s'étonna-t-il. Que voulez-vous dire ?

L'historien hésita, embarrassé. Il jeta un nouveau regard en direction du docteur Koshet, comme pour lui demander de l'aide, avant de se résoudre à affronter lui-même le problème. Le moment n'était sans doute pas le plus propice pour se livrer à de grandes révélations, mais puisque personne n'avait encore eu le courage de tout raconter à Arkan, lui le ferait.

— J'ai une chose à vous dire, annonça-t-il. Une chose… très ennuyeuse. Vous voyez ce que je veux dire ?

Il prononça ces paroles avec une telle gravité que le président de la fondation écarquilla les yeux d'inquiétude, s'attendant à une nouvelle catastrophique.

— Quoi donc ? s'affola-t-il. Que se passe-t-il ?

Tomás tergiversa, incertain de la conduite à suivre. Mais il savait qu'il devait aller jusqu'au bout.

— Le projet *Yehoshua* n'est plus possible. (Il baissa les yeux.) Je suis désolé.

— Pourquoi ? Que s'est-il passé ?

L'historien remplit ses poumons d'air pour rassembler son courage. C'était difficile de briser en quelques mots le rêve de toute une vie.

— Vous vous rappelez l'éprouvette qui contenait le matériel génétique de Jésus ?

— Oui, bien sûr, répondit Arkan. C'est la pierre angulaire du projet *Yehoshua* ! (Il serra les paupières.) Pourquoi, il y a un problème ?

Tomás voulut le regarder, mais il n'y parvint pas.

— L'éprouvette a été détruite.

Un silence s'abattit soudain.

— Détruite ? demanda Arkan, sans mesurer la portée de cette information. Comment ça, détruite ?

L'historien haussa les épaules, dans une attitude de complète impuissance.

— Détruite. Volatilisée. Il n'y a plus d'éprouvette.

Le président le regarda avec une expression de stupeur, s'efforçant d'assimiler ce qu'il venait d'entendre.

— L'ADN de Jésus a été détruit ? Vraiment détruit ? Mais comment ?

— C'est Valentina, l'Italienne, répondit Tomás. Au dernier moment, lorsque le feu s'approchait et que j'essayais d'ouvrir la porte, elle a jeté l'éprouvette au milieu des flammes.

— Qu'est-ce que vous dites ?

L'historien baissa à nouveau les yeux.

— Je suis navré de vous apprendre cette nouvelle, chuchota-t-il. Je n'ai rien pu faire. L'ADN de Jésus est perdu. Le projet *Yehoshua* est terminé.

Arpad Arkan se recala doucement sur son brancard, tourna la tête sur l'oreiller et regarda fixement le plafond, tandis qu'il digérait l'information. C'était un moment de douloureux recueillement et Tomás, se sentant soudain de trop, lui tourna le dos et s'éloigna lentement, sans faire de bruit.

— Professeur Noronha ?

— Oui ?

Allongé sur son brancard, Arkan l'observait du coin de l'œil avec un air indéfini.

— Savez-vous ce qu'est une machine de RCP ?

Tomás secoua la tête.

— Je n'en ai aucune idée.

Le président de la fondation lui fit signe du doigt de s'approcher à nouveau. L'historien s'exécuta.

— Vous n'en avez sans doute jamais entendu parler ?

Tomás fit un effort de mémoire.

— Machine de RCP ? répéta-t-il. (Il afficha un air d'ignorance.) Non. Je ne sais pas.

— RCP signifie « réaction en chaîne par polymérase », indiqua Arkan. Grâce à cette technique, il est possible de produire, au moyen d'enzymes, beaucoup de copies d'une petite quantité d'ADN. Autrement dit, il suffit de mettre une seule cellule dans une machine de RCP pour multiplier ce matériel génétique des milliers de fois.

— Vraiment ? répondit Tomás en feignant d'être impressionné. C'est incroyable !

Arkan fixa son regard sur son interlocuteur, comme pour l'inviter à considérer les conséquences de ce qu'il venait de dire.

— Dans le cas des tombeaux de Talpiot, nous avons réussi à extraire des os de Jésus deux cellules aux noyaux quasi intacts. Ces deux cellules ont été placées dans la machine de RCP que nous avons acquise pour nos laboratoires à Nazareth. Nous avons ainsi produit des milliers de cellules identiques, que nous avons divisées en trois parties. La première partie a été déposée dans une éprouvette qui était conservée dans le *Kodesh Hakodashim*. Les deux autres parties ont été placées dans deux autres éprouvettes. L'une était conservée par le professeur Vartolomeev au Laboratoire de l'université de Plovdiv, en Bulgarie, et l'autre a été envoyée par le professeur Hammans au Laboratoire européen de biologie moléculaire, à Heidelberg, en Allemagne. (Le président fit une pause et dévisagea Tomás, comme s'il guettait une réaction.) Comprenez-vous ce que je vous dis ?

Stupéfié par la nouvelle, l'historien le regarda d'un air ébahi et hocha longuement la tête pour en tirer les conclusions.

— Vous êtes en train de me dire qu'il existe encore deux autres éprouvettes ?

— Exact.

— Avec le même matériel génétique ?

Le visage d'Arpad Arkan s'éclaira d'un sourire bienveillant. Il leva la main et fit signe au docteur Koshet qu'il était prêt pour l'anesthésie. Le médecin ouvrit la porte de l'infirmerie et les infirmiers se mirent à pousser le brancard vers le bloc opératoire.

Comme s'il avait été frappé par la foudre, Tomás resta complètement figé, sidéré par ce qu'il venait d'entendre. Il existe encore deux éprouvettes, lui chuchotait une voix à l'oreille.

Il existe encore deux éprouvettes.

Alors qu'il franchissait la porte, le président de la fondation fit arrêter le brancard, parvint à tourner la tête et regarda Tomás une dernière fois.

— Comment les Grecs disaient-ils « bonne nouvelle », professeur ? *Evangelion*, non ? Eh bien, tel est à présent notre Évangile.

L'historien le regarda d'un air hébété.

— Pardon ?

Il vit Arpad Arkan arborer son sourire d'enfant, puis les deux infirmiers poussèrent à nouveau le brancard et les portes se refermèrent derrière eux. Tomás demeura seul, en proie à la stupéfaction, dans un silence seulement rompu par la voix du président de la fondation qui, du couloir, clama d'une voix triomphale son ultime secret.

— Jésus va revenir sur terre.

Note finale

Plus choquant que n'importe quelle révélation contenue dans ce roman est le fait qu'aucune ne soit vraiment nouvelle. Aucune. Tout ce qui est affirmé dans ces pages résulte du travail critique des historiens. L'application de la méthode d'analyse historique aux textes bibliques remonte, d'ailleurs, au XVIIIe siècle et elle a produit au fil du temps des résultats surprenants dans ce domaine. Le Jésus historique qui s'est dégagé de ces études s'est révélé très différent de la figure divinisée qu'on nous présente au catéchisme, à la messe et dans les textes religieux.

À aucun moment je n'ai voulu heurter ou offenser quelque croyant que ce soit de cette grande religion qu'est le christianisme, la plus pratiquée au monde. Car celle-ci est le fondement de notre morale. Le christianisme se trouve derrière notre notion du bien et du mal, du correct et de l'incorrect, du juste et de l'injuste. Même si nous n'en sommes pas conscients, nous sommes imprégnés de christianisme et influencés par son éthique.

C'est pourquoi il me semble important de mieux connaître cette religion. Qui était réellement son fondateur ? Que prêchait-il ? S'agissait-il d'un simple mortel ou d'un véritable dieu ? S'il réapparaissait aujourd'hui sur terre, serait-il reconnu comme le Messie ou dénoncé comme hérétique ? Que dirait Jésus de la religion qui est pratiquée aujourd'hui en son nom ?

Les réponses ont été données au fil des années par de nombreuses analyses historiques du Nouveau Testament. C'est sur elles que repose ce roman. L'œuvre pionnière appartient à Hermann Reimarus, auteur de *Von dem Zwecke Jesu und seiner Jünger*, livre publié en 1778 et qui a inauguré une période prolifique dominée par l'historiographie allemande. Parmi les œuvres les plus importantes, que j'ai consultées dans leur traduction anglaise, figurent les classiques *The Quest of the Historical Jesus*, d'Albert Schweitzer ; *The Formation of the Christian bible*, de Hans von Campenhausen, et *Orthodoxy and Heresy in Earliest Christianity*, de Walter Bauer.

Parmi les historiens et théologiens contemporains, les plus importants sont E. P. Sanders, qui a écrit *The Historical Figure of Jesus* et *Jesus and Judaism*, et surtout Bart Ehrman, auteur de divers travaux, comme *Misquoting Jesus – The Story Behind Who Changed the bible and How* ; *Jesus, Interrupted – Revealing the Hidden Contradictions in the bible* ; *Lost Christianities – The Battles for Scripture and the Faiths We Never Knew* ; *Lost Scriptures – Books That Did Not Make It into the New Testament* ; et *Jesus – Apocalyptic Prophet of the New Millennium*.

Les autres œuvres de référence dans lesquelles puise ce roman sont *The Canon of the New Testament – Its Origin, Development, and Significance*, de

Bruce Metzger ; *The Text of the New Testament – Its Transmission, Corruption, and Restoration,* de Bruce Metzger et Bart Ehrman ; *The Evolution of God*, de Robert Wright ; *Who Wrote the New Testament ? The Making of the Christian Myth*, de Burton Mack ; *Jesus Was Not a Trinitarian – A Call to Return to the Creed of Jesus*, d'Anthony Buzzard ; *The Misunderstood Jew – The Church and the Scandal of the Jewish Jesus*, d'Amy-Jill Levine ; et *The Historical Jesus in Context*, une vaste collection de textes édités par Amy-Jill Levine, Dale Allison et John Dominic Crossan.

Parmi les œuvres apologétiques, citons *The Historical Reliability of the Gospels*, de Craig Blomberg ; *Reinventing Jesus – How Contemporary Skeptics Miss the Real Jesus and Mislead Popular Culture*, de Ed Komoszewski, James Sawyer et Daniel Wallace ; *Fabricating Jesus – How Modern Scholars Distort the Gospels*, de Craig Evans ; et *Misquoting Truth – A Guide to the Fallacies of Bart Ehrman's Misquoting Jesus*, de Timothy Paul Jones.

Comme sources des citations bibliques, j'ai recouru à la *Bíblia Sagrada*, édition lancée par Verbo en 1976 et réimprimée en 1982 pour commémorer la venue du pape Jean Paul II au Portugal cette même année, et établie à partir des meilleures traductions des plus anciens manuscrits grecs dont dispose le Vatican.
[Note de l'éditeur : pour la version française, toutes les citations des textes religieux ont été extraites de la traduction œcuménique de la bible (TOB).]

Toutes les informations concernant le processus du clonage, y compris le clonage humain, sont également vraies et figurent dans toute littérature scientifique traitant de ce sujet.

La sépulture de Talpiot existe et possède l'histoire et les caractéristiques évoquées dans le roman. Le tombeau marqué du nom de *Yehoshua bar Yehosef*, ou *Jésus, fils de Joseph*, est conservé dans l'entrepôt de Bet Shemesh, appartenant à l'Office des antiquités israéliennes, avec les autres vestiges des tombeaux de Talpiot, comme ceux de *Marya,* de *Mariamn-u eta Mara*, de *Yehuda bar Yehoshua,* de *Matya* et de *Yose*. Il est également établi par le tribunal judiciaire que le tombeau de *Ya'akov bar Yehosef akhui di Yeshua* n'est pas un faux, bien que rien ne prouve qu'il vienne effectivement de Talpiot.

Le seul élément de fiction concernant la partie génétique est la découverte de deux noyaux contenant de l'ADN dans le tombeau de Jésus. En réalité, dans ce tombeau, on a détecté de l'ADN mitochondrial dont les caractéristiques sont celles d'un homme du Moyen-Orient, mais ce matériel génétique ne peut être utilisé pour le clonage. En fait, et malgré la difficulté de la tâche, on n'a jamais recherché méthodiquement des noyaux contenant de l'ADN, si bien que la plus grande partie du tombeau reste à explorer du point de vue de l'analyse génétique.

Les informations concernant le sépulcre de Talpiot et les tombeaux s'y trouvant identifiés figurent dans *The Jesus Family Tomb – The Evidence Behind the Discovery No One Wanted to Find*, de Simcha Jacobovici et Charles Pellegrino. On pourra également trouver des informations importantes sur cette découverte dans *The Jesus Tomb – Is It Fact or Fiction ? Scholars Chime In*, de Don Sausa. D'autres données proviennent d'articles de presse sur le verdict du jugement concernant l'authenticité du tombeau de *Jacques, fils de Joseph, frère de Jésus*, d'après lesquels le juge a établi qu'il n'existait aucune preuve de fraude.

J'adresse mes remerciements au professeur Carney Matheson, pour les éclaicissements qu'il m'a apportés au sujet des tests d'ADN qu'il a effectués sur les échantillons des tombeaux de Talpiot au laboratoire de Paléo-ADN de l'université de Lakehead, au Canada ; et à Miguel Seabra, professeur de biologie cellulaire et moléculaire de la faculté de médecine de l'université nouvelle de Lisbonne et correcteur scientifique de ce roman. Mes remerciements également à Eliezer Shai di Martino, rabbin de Lisbonne, et à Teresa Toldy, professeur de théologie à l'université catholique portugaise et à la faculté de philosophie et de théologie Sankt-Georgen, en Allemagne, tous deux correcteurs éditoriaux de ce roman. Tous m'ont aidé à garantir la rigueur de l'information historique, scientifique et théologique qui alimente ce roman, sans bien sûr être responsables des thèses défendues par les personnages.

Merci encore à Fernando Ventura et à Diogo Madredeus, qui m'ont guidé dans les labyrinthes du Vatican ; à Irit Doron, mon accompagnatrice dévouée à travers la Galilée, Qumrân et Jérusalem ; et aussi à Ehud Gol, ambassadeur d'Israël à Lisbonne, et à Suzan Klagsbrun, du ministère israélien du Tourisme, pour les portes qu'ils m'ont ouvertes en Israël. Je remercie également tous mes éditeurs à travers le monde, pour leur engagement et leur dévouement. Enfin, j'adresse toute ma reconnaissance aux nombreux lecteurs qui me suivent à chaque aventure.

Mon dernier remerciement va à Florbela, ma première lectrice, comme toujours.

POCKET N° 15482

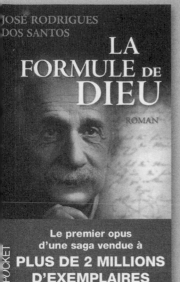

« *José Rodrigues dos Santos réussit le pari de marier la science au divin dans* La Formule de Dieu. »

Le Point

José Rodrigues DOS SANTOS LA FORMULE DE DIEU

Le Caire, de nos jours. Le cryptologue portugais Tomás Noronha se voit confier le décryptage d'un manuscrit original. Son nom ? *Die Gottesformel*, la *Formule de Dieu*. Son auteur ? Albert Einstein lui-même. L'enjeu ? Le mode d'emploi d'une bombe nucléaire surpuissante. Précipité malgré lui au cœur d'une affaire d'espionnage international, Noronha plonge dans les secrets de l'atome... et dans un mystère bien plus grand encore.

Imprimé en France par

Maury Imprimeur
à Malesherbes (Loiret)
en avril 2014

POCKET – 12, avenue d'Italie – 75627 Paris Cedex 13

N° d'impression : 189221
Dépôt légal : mai 2014
S24548/01